文学賞メッタ斬り!
リターンズ

大森望
豊崎由美

PARCO出版

文学賞メッタ斬り！リターンズ

はじめに

豊﨑由美

『文学賞メッタ斬り！』から二年余り、だぁーれも怒ったり文句つけたりしないもんだから、とうとう帰ってきちゃいましたよ、メッタ斬り！コンビが。出物腫れ物所嫌わずと思し召せ。苦笑いを浮かべておられる方、眉をひそめておられる方、読む前から怒髪天を衝いておられる方、つまり、前作をすでに読んでいただいてる皆さん、おひさしゅうございます。

が、その一方で、天明屋尚さんの迫力満点の装画に惹かれて、大森の名も豊﨑の名も知らないまま、書店で手に取って下さってる方もおられることと存じます。そんなまだ汚れを知らない皆さんのために、これがどんな本なのかをざっと説明いたしますと——。

年に二回決定する芥川賞と直木賞の全候補作を大森望と豊﨑由美が読み、それぞれの作品についての評価や予想をめぐって対談し、授賞結果を受けての感想を述べるという、これまでネット上で行ってきた仕事をまとめたものが中心。その他、とんちんかんな選評を叩いたり、作家の島田雅彦さんをお迎えして今現在日本の文学賞がどうなっているのかを考察したり、どんな作家や作品が授賞の対象になっているのかを検証したり、過去二年間分の文学賞受賞作品を採点してみたり、第一回メッタ斬り！大賞を決めてみたりと、わりあい盛りだくさんの内容になっておりますの。ただし、これはシリーズ第二弾なので、四〜五ページに置いた「文学賞マップ」に記載されているような、主要なものだけでも五十はくだらない文学賞それぞれについての解説や評価はしておりません。ご関心のある方は、ぜひ既刊の『文学賞メッタ斬り！』をご参照下さい。基礎的な情報やデータはそちらにすべて掲載されておりますので。

というわけで、出ちゃいました。出ちゃったものは今さらどうしようもございますまい。お目汚しの一冊かとは存じますが、前作を読んで下さった方も、これがメッタコンビとのファースト・コンタクトとなられる方も、何かの縁かと諦めて、興味の惹かれるページから開いてやって下さいまし。で、ご笑読下さいまし。それなりに面白おかしく読める内容になっているのではないかと自負しておりますので。

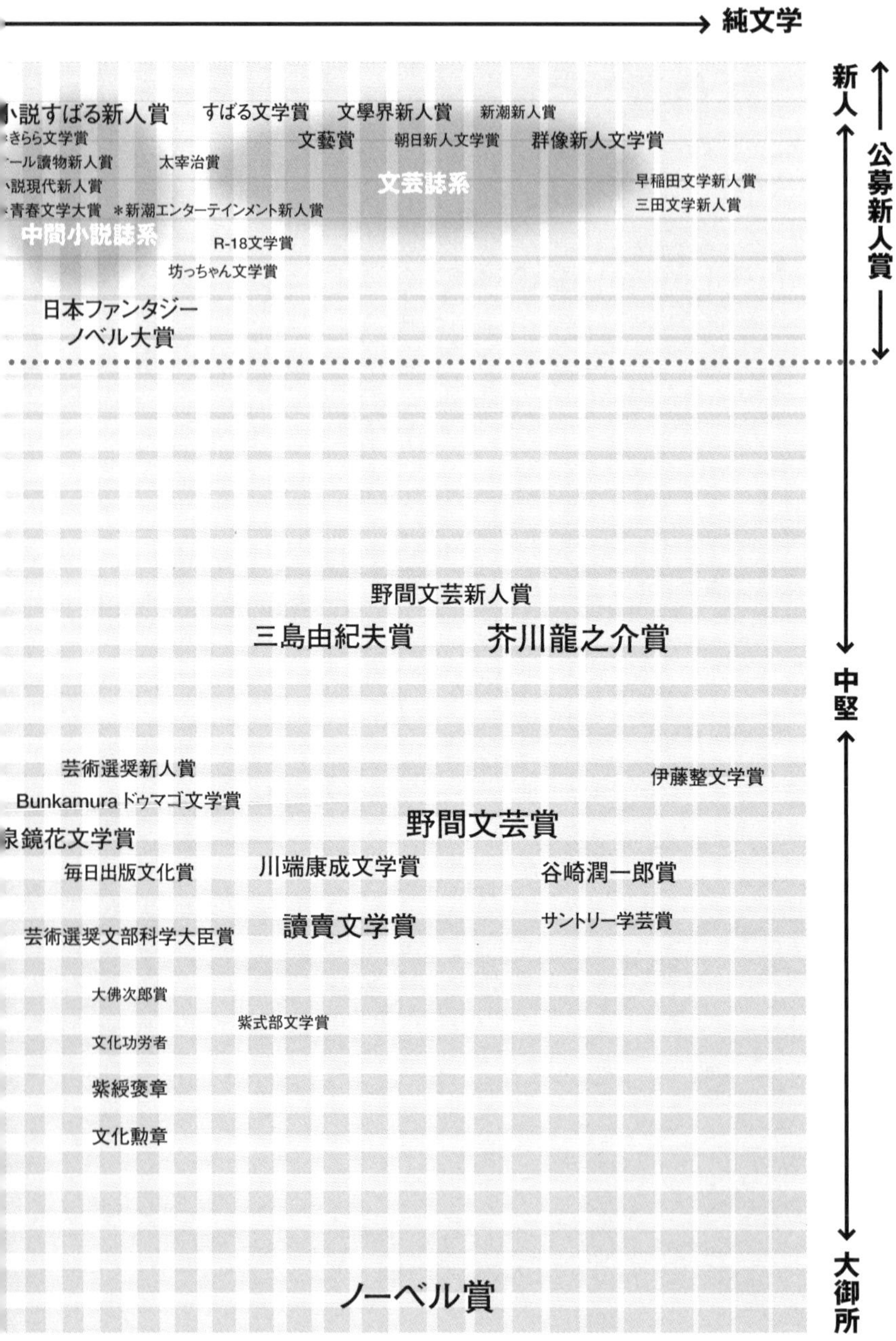

純文学
新人
公募新人賞
説すばる新人賞
すばる文学賞
文學界新人賞
新潮新人賞
きらら文学賞
文藝賞
朝日新人文学賞
群像新人文学賞
ール讀物新人賞
太宰治賞
説現代新人賞
文芸誌系
早稲田文学新人賞
青春文学大賞
＊新潮エンターテインメント新人賞
三田文学新人賞
中間小説誌系
R-18文学賞
坊っちゃん文学賞
日本ファンタジーノベル大賞
野間文芸新人賞
三島由紀夫賞
芥川龍之介賞
中堅
芸術選奨新人賞
伊藤整文学賞
Bunkamuraドゥマゴ文学賞
野間文芸賞
鏡花文学賞
毎日出版文化賞
川端康成文学賞
谷崎潤一郎賞
讀賣文学賞
サントリー学芸賞
芸術選奨文部科学大臣賞
大佛次郎賞
紫式部文学賞
文化功労者
紫綬褒章
文化勲章
大御所
ノーベル賞

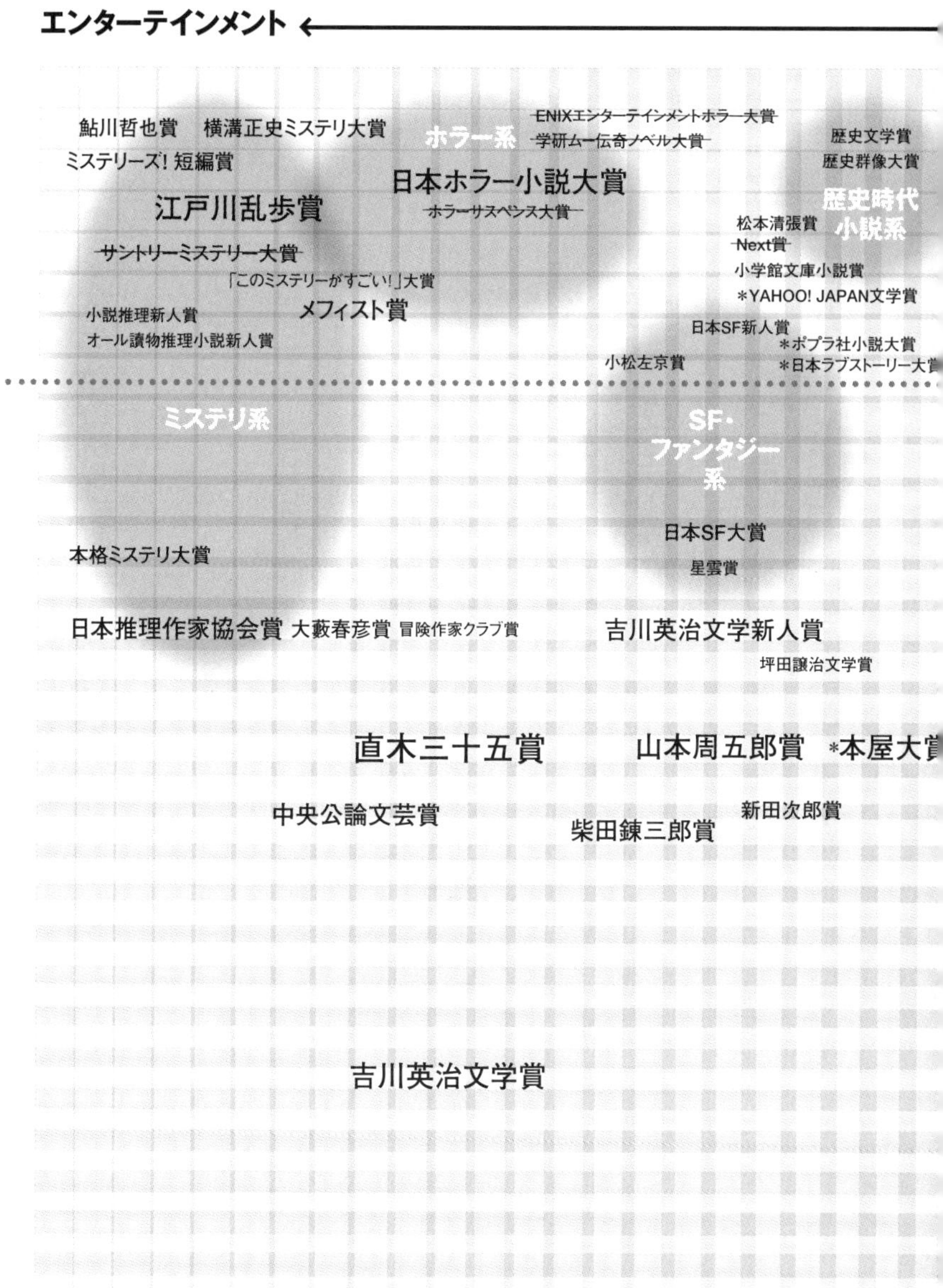
エンターテインメント
鮎川哲也賞
横溝正史ミステリ大賞
ミステリーズ！短編賞
江戸川乱歩賞
~~サントリーミステリー大賞~~
「このミステリーがすごい！」大賞
メフィスト賞
小説推理新人賞
オール讀物推理小説新人賞
ミステリ系
ホラー系
~~ENIXエンターテインメントホラー大賞~~
~~学研ムー伝奇ノベル大賞~~
日本ホラー小説大賞
~~ホラーサスペンス大賞~~
歴史文学賞
歴史群像大賞
歴史時代小説系
松本清張賞
~~Next賞~~
小学館文庫小説賞
＊YAHOO! JAPAN文学賞
日本SF新人賞
＊ポプラ社小説大賞
小松左京賞
＊日本ラブストーリー大賞
SF・ファンタジー系
本格ミステリ大賞
日本SF大賞
星雲賞
日本推理作家協会賞
大藪春彦賞
冒険作家クラブ賞
吉川英治文学新人賞
坪田譲治文学賞
直木三十五賞
山本周五郎賞
＊本屋大賞
中央公論文芸賞
新田次郎賞
柴田錬三郎賞
吉川英治文学賞

ひと目でわかる文学賞マップ2006

＊…新設文学賞（04～05）　——…終了した文学賞

文学賞メッタ斬り！リターンズ目次

はじめに　豊﨑由美……2

ROUND1
文学賞に異変!?
［公開トークショー］島田雅彦×大森望×豊﨑由美……11

ROUND2
'04～'06年、三年分の選評、選考委員を斬る！……63

ROUND3
UNDER30の新人作家、有望株は？……117

ROUND4 メッタ斬り！隊 活動の記録

……155

1 鼎談「小説よ、媚びるな！——Z文学賞選考会実況中継」
島田雅彦×大森望×豊﨑由美

2 当たってほしくない予想が当たった芥川賞、
まあ、こんなもんじゃないですか？の直木賞
（第一三一回芥川賞・直木賞）

3 順当すぎるほど順当、両賞ともに大本命が来た！
（第一三二回芥川賞・直木賞）

4 事件だった直木賞候補作のラインナップ。
しかし、両賞とももっとも地味な結果に
（第一三三回芥川賞・直木賞）

5 候補者在庫一掃セール？の芥川賞、
東野圭吾を軸に思惑渦巻く直木賞
（第一三四回芥川賞・直木賞）

6 ショック！ ええーっ！ 受賞作がまたしてもすべて文藝春秋絡み!?
（第一三五回芥川賞・直木賞）

ROUND5 決定！第一回「文学賞メッタ斬り！」大賞……303
おわりに　大森望……326
索引……329
巻末特別付録　'04〜'06年版・文学賞の値うち……384

ROUND 1

文学賞に異変!?

［公開トークショー］

島田雅彦
大森望
豊﨑由美

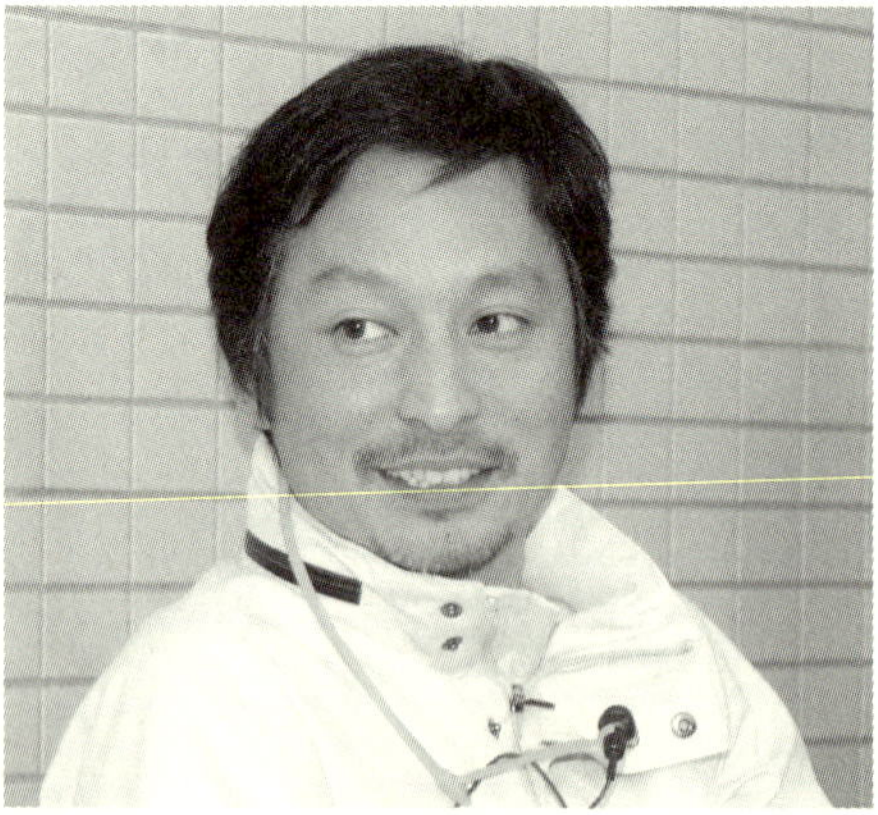

島田雅彦
Masahiko Shimada

1961年生まれ。東京外語大学在学中に『優しいサヨクのための嬉遊曲』（新潮社）で作家デビュー。84年『夢遊王国のための音楽』（福武書店）で第6回野間文芸新人賞、92年『彼岸先生』（福武書店/新潮社）で第20回泉鏡花文学賞受賞。近著に、〈無限カノン三部作〉『彗星の住人』『美しい魂』『エトロフの恋』（以上、新潮社）、『退廃姉妹』（文藝春秋）、『妄想人生』（毎日新聞社）など。2004年4月から06年3月まで朝日新聞にて「文芸時評」連載。現在三島由紀夫賞、文學界新人賞の選考委員を務める。

ベビーシッティングのノウハウがない出版社は、文学賞を運営できない

豊﨑　（会場を見渡して）さすがは文壇の貴公子、満員でびっくりしました。

大森　しかも女子率が高い。

豊﨑　四十歳を過ぎても一向に衰えませんね、貴公子人気は。

島田　いや、お二人の毒舌への期待から集まったんですよ。

豊﨑　いえいえ。メッタ斬りコンビもですね、いささか飽きられはじめておりまして、マンネリ打破ということで、島田雅彦さんをお招きした次第なんですけども。

大森　あと、若い女性読者獲得のために。

豊﨑　二〇〇四年の八月に発売された《ユリイカ》で、Z文学賞というものをやってみたんですよ。* 裏芥川賞みたいな企画で、安い旅館に行って選考会の真似事をしてみたわけですが、そのとき、芥川賞落選歴のつわものということで島田さんに来ていただいて、いろいろ賞に関する深いご意見が伺えたのが、これは面白いなと。それから去年の六月、朝日新聞に「文学賞異変」という記事が出ました。* 最近の文学賞は選考委員から作家が外されて、編集者の選考とか読者の投票とか、そういうもので決まるようになったと。その現象に関して同じ記事の中で、大森

（大）→大森望　（豊）→豊﨑由美　無印は編集部註

＊**Z文学賞というものをやってみたんですよ**
ROUND 4（二五七頁〜）に再録。

＊**「文学賞異変」という記事が出ました。**
朝日新聞、二〇〇五年六月一一日掲載。見出しは他に、「審査員から作家外し」「権威より販売促進」など。学芸部・野波健祐記者の署名記事。一部を引用すると――〈文学賞の創設が、戦後何度目かのブームになっている。出版物の販売が振るわない

さんが、「作家より、意識的にきちんと読めている、非作家が選ぶのが健全です」という考えを示し、それに対して島田さんが「新しい賞はビジネスにはなっても、日本語の富を蓄積するものにはならない」とコメントを寄せて、対立構造が出来上がった、と。で、はたからそれを煽りたいと思って、わたしは今日ここに来ているわけです。

大森　これ、夕刊の一面だったんですよね。

島田　一面の記事にするような話題じゃないよね。これすごく、おざなりに答えたんです(笑)。一部、まともなところだけ引用されています。今、対立構造と言っていただきましたが、じつはそう単純に私と大森さんが対立しているというわけでもない。いや、もっといろんなこと言ったんです。まず賞は多すぎるのではということ。作家を選考委員にするとコストがかかるんですよ。たとえばいちばん高いのはたぶん芥川賞の選考料で、毎年二回で一人あたり一回百万円もらえるんですね。

大森　え、一年じゃなくて、一回が百万なんですか？

島田　一回百万です。だから年で二百万、稼ぎの少ない大家などにとっては、二百万円の年金と同じなんですよ。作家十人に払うと一年に二千万ですね。そのくらいコストがかかる。

大森　そう考えると、文春の本の受賞率が高いのも当然ですね(笑)。直木賞と合

中、売り上げ向上を意識した賞が多いのが特徴。選考委員から作家を外す傾向が広がり、芸能人や書店員、読者など書き手でない人が並ぶ。芥川賞・直木賞の創設から70年。文学賞は才能発掘や顕彰から、出版社の「賞ビジネス」としての側面を強めつつある。(略)今回の賞ブームのきっかけとして衆目が一致するのは、03年創設の「本屋大賞」の成功だ。(略)文学賞は権威付けのために選考委員に作家を起用してきたが、販売促進のためには不可欠ではない――出版業界に「学習効果」が生まれた。文学賞の選考を検証した「文学賞メッタ斬り！」の共著者、大森望さんは、多くの人が納得する作品を選ぶ本屋大賞やその影響を受けた新設賞を、ビジネスの観点で評価する。「自分の狭い好みから減点式で選考する作家より、客観的にきちんと読めている非作家が選ぶ方が健全です」これに対し、三島賞選考委員を務める作家の島田雅彦さんは「著者の成熟や挑戦、たくらみを読み取る能力は作家に分がある。新しい賞は短期的ビジネスにはなっても、日本語の富を蓄積することはできないでしょう」

わせると、年間四千万円も選考委員に払っている。
島田 そういうことです。だから、作家を選考委員にしないというのは、コスト削減という意味では、有効であろうと思いました。
大森 新興の出版社の場合は、そもそも作家に頼むツテもないし、扱いも面倒くさそうだし。
島田 面倒くさい。たとえばね、選考会が終わった後に、電車でお帰りくださいというわけにはいかないからハイヤー用意しなきゃいけない、メシ食わせなきゃいけない、飲みにつれていかなきゃいけないとか。飲みに行くのも六本木じゃだめで銀座じゃなきゃいけないとか。
大森 うっかり仲の悪い人同士にお願いしちゃって大変なことになったり。文壇事情に疎い出版社は、作家番をさせる人間を雇わなきゃいけない。
島田 そうそう。選考委員同士でケンカするかもしれない。要するに作家のベビーシッティングのノウハウがない出版社は、そもそも作家に依頼できない。
大森 宝島社のケースがまさにそれです。「このミステリーがすごい!」大賞*なんか、えらくない書評家に選考委員を頼んだおかげで、選考会後の二次会はひとり千円の割り勘で済む*(笑)。でも、朝日の記事の話に戻ると、「作家より非作家が選ぶのが健全」と言った覚えはないんですよ。論点は二つあって、ひとつは、「選考委員はプロより素人がいい」という考えかたが出て来たこと。それだと、作家

と疑問を挟んでいる。〉

*「このミステリーがすごい!」大賞 宝島社主催の公募新人賞。大森望も選考委員を務める。巻末特別付録・文学賞の値うち(三五一頁)参照。

*選考会後〜割り勘で済む でも、芸者さんのいるようなお座敷

だけじゃなく、評論家とか書評家とか編集者もみんなバツ。小説を仕事で読んでる人よりも、読者に近い立場の人のほうが信頼できるって話ですね。もうひとつは、「今まで小説賞は作家が選考するのがあたりまえだったけれど、それは果たして正しいのか」という問題。実際、たとえば映画の賞の選考委員は映画監督より批評家がずっと多いし、歌の賞も歌手が選ぶわけじゃない。つまり、実作者は、必ずしも他人の作品を評価するプロではない。島田さんみたいに「文芸時評」*ができるのは作家の中でもむしろ少数派でしょう。だから、他人の小説をきちんと読めるごく少数の作家に選考委員の依頼が集中して、一人で三つも四つも賞の選考を担当することに……。

豊﨑　でも、渡辺淳一*みたいに、小説が読めないくせして選考委員を山ほど引き受けてる人もいますよね。

島田　うん、そういうケースもある。作家は実のところ小説を読めないのではないかと問題提起をしてもらいました。まあ、読み巧者と呼ばれる人たちが、小説家、批評家以外でも現れてきているっていうのは認めざるを得ないし、実際に書店員が、一種のキュレーターという形で、書店の店頭販売における一種の指南役を買って出ている。それが功を奏している、という現実があるわけです。タワーレコードのクラシックの売場でもあるんですよ。騙されたと思って店員推薦の指揮者の演奏を聴いて、「なかなかいい耳してるじゃないか」と感心した覚えがあり

で宝島社から接待をうけているという話を聞きますが。（豊）

＊島田さん〜「文芸時評」
二〇〇四年四月〜二〇〇六年三月朝日新聞夕刊に連載。

＊渡辺淳一
わたなべ・じゅんいち（一九三三〜）小説家、医学博士。『光と影』（文春文庫）で第六十三回直木賞受賞。代表作に『阿寒に果つ』『失楽園』（共に角川文庫）など。近著に『愛の流刑地』（幻冬舎）。直木賞などの選考委員を務める。「メッタ斬り！」シリーズでの愛称はジュンちゃん（豊﨑由美命名）。

ます。だからそういう読者啓蒙的な役割っていうのを、作家以外の人たちが果たしているっていう現実は認めなければいけないとは思っています。

豊﨑　文学賞の選考は作家だけじゃなく、批評家とかそれ以外のたとえば柴田元幸*さんのような読み巧者も交えて運営されるのが健全で、そういう意味では三島賞は福田和也*さんが入っているだけ芥川賞よりはましなんじゃないか、バランスが取れてるんじゃないかって気がするんです。大森さんは「文芸時評」ができる作家は少ないと言いましたけど、わたしは時評とまではいかなくても読む力のある作家は存外多いと思ってます。川上弘美*さんとかね。小説を享受するばかりの立場からすると、やっぱり実作者ならではの苦労や細かい仕掛けまで十全に理解できるという意味では作家の方が読みに関しても優れている面はある。だから、作家の力とそれ以外の力をバランスよく利用すればいいんであって、極端に走りすぎるのが問題だと思うんですよ。たとえば、本屋大賞*ってありますよね。あれは本屋さんが、「いま一番売りたい本」に投票して一位を決めることになってるわけですけど、今年はリリー・フランキー*さんの『東京タワー』*が受賞しています。受賞前にすでに百万部を超えて売れていたものに、今さらなんで？と思われても仕方ない結果です。あの賞って、もともとは直木賞に対するカウンターとして現れたという意味合いがあったと思うんですけど、今年の結果を見ると、島田さんおっしゃるところの民主的に選ぶという行為の限界が見え始めたのかなという気

＊柴田元幸
しばた・もとゆき（一九五四〜）　翻訳家、東京大学文学部教授。ポール・オースター、スティーヴ・エリクソン、レベッカ・ブラウンなど現代アメリカ文学作家の作品を翻訳紹介する。最近の主な訳書に『インディアナ、インディアナ』（レアード・ハント／朝日新聞社）、『僕はマゼランと旅した』（スチュアート・ダイベック／白水社）など。また、初の小説集『バレンタイン』（新書館）を発表して話題に。

＊福田和也
ふくだ・かずや（一九六〇〜）　評論家。三島賞などの選考委員を務める。保守派の論客としても知られる。一九九三年『日本の家郷』（新潮社）で第六回三島賞、『甘美な人生』（ちくま学芸文庫）で第二四回平林たい子賞、二〇〇二年『地ひらく　石原完爾と昭和の夢』（文藝春秋）で第

がしないでもないですね。

島田　それはほんとに売りたくて投票したのかな。黙ってても売れるんだったら、自分の意思ではないのでは？　問いただしてみたいですね。

大森　でも、「セカチュー」*が三百万部売れたんなら、この本も三百万部売ってやるって本気で思ってる書店員はいるでしょうね。

島田　それがそのまま給料袋が厚くなる結果になるのかな。

大森　それはそうでしょう。十万部のものが三十万部になっても上積みは二十万だけど、百万部のものが三百万部になったら二百万。単純に考えれば、上積み分の利益が十倍に増えるわけだから、当然、給料にも反映する。

柳の下の二匹目のどじょうで市場を埋め尽くしていけばいい

豊﨑　島田さんにお聞きしたいんですけど、わたしは、そもそも多数決から一番遠いところから生まれるのが、文学なんじゃないかなとかって思ってるんです。それなのに、本屋大賞とか新設の読者投票で選ばれる賞では、多数決で均されたものが受賞してしまう。多数決はいかにもダメなものをはじく程度の良識は持ち得ても、突出した作品を評価できるほどの見識は持ち得ませんよね。そのことに対する作家サイドからの本音、不満があれば不満を、お聞きしたいんですけど。

十一回山本七平賞を受賞。日本の有名作家の作品を百点満点で採点した『作家の値うち』（飛鳥新社）はベストセラーに。ほかに『贅沢な読書』（光文社）『悪の読書術』（講談社）『バカでもわかる思想入門』（新潮社）など。

＊川上弘美
かわかみ・ひろみ（一九五八〜）　小説家。一九九四年『神様』（中公文庫）で第一回パスカル短篇文学新人賞を受賞してデビュー。九六年『蛇を踏む』（文春文庫）で第百十五回芥川賞受賞。二〇〇一年、大ベストセラーとなった『センセイの鞄』（平凡社）で第三十七回谷崎潤一郎賞を受賞。文學界新人賞などの選考委員を務める。近著に『夜の公園』（中央公論新社）『ざらざら』（マガジンハウス）など。

＊本屋大賞
本屋大賞実行委員会主催の文学賞。巻末特別付録・文学賞の値うち（三四二頁）参照。

＊リリー・フランキー

島田　いきなり佳境に入りました（笑）。まあ、今日はそれを言いに来たんですよね。まずひとつ、作品の良し悪しっていうのは、確かにあります。ストーリーテリングが、血湧き肉躍るというのは、読者を喜ばせますし、一般的にいいと思われる作品はそういうものなんですよ。何しろ小説に関しては、ストーリーテリングでしか、みんな才能を評価しないからね。どういうスタイルを選んだかとか、どういう企みを秘めているかとかその作家がどれだけ不吉な存在かとか、そういうことはむしろ背景に退いてしまう。結局、波乱万丈、血湧き肉躍るストーリーテリングというのがひとつの試金石になっていて、それをもって良い作品か否か考えるっていう現実はあります。まあいいでしょう、それはそれで。でもストーリーテリングっていうのは、普通のテレビ番組などによって培われている感性なんですよ。要するに、起承転結がしっかりあって、カタルシスが得られて、それでなんとなくすべて納得したような気になるっていうような。薬にたとえるなら、効いている、と錯覚しやすい、多分にプラシーボ的なものがある。しかし、そういうものに限って、後で何も残らないっていうことが多いわけです（笑）。その芸を極めると、ハリウッド映画になるわけですね。実に編集が巧みで、観ている間はなかなか楽しいし興奮しますけれども、終わった後、与えられた要素が全部消化されてしまうので、何も残らないわけです。下痢さえしない。早晩、また違う登場人物、違うシナリオだけども、同工異曲の映画が出てきて、同じように

（一九六三〜）　イラストレーター、エッセイスト。編集に携わる扶桑社の文芸誌《en-taxi》で連載した自伝的小説『東京タワー　オカンとボクと、時々、オトン』（扶桑社）が二〇〇五年、大ベストセラーになり、第三回本屋大賞を受賞。

*『**東京タワー**』
正式タイトルは『東京タワー　オカンとボクと、時々、オトン』。二〇〇五年　扶桑社

*「**セカチュー**」
『世界の中心で、愛をさけぶ』（片山恭一／小学館文庫）のこと。恋人を難病で失った少年時代を回想形式で描いた青春恋愛小説。二〇〇一年に出版され、〇三年あたりから売上げを伸ばしてミリオンセラーとなったころから「セカチュー」の愛称が定着する。〇四年の映画化、ドラマ化をきっかけに、三百万部を超える大ベストセラーに。

消費されていく。パターン化したものを消化していくっていうのは、マクドナルドを永遠に食うのと同じです。非常に気が楽なんですね、もうレセプターができていますから(笑)。いつも同じ顔ぶれしかいない店でビールを飲むのと似ているというか、変わり映えしないことの楽しさみたいなものもあるわけですよね、だから、もし文学の洗練というものがそういう方向に向かうのだとすれば、本屋さんが選ぶ、読者が選ぶ、という方法は有効でしょう。要するに今、この瞬間売れるもの、しかも二番煎じでいい、柳の下の二匹目の、三匹目のどじょうで結構、ということで、そういうもので市場を埋め尽くしていけばいい、ということになりますね。じゃあこれが何を生み出すかっていうのは、ちょっと考えればわかることで、誰が書いてもよいってことになる。今回、朝日新聞の「文学賞異変」のあとに出てきたいくつかの新設文学賞の受賞作を読んでみた結果も、これは取り替え可能かな、っていう気がしました。電球?・(笑)。切れたら取り替えればいいわけだ。

豊﨑　朝日新聞で連載しておられた「文芸時評」の最終回に、島田さんはこう書かれてます、ちょっと読んでみますね。〝ただ、受賞した藤堂絆の「アシタ」と、そらときょうの「キヨコの成分」、また新潮エンターテインメント新人賞をとった吉野万里子の『秋の大三角』を読む限り、何もひっかかるものはなかった。読みやすく、破綻がない。受賞者が好きそうな、角田光代や、江國香織や、重松清の文章を模倣

〈資料〉新設文学賞（2005～2006）

賞名	主催	選考委員	受賞作品・発表	賞金
新潮エンターテインメント新人賞	新潮社	石田衣良（第二回浅田次郎、第三回宮部みゆき）	**「秋の大三角」吉野万里子**	100万円
日本ラブストーリー大賞	宝島社 エイベックス・エンタテインメント 宝島ワンダーネット	柴門ふみ、桜井亜美、松橋真三、浅倉卓弥 特別選考委員：大塚 愛、成宮寛貴	**「カフーを待ちわびて」原田マハ**	大賞 500万円 審査員絶賛賞 50万円
YAHOO! JAPAN文学賞	YAHOO! JAPAN	❶YAHOO! JAPAN文学賞＝一般読者の投票 ❷選考委員特別賞＝石田衣良	**❶「アシタ」藤堂 絆** **❷「キヨコの成分」そらときょう**	❶❷各20万円
青春文学大賞	角川書店	一次選考：編集部 二次選考：読者投票 最終選考：編集部、書店代表、読者代表で構成される選考会	**「りはめより100倍恐ろしい」木堂 椎**	大賞 300万円 候補作 10万円
ダ・ヴィンチ文学賞	メディアファクトリー ダ・ヴィンチ編集部	一次選考：編集部 二次選考：読者100名による審査員	**「ようちゃんの夜」前川 梓**	大賞1編 100万円 優秀賞2編 各20万円
ポプラ社小説大賞	ポプラ社	編集部	**「3分26秒の削除ボーイズ―ぼくと春とこうもりと」方波見大志**	大賞1編 2000万円 優秀賞2編 各500万円
日経小説大賞	日本経済新聞社	津本 陽、阿刀田高、辻原 登、髙樹のぶ子、川村 湊、縄田一男	2006年10月 日本経済新聞朝刊	大賞1編 1000万円
12歳の文学賞	小学館	上戸 彩、あさのあつこ、西原理恵子、重松 清、樋口裕一	2007年4月号 《小学四年生・五年生・六年生》	大賞 親子ヨーロッパ旅行 ＋図書カード10万円分

（2006年7月現在）

し、自分の身の回りのことを書いた結果、多くの読者が喜ぶ作品に仕上がった。文字通り民主的な作品〟。藤堂絆の「アシタ」と、そらときょうの「キヨコの成分」、これはYAHOO！ JAPAN文学賞*の受賞作ですね。厳しい意見をお書きになっています。

大森　厳密に言うと、新設とは言っても、『秋の大三角』*は作家が選ぶ賞*ですが。

豊崎　石田衣良*さんひとりが選んでますね。

島田　読者みたいなもんじゃない（会場爆笑）。

大森　またそんなことを。島田さんと石田さんとは、同じ〝中原昌也*被害者の会〟の仲間じゃないですか。仲良くしなきゃ。

島田　そうなんだ。え、なぜ被害者同士で結ばなければいけないのかな？ 加害者と結んでもいい。

大森　島田さんのおっしゃることは基本的にそのとおりだと思うんですよ。ただ、そういう言い方をするなら、エンターテインメントの九九パーセントは交換可能かもしれない。めったに大衆小説を読まない島田さんが、今回たまたま新設文学賞受賞作を読んだ結果、そういう感想を抱いたんじゃないかと。

島田　うん、今日はだからね、そういうものを病気になるぐらいたくさん読んでる大森さんに、その感触ってものを伺ってみたいとも思ってるわけです（笑）。

＊**YAHOO！ JAPAN文学賞**
二〇〇五年に実施された公募新人文学賞。二一頁表参照。

＊**『秋の大三角』**
吉野万理子著　二〇〇五年　新潮社。第一回新潮エンターテインメント新人賞受賞作。「メッタ斬り！」ふたりの評価は、巻末特別付録・文学賞の値うち（三四一頁）参照。

＊**作家が選ぶ賞**
二〇〇五年に創設された公募新人文学賞、新潮エンターテインメント新人賞のこと。一人の作家が選考する。第一回は石田衣良、以降第二回宮部みゆき、第三回江國香織。二一頁表参照。

＊**石田衣良**
いしだ・いら（一九六〇〜）　小説家。一九九七年『池袋ウエストゲートパーク』（文春文庫）で第三十六回オール讀物推理小説新人賞を受賞してデビュー。二〇〇三年『4TEEN』（新

『Deep Love』は、高橋源一郎だって選べない

大森　文学に多数決はなじまないとさっき豊﨑さんは言ったけど、いままでの文学賞は何十年もずっとそういう考えかたで選ばれてきたわけじゃないですか。民主主義じゃなくてエリート主義だった。でも、どうもそれがうまく機能してないんじゃないかってことで、多数決を採用した本屋大賞がスタートして、脚光を浴びた。一般大衆にアピールするものを選ぼうという意味では、文学賞の世界にポピュリズムが導入されたと言ってもいいでしょう。大衆迎合主義と訳すと悪いことみたいですが、読者の立場に立って選ぶという意味では民主的です。エリートが選んでも、エリートの読者にしか受け入れられない。文学賞をビジネスと見なす人たちにとっては、五千部とか一万部とかの玄人ウケする小説じゃなくて、十万部百万部売れる可能性のある受賞作を出したい。そのためには玄人より素人の選考委員が望ましいと。

豊﨑　それで、日本ラブストーリー大賞*の選考委員として柴門ふみ*や桜井亜美*、特別選考委員に俳優の成宮寛貴*くんを集めてくるわけですよね。小学館がはじめた「12歳の文学賞」*の特別審査員は上戸彩*だし。

島田　つまり誰でもいいってことだね。

潮文庫）で第百二十九回直木賞受賞。小説推理新人賞などの選考委員を務める。近著に『眠れぬ真珠』（新潮社）『灰色のピーターパン　池袋ウエストゲートパークⅥ』（文藝春秋）など。ワイドショーのコメンテーターなど、テレビでも活躍中。

＊中原昌也　なかはら・まさや（一九七〇〜）　ミュージシャン、映画評論家、小説家。短編集『マリ&フィフィの虐殺ソングブック』（河出文庫）で小説家デビュー。二〇〇一年『あらゆる場所に花束が……』（新潮文庫）で第十四回三島賞受賞。近著に『名もなき孤児たちの墓』（新潮社）『KKKベストセラー』（朝日新聞社）など。〝中原昌也被害者の会〟については、五八〜六一頁、ROUND2（一〇一〜一〇二頁）を参照。

＊日本ラブストーリー大賞　二〇〇五年に創設の公募新人文学賞。二一二頁表参照。

＊柴門ふみ　さいもん・ふみ（一九五七〜）　漫画

豊﨑　やっぱり、大森さんは、ほら、出版界の腹黒いフィクサーだから（笑）。こういう流れに関しては、わりと中立の立場をキープするわけじゃないですか。出版社や書店のことを考えれば、こういう流れになっていくのもしかたがないんじゃないかっていう消極的肯定の立場なんですよね？

大森　好き嫌いはべつにして、考えかたとしては理解できます。でも、たとえば新人賞にポピュリズム的な選考方法を採用したからといって、『Deep Love』*を選べるかっていうと、それは非常に難しい。素人の選考委員を用意しても、それ以前の一次選考で落ちちゃう可能性が高いから。新人賞からベストセラーが生まれないと言うけど、百万部売れる小説を原稿段階で選ぶのはほぼ不可能でしょう。応募された大量のクズの山の中に第二の『Deep Love』があるかもしれないけど、素人ならそれが選べるというわけじゃない。むしろ占い師が必要です。高橋源一郎*さんだってあれは選べない。

豊﨑　第六回小学館文庫小説賞*で河崎愛美*の『あなたへ』*っていう作品が受賞しましたけど、これは小学館文庫編集部だからこそ選べたんであって、通常の文学賞なら下読みの段階、一次選考でも選ばれませんよね。

大森　僕だったら最初の三行で落としますね。

島田　そうなの？　どういうの？

大森　ポエムです、十五歳の女の子が書くポエム。しかも死んでしまった恋人に

家、エッセイスト。代表作に『東京ラブストーリー』『あすなろ白書』など。近著に『小早川信木の恋』など（いずれも小学館）。夫は同じ漫画家の弘兼憲史。

＊桜井亜美
さくらい・あみ　小説家。一九九六年『イノセントワールド』（幻冬舎文庫）でデビュー。代表作に『チェルシー』（講談社）『Lyrical murderer』（幻冬舎文庫）など。近著に『Singer Song Lovers』（幻冬舎文庫）など。

＊成宮寛貴
なりみや・ひろき（一九八二〜）　俳優。映画「あずみ」「下弦の月〜ラスト・クォーター」、テレビドラマ「ごくせん」「オレンジデイズ」などに出演。

＊12歳の文学賞
二〇〇六年創設の小学生限定の公募新人文学賞。二二一頁表参照。

＊上戸彩
うえと・あや（一九八五〜）　俳優。

宛てた手紙形式のポエム。

島田　はあああ(絶句)。いや、まさにその困難については、私も考えたことがある。わかりきったことだけれども言うと、ふつうの文学賞の場合、選考委員が四、五人いるとして、この四、五人が読むのは、最終選考に残ってきた五、六本なんですね。それは芥川賞だって新人賞だって、みんなだいたいそうです。それだってそれぞれの作品が百枚、ないし二百枚あるわけで、選考委員は最大で千枚くらい読むことになるから、まあ一週間つぶれるんです。それ以上の負担は作家の選考委員にはかけないっていうのが、ひとつの約束事になっている。ただ、公募の新人賞に関しては、最近では応募総数が平均して千五百超えてますからね、多いものだと二千数百にのぼりますから。これには下読み担当者が当然いるわけで、お二人ともやられてるわけでしょう?

豊﨑　こちらにおられる大森さんは天下の下読み王であらせられます(笑)。

島田　ああ、この人はもう狂ってますからね。だから、こないだも応募作全部、二千七百本くらい読んじゃったわけでしょ?

大森　だからそれはこのトークショーの取材のためですよ! 応募作全部に目を通すとどうなるかってことを身をもって体験すべく、某出版社に毎日通って、二千二百本ぐらいの原稿を片っ端から眺めた。新人賞トライアスロン。ふだんはそんなことしませんよ。読むのはせいぜい年に二百本ぐらいで。

映画「あずみ」「インストール」、テレビドラマ「3年B組金八先生」「エースをねらえ!」「下北サンデーズ」などに出演。

＊『Deep Love』
二〇〇二年に出版された『Deep Love―アユの物語』(Yoshi/スターツ出版)。援助交際をする十七歳の少女を題材とした人気ケータイサイトで発表された連載小説を単行本にしたもの。シリーズ四作で二百五十万部を超える売上げを記録。

＊**高橋源一郎**
たかはし・げんいちろう(一九五一〜) 小説家、明治学院大学国際学部教授。一九八一年『さようなら、ギャングたち』(講談社文芸文庫)が群像新人長編小説賞優秀作となり、デビュー。八八年『優雅で感傷的な日本野球』(河出文庫)で第一回三島賞、二〇〇二年『日本文学盛衰史』(講談社文庫)で第十三回伊藤整文学賞受賞。近著に『性交と恋愛にまつわるいくつかの物語』(朝日新聞社)『ミヤザワケンジ・グレーテストヒッツ』(集英社)、書評集『人に言えない習

島田　でもそういう無理がたたって病気してる*わけでしょ？

大森　じゃなくて、病気が治ったから挑戦したんです！

豊﨑　懲りないんですよ。

島田　医者に止められたらやめるでしょ。タバコはやめたんでしょ？　下読みも医者に止められたらやめるんじゃない？　やめさせたほうがいいよ(笑)。豊﨑さんは何本くらいやってるの？

豊﨑　わたしは毎年やってる日本推理作家協会賞*以外では、たまぁに頼まれてやるくらいです。で、一回やるとだいたいいやになって、もう来年は頼まないでくださいってお願いすることになる。

島田　一回に何本読むの？

豊﨑　賞によって違いますけど、たとえば、わたしも前にやったことのある乱歩賞*だと八十本くらいは読むことになりますか？　一次選考で。

大森　そうですね。しかも、今のエンターテインメントの賞はほとんどが長編賞なんで、四百枚とか五百枚とかのを何十本も読むことになる。文芸誌の公募新人賞で千とか二千とか応募が来るのは、大体百枚ぐらいの中短編ですよね。それとは全然違って、下読みはエンターテインメントの方が大変なんです。まあ、全部読むかっていうと……。

豊﨑　ざっと目を通せばわかるものも結構あるから。ただ、乱歩賞はちょっとわ

慣、罪深い愉しみ』(朝日文庫)など。文藝賞などの選考委員を務める。

***小学館文庫小説賞**　小学館主催の公募新人文学賞。巻末特別付録・文学賞の値うち(三四八頁)参照。

***河崎愛美**　かわさき・まなみ(一九八九〜)　二〇〇五年『あなたへ』で第六回小学館文庫小説賞を受賞した当時は、史上最年少受賞として話題になった。

***『あなたへ』**　二〇〇五年　小学館。少女から、亡き少年に宛てた手紙という形式で綴る恋愛小説。「メッタ斬り！」ふたりの評価は、巻末特別付録・文学賞の値うち(三四八頁)参照。

***そういう無理がたたって病気してる**　二〇〇五年十月に心筋梗塞の発作を起こして二週間半入院。禁煙にも成功したが、入院中に北方謙三『水滸伝』全十九巻を読むなど、禁書には成功していない。(大)

けが違って、わりあい本気度とレベルの高い人が応募してくるので、一目でわかる屑が少ないんですよ。小説現代新人賞*の下読みを一回だけやったんですけど、こっちはすごかった。短編の賞なんで、読むこと自体はラクだったんですけど、もう二度とやりたくありません、すごく消耗するんで。なんで大森さんがあんなにたくさんの賞の下読みができるのか、わけがわからない。やっぱり心がないからだと思う（笑）。

大森　楽しいですよ、世の中にはいろんな人がいるなあって。実際、応募作を見てると、もう希望格差社会の縮図ですよ。東大出て現在はアルバイトの四十五歳とか、人生もいろいろ。最近で一番多いのは団塊の世代の男性。

島田　なるほど。今後もっと増えるんじゃない？　だって、定年になるの、今年あたりからだもんね。

大森　そうですね。それと、筆歴に自分がいままでに出版した著書のタイトルを挙げる人の数がものすごく増えてる。新人賞応募者二千人のうち百人ぐらいはそうじゃないかな。版元はたいがい碧天舎*とか文芸社とか新風舎とか。共同出版、協力出版ってやつです。要は自費出版ですけど、出版社がお金を出して書店の棚を買って、そこに自社刊行物を並べる、そういう商売が大流行してる。小説を出版したいという意欲はものすごく高いですね。これをなんとか有効活用する方法があれば。

＊**日本推理作家協会賞**
日本推理作家協会主催の文学賞。巻末特別付録・文学賞の値うち（三五九頁）参照。

＊**乱歩賞**
江戸川乱歩賞。日本推理作家協会主催の公募新人文学賞。巻末特別付録・文学賞の値うち（三五四頁）参照。

＊**小説現代新人賞**
講談社主催の公募新人文学賞。巻末特別付録・文学賞の値うち（三四五頁）参照。二〇〇六年から小説現代長編新人賞にリニューアル。枚数は二百五十〜五百枚。賞金三百万円。選考委員は、石田衣良、伊集院静、角田光代、重松清、花村萬月。

＊**碧天舎**
二〇〇六年三月倒産。

豊崎　そういう人たちを一箇所に集めて、どこか収容所みたいなところに入れて、そのむやみやたらな表現欲というエネルギーを何かに有効利用できれば……。

島田　なんでそっち行くのよ。

大森　そういう人たちは五十万、百万出して小説を本にしてるわけ。でも新人賞に応募するのはタダだから、なんでもかんでもどんどん送る。

豊崎　読む人の気持ちも知らないでね。

大森　歴史の長いミステリの賞だと、プロ作家の応募がやたらに多かったりするんですが、新設の派手な新人賞は、ほんとにずぶの素人の応募が多くて、何も知らないから電話でいちいち質問する。聞いた話だと、一番多かった質問は、「これもし当たったら、印税がもらえるんでしょうか」。

島田　宝くじじゃないんだから(笑)。

大森　当たるか外れるか。懸賞に応募する感覚の人が多い。

豊崎　でも二千何百本もあったら、そんなところもちょっとはありますよね、当たり外れみたいな。

島田　でもまあ、大した数じゃないんだよ。ちょっと前、一番就職難の頃の出版社の新卒採用の競争率がやっぱり二千倍くらいですよ。文藝春秋とか新潮社あたりね、そこに編集者として採用される確率が二千分の一だとすると、同じようなもんだよね。でも出版社には福利厚生あるけど、新人賞はないでしょ。だから福利厚生のある出版社の方が勝ち組じゃないのって(笑)。確かに日本人が抱え込んだ未来に向けての諸問題、環境問題や政治の問題もさることながら、やっぱりメンタルな問題で。定年退職した人たちが、膨大な暇を持て余すという現実はあるわけだ。老後の蓄えっていうのは、ほんとは定年退職したらもう遣えばいいんだけど、実際はどうしようかと迷う人生が二十年くらい続く。その中で一番ローコストな投資として、小説を書く。原稿百枚くらい暇にあかせて書いていく。どうせ行くところもないんだから、図書館にでも行けばいいわけです。そればかりだと心が病気になるかもしれないから、町の区民会館とかのプールで泳ぐでしょ、で、健康になるでしょ、そうやって日が過ぎていくわけです。そうこうするうちに、やっぱり一年に付き二、三百枚の原稿は書けるよね。しかも定年を迎えるまでには経験も積んでいるだろう、辛酸も舐めただろう、病気もしただろう。辛酸を舐めて病気したら、普通の純文学は書ける、書く資格はある。

大森　ほんと病気の話多いですね(笑)。あと海外生活の話。やっぱり、ちょっと普通と違う経験をすると、これは小説になるなと思うんでしょうかね。

豊﨑　人が死ぬ話は?

大森　それはあんまりない。年寄りの人が書くのは、むしろ若いとき、子どものときの話ですね。団塊の世代なら中学校時代の話。七十代になると、学童疎開の思い出話がすごく多い。

豊﨑　疎開（笑）。実際問題、歳取るとつい一昨日何食べたかは覚えてなくても、子ども時代のことはありありと思い出せるっていいますしね。

大森　でも最近では『信長の棺』*の加藤廣*みたいに、七十いくつで初めて書いた時代小説がベストセラーになった例もあるから、年配の応募者も侮れない。ホラーサスペンス大賞*をとった沼田まほかる*さんは団塊の世代で、それが話題になって受賞作は結構売れた。あと、小松左京賞*は、小松左京*さんが自分で選ぶ賞なんですが、最近の若い人の小説はよくわからないとご自身でおっしゃってるくらいなんで（笑）、最近の受賞者は団塊世代の人ばかり。前々回、五十七だかの人がデビューして最年長記録だと言ってたら、翌年の受賞者はさらに二歳年上で、たちまち記録を塗り替えた。

島田　それで思い出したけどね、前々回の文學界新人賞*、七十いくつの方が応募されてきて、最終まで残ったんですよ。審査しましたが、ちょっとね、いかれてるんですね。でも面白いんです。

大森　朝鮮半島生まれとか、ユニークな経歴の女性*ですよね。誰が推してたんでしたっけ。

島田　いや僕もちょっと推したんだけど。で、最終候補の五本に残るってことで担当者が本人に電話したらね、「あら、あたしそんなの応募したかしら」（会場爆笑）。

***『信長の棺』**
二〇〇五年　日本経済新聞社。帯に〝小泉首相も愛読！〟。

***加藤廣**
かとう・ひろし（一九三〇〜）　経営評論家、小説家。中小企業金融公庫、山一証券経済研究所顧問などを歴任。ベンチャー企業の経営の指導なども行う。『信長の棺』で小説家デビュー。

***ホラーサスペンス大賞**
新潮社、幻冬舎、テレビ朝日主催で二〇〇〇年に創設され、賞金総額千三百万円が、当時の文学賞最高賞金額として話題を呼んだ。〇五年度（第六回）をもって中止。最後の受賞作は『キタイ』（吉来駿作／幻冬舎）。

***沼田まほかる**
ぬまた・まほかる（一九四八〜）　小説家。『九月が永遠に続けば』（新潮

応募したことを忘れてる。しばらくして「……そんなことがあったような気がするわ」って。また時期を変えて家族の人と話したら「うちの母ボケてまして」って。

豊﨑　いい塩梅にボケ味が絡んで、面白くなったんでしょうね。

島田　そうなんですよ。

豊﨑　言語遊戯の集団「ウリポ」*がやったリポグラム*みたいに文字を落としていくとか、ある種実験小説のようになりかねませんもんね。

島田　ていうか、そうなっていた。

大森　某賞の応募者にも、九十四歳っていうおばあちゃんがいましたね。年齢の証明に障害者手帳のコピーが貼ってあって。

豊﨑　そのおばあちゃんはギネスに挑戦したいのでは？

大森　そう、受賞の暁にはギネスブックに申請しますと。で、応募順に作品を見ていったら、同じおばあちゃんの作品がまた出て来た。新作を書いてまた応募したらしいんだけど、誕生日を過ぎたので、そっちは年齢が九十五歳になってたという。

島田　すごいねえ。でもそういうシフトを考えてもいいかもしれないですね、文学賞っていうものを福祉と考えれば（会場爆笑）。いやいや、これは笑いごとではなくて、どの賞も、ある程度は福祉なんですよ。新人賞はニートやフリーターのための福祉であり、デビューはしたものの、売れない作家の福祉としての芥川賞、

社）で第五回ホラーサスペンス大賞を受賞。

＊小松左京賞
角川春樹事務所主催の公募新人文学賞。巻末特別付録・文学賞の値うち（三四六頁）参照。

＊小松左京
こまつ・さきょう（一九三一〜）小説家。日本のSF界を代表する作家のひとりであり、その草創期を支えた存在。代表作に『果しなき流れの果に』（ハルキ文庫）『日本沈没』（小学館文庫）など。一九八五年『首都消失』（ハルキ文庫）で第六回日本SF大賞を受賞。SF作品を対象とした公募新人文学賞、小松左京賞の選考委員をひとりで務める。

＊文學界新人賞
文藝春秋主催の公募新人文学賞。巻末特別付録・文学賞の値うち（三七一頁）参照。

＊ユニークな経歴の女性
第百一回文學界新人賞で「退行する日々」が、辻原登奨励参考作となっ

三島賞、野間文芸新人賞*とかって考え方もあるわけでしょ。

大森　選考委員に対する福祉って側面もある。

島田　そう。年間で選考料二百万円。十二歳のための文学賞があるのなら、定年退職者向けに六十五歳以上のための文学賞とかつくればいい。「文芸時評」にも書いたけど、くだらない男性社会、自民党中心の社会に従軍慰安婦みたいに尽くさざるを得なかった奥様方が、これから最後の反乱に打って出て、熟年離婚をする。そうやって悠々自適の独身生活を獲得したときに、浮いた時間を活用して、ひょっとしたら、桐野夏生*が書くようなものを書けるかもしれない。そういう可能性に向けて投資する、門戸を広げるっていうのが、本来の商売じゃないの？

豊﨑　そうですよね。ベビーブーマー世代だから人数は多い。しかも、小金を持ってる。

島田　そういう隙間を、ピンポイントで狙ってあてた商品て、いくらでもあるじゃない。なんだっけ、夫婦関係のことを、川柳っぽく……。

豊﨑　きみまろ。

島田　そうそう。綾小路きみまろ*。あれなんてまさに隙間産業みたいなもんで、まさに離婚を考えていないこともない奥様方に、倦怠期も四周目くらいのご夫婦に対して、ものすごく受けてるわけじゃないですか。そういうピンポイントの文学っていうのは、大いに想像すべきであるし、そこには市場を作り出していかな

た、桑井朋子（くわい・ともこ　一九三二〜）。平壌生まれ。大阪府立大学社会学科卒。

***「ウリポ」**　『文体練習』（朝比奈弘治訳／朝日出版社）などで知られる、一九三〇年代に活躍したフランスの作家、レイモン・クノーが中心になって結成された文学実験集団。ウリポとは、ウヴァロワール・ド・リテラルチュール・ポタンシエル（ポテンシャル文学工房）の頭文字（ULIPO）をとったもの。

***リポグラム**　使用する文字を減らして作品を書く実験。

***野間文芸新人賞**　野間文化財団主催の公募新人文学賞。巻末特別付録・文学賞の値うち（三七五頁）参照。

***桐野夏生**　きりの・なつお（一九五一〜）　小説家。野原野枝美などの名義で少女小説を書いていたが、一九九三年『顔

きゃいけない。現時点で見る限り、これまでの日本のカルチャーシーンのマーケティング自体が、もう全部若年志向、若者、ガキ志向に終始してきた結果、もうみんな似たり寄ったりのものになってしまった。

文学という氷山の下の層が見え始めている

大森　実際、最近はデビューする新人の年齢の幅がめちゃくちゃ広がってて、一番下が十三歳、「このミステリーがすごい！」大賞の特別奨励賞をとった『殺人ピエロの孤島同窓会』*の水田美意子。*応募時点では十二歳ですね。かと思えば、六十歳以上の新人もそう珍しくない。

豊﨑　文藝賞も応募者の幅が広がってきたっていう記事が何かに載っていて、最年少が十一歳女性、上が八十七歳女性だったとありました。パーセンテージも細かく出てたんですけど、年齢層がばらけてきたっていうのは確かに面白い現象ですよね。

大森　小学生はたまにいますね。このあいだ見たのは小学校五年生。来年になったら受験で小説を書いたりはできなくなるから、小学校生活最後の思い出に応募しましたって。

豊﨑　卒業文集かよっ(笑)。文学、小説の敷居がものすごく低くなったイメージ

に降りかかる雨』(講談社文庫)で第三十九回江戸川乱歩賞を受賞して本格的にデビュー、九八年、第五十一回日本推理作家協会賞を受賞した『OUT』(講談社文庫)で一躍人気作家となる。また、英訳された同作が、二〇〇四年、アメリカのエドガー賞にノミネート、最終候補となったことでも話題になった。九九年『柔らかな頬』(文春文庫)で第百二十一回直木賞、〇三年『グロテスク』(文藝春秋)で第三十一回泉鏡花文学賞、〇四年『残虐記』(新潮社)で第十七回柴田錬三郎賞を受賞。近著に『魂萌え！』(毎日新聞社)『アンボス・ムンドス』(文藝春秋)など。

***綾小路きみまろ**　あやのこうじ・きみまろ(一九五〇〜)　漫談家。中高年女性が日常にかかえる不満や本音を、ほどよい毒舌で拾い上げたネタで人気。

***『殺人ピエロの孤島同窓会』**　二〇〇六年　宝島社。ROUND3(一二七頁)参照。

***水田美意子**

があるということでしょうかねえ。

島田　あるんでしょうし、実際に技術的な問題から考えてみると、たとえばミステリってある意味書きやすいかもしれないんですよ。

大森　型が決まっていますからね。

島田　決まってるし、ちょっとした専門的な知識っていうのも、それなりにネットのスキルがあれば、みんなドラッグしてこれる。いろんな項目を全部ネット検索にかけて、そこで勉強しながら書いていけば、それなりのものになるっていう。つまり、全く勉強してないやつのくせに、レポートはうまく体裁合わせるみたいなのと同じスキルでできるわけね。だから近頃は、酒鬼薔薇聖斗[*]を模倣するっていうか、彼を先輩とみなす、マイナスのヒーローたち、ヒロインたちっていうのは、そういうセンスはみんな持ってるじゃないですか。母親を毒殺しようとしたあの少女[*]もミステリみたいなものを書いていた。ネットのスキルがあれば全部パクリで、それなりのものを作れちゃうっていうのがある。だから、特にミステリとかファンタジー小説を書く人たちの低年齢化っていうのは、そういう事情と合わせて考えたほうがいい。天才が昔より増えたわけじゃないんですよ、けっして。

大森　佐世保の小学六年生[*]が書いていた『バトル・ロワイアル』[*]小説も、まあそういうレベルの作品でしたね。

ROUND3（一三七頁）参照。

***酒鬼薔薇聖斗**
一九九七年、神戸市須磨区の小学六年生の少年が行方不明になり、翌日、中学校の校門にその切り取られた頭部が置かれているのが発見される。その口に〝さあゲームの始まりです〟とはじまる犯行声明を記した紙片が差し込まれており、〝酒鬼薔薇聖斗〟の署名があった。事件発生後、ほぼ一か月後に判明した犯人は、当時中学三年生の十四歳の少年であった。

***母親を毒殺しようとしたあの少女**
二〇〇五年、静岡県伊豆の国市の高

豊崎　ときどきインタビューで「文学のレベルが下がったんですか」とか聞かれることがあるんですけど、わたしは「違うと思う」って答えてるんです。文学自体のレベルが下がったんじゃなくて、書き手と読者のリテラシーの水位が下がったことによって、文学という氷山の下層部が見え始めているんであって、氷山の大きさや高さ自体は同じなんじゃないか。つまり、今までは、氷山の中腹から上のほうしか見えなかったのが、新人賞も増え、島田さんがおっしゃったような、ブログとかで簡単に何か書いて発表できるという状況が広がる中、水位が下がって、今まで見えなかった氷山の下の層が露になってきているっていう気がするんです。そして、それはたぶん、歯止めが利かない流れなんだと思うんですよね。

島田　今は若けりゃいいっていうふうにして出版してますけど、そういうものを律儀に読んでみたところで技術的に瞠目すべきものがあるとは思えないでしょ。今おっしゃったことと同じなんだけど、将棋とか、フィギュアスケートとか、野球とかね、そういう十代の天才が出現するジャンルと、なかなか比べられないところがあるわけですよ、小説の場合はね。俳句とか短歌だったら、かなりの線まではいけると思います、その技術を徹底的に仕込めば。習い事の領域でできるから。でも、小説っていうのは、習い事のレベルでできる部分っていうのは案外少なくて、技法的なことを突き詰めていったらほんとに深いんでね、それは今後のその人の勉強によるしかないという部分があって。

校一年生の少女が、劇物である酢酸タリウムを入手、母親に少しずつ飲ませ、毒殺未遂の疑いで逮捕された事件。母親の衰弱していくようすを自身のブログで日記として書き綴っていたことや、十四歳で継母を殺した毒殺魔を描いたノンフィクション『グレアム・ヤングの毒殺日記』(アンソニー・ホールデン　高橋啓訳／飛鳥新社)を愛読していたことなどが話題になった。

***佐世保の小学六年生**　二〇〇四年、十一歳の少女が、同級生の少女を学校でカッターナイフで刺殺した。『バトル・ロワイアル』を愛読していたという加害者の少女は、インターネット上に、同級生たちを登場人物にした『バトル・ロワイアル』オマージュ小説を発表していた。

***『バトル・ロワイアル』**　高見広春著　一九九九年　太田出版(現在は幻冬舎文庫)。離れ小島に送り込まれ、同級生同士で殺し合いをしなくてはならない状況に追い込まれた一クラス四十二人の中学三年生

豊崎　でも勉強すればするほど、読めば読むほど、書きにくくなっていくのが小説ですよね。
島田　そうなるでしょうね。
豊崎　本をたくさん読んでいると、何か書きたいと思っても「もうこんなのすでに書かれてる」という壁にぶちあたって身動きが取れなくなってしまう。十代の子がのびのび書けるっていうのは、知らないから書けるってところもありますから。
島田　ええ、十代に限らず、二十代でもそうだけどね。
大森　技術がないから、才能だけの勝負という側面もある。若いというだけで十把ひとからげにされがちですが、同じ十五歳の小説でも、『平成マシンガンズ』*と『あなたへ』では、レベルが全然違う。低年齢化っていうと、低年齢の書き手がひとつの傾向を持ってるみたいな感じだけど、三十代、四十代の書き手と同じぐらい千差万別。高年齢の人でも、もちろんそれは同じですが。

『東京タワー』の百万部突破より事件な『四十日と四十夜のメルヘン』の増刷

豊崎　今応募してくる新人の特徴のひとつに、いわゆる海外の小説に対する敬意が全く感じられない、そこからの影響が感じられるものがほとんどないというこ

を描いた青春小説。第五回日本ホラー小説大賞落選作として話題に。映画化もされ、大ベストセラーとなった。落選から出版に至る経緯については、前作『文学賞メッタ斬り！』のROUND4、ROUND7でたっぷり語っています。

*『平成マシンガンズ』
三並夏著　二〇〇五年　河出書房新社。ROUND3（一三四頁）参照。

とがあると思うんです。高橋源一郎さんもどこかでおっしゃってましたけど。

島田　アジアの小説でもいいんですけどね。

豊﨑　そうですね、とにかく、いわゆる世界文学というものに、いい意味でも悪い意味でも、ビビってない節がある。

島田　今の若い作家を、批評ができるかできないかで分けると、同じことが言えると思う。批評ができる人っていうのは、わりと外国の文学を読んでるんですよ、おかしなものを読んでます。中原昌也なんてのは読んでるんですよ。あと、金原ひとみ*、鹿島田真希*。この子たちは、なんかおかしなテキストを読んでる。だから批評を書かせたら、それなりにいいものを書けるんじゃないでしょうか。だけど、そうでない人たちっていうのは、一切書評もしないでしょうし。

豊﨑　青木淳悟*さんなんかも批評ができる作家だと思うんです。結局、作品に自己批評的なまなざしがあるのか、自己言及的かどうかっていうところですね。それをエンターテインメントっていうジャンルにも求めるのがいいのかわるいのかっていう問題はありますけど、少なくとも、純文学の新人の作品ではその点が気になってしまうんです。

島田　選考委員なんかやったりした場合に、そういうところが真っ先に気になりますよね。

大森　金原ひとみさんなんか、そういうタイプじゃないと思ってたのに、その後

＊**金原ひとみ**　ROUND3（一一八頁）参照。

＊**鹿島田真希**　かしまだ・まき（一九七六〜）小説家。九九年『二匹』（河出文庫）で第三十五回文藝賞を受賞してデビュー。二〇〇五年『六〇〇〇度の愛』（新潮社）で第十八回三島賞受賞。

＊**青木淳悟**　ROUND3（一三一頁）参照。

の『アッシュベイビー』*『AMEBIC』*を読んで驚いた。どこまで伸びるんだろうかと。

豊﨑 「蛇にピアス」*より、以降の作品の方がずっといいですもんね。

島田 やっぱり顔で選んだほうがいいんじゃないか(笑)。

大森 綿矢りさ、*金原ひとみの芥川賞ダブル受賞*が話題になった波及効果で、文芸誌も相当潤いましたよね。若い読者が文芸誌をはじめとする純文学に大量にもどってきた。僕がいちばん驚いたのは、青木淳悟さんの『四十日と四十夜のメルヘン』*が四刷だか五刷だかになってるという話。部数はそう多くないにしても、あんな実験的な小説が増刷するなんて、二、三年前の常識では考えられない。一番売れそうにないタイプですからね。

豊﨑 実際に読めたか読めないかは別として、売れたっていうのはすごい。わたしは、『東京タワー』百万部突破よりも、そっちの方がよっぽど事件だと思いますね。

島田 なんていうか、怖いもの見たさじゃないけど、サプライズをどこかで求めてる。これまでは、こんなに若いんだぞ、こんなに美人なんだぞっていうことになってたね。あと、お笑い芸人も書くんだぞ、とか、一種コスプレっていうかキャスティングっていうか、そちらのサプライズでやってきた、すごくイージーに。しかし『四十日と四十夜のメルヘン』のように、こういうスタイルもあるん

***『アッシュベイビー』**
二〇〇四年　集英社。ROUND3(二一八頁)参照。

***『AMEBIC』**
二〇〇五年　集英社。ROUND3(二二〇頁)参照。

***「蛇にピアス」**
二〇〇三年　集英社。金原ひとみのデビュー作。第二十七回すばる文学賞、第百三十回芥川賞を受賞。舌をふたつに裂いた「スプリットタン」を持つ男に出会った少女は、自分の身体にもピアッシングを繰り返す。

***綿矢りさ**
ROUND3(一五一頁)参照。

***芥川賞ダブル受賞**
第百三十回芥川賞。十九歳の綿矢りさと二十歳の金原ひとみのダブル受賞は一大センセーションを巻き起こした。受賞作掲載の《文藝春秋》(二〇〇四年三月号)の売上げは百万部を突破。

***『四十日と四十夜のメルヘン』**

だぞ、こういうふうに日本語をこねくり回してもいいんだぞと。

大森　こんなに話がわかんなくてもいいのかと。

島田　そう、わけわかんないんだぞ、と。そういうサプライズも、受け入れられるということなんですよ。

大森　西村賢太*の『どうで死ぬ身の一踊り』*もすぐ増刷したみたいで。あれなら、こんなに貧乏臭い小説もあるんだぞと。なにか突出した部分があれば、一点突破できる。

豊﨑　売りかたってのもあると思うんですよ。若い人って、かっこいいものだったら手を出すっていうところがあるでしょ。青木淳悟かっこいい、見た目とかじゃなくて、作品がかっこいいらしいよっていうのはパッケージとしてすごくいい売り方だと思うんです。そうすると書店員さんもＰＯＰがつけやすいじゃないですか。いろんなパッケージの仕方ってできると思うんですよね。

島田　デビューした頃の京極夏彦*に対して、豊﨑さんはそういう注目の仕方をされてましたね。

沖縄行って、カフーなんか待ちわびてみようかな

豊﨑　新興の文学賞の受賞作（二一一頁表参照）についてもう少し具体的に話してみま

二〇〇五年　新潮社。ＲＯＵＮＤ3（二三二頁）参照。

***西村賢太**
にしむら・けんた（一九六七〜）　小説家。二〇〇四年《文學界》（十二月号）に「けがれなき酒のへど」が、〇四年下半期同人雑誌優秀作として転載され、文芸関係者の間で話題に。〇五年「どうで死ぬ身の一踊り」が、第百三十四回芥川賞候補となり、その特異な作風が話題になる。ＲＯＵＮＤ4（二五二頁）参照。

***『どうで死ぬ身の一踊り』**
二〇〇六年　講談社。ＲＯＵＮＤ4（二五二頁）参照。

***京極夏彦**
きょうごく・なつひこ（一九六三〜）　小説家、デザイナー。一九九四年、講談社に持ち込んだ『姑獲鳥の夏』（講談社文庫）でデビュー（これをきっかけにメフィスト賞が創設されたので、本作を第〇回受賞作とするこ

しょうか。どうでしたか？ 島田さんはふだんあまり読みませんよね、この手のものは。

島田 うん。

豊﨑 そういう島田さんみたいな純文リーグ代表作家が、個々の作品にどういう感想をもたれたか、とても興味深いんですが。

島田 うーん、なんか読むそばから忘れちゃうんですよね。でもね、なんていうんだろう、私自身もある意味病んでるかもしれないんですよ。つまり、いち物書きである立場を忘れて、読者として、虚心に一冊一冊の書物と向き合うなんて、できないんだから。それをできるようになるためには、頭を打たなきゃいけないわけだよね。転んだりして。それで、リハビリ中に、なんとなく読んでいくような環境があるといいかもしれない。あるいは脳卒中で倒れるとかね。それで失語症に陥って、リハビリのために読むんだったらいいかもしれない。どこかで、間違ってるかもしれないんですね、私の頭も、言語認識っていうのも。だから、なかなかつらいものがあるわけですよ。要するに、混乱するんですよね、こういうものを読むと。いや、だからね……。

豊﨑 こんな程度でいいのか！ っていう？

島田 ひとつはそうです。まあ正直に言えば(笑)。ただもうひとつこう思うわけです、私はこういうの書けるのかなって。ここまでやさぐれてくると、単にコス

とも)。九六年『魍魎の匣』(講談社文庫)で第四十九回日本推理作家協会賞、九七年『嗤う伊右衛門』(中公文庫)で第二十五回泉鏡花文学賞、二〇〇三年『覘き小平次』(中央公論新社)で第十六回山本周五郎賞、『後巷説百物語』(中央公論新社)で第百三十回直木賞を受賞。近著に『京極噺六儀集』(ぴあ)など。

チュームを変えるだけのコスプレじゃなくて、ハートもコスプレしちゃおうかなー、と思うわけですよ。まあ多かれ少なかれ、どんな作者も、ポリフォニックな小説空間を書く上ではやってるわけだよ、若い女がおばさんになりかわって、老人になりかわって、書いてるわけですからね。もうほんとにキャラチェンジして、心のコスプレして、こういう脱力系のものを……。

豊﨑　とりあえず沖縄に住んで。

島田　沖縄行ってねえ、カフーなんか待ちわびて*みようかな、というようなことができるのかな、とこう考えてみるんですけどね。

豊﨑　できますか？

島田　まあ、できないですね。

豊﨑　どういう意味でできないんですか？

島田　翻って読者の立場に立ってみて、誰でも多かれ少なかれ病んでいたりする、毒も薬も必要な身である。そんなときに本に対しては毒と薬と両方を求める気持ちはあると思うんですけど、手っ取り早く、自分が気持ち悪くなったり、わけわかんなくなったり、精神に混乱をきたしたりするよりは、まあとりあえず、直に自分の病気に効かないまでも、清涼飲料水飲んだ気持ちにはなるとかね、かゆいところにメンタムを塗るくらいの効果、いがらっぽいときにトローチをなめるくらいの効果、そういうものを一般の人は求めるのかなと。そうすると、これ

＊**カフーなんか待ちわびて**　二〇〇五年の第一回日本ラブストーリー大賞受賞作『カフーを待ちわびて』（原田マハ／宝島社）を踏まえた発言。本作品の「メッタ斬り！」ふたりの評価は、巻末特別付録・文学賞の値うち（三四一頁）参照。

らの作品は、みなトローチであり、タイガーバームにはなる。普通にストーリーをおっかけていって、不愉快じゃないってこと、これは大事なことなんですよ、市場原理としては。次に人は贅沢ですから、そこを満たした上で、それぞれの個々の本にグレードを設けるわけだ、これは同じようなトローチだが、こっちの方が特選トローチで、こっちは並のトローチであるっていう。じゃあその差をつけるのはなにかっていうと、やっぱりメタファーだったり、あるいは状況を変えて読むことができるのかということだったり。例えば現代の日本に置いた場合は、切実な物語として読めたとしても、これを現代のトルコに持っていって、切実な問題に読めるか。現在のモスクワに持っていって、現在の重慶に持っていって読めるかっていったら、たぶん読めない。でも村上春樹*は読めるだろう。

豊﨑　でも、そういうグレードを決められる読者はわりと高級な読者ですよね。

島田　それはそうでしょう。当然。

豊﨑　その高級な読者は、カフーは待ちわびないんじゃないですか、おそらく。必要としないと思うんですけど。

島田　南の島系のもので思い出すのは『Dr.コトー診療所』*、ドラマにもなってる漫画なんだけどね。《ヤングサンデー》を定期購読してる関係で、最初から最後まで雑誌で読んでるんですけど、南の島にしばらく行ってないなってときは、あれを読みたくなるわけですよ。それでなんとなく自分は〝カフー〟を得てる。でもあれ

＊**村上春樹**　むらかみ・はるき（一九四九〜）小説家、翻訳家。一九七九年『風の歌を聴け』（講談社文庫）で第二十二回群像新人文学賞を受賞してデビュー。八二年『羊をめぐる冒険』（講談社文庫）で第四回野間文芸新人賞、八五年『世界の終りとハードボイルド・ワンダーランド』（新潮文庫）で第二十一回谷崎潤一郎賞、九六年『ねじまき鳥クロニクル』（新潮文庫）で讀賣文学賞を受賞。八七年刊行の『ノルウェイの森』（講談社文庫）は空前の大ベストセラーとなり、誰もが

はね、医学っていうプラスアルファがあるわけよ。単に南の島、癒しとかじゃなくてね。ちゃんと医学の専門的な知識が入ってるし。それでDr.コトーは、ブラックジャックばりの名医だったりするわけですよ。まあとかく島は問題が多い。ほとんど呪われてるんじゃないかというくらいトラブルが多い島だが、でもそのトラブルシューティングっていうのが毎回の楽しみだったりする。単に癒しだけ求めてる、そういうぬるい作品じゃない。

豊﨑 漫画と比べて〝カフー〟はぬるい、と。

島田 ぬるいぬるい。

大森 実際そういう実用価値を求めて小説読む人、思いのほか多いですよね。

島田 だから漫画っていうのは、その部分のニーズに見事に応えていると思うんですよ。いまや漫画は教養っていうか、てっとりばやく歴史を学ぶとか、政治を学ぶとか、そういうハンドブックになってるじゃないですか。小説よりはるかにイージーに、ナショナリズムにも訴えられるしね。

豊﨑 まあ読むのがラクですしね、漫画の方が。

島田 そうなんですよ。だったらね、こういうものよりは、漫画読んでるほうがいいんじゃないのって思っちゃうわけよ。

豊﨑 わかりますわかります。また漫画の方が、よほどハイレベルな表現がいくらでもあったりしますからね。

知っている大人気作家となった。また、多くの作品が海外各国で翻訳され、愛好者は全世界にひろまっている。二〇〇六年、チェコのフランツ・カフカ賞を受賞。ノーベル文学賞作家を輩出している同賞だけに、「次はもしかして?」との期待がたかまっている。

*『**Dr.コトー診療所**』山田貴敏著 小学館ヤングサンデーコミックス(二〇〇六年七月現在、十九巻まで刊行)。

島田　漫画っていうジャンルにかけてるコスト、情報量のすごさ。日本だけじゃなくいろんな市場で売ろうとしてるから、編集者も世界戦略を考えてるわけですよ。そういう手間ひまに対して、こうした小説一冊にかけてる手間ひまははるかに少ないのではないかと。その時点で負けだよと。

豊﨑　ほんとにそうですよね。小説だって一文一文にどれだけコストをかけてるかが、評価のよすがになったりしますから。野性時代青春文学大賞*の『りはめより100倍恐ろしい』*は高校生男子が書いたものですけど、わたしにはそのコストがほとんどかかってないようにしか読めませんでした。

大森　いやいやいや、かかってますよ。ケータイでね、授業中、先生に見つからないようにしながら机の下で両手使って一生懸命打って、六千字まで行ったらそれをPC用のアドレスにメールして、家に帰ってからパソコン上で校正するっていう作業を、高校生活の中でやってるんですから。

豊﨑　あー、これ、全部ケータイで打ったっていうのが売りなんですよね。

島田　いいじゃん、ふつうにワープロで打てば。

大森　授業中、ワープロは打てないから。

豊﨑　これ、わざとなの？〝厳しい練習に果てたので脱水症状で倒れそうになったので着替える前に〝うんぬんってとことか。「のでので」って続けるの、わざとやってるわけ？

***野性時代青春文学大賞**
二〇〇五年に創設された公募新人文学賞。二一一頁表参照。

***『りはめより100倍恐ろしい』**
木堂椎著　二〇〇六年　角川書店。第一回野性時代青春文学大賞受賞作。タイトルは、いじ「り」は、いじ「め」より恐ろしいの意。「いじられキャラ」だった中学生が高校に入って「いじり」側に回るはずが……。「メッタ斬り！」ふたりの評価は、巻末特別付録・文学賞の値うち（三三九頁）参照。

大森　もちろんそうでしょう。その文体がリズム感を生んでる。『野ブタ。をプロデュース』*以上にヴィヴィッドな高校生小説になってますよ。現役は違うなあというか。

豊崎　次、ありますか。この作家に。

大森　あるんじゃないですか。

島田　それってなんだっけ？　名前も覚えてないもん。

豊崎　木堂椎*くんって坊やですね。十七歳、高校在学中。

島田　甲子園に行くやつの方がえらいと思うな。

キャラクター重視でいい、芸人と同じ見方でいい

島田　古いこと言うようだけど。かつて映画っていう技術が生まれて、それが劇映画って形の展開を見たときに、例えば「風と共に去りぬ」っていうのはすばらしい、戦前の映画としてはコストをかけて、歴史の記録にもなっているわけですよ、総天然色のカラー映画として、ひとつの財産として出来上がっている。ああいうものを作られてしまうとね、劇映画としてのひとつの成果を作られてしまうと、いわゆる十九世紀的な小説というのは、立つ瀬がなくなるわけです。情景の描写ひとつとってみても、カメラで映せば一目瞭然なんだから。それで名優が演

＊『野ブタ。をプロデュース』
白岩玄著　二〇〇四年　河出書房新社。ＲＯＵＮＤ４（二〇七頁）参照。

＊木堂椎
こどう・しい（一九八八〜）『りはめより１００倍恐ろしい』で第一回野性時代青春文学大賞を受賞。十七歳の高校生男子が携帯電話で全文を書いた小説ということで話題になる。

じてくれれば、説明もいらない、描写も要らないんです。

豊崎　観る側は想像力も使わなくていい。

島田　そう。じゃあ、こういうすばらしい劇映画っていうものが成立したあとに、文学ってどうなるのかっていうのが、二十世紀の文学者の問いかけだったわけですよ。私どもは、二十世紀も後半の生まれで、物を書き始めたのも一九八〇年代以降の、それこそ二十世紀末の人間ですけどね。でも一応、二十世紀初頭に、一九一〇年代とか、二〇年代とか、その時期に、映画が登場して、ああ自分たちは割り食ってどうにもならないなと、絶望感を抱いた文学者の意図なり、文学者の試みを知ってる、それを読んで育ってきてるわけです。やっぱりものすごくナイーブに映画の衝撃を受けて、じゃあ映画にできないことをやるしかないんだと、思った文学者がいるわけですね。その代表が、ジェイムズ・ジョイス*だったり、弟分のベケット*だったり、フランスでは『失われた時を求めて*』のプルースト*だったりする。

豊崎　いわゆるモダニズム文学がそのときに生まれたわけですね、言葉でしかできない表現を求めて。

島田　そう。これは現代美術でもそうなんですけど、モダニズムっていうのは、文学も美術もとてもコンセプチュアルになっていった。大衆文化の主役としては、映画に、あるいはテレビとかオーディオヴィジュアルの方に引導を渡してし

＊ジェイムズ・ジョイス
（一八八二〜一九四一）　アイルランドの小説家。作品に『フィネガンズ・ウェイク』（柳瀬尚紀訳／河出文庫）『ユリシーズ』（丸谷才一、高松雄一、永川玲二訳／集英社）など。

＊ベケット
サミュエル・ベケット（一九〇六〜一九八九）　フランスの劇作家、小説家、詩人（出身はアイルランド）。戯曲『ゴドーを待ちながら』（安堂信也、

まったから。しかしそこで一種人間の理性というか、あるいはもっと野蛮な意志というのかを確保しようとして、ある人々は文学に踏みとどまったわけだ。まあそうやっているうちにサブカル化の波が押し寄せてきた。で、今や映画もテレビドラマも漫画も小説も、全部サブカル化したのだといってもよいでしょう。だけどね、その中で、テンション、強度を競うとしたら、どういう勝負になるかって考えたら面白いと思うんですよ。文学プロパーの中で考えたらだめですよ。これはもう、文学者の中でどれがいいなんていったって、いちばん背の高い小人はだあれっていう話でしょ。漫画と競争したらいいし、映画、テレビドラマと競争したらいいんですよ。その中でそれなりの存在感があるもの、影響力のあるものを優れたものとみなすべきなんですよね。

豊﨑 はい。

島田 もうちょっとわかりやすく言えば、漫画にできないことをやってる文学だけを評価する、というような立場も出てくるだろうしね。作品だけで見るんじゃなくて、作家のプレゼンス、存在意義で評価したっていいわけですよ。こいつは次にはもっとばかなことやるかもしれないっていう期待を抱かせる作家とか。辻仁成*とかね。批評家でも、こいつはもっと変な見方をするかもしれないとかで評価する。福田は最近ちょっと元気ないけどね。キャラクター重視でいい、芸人と同じ見方でいいわけですよ。どんなバカやってくれるかを楽しみに毎日テレビ見

高橋康也訳／白水社)は不条理演劇の金字塔。

*『**失われた時を求めて**』
ジェイムズ・ジョイスの『ユリシーズ』と並び二十世紀を代表する小説とされる。集英社文庫(鈴木道彦訳)で読める。

***プルースト**
マルセル・プルースト(一八七一～一九二二) フランスの小説家、エッセイスト、批評家。

***辻仁成**
つじ・ひとなり(一九五九～) 小説家、ミュージシャン(ミュージシャンとしては「じんせい」を名乗る)。

て観察するような感覚で。

豊崎　江國香織*さんに続いて、韓国の人気女流作家と合作*したりして、これからも世界の女流作家に小判鮫みたいにひっつき続けて生き延びていくのかな、辻仁成は――とか、そんな期待？（笑）

島田　世界を股にかけてシリーズで。

豊崎　一人じゃどうにもならない人ですからね。

大森　それでいうと、リリー・フランキーがいちばんえらいかも。

島田　まあ女優とか、知り合いが多いからね。でも僕はバレエダンサーを知っている！（会場爆笑）。オペラ歌手だって。……でも誰も嫉妬しないから。

大森　最近は、リリー・フランキーみたいなダメ男系の方が、もてるらしいですよ。

島田　純愛モノが売れてるっていうのは、もてない人が多いってこと？（笑）

豊崎　どうなんですかね。そういえば、わたしは小学館のことを最近、女殺油地獄《おんなごろしあぶらのじごく》出版社って呼んでますけど。『世界の中心で、愛をさけぶ』*だの『いま、会いにゆきます』*だの女殺して泣かして儲けるみたいな、そういうあざとい商売が大好きだから。

島田　ねえ、病気とか。

豊崎　作家の方って集まって飲んだりする時に、こういう風潮について愚痴をこ

一九八九年『ピアニシモ』（集英社文庫）ですばる文学賞を受賞してデビュー。九六年『海峡の光』（新潮文庫）で第百十六回芥川賞、九九年『白仏』（文春文庫）でフランスの「フェミナ賞」を受賞。江國香織と合作した『冷静と情熱のあいだ』（角川文庫）は三百万部を超える大ベストセラーになった。近著に自伝的小説『刀』（新潮社）など。

＊江國香織
えくに・かおり（一九六九～）　小説家。初期は児童文学雑誌を中心に執筆、一九九二年『こうばしい日々』で第七回坪田譲治文学賞などを受賞する。九二年『きらきらひかる』で第二回紫式部賞、『ぼくの小鳥ちゃん』（いずれも新潮文庫）で第二十一回路傍の石文学賞と活動の場をひろげ、二〇〇一年『泳ぐのに、安全でも適切でもありません』（集英社文庫）で第十五回山本周五郎賞、〇四年『号泣する準備はできていた』（新潮文庫）で第百三十回直木賞を受賞する。近著に、映画化された『間宮兄弟』（小学館）など。

ぼすみたいなこととかないんですか。「オレも女殺しの純愛でも書くかなー」とかって。

島田　それはね、サイクルとしてわかりきったことなんです。ああいうのは十二年に一回波が来るんです。経済の波と同じ。経済にも何種類か波があるじゃないですか。十二年周期の波ってあるんですよ、単純な景気変動の指標ですね。どんなに不景気でも、十二年以上続かないんですね。まあ今回続いたけどまた戻ってきた。十二年ごとに、何かが流行り、何かが廃れるんですよ。それでいくと、純愛にもやっぱり周期があります。どこに集約的に恩恵があらわれるかっていうのはなかなか計れないけれども、大枠は予測できるんですよ。

大森　もう純愛の波は去ったみたいですね。

豊﨑　結局、純愛ってお金を使わないで済むから流行ったんじゃないかと思うんですけど。

島田　あ、すごい鋭いと思う。

豊﨑　平成大不況でみんな貧乏だから、純愛しかできなかったんじゃないかなーって。

島田　純愛も手に入らなければ、まあ妄想でなんとかしのぐかと。

豊﨑　だから、おたくの二次元萌えが一時話題になりましたけど、それもそろそろ終わるかなという気がしないでもない。

＊**韓国の人気女流作家と合作**
孔枝泳（コンジョン）との合作『愛のあとにくるもの』（幻冬舎）。東京とソウルを舞台に、男の視点を辻仁成、女の視点を孔枝泳が描く。

＊**『世界の中心で、愛をさけぶ』**
一九頁註、「セカチュー」参照。

＊**『いま、会いにゆきます』**
市川拓司著　二〇〇三年　小学館。映画化もされてベストセラーに。「イマアイ」と呼ばれる。

島田　だってもう頭打ちでしょ？　そんな新鮮なもん出てないし、谷崎（潤一郎）*超えてないじゃん。超えたら立派なもんだけど。

芥川賞の選考委員って、ちゃんとした人から辞めちゃう

豊﨑　では、島田さんの考える理想の文学賞というのは、どんな形のものでしょう。

島田　その前に、文学賞ってやっていかなきゃいけないものなのかって問題がまずある。

豊﨑　やっぱりあれがないと困る人も大勢いるでしょうし、お金の問題は大きいんじゃないですか。さっきおっしゃった福祉っていう一面があるわけですから。

島田　そうでしょうけども。そうだなあ、賞金がもっと法外に高いんだったら、みんな血眼になるかもしれません。それこそ、自分が良い作品を書けばもらえるんだとしたらね。でもそんな理想的な環境にはわれわれはいないんですよ。つまり、これは人事ですから。人事というのは情実ですから。

大森　人事っていうのは、文壇内部っていうか、ほぼ芥川賞のことでしょ。

島田　いや、芥川賞より直木賞の方が全然そうじゃないかな。ようするに、嫉妬深い人が多いですからねえ。オレが目の黒いうちはこいつにはやれないとかね。*

＊**谷崎（潤一郎）**　たにざき・じゅんいちろう（一八八八〜一九六五）　小説家。代表作に、少女ナオミを調教しようとして、逆に翻弄されていく男の恍惚の境地を描いた『痴人の愛』（新潮文庫）など。

＊**オレが目の黒いうちは〜やれない**

なんか意地悪な人多いんです。

大森　島田さんだって、人事権を握ったとたんにそういう人になる可能性もありますからね。

島田　そんなことないですよ、僕もすでにいくつかの人事権の行使はしてるわけですけども。自分が危害を被った、にっくき敵には似ないっていうのが方針ですから。敵に似ないっていうのが、戦いの原則ですよ。自分が嫉妬でいやな目にあったからって、若いやつにこうしてやろうといったら、同じ穴のむじなであり、自分がもっとも憎むべき敵と同じになってしまう。ほんとの敵に復讐するなら、敵に似ないことですよ。この方針はぜひとも貫きたいと思っています。

大森　それが若い部下にはなかなか理解されない、と。

豊﨑　そうそう。むしろ庇護者になっておられるのにね。

島田　たまたま「文芸時評」を二年やってお役御免になったタイミングで話してますけども、やってろくなことはなかった(笑)。大体嫌われるわけですよ。

豊﨑　(「文芸時評」最終回を読み上げ)〝最後にこの場を借り、私の時評に傷ついた方々にはお詫び申し上げます。御免〟(笑)。

大森　これはたいへん勉強になりました。最後にこう書けば何を書いても許されるのか、と。

豊﨑　〝御免〟はいいな、と思って。

その典型が池波正太郎の隆慶一郎に対する態度。『吉原御免状』(新潮文庫)が第九十五回直木賞候補に挙がった際、まさにこの台詞によって強硬に受賞に反対したと聞き及んでおります。(豊)

大森　『メッタ斬り！　リターンズ』も、最後に「御免」(笑)。で、結局、誰がいちばん傷ついたんですか。

島田　え？　僕が加害者でってこと？　誰が傷ついただろうねえ……(考え込む)。

大森　じゃあ島田さんは誰にいちばん傷つけられました？

島田　いや、書いてる間は全く傷つきませんでした。若い頃はナイーブだったからいろいろ傷つきましたが。……まあ、ある陰謀を張り巡らせて、私の芥川賞受賞を阻止したある男とか。その人はもう、かなり高齢ですけどね。

豊﨑　ヒントだ！　高齢の作家で、当時選考委員をやっており。

島田　ヤ行だったりする(笑)。そこまで言ったらわかるか。

豊﨑　そういう情実って本人に伝わってきたりするんですか？

島田　ええ。しばらくしてから。その話はね、古井由吉*さんが教えてくれたの。「あの人は事実みたいなデマを口にして、いやな雰囲気を作るんだ」と。「じゃ、なんで守ってくれなかったんですか」って(笑)。

豊﨑　でも芥川賞の選考委員って、古井さんみたいにちゃんとした人から辞めちゃうじゃないですか。そうじゃない人に限って残って行くっていう哀しみ。芥川賞、直木賞のそういう体質は絶対変わらないんですかね。

島田　いや、そんなことはないはずです。誰かが変えようと思えば、変えられる話で。

＊**古井由吉**　ふるい・よしきち(一九三七〜)　小説家。一九七一年『杳子』(新潮文庫)で第六十四回芥川賞受賞以来、八三年『槿』(講談社文芸文庫)で第十九回谷崎潤一郎賞、九〇年『仮往生伝試文』(河出書房新社)で第四十一回讀賣文学賞など受賞多数。二〇〇五年、執筆に専念するとして、芥川賞選考委員を辞した。

豊﨑　文藝春秋っていうか日本文学振興会が、偉い人の一声で、「選考委員は五年制にすれば？」とか、「三人ずつ年次交代していけば？」とか提案して決めちゃえば変わるはずですよね。

島田　なるはずです。選考委員会っていうのは、別にひとつの責任ある組織じゃなくて、運営自体はまあ実質文春がやってるわけで、だから文春のある程度のえらい、ナントカ長とかの人たちが合議で決めればすむ話ではないかと。あとは、文句を言いそうな人の首に誰が鈴をつけるかってことかもしれない。

豊﨑　あー、問題はそれですよね。やっぱり誰も鈴つけたくないわけだから、おっかなくて。

大森　まあ、文春サイドから見れば、いま特に困ってるわけでもないし。

島田　そうかもしれないね。どうこうしようという気がないのかもしれない。ただ、「文芸時評」のいちばん最初の頃にも書いたんだけれど、芥川賞の場合は、受賞作が《文藝春秋》に載るじゃない。で、《文藝春秋》っていうのは、読者の平均年齢がものすごく高いわけです。いくつくらいだろう、七十くらいかね。

大森　そんな(笑)

島田　いや、ほんとほんと。

豊﨑　年寄りが、生き残り同窓会でうれしそうに写真撮られてますもんね。

島田　そうです。思いのほか高いんですよ。あと知ってますか、集英社の《週刊プレイボーイ》って読者の年齢が低いように思うでしょう？ じつは結構高くて、四十近いんですよ。その証拠に、四十五の僕が定期購読してますから(笑)、年齢上げちゃってるんだけど。でも他の週刊誌も《週刊現代》とか、《週刊ポスト》とか、軒並み読者の平均年齢高いですよ。一番高いのが《週刊文春》だそうです。

大森 《週刊新潮》も平均年齢は五十代でしょう。僕は二十二歳からずっと読んでるけど、四十五歳になった今でもまだ若輩読者(笑)。

豊﨑 成人男子の年齢層の高い連中が、週刊誌ばっかり読んでるんですよね、小説読まずに。

島田 そうやって、いつのまにかリテラシーが低くなってしまったオヤジたちに、半年にいっぺんでいいから純文学でも読め、っていう場なんですよ、《文藝春秋》は。そういう事情がからんでいるっていうことを、忘れちゃいけない。

豊﨑 そうすると、受賞作もある程度の年齢がいった人が選ぶようなものでなければいけないってことになりますね。

島田 そういうことにもなりますか、うーん。

豊﨑 ある種の保守性ってのも大切だし。

島田 そうですね、ある種の読みやすさっていうのは大切でしょう。老人に読みやすければ、誰にでも読めるっていうことで。

豊﨑 石原慎太郎*にも読めればＯＫみたいな。

＊石原慎太郎

島田　だから作家はみんな、病気を隠して健全に書くんだよ。
豊﨑　とるまでは。
島田　そう、とるまでは。
豊﨑　それを装えなかったってことですね、島田さんは。
島田　私はとても健全だったのに……。むしろあまりにも健全だったんでしょうね、もうちょっと病気だったらよかったのかも。だって若かったし、あの頃は。
豊﨑　まあ、ヤ行の方はそう思わなかったんでしょうね。
島田　そうですよ。
豊﨑　でもどうですか、四十五歳まで小説を書き続けてきて。もう芥川賞なんて関係のないベテランになっておられるわけですけど、「やっぱりとっときたかった」って気持ちはあります？
島田　最近はものすごく正直なんで言いますけどね、ふつうに考えてとっておいたほうが得でしょう。
豊﨑　ですよね。
島田　だって、見込み不労所得がどれくらい違うかって計算したとたん、ああ、数千万円損したんだって思いますよね。
豊﨑　ほんとにそう。芥川賞と直木賞っていうのは、そういう意味では断トツで生計にかかわってくる賞ですから。とるととらないとでは後半生がものすごく違

いしはら・しんたろう（一九三二〜）小説家、政治家（現東京都知事）。一九五五年、第一回文學界新人賞を受賞したデビュー作『太陽の季節』（新潮文庫）で、翌年、第三十四回芥川賞を受賞。九九年、弟、石原裕次郎との交流を描いた『弟』（幻冬舎文庫）がベストセラーに。芥川賞選考委員を務める。「メッタ斬り！」シリーズでの愛称はシンちゃん（豊﨑由美命名）。

ってきちゃう。

島田　まあ、唯一市場が動く賞ですから。だから、芥川賞直木賞に関しては完全に利権で、それが困ったもんですけど。ほんとうに賞のことを厳密に考えた場合、選考ひとつとっても別のやり方があってもいいかと思うんですよね。

大森　全米図書賞*とか。

豊﨑　イギリスのブッカー賞*、フランスのゴンクール賞*とか、選考委員を定着させない選考方法をとっている有名な文学賞はいくらでもあります。

島田　それらは、選考委員は無償でしょ？　選考料が支払われない。一種の名誉のためというか、義務として引き受けることになってますよね。全米図書賞の場合は選考委員がいるってわけじゃない。各新聞記者や編集者たちの投票で、出版に貢献したってことを、幅広くアンケートをとった結果、与えられる賞ですよね。日本にはそういうようなものがないですね。だからあくまでも、人事であり、福祉であり、という地点にとどまっている。

大森　だから、それを脱却しようとしてできたのが本屋大賞だったんですけどね。書店員に限られるという特殊性はあるけれど、政治がからまないように選考過程をガラス張りにして、投票だけで決めると。SFの場合は昔から、人気投票の賞と専門家が選ぶ賞の二本立てですけどね。アメリカにはネビュラ賞*とヒューゴー賞*というのがあって、前者が専門家の投票で選ぶ賞、後者がファンの投票で

***全米図書賞**
アメリカの出版関係者が創設。小説、詩、ノンフィクション、児童文学などの各ジャンルの最優秀作品に贈られる。

***ブッカー賞**
イギリス図書連盟主催。イギリス、アイルランド、英連邦、南アフリカ出身の作家による、イギリスの出版社で初版が刊行された英語作品対象。イギリスで最も権威のある賞。

***ゴンクール賞**
フランスの作家、エドモン・ゴンクールの遺言により創設。ブッカー賞と並ぶ権威を誇る。フランスでその年に発表された最も優れた作品に贈られる。

***ネビュラ賞**
アメリカSF&ファンタジー作家協

選ぶ賞。日本でもそれにならって、ＳＦ大会の参加者の投票で決める星雲賞*があり、ＳＦ作家クラブが決める日本ＳＦ大賞*がある。そのデンでゆくと、今まで密室で決める直木賞しかなかったところに本屋大賞ができて、健全な状態に近づいたとも言える。

豊﨑　ただ問題があると思うのは、ＳＦっていう特定のジャンルの小説を対象にするんだったらそれは可能なんだけど、本屋大賞は一年間に発表された日本の小説全部が対象になってるわけですよね。でも、全国の書店員さんの中で、ジャンル小説から純文学までまんべんなく読めている人が一体どのくらい存在するのか。だから、どうしたって無理があるとは思うんですよ。ＳＦだったらＳＦがものすごい好きな人ばかりが集まって投票するから、読者が選ぶ賞でも、それなりにふさわしいものがとりそうな気がするけど。

大森　そんなことは全然ないです。

豊﨑　えっ、そうなんですか？

大森　ヒューゴー賞にしろ星雲賞にしろ、ＳＦ大会参加者の民度がダイレクトに反映されますからね。人気投票なんだから、そうそう立派な結果になるはずがない。ただ、どんな悲惨なものが受賞しても、自分たちのことだからしょうがないと納得はできる(笑)。

会が選ぶ。

＊ヒューゴー賞　世界ＳＦ大会参加者の投票で決まる。

＊星雲賞　日本ＳＦファングループ連合会議主催の賞。日本ＳＦ大会参加者の投票で決まる。巻末特別付録・文学賞の値うち(三五六頁)参照。

＊日本ＳＦ大賞　日本ＳＦ作家クラブ主催の賞。巻末特別付録・文学賞の値うち(三五六頁)参照。

受けた恩恵を返す相手を見つけたら、返していくのが文化

豊崎 (時計を見て)時間も迫ってまいりましたので、最後にせっかくいらしていただいた島田ファンのためにですね、阿部和重*による「課長　島雅彦」*事件、あと、中原昌也降板事件などについてちょっとお伺いしてみたいんですが。実際のところ、どうなんですか？

島田 いや、よく知らないんだけど(笑)。

大森 「課長　島雅彦」ってのは、阿部和重さんの芥川賞受賞第一作のタイトルですね。僕は爆笑したんですが、(書かれた)ご本人としては笑ったんですか？

島田 笑いました。よく書けているなと。

豊崎 あの小説では、島雅彦がとにかく罵倒されるんですよね。それでですね、わたしは中原昌也さんと阿部さんが何で島田さんに対してあそこまで怒ってるのか、正直よくわからないんです。

大森 もともとは島田さんが朝日新聞連載の文豪書簡で中原くんをからかった*のが発端。そしたらいきなり中原くんがキレちゃって、あんな失礼な原稿を載せるような版元ではもう仕事ができないって言って、朝日新聞社の文芸誌《小説トリッパー》で連載してた『KKKベストセラー』*をいきなり終わりにしちゃったと。

***阿部和重**
あべ・かずしげ(一九六八〜) 小説家。一九九四年『アメリカの夜』(講談社文庫)で第三十四回群像新人文学賞を受賞してデビュー。九七年に刊行された『インディヴィジュアル・プロジェクション』(新潮文庫)がJ文学ブームの代名詞的存在となる。九九年『無情の世界』(新潮文庫)で第二十一回野間文芸新人賞、二〇〇四年『シンセミア』(朝日新聞社)で第十五回伊藤整文学賞、〇五年『グランド・フィナーレ』(講談社)で第百三十二回芥川賞を受賞。近著に『プラスティック・ソウル』(講談社)など。朝日新人文学賞などの選考委員を務める。

***「課長　島雅彦」**
《新潮》二〇〇五年十一月号掲載。

島田　まあそういうことだと思いますけどね。まあ、なんていうか、これをまた先輩風吹かせやがってっていわれるかもしれないけど、尻の穴が小さい。

大森　後輩が逆ギレする一方、先輩の女性作家からも……。

豊﨑　すごくいじられてますよね！　朝日のPR誌《一冊の本》で、金井美恵子さんがしょっちゅう島田さんのことに触れておられて。

島田　私が何をしたっていうんだ！

大森　金井さんに書かれるとちょっとうれしかったりしないんですか。

島田　うれしくないよ！(笑)。即刻やめてほしい。

大森　僕は、いいなあ、うらやましいなあ島田雅彦って。

島田　じゃあ、代わってくださいよ。

豊﨑　今文壇では島田雅彦をいじると何かがついてくるってキャンペーン期間中なんですか。

島田　キャンペーンやってんじゃないですか。……ほんとに。やってるような気がしますけどね(笑)。

豊﨑　でもいじられてるうちが花、って気もしますよ。

島田　いやおっしゃるとおりでしょう。もうすぐ終わるのかな？

豊﨑　あはは、十二年周期？

大森　島田さんが中原くんに嚙みつかれたのはまあ自業自得ですけど、やはり被

＊**「朝日新聞」連載の文豪書簡で中原くんをからかった**
二〇〇五年八月二七日付の、日曜版(「Be」)に掲載された「孤独悩むな最後の文士・中原昌也君へ」。http://www.be.asahi.com/20050827/W24/20050818TBEH0004A.html

＊**『KKKベストセラー』**
中原昌也著　二〇〇六年　朝日新聞社。オリジナルCD「KKKベストセラーのテーマ」付。

＊**朝日のPR誌《一冊の本》で、金井美恵子さんが**
二〇〇五年十一月号掲載のコラムほか。『目白雑録ひびのあれこれ〈2〉』(朝日新聞社)に収録。

害を受けてボロカスに書かれてる石田衣良なんて、中原昌也に対して何もしてないですからね。パーティ会場かなんかの挨拶にむかついたっていうだけ。

島田　そう。芥川賞を受賞した阿部和重と中原昌也と青山真治*と三人で、三バカトリオみたいにふざけてあいさつしたら、石田衣良に「芥川賞ってぬるいんですね」って言われて逆上したらしい。

大森　石田衣良に確認したら、「違う違う、『純文学の人は(仲が良くて)いいですね』って言っただけですよ！　言いがかりだ！」と怒ってました。まあしかし、真の問題は、〝中原昌也がどう思ったか〟だけなので(笑)。で、中原くんは石平っていうベストセラー作家を次々に自作に登場させはじめた。《en-taxi》*の連載では、その石平って作家が書いたくだらないベストセラーのあらすじがえんえん紹介されるんですが、その題名が「沼袋ジュラシックパーク」(笑)。

豊﨑　わたし、中原さんに聞いたんですよ。「石田衣良さんの作品読んだんですか？」って。そしたら「読んでないよ！　読まなくたってわかるんだよ、あんなくだらないものは」とおっしゃっておられました(笑)。

大森　いや、「沼袋ジュラシックパーク」と「課長　島雅彦」には笑いました。文学の世界は楽しそうでいいなあと思って。

島田　そういう楽屋落ちっていうか、同じ業界内の悪口合戦、中傷合戦っていうのは、ある程度芸を示さないと読者もついてこない。そのあたりの芸風っていうの

＊**青山真治**
あおやま・しんじ(一九六四〜)　小説家、映画監督。二〇〇〇年、監督作品「EUREKA」で、カンヌ国際映画祭国際批評家連盟賞・エキュメニック賞を受賞。〇一年、そのノヴェライズ小説『EUREKA』(角川書店)で第十四回三島由紀夫賞を受賞。

＊**《en-taxi》**
扶桑社の文芸誌。柳美里、福田和也、坪内祐三、リリー・フランキーの責任編集で、二〇〇三年創刊。

もあるわけですよ。それが堂々とできるようになったということは、彼らも文壇の仲間入りをしたことを自覚したんでしょう。

大森　まあ、昔の文芸誌はそれで売ってたんですよね。《群像》の「侃々諤々」とか、《文學界》の「コントロールタワー」とか、文壇ゴシップを伝える匿名コラムが必ずあって。

豊崎　そういうのがないと寂しい。

島田　いやいや、もういじりませんよ、二度と。いじってくれっていわれたって、絶対いじってやらないよ(笑)。

大森　まさに「りはめより100倍恐ろしい」(「〝いじり〟は〝いじめ〟より100倍恐ろしい」)ですね。あれをもっと早く読んでおけばよかった(笑)。

豊崎　文壇の兄貴役は、もうやっていただけないんですか。寂しいなあ。昔は中上健次*さんとかが、抑圧者としての兄貴を演じてくれてましたよね。今はやっぱり人に嫌われるのがいやなせいか、そういう存在が減りましたよね。

島田　そうですね、そのちょうど真逆を高橋源一郎氏がやってるように見えますけどね。高橋源一郎のほめごろしっていうのは戦術としては高等で。高橋源一郎にほめられたら、もう立つ瀬がないって、ほんとはみんな思わなければいけないのかもしれない。

豊崎　山田詠美*さんは、文壇の中にいるんだって意識が今どき珍しいくらい高い

＊**中上健次**
なかがみ・けんじ(一九四六〜一九九二)　小説家。紀州熊野を舞台にした数々の小説を書いた。代表作に『枯木灘』(河出文庫)『岬』(文春文庫)『熊野集』(講談社文芸文庫)など。

＊**山田詠美**
やまだ・えいみ(一九五九〜)　小説

方ですよね。もしかしたら島田さんや山田さんが、そういう意識を持っている最後の世代なのかもしれないと思うんです。文壇ていうのは、だいぶ用をなさなくなった場所になってるんですか。大昔と比較ってことじゃなくて、二十年前くらいでもいいんですけど。

島田　山田詠美とも話したことなんですけど、社員の結束の強い企業のようには思ってないですね、文壇を。先輩に良くされたり、いじられたりしたことは、そのまま下に返していけばいいんだと思うんです。もっときれいに言うと、私は恩も受けてる。たとえば、大岡昇平*先生、埴谷雄高*先生、こう「先生」と呼びたくなるわけですよ。この二人に受けた恩恵というか薫陶というか、ああいうものは、とても愛おしく思い出すし、あのおじいさんたち面白かったな、やさしかったな、という思いがある。二人ともとっくに亡くなってますけどね。そういうのはどこかで返していきたいと思う。当然返す相手は選ぶんですよ。

大森　で、たまに間違えることもあると(笑)。

島田　間違えることもある。返す相手を見つけたら、それを返していくっていうのが、長い時間軸で見た場合の人情の伝承こそ文化ですね。

(二〇〇六年四月九日　青山ブックセンター本店にて)

家。一九八五年『ベッドタイムアイズ』(河出文庫)で第二十二回文藝賞を受賞しデビュー。八七年『ソウル・ミュージック・ラバーズ・オンリー』(幻冬舎文庫)で第九十七回直木賞受賞。以降、九一年『トラッシュ』(文春文庫)で第三十回女流文学賞、九六年『アニマル・ロジック』(新潮文庫)で第二十四回泉鏡花文学賞、二〇〇〇年『A2Z』(講談社文庫)で第五十二回讀賣文学賞、〇五年『風味絶佳』(文藝春秋)で第四十一回谷崎潤一郎賞など受賞多数。芥川賞の選考委員を務める。

***大岡昇平**
おおおか・しょうへい(一九〇九〜一九八八)　小説家、評論家、フランス文学者。代表作に、大戦中に捕虜となった経験に基づいた『野火』(新潮文庫)『レイテ戦記』(中公文庫)、刑事裁判を題材とした『事件』(新潮文庫)など。

***埴谷雄高**
はにや・ゆたか(一九〇九〜一九九七)　小説家、評論家。代表作は大長編小説『死靈』(講談社文庫)。

ROUND 2

'04～'06年、三年分の選評、選考委員を斬る！

ツモ爺に続く選評界、注目の星を発表！

豊﨑　愕然としました。ツモ爺(津本陽)が、ツモ爺がツモ爺がっ……ツモ爺じゃなくなってる！　なんと、候補作をちゃんと読んで来てるとは。読んでないからこそ味わい深いキャラなのに(笑)。百三十一回の直木賞候補になった『チルドレン』*(伊坂幸太郎)を評して、

　はじめはそのよさが分らなくて、二度くりかえして読み、なぜ候補作になったかが理解できた。*

ちゃんと読んできたばかりか、二度も！　こんなのツモ爺じゃないもん。さびしいじゃん。

大森　『文学賞メッタ斬り！』でさんざん津本先生の直木賞選評を話題にして、〝選考などという下品なことはしない〟とか〝読書などという下品なこともしない〟とか勝手なことを言ったのが悪かったんでしょうか。あるいは観察という行為が観察対象に影響を与えてしまったのか。逆アナウンス効果というか……。

豊﨑　なんてことしてしまったんだ、オデたち！

* **『チルドレン』**
二〇〇四年　講談社

* **はじめは〜理解できた**
《オール讀物》二〇〇四年九月号直木賞選評　津本陽「感覚を刺すもの」より

大森　でも、津本先生が津本先生たるゆえんの「淡々とした言い切り」技は衰えていません。柴田錬三郎賞の選評は傑作ですよ。受賞した桐野夏生『残虐記』*（17回）に触れて、

　『残虐記』は人間の疎外、悪意、弱者の嫉妬、強者の弱者への蔑視などがからみあって緊迫した状況をつくりだしてゆき、それが破局、犯罪へつながってゆくという、人の濃厚な動物性の面に視線をむけてゆくという、これまでの作品とおなじ内容である。*

　確信に満ちた最後の言い切りが、見事なオチになっている。

豊﨑　褒めるのかな？　褒めるのかな？　と思ってると最後に貶める芸が冴え渡ってますね。

大森　いや、べつにけなしているつもりはなくて、津本先生としては、ごく自然にあたりまえの事実をお書きになってるんでしょう。前回の候補になったのが東電OL事件を下敷きにした同じ作者の『グロテスク』*で、じぶんはそれも読んでいるということをさりげなくアピールしつつ。

豊﨑　自然というか天然。こういうとこ、かわいいですよねえ、ツモ爺って。無礼カワイイ。

***『残虐記』**　二〇〇四年　新潮社

***『残虐記』は〜おなじ内容である**　《小説すばる》二〇〇四年十二月号柴田錬三郎賞選評　津本陽「均衡のとれた境地」より

***『グロテスク』**　二〇〇三年　文藝春秋

大森　柴錬賞のもうひとつの受賞作、大沢在昌『パンドラ・アイランド』*の選評も、津本先生でなければ書けないおことばです。

　作者の作品はこれまであまり目にしていなかったが（略）保安官が出てくるので、興味をひかれた。（略）

　これまで養っていた豊かな創作の技巧を駆使しつつ、結末まで読者の興味をつないでいってくれる、作者の力倆は充分といえよう。

豊﨑　お褒めのことばをちょうだいいたしました。大沢さん、よかったですね、もう充分だそうです（笑）。

大森　そして今回、津本先生に続く選評界、注目の新星を発表しましょう。阿刀田高さん、赤丸急上昇です！

豊﨑　来ましたね。第百三十二回直木賞の選評には目を見張りました。候補作の伊坂幸太郎『グラスホッパー』*に触れて、

　妻への愛からダーテーな世界に踏み込んで行く主人公の心情に同化できなかった。*

＊『パンドラ・アイランド』
二〇〇四年　徳間書店

＊『グラスホッパー』
二〇〇四年　角川書店

＊妻への愛〜同化できなかった
《オール讀物》二〇〇五年三月号直木賞選評　阿刀田高「僅差を制して」よ

〝ダーテー〟！ 新手の文学用語でしょうか？ はたまたNTTをエヌテーテーと発音してしまう老人現象なんでありましょうか⁉

大森 ここだけ書き間違えたのかなと思うと、そのすぐあとで『真夜中の五分前』*(本多孝好)に触れて〝ストーリーの展開にリアリテーを欠き〟と書いてらっしゃいます。

豊﨑 うーん。やっぱりエヌテーテー問題。

大森 阿刀田さん、前はこういう書き方してなかったと思うんだけどな。百三十三回では『となり町戦争』*(三崎亜記)を評して、〝〈となり町戦争〉は、新人賞の受賞作がそのまま直木賞の候補作となったケース〟と、ここまではいいんですけど、

依然としてこの作品はユニークな味わいを含んで、味わい深い。*

豊﨑 まさに〝頭痛が痛い〟系の味わいを含んで、味わい深い(笑)。〝依然として〟っていう意味が、全然とれないのもステキです。

大森 さらにそのあと、〝しかし、どことなくキャリアの不足、地力の不足を感じないでもない。次の機会を待つのが適切と思われた〟って、そりゃま、公募新人賞の受賞作ですからねえ。

豊﨑 キャリアがあるわけがない。もしかして、(声をひそめて)ボケられた？『明

＊『真夜中の五分前 side-A・side-B』
二〇〇四年 新潮社

＊『となり町戦争』
二〇〇四年 集英社

＊依然として～味わい深い
《オール讀物》二〇〇五年九月号直木賞選評 阿刀田高「幽霊の動機を求めて」より

日の記憶』*状態に入りつつあるんじゃないでしょうか。

大森　ごほん。他の候補作についても、『いつかパラソルの下で』*（森絵都）は〝もっと卓越したファンタジーを、巧みな寓意性を望むのは私の勝手なのだろうか〟。『ベルカ、吠えないのか？』*（古川日出男）は〝風呂敷を少し広げ過ぎたのではあるまいか〟。『ユージニア』*（恩田陸）は〝イマジネーションに独りよがりの弊があったのではなかろうか〟。という具合に疑問形を連発。なんだか怪しい気配が漂っています。

豊﨑　ツモ爺がまともな方向に向かいつつある昨今、阿刀田さんが新しいスター候補生に挙がったのは、大変喜ばしい事態と申せましょう。阿刀田さんは、小説すばる新人賞の選評もやってらっしゃいますね。こっちでも『となり町戦争』を評しておられますが（と、選評に目を通し）え、なに？　これもすごいよ！

　新手のアンチロマン、シュールレアリズム。こういう手法で、現代の〝みえない戦争〟が私たちにとって何なのか、みごとなメタファーを作りだしている。*

何を言ってるの？　タカシくん、あたし全然わからないよっ（笑）。

大森　そうそう、阿刀田さんの選評では、その箇所がいちばんすごい。〝新手の

＊『明日の記憶』
荻原浩著　二〇〇四年　光文社。若年性アルツハイマーをテーマとした小説。

＊『いつかパラソルの下で』
二〇〇五年　角川書店

＊『ベルカ、吠えないのか？』
二〇〇五年　文藝春秋

＊『ユージニア』
二〇〇五年　角川書店

＊新手の〜作りだしている
《小説すばる》二〇〇四年十二月号小説すばる新人賞選評　阿刀田高「可能性のある三作品」より

アンチロマン、シュールレアリズム〃には意表を突かれました。でね、その前のところなんだけど、別の候補作を評して、

『味わう傷』は、一見日常的でありながら、よく考えてみると相当に厄介な、特異な人間関係を捕えながら小説としてのサムシングを充分に漂わせている。

〃小説としてのサムシング〃ですよ。もはやこれは長嶋茂雄終身名誉監督の域に達していると言わざるをえないのではあるまいか。

豊﨑 ぴゅっときた球を、ばんと打つ。うーん、いわゆるひとつのベースボールですか、みたいな。阿刀田高は、選評界のミスターだ。これからは、ミスターとお呼びしよう！

大森 ミスター選評。えらいんだかえらくないんだかわかりませんが、えらいんです！

豊﨑 ついでに言うと、小説すばる新人賞の選評では、五木寛之先生も要チェック。

今回、私が受賞作として確信をもって推したのは、三崎亜記さんの『と

なり町戦争』だった。「野に遺賢あり」というたとえが適切であるかどうかは別として、九州筑後の一角にこのような異才が蟠踞していようとは、想像もしないことだった。*

これはちょっと無防備じゃないですかねえ。〝想像もしないことだった〟って、なに、地域差別？　九州筑後の一角に知性はない、文化はないとでも？　まあ、ヒロちゃん自身が筑豊の出だからってのはあるだろうけど。あと、これもどうなんでしょうか。

この小説の主人公は、平成のグレゴリー・ザムザである。

そうかあ？

大森　『変身』*の主人公と同様、いきなり不条理な状況に投げ込まれるってことでしょうか。そもそもザムザのファーストネームはふつうグレゴリーじゃなくてグレゴールですが。

豊﨑　〝『ブレードランナー』の乾いたリリシズムと共通のものを感じたのだ〟とまでおっしゃってる。

大森　これはなにが共通なんだか、凡人にはまったく理解不能ですね。

***今回〜想像もしないことだった**
《小説すばる》二〇〇四年十二月号小説すばる新人賞選評　五木寛之「『となり町戦争』を推す」より

***『変身』**
二十世紀初頭、フランツ・カフカによって書かれた不条理小説。二〇〇六年、池内紀による新訳が白水uブックスから刊行されて話題に。

宮城谷先生の独自路線

豊﨑 直木賞に戻ります。太平洋戦争を描いた古処誠二の『七月七日』*(一三二回)に対しては、ツモ爺、めずらしく熱く語ってます。怒ってます。

どうにも逼迫感というのか、臨場感がなく、数万の人間が何千倍という火力で叩きつぶされ、火焔放射器で焼きはらわれながら、潰滅してゆく、時代の悲劇の状況がどうも感じとれない。*

大森 選考会で津本先生が「どうもこれは、わしの知っとるサイパンとは違うサイパンですな。実際はこうではありませんでしたが」って熱弁をふるうと誰も反論できない。おかげで受賞が有力だった古処さんが落ちてしまうという(↑推測)たいへん不幸な事態に。

豊﨑 でも、ツモ爺だってて戦時中のサイパンには行ってはいないと思うんですけど。

大森 一九二九年生まれですからね。学徒動員された工場で空襲に遭ったりはしてるらしいけど、戦地には行ってません。しかし、ちょうど『名をこそ惜しめ

*『七月七日』
二〇〇四年　集英社

*どうにも〜感じとれない
《オール讀物》二〇〇五年三月号直木賞選評　津本陽「悲哀のいろどり」より

硫黄島　魂の記録』*という戦記ものをお書きになってるところで、時期が悪かった。他の選考委員は、古処誠二なんて一九七〇年生まれの若い作家が太平洋戦争をテーマに選ぶというチャレンジ精神を評価してるわけですよ。でも、津本先生だけは頑としてそれを認めない。

歴史小説であれば、日本軍が陸海協同作戦をとれないまま、島外へ待避できない住民をもまきぞえにして、実に惨憺拙劣としかいいようのない結末をむかえる悲劇を書きとめてほしいのだが、なんとなく間延びしてしまった。

『七月七日』って、そういうことを書く歴史小説じゃ全然ないんだけど、それを一切考慮しないところがすごい。

豊﨑　こと戦争の話題になると、かわいいツモ爺じゃなくなってしまうわけですね。田辺聖子さんの選評からも選考会の様子がうかがえます。

新しい戦争文学の出現だ。〃サイパンはこんな暢気な戦場ではなかった〃という批判も聞かれたが、私は戦場に身を挺したことはないものの、ドンパチの最中にはあらゆることも起り得ると思う。*

*『名をこそ惜しめ　硫黄島　魂の記録』二〇〇五年　文藝春秋

*新しい戦争文学〜起り得ると思う

わたしはおせいさんの言い分の方が正しい気がするなー。そんなまともな感覚の持ち主のおせいさんが選考委員を辞めてしまった*のは本当に残念です。

大森 津本先生は、ためしに候補作を読んでみたところ、積極的に語りたいことが出てきちゃったわけですね。

豊﨑 ああー、だから読まなくていいっていってるのに！ 急に漢字いっぱい使っちゃったりしてさ。いつもはそんなに難しい漢字使う人じゃないんですけどね。宮城谷昌光先生とは違って。

大森 このところ直木賞選評で独自路線を歩んでいるのは宮城谷先生。ものすごい文学論が開陳されてるんですが、中でも話題を集めたのが一人称問題（一33回）。

小説世界には、一、二、三人称のほかに作者の人称という第四の人称があり、三人称を主語にすることで虚構が発し、第四の人称に意義が生じ、各人称が点であるとすれば、それらを線で結ぶと四角形となり、そこではじめて対角線を引くことができる。それが正常な小説空間である、と私はおもっている。*

《オール讀物》二〇〇五年三月号直木賞選評　田辺聖子「二作を推す」より

＊**選考委員を辞めてしまった** 第百三十二回を最後に辞退。

＊**小説世界には〜私はおもっている** 《オール讀物》二〇〇五年九月号直木賞選評　宮城谷昌光「人称の問題」より

豊﨑　んー……ごめんなさい。わたし、文学的教養がなくてよくわからない、その小説空間が（笑）。なぜ対角線を引くの？　なぜ四角にしなきゃいけないの？　宮城谷センセ、高尚すぎますわ。

大森　しかも、たんに文学観を述べただけではなく、結論はこうです。

今回、自分勝手としかおもわれない作品があったので、この傾向が熄むまで、一人称を主語とする候補作品に寛容をしめすことをひかえたい。

豊﨑　どの作品のことなんだろう。冷ややかな怒りようが怖いですねー。宮城谷先生の一人称に寛容を示さない方向というのは、今後の楽しみです。しかし、なんつーの？　なんか、選評のありようが生き神様っぽくね？　自分が天上にいて、天から下々の作家を見下してるみたいな。

大森　凡人にも理解できるように勝手な解釈をすると、文章読本的な常識では、キャリアの浅い作家が、書きやすいから選ぶのが一人称であると。ちゃんとした大人の小説を三人称で書くのはハードルが高い。だから、直木賞候補になるような人はもういいかげん一人称を卒業しなさいという天の声じゃないかと。

豊﨑　『容疑者Xの献身』*（東野圭吾）が受賞した百三十四回での宮城谷先生は、恒川光太郎の『夜市』*を評しながら、幻想小説についてこう書いていらっしゃいます。

*『容疑者Xの献身』
二〇〇五年　文藝春秋

私はマンディアルグやユイスマンスの小説を好んで読んでいた時期があるので、幻想小説を嫌っているわけではないが、それらの小説が私のなかで重みを失ってきたのは、小説の動力となっている都合のよさに疑いをもたざるをえなくなったからである。*

これはちょっと納得いきません。宮城谷先生の中で幻想小説が重みを失うのは勝手だと思うんだけど、〝都合のよさに疑いをもたざるをえなくなった〟ということはないいんじゃない？　もちろんご都合主義ですすんでいく小説ってのはあるけど、マンディアルグ*における奇妙な符合とかは、そういうものとは次元が違うわけだし、むしろ都合のいい小説を書いてるのはリアリズムを土台にしてる作家のほうに多いと思うんですけども。

大森　ファンタジーは作者の恣意に陥りやすいから注意しましょうってことなのかなあ。とにかく、選評で堂々たる文学論をぶつのが宮城谷先生の芸風で、百三十三回が文体論、百三十四回は幻想小説論だったと。次がどうなるか楽しみです。

＊**『夜市』**
二〇〇五年　角川書店

＊**私は〜えなくなったからである**
《オール讀物》二〇〇六年三月号直木賞選評　宮城谷昌光「合理と不合理」より

＊**マンディアルグ**
アンドレ・ピエール・ド・マンディアルグ（一九〇九〜一九九一）　フランスの小説家、詩人。幻想的作風で知られる。作品に『狼の太陽』（生田耕作訳／白水uブックス）など。

SFが候補になっても誰も喜んでくれない

豊﨑　百三十四回についてはちょっと置いといて、百三十三回でいちばん面白かったのは、やっぱり直木賞はSF作品ではとれないんだなってわかったこと。『となり町戦争』は完全にSFといってもいい作品なんだけど、ほとんど全く理解されていなくて、平岩弓枝先生なんか、

着想は面白いし、且つ怖しいが、着想を生かし切れなかった。*

たったこれだけ。

大森　もうひとつのSF作品、『むかしのはなし』*（三浦しをん）に対しては、

地球に隕石が衝突する話をテーマにした短篇が続くのは種切れの感がしてマイナスになったと思う。

って。『むかしのはなし』のすごいところは、たんに昔話を現代風に語り直した短編の連作かと思って読んでいくと、実は、三か月後に隕石の衝突で地球が滅び

＊**着想は～生かし切れなかった**
《オール讀物》二〇〇五年九月号直木賞選評 平岩弓枝「『花まんま』を推す」より

＊**『むかしのはなし』**
二〇〇五年　幻冬舎

るかもしれないという状況下で、もしそうなっても物語が残るように、採集して宇宙の彼方まで持っていきましょうという設定の長編だったことがだんだん明らかになってくるところなんですよね。それを〝種切れの感がしてマイナスになった〟と言われちゃうとねえ。そもそも小説の構造自体が理解されていないんだなあと。

豊﨑　読み巧者、井上ひさし先生はこうおっしゃってます。

各篇を貫く〈隕石の接近〉という仕掛けも、それほどうまくは活用されていない。また、「隕石、地球に衝突」という全地球的大事件が三ヵ月前までわからないなど、とても信じられない。*

大森　信じられない気持ちはわかりますが、科学の力を買いかぶりすぎです。なにしろ宇宙は広い。「ディープ・インパクト」*だと一年前に発見されてますが、あれはハリウッド映画ですからね。三ヶ月前まで見つからないことは充分にありうる。「アルマゲドン」*だと十八日前。新井素子の『ひとめあなたに…』*なんか一週間前ですよ。ま、伊坂幸太郎『終末のフール』*では八年前から予告されてますけどね。

他の選考委員も無理な注文ばかりつけてて、津本先生いわく、

＊各篇を〜とても信じられない
《オール讀物》二〇〇五年九月号直木賞選評　井上ひさし「作者の知恵」より

＊「ディープ・インパクト」
一九九八年　アメリカ映画　ミミ・レダー監督

＊「アルマゲドン」
一九九八年　アメリカ映画　マイケル・ベイ監督

　どれもまとまった作品であるが、印象が薄いというか、弱い感じがする。才筆の持主だから、もっと工夫をすればいいと思うのだが*。って、この上にもっと工夫をしろと言われても(笑)。とどめは林真理子。

　日常と非日常とがうまく接着出来ていない。地球の滅亡、などということをせずふつうの青春小説でもよかったのではないか*。

　とりあえず、ＳＦが直木賞候補になっても誰も喜ばないことがよくわかりました。

期待を裏切らないジュンちゃん

豊﨑　しかし、百三十四回の選評ではなんといっても！

大森　渡辺淳一先生が『容疑者Ｘの献身』をどう評されているかが注目の的。

豊﨑　東野圭吾の受賞をずーっと阻んできたのは、ジュンちゃんだって話*ですからね。さあ、どう出るか。

＊『ひとめあなたに…』　一九八一年　双葉社（現在は角川文庫）

＊『終末のフール』　二〇〇六年　集英社

＊どれもまとまった～思うのだが　《オール讀物》二〇〇五年九月号直木賞選評　津本陽「色彩」より

＊日常と～のではないか　《オール讀物》二〇〇五年九月号直木賞選評　林真理子「大きなハードルを越す力」より

＊ジュンちゃんだって話　ROUND4（二四九頁）豊﨑のコメント参照。

受賞作の「容疑者Xの献身」について、わたしは不満である。*

いきなり、これですもん。うれしくなっちゃう(笑)。ある意味、ジュンちゃんは立派ですよ。こちらの期待を決して裏切らない。

大森 この選評で、淳一先生はとにかくミステリの悪口しかいってない。ものすごい昔話で、

以前、とくに一九七〇年代ころから、推理小説の文学性について否定的な意見が強く、直木賞の候補として挙げられることもきわめて少なかった。その理由は、推理小説が謎解きに主眼をおきすぎ、その結果、人物造形が手薄になり、人間を描き、その本質に迫る姿勢が弱かったからである。

豊﨑 ジュンちゃんは、「推理小説なんかに直木賞をやることない」って思ってるんですよね。「謎解きが主眼の推理小説なんかにやることない。もっと人間を深く描いた小説に授賞すべきだ」というわけです。でもって、この締めですよ。

＊受賞作の〜不満である
《オール讀物》二〇〇六年三月号直木賞選評　渡辺淳一「トリックか人間描写か」より

にもかかわらず本作品が受賞したことは、かつての推理小説ブームなどを経て、近年、推理小説の直木賞へのバリアが低くなりつつあることの、一つの証左といえなくもない。

〝直木賞へのバリア〟だの〝証左といえなくもない〟だの。なんだ、そりゃ(笑)。

大森 いったいいつの時代の話なんだと。

豊﨑 しかもさあ、ジュンちゃんて人物造形人物造形っていつもうるさいけど、あんたの人物造形はどうなんだってことですよ。たとえば百三十三回では、

いずれも作意が見えすぎて、虚構化が弱く、小説にまで熟成していない。小説は単なる思いつきでなく、作者の内実から絞り出されたテーマを粘り強く、真摯に書くべきである。*

なんて書いてます。で、その小説観の産物が『失楽園』*かよ、御前様の内実から絞り出されたのが、『愛の流刑地』*なのかよ!? って問いたいですよ、わたしは。

大森 百三十二回の受賞作『対岸の彼女』*(角田光代)の選評にはこんな一節も。

一部のバイオレンスや時代小説のように、男性だけの話に終始して、存

***いずれも～書くべきである**
《オール讀物》二〇〇五年九月号直木賞選評 渡辺淳一「思いつきに終わる」より

***『失楽園』**
一九九七年 講談社(現在は角川文庫)

***『愛の流刑地』**
二〇〇六年 幻冬舎

在感のないステレオタイプの女しか登場しない小説もあるのだから、本作のような作品が評価されても当然ともいえる。*

豊﨑 それ、まんま御前様の小説だろう！〝存在感のないステレオタイプの女しか登場しない〝御前様の小説なんだよっ！　なんなんでしょうね、けっして自分にひきつけては考えないこの傲岸不遜な態度は。あんな書き割りみたいな人間、都合のいいダッチワイフみたいな女を創造しておいてさー。

何を言われたのかさっぱりわからないよね

大森 渡辺淳一にもびっくりしたけど、『容疑者Xの献身』で僕がいちばん驚いたのは、林真理子の選評。こんな見方があったのかと思って。

最近、さえない容貌の男性が、そのひたむきさと努力によって、美女の心を射止めるというストーリーが人気を集めているが、「容疑者Xの献身」は、そのさらに昇華したものではないか。*

そうか、『電車男』*の進化形だったのかと。頭からミステリだと思って読んでる

*『対岸の彼女』
二〇〇四年　文藝春秋

*一部の〜当然といえる
《オール讀物》二〇〇五年三月号直木賞選評　渡辺淳一「新しい女性小説」より

*最近〜進化したものではないか
《オール讀物》二〇〇六年三月号直木賞選評　林真理子「満を持しての受賞」より

と、こういう発想が全然出てこないので、たいへん新鮮でした。なるほど、恋愛小説と思って読むとこうなるのか。

豊﨑　でも、ネットではすでにそんな感想書き込んでるひとはいましたよ。これは喪男*話でしょって。

大森　いわれてみればそうなんだけど。津本先生は、この回も飛ばしてますね。

豊﨑　そうそう！

大森　恩田陸の『蒲公英草紙』*を評するのに、なぜか南方熊楠*の日記が出てきます。

　南方熊楠の日記に見るような、自分が感じとったことだけを、何の感傷もなく記すだけで、粘菌の研究をするとき人間世界を離れ、粘菌社会のなかで粘菌として暮らしているという凄みを理解させる、鋭い刃のような表現が、一カ所にでもあればいいのだがと思う。もう一歩、がんばってほしい。*

豊﨑　恩田さんがこれ読んでも、何を言われたのかさっぱりわからないのでは？　そして、今後いったい何をがんばればいいのかもわからないのでは？

大森　熊楠評としては面白いんだけど、『蒲公英草紙』とは何の関係もない。

＊『電車男』
二〇〇四年　新潮社。インターネットの匿名大掲示板「2ちゃんねる」のスレッドをまとめたもの。

＊喪男
〝もてない男〟を意味する2ちゃんねる用語。

＊『蒲公英草紙』
二〇〇五年　集英社

＊南方熊楠
みなかた・くまぐす（一八六七～一九四一）　博物学者、細菌学者、民俗学者。著作に『十二支考』（岩波文庫）など。『南方熊楠日記』は長谷川興蔵校訂の四巻本が八坂書房から刊行。

＊南方熊楠の～がんばってほしい
《オール讀物》二〇〇六年三月号直木賞選評　津本陽「たしかな構築」より

豊﨑　なんで南方熊楠の日記をもってくる？

大森　謎ですねえ。

選評は面白く書くのは難しい

豊﨑　山本周五郎賞における宮城谷先生なキャラは、浅田次郎。ちょっともったいぶってる感じ。荻原浩の『明日の記憶』(18回)について、

　崩壊する精神の、独白ばかりが最後まで明晰という矛盾も、その不退転の意志と「備忘録」のアリバイを斟酌して、無罪とした。*

〝無罪〟って、そんな大げさな(笑)。

大森　しかるのち、他の選考委員がこぞって推して受賞した垣根涼介の『君たちに明日はない』*に「絶対バツ」をつけた理由をえんえんと書く。評価はきわめて的確だと思いますが、その最後に、

　ところで、私はここまで歯に衣着せぬ評を書く私自身を訝しむ。べつだん個人的怨恨があるわけでもなく、生理的に嫌悪しているわけでもない。

＊**崩壊する〜無罪とした**
《小説新潮》二〇〇五年七月号山本周五郎賞選評　浅田次郎「ふたつの『明日』」より

＊**『君たちに明日はない』**
二〇〇五年　新潮社

むろん嫉妬や警戒などはありうべくもない。ではなにゆえの打擲であろうと考えれば、思い当たることはただひとつ、「名馬はすなわち稚くして悍馬たり」という、私の趣味的相馬眼に基く。

選評でけなされたからって、打擲とまで思う人はあんまりいないでしょうが、この言い訳が芸になっている。浅田次郎の選評は大変いいですね。技があります。

豊﨑　〝受賞作は奇しくも、ふたつの「明日」であった〟って、きれいに締めてみせるとことかね。浅田さんの選評はキャラが立ってます。でも、他の選考委員があんまり面白くないんですよね。やっぱり選評に限っては、山本賞より直木賞の方が面白い。小池真理子さんあたりにボケキャラをやってほしいのに。思い切った誤読をお願いしたい。そうするとちょっとは面白くなるんじゃないかな。あ、大森さんの「このミステリーがすごい！」大賞の選評は面白かったですよ。厳しいこと言うなあと思いつつ。

大森　新人賞の選評って、面白く書くのは難しいですよ。応募したひとが読むこともつい考えちゃって、いろいろ気を遣うし。

豊﨑　じゃあなんでこんなに意地悪なの？　大賞をとった深町秋生の『果てしなき渇き』*（3回）に対して

＊『果てしなき渇き』

個人的に好きなタイプの作品ではないにもかかわらず（こんな小説読みたくないと何度思ったことか）これに最高点をつけた。*

ひどい（笑）。

大森　好き嫌いと評価は別なんで、まあしょうがないと。すごい褒めてる。

豊﨑　あと、いかにも大森さんだなあと感じ入ったのは、『パウロの後継』って候補作について〝潜在的には大きなベストセラー力を秘めている〟って分析するとこですね。さすが業界のフィクサー。

古井由吉先生に尽きますね

大森　さて、芥川賞です。

豊﨑　二〇〇三年下半期にあたる百三十回って、もうずいぶん前のことに感じますね。この回は、綿矢りさ（『蹴りたい背中』）と金原ひとみ（『蛇にピアス』）という若女子ふたりの受賞で話題になったんですよね。わたしは、テルちゃん（宮本輝）が『蹴りたい背中』*をちゃんと読めてたのにガッカリしたんだっけなあ（笑）。新しい小説をぜんぜん読めてない人として存在価値があったのに。もしかして『文学賞メッ

『果てなき渇きに眼を覚まし』を改題。応募時の名前は古川敦史。二〇〇五年　宝島社

***個人的に〜最高点をつけた**
第三回『このミステリーがすごい！』大賞最終選考選評　大森望「D・フランシスとJ・エルロイの代理戦争」より
http://www.konomys.jp/

***『蹴りたい背中』**
二〇〇三年　河出書房新社

夕斬り！』を読んで、徹底的に自分の読解力を修正したのかもといぶかしんでみたりして。

大森　石原慎太郎の選評が面白かったですね。『蛇にピアス』*の引き合いに出すのがいきなり永井荷風*。

永井荷風が晩年、若い頃腕にほどこした惚れた芸者の名前の入れ墨に往生して、銭湯に行く度トクホンの絆創膏を張って出かけていたという挿話はなにやら暗示的な気もするが*。

豊﨑　高樹のぶ子も『蹴りたい背中』に関して、楽しいこと言ってくれてます。そんな大層に言うことでしょうか(笑)。ギャグなら面白いけど。

ちょうど二十年前、私も高校生を描いて芥川賞を頂いたので期待と感慨は大きい*。

って……一緒にしないでいただきたいです、りさたんと。

大森　百三十一回のモブ・ノリオさんもすでにかなり懐かしい感じがします。そう言えばそんな人もいたっけねえ、みたいな。

***「蛇にピアス」**
二〇〇三年　集英社

***永井荷風**
ながい・かふう（一八七九〜一九五九）小説家。著書に『断腸亭日乗』（岩波文庫）など。

***永井荷風が〜暗示的な気もする**
《文藝春秋》二〇〇四年三月号芥川賞選評　石原慎太郎「現代における青春の形」より

***ちょうど〜感慨は大きい**
《文藝春秋》二〇〇四年三月号芥川賞選評　高樹のぶ子「期待と感慨」より

豊﨑　モブ、このあとまともな作品書いてないし。この時の選評は、古井由吉先生に尽きますね。いきなり、

YO、教科書を丸暗記させられたように、無理矢理そう思い込んだんじゃねえぜ、朋輩《ニガー》、そう感じる以外に辻褄の合わぬ現実を思い知らされたのだよ。*

だもの。そんな無理にパスティーシュなさらなくたっていいのに(笑)。わたしは胸が痛みましたよ。モブ・ノリオって、いろんな文学者の大学での講義をもぐりで聞いていたらしくて、古井由吉とか島田雅彦とか、デビュー前から知ってたみたいなんですよね。だからこの回の古井さんはなんか甘い気がします。あと、テルちゃんが『介護入門』*評で〝主人公のちょいとふざけたラップ口調〟*って書いてたのにはちょっと萌え(笑)。この五・七・五のいい言い回しがテルちゃんなりのラップ調なんですねー。

大森　石原都知事は、あいかわらず天下国家を語っています。

今回のように大方の作品の主題が介護、失業、老人ホーム、日曜農園と家の主人の失踪、あるいは不眠妄想等々のオンパレードとなると、それぞ

＊**YO～思い知らされたのだよ**
《文藝春秋》二〇〇四年九月号芥川賞選評　古井由吉「例話の始まり」より

＊**「介護入門」**
二〇〇四年　文藝春秋

＊**主人公の～ラップ口調**
《文藝春秋》二〇〇四年九月号芥川賞選評　宮本輝「余計な夾雑物」より

れの主題が風俗の断片としてではなしに、作家にとって主人公にとって人生のいかなるメタファたりえているかが、作品の存在感のよすがとなるに違いない。*

意味がよくわかりません(笑)。締めの一文もすごくて、

今回の選考は、猛暑の故の夏枯れとしかいいようなかった。

豊﨑 まあ、この人の日本語は意味がよくわからないのが特徴ですから。百三十二回、山崎ナオコーラの『人のセックスを笑うな』*についてはこうおっしゃってます。

年上の女との交情を描きながら一向にセンシュアルではなく、例えばラディゲの「肉体の悪魔」のようなセンシュアルならずしてのリリスムも伝わってこない。*

不肖トヨザキ、浅学非才にして、意味がとれません! これは何をいってんですの?

***今回の〜なるに違いない**
《文藝春秋》二〇〇四年九月号芥川賞選評 石原慎太郎「猛暑、夏枯れ」より

***『人のセックスを笑うな』**
二〇〇四年 河出書房新社

***年上の女〜伝わってこない**
《文藝春秋》二〇〇五年三月号芥川賞選評 石原慎太郎「不毛の時間」より

大森　さあ。肉感的でも抒情的でもないとけなしてるんですかね。

豊﨑　百三十一回の目玉だった舞城王太郎の『好き好き大好き超愛してる。』*を評価したのは、やっぱり山田詠美と池澤夏樹だけでした。エイミーは、

たくらみも過ぎるとほとんどフツーに見える見本。そして、そのほとんどフツーが成功した稀有な例。この愛すべき現代のメタモルフォセスを推せる機会に恵まれて嬉しかった。と、同時にほとんどの選考委員がこの作品に強い嫌悪を抱いているので驚いた……って、驚いてる場合じゃないんだが。あっさり却下されちまったよ。*

ナッキーは〝多勢に無勢、授賞の見込みはまったくなかった〟*って完全孤立。まあ、そんなもんなんでしょうね。

意地悪なんだけど、ちゃんと芸がある

豊﨑　百三十二回では、阿部和重がやっとのことで『グランド・フィナーレ』*で受賞。石原慎太郎は〝全く評価出来なかった〟って言ってますね。

大森　うん。そして、さらにひとこと、

*『好き好き大好き超愛してる。』
二〇〇四年　講談社

*たくらみも〜却下されちまったよ
《文藝春秋》二〇〇四年九月号芥川賞選評　山田詠美「『選評』」より

*多勢に無勢〜まったくなかった
《文藝春秋》二〇〇四年九月号芥川賞選評　池澤夏樹「選評」より

*『グランド・フィナーレ』
二〇〇五年　講談社

複数の選考委員の間で、多少瑕瑾はあっても、この作者にはもうそろそろこの賞を与えてもいいのではないかという声があったが、そうした発想はこの伝統ある文学賞の本質を損なうものではないかと危惧している。*

芥川賞に関しては、賞のあげどきなんて考えるのはもってのほかだと。

豊﨑　そうやって、村上春樹や高橋源一郎や島田雅彦に授賞しそこねてきた賞なのに……。そこへいくと、山田詠美の評を読むとうれしくなります。「不在の姉」（井村恭一）に

意味不明の比喩多発。〈ふぐりの裏側についた蛭のような人物〉とか。ぬくぬくして、あったかそうですが。*

大森　そこは笑った。

豊﨑　面白いですよね。石黒達昌の「目をとじるまでの短かい間」には、

病人は病人のように、医者は医者のように、子供は子供のように描かれていて何の驚きもない。花も花のように象徴的だ。

＊**複数の～危惧している**
《文藝春秋》二〇〇五年三月号芥川賞選評　石原慎太郎「不毛の時間」より

＊**意味不明の～あったかそうですが**
《文藝春秋》二〇〇五年三月号芥川賞選評　山田詠美「選評」より

とか、とっても意地悪。百三十三回はさらに辛辣で、

近頃、妙齢の男子による『オカンの物語』が増えている、ような気がする。そしてそれは決して『母親の物語』ではない。「小鳥の母」。オカンの物語、その1。もしかしたら作者は、同じような体験をしたのか。（略）「無花果カレーライス」。オカンの物語、その2。〈脳髄に向けて咲き乱れる、発狂の花〉……だって。うー、気恥しいぞ。（略）今回、私はひとつも丸をつけませんでした。*

大森 意地悪なんだけど、ちゃんと芸がある。

豊﨑 そう、そこがエイミーの美点です。意地悪って言ったら群像新人賞の松浦寿輝の選評にもびっくりしませんでした？ 十文字実香の受賞作「狐寝入夢虜」*（47回）について、松浦さんは納得してないと。

安香水のようなナルシシズムがぷんぷん臭う戯作調の気取り――気取っているわりにはことごとく古臭い紋切型――の傍らを、狐につままれるまでもなく、単に鼻をつまんで通り過ぎるほかはない。*

***近頃〜つけませんでした**
《文藝春秋》二〇〇五年九月号芥川賞選評 山田詠美「低調!!」より

***『狐寝入夢虜』**
二〇〇五年 講談社

***安香水〜通り過ぎるほかはない**

だって。厳しいですねー、新人の小説相手に。

《群像》二〇〇四年六月号群像新人文学賞選評　松浦寿輝「既知の風景に自足している」より

老人力が高まっている人は?

大森　しかし、最近の芥川賞の選評、あんまり面白くないね。

豊﨑　うん、なんか面白くないんですよねえ、テルちゃんもシンちゃんもおとなしくって。強いて新しいスターを探せば、黒井千次先生でしょうか。すごく正直なんですよ。『好き好き大好き超愛してる。』について〝全体がいかなる構造を持つかの構成意図が遂に摑めなかった*〟って明かしちゃってる。

大森　〝山崎ナオコーラ氏の『人のセックスを笑うな』は作品の短かさに美点がある*〟というのもよかった。

豊﨑　それ、褒めてないから、黒井先生(笑)。短いのがよっぽどうれしかったんですね。もー、候補作読むのが苦で苦で仕方なかったんでしょう。正直で、好きだなあ。

大森　黒井先生の選評において僕がポイントだと思ったのは、百三十四回の受賞作『沖で待つ*』(絲山秋子)に触れたこの箇所。

*全体が〜摑めなかった
《文藝春秋》二〇〇四年九月号芥川賞選評　黒井千次「怒りと語り」より

*山崎ナオコーラ〜美点がある
《文藝春秋》二〇〇五年三月号芥川賞選評　黒井千次「選評」より

*『沖で待つ』
二〇〇六年　文藝春秋

女性と男性が企業内の同じ職場で同一の仕事をこなす光景は、かつてほとんど見られなかった。女性総合職の出現によって女と男の対等に働く場が生れた。それは新しい現実である。*

おお、それが新しい現実なのか！　っていう（笑）。女性総合職が出現したのっていつ？　男女雇用機会均等法からか？

豊﨑　かれこれ二十年前になりましょうか。黒井先生はたいへん特異な時間感覚を生きておられるかたなのかもしれません。二百年生きるといわれているゾウガメのような（笑）。

大森　二十年前のことをつい最近だと言えるようになるには、相当の年季が必要ですね。僕もまだまだだなあと思いました。

豊﨑　『沖で待つ』には、ハードディスクというキーワードもあります。主人公とその友人はどちらかが先に死んだら、お互いの家に忍び込んでハードディスクを壊し、中の記録を消すという約束をしてるんですね。髙樹のぶ子先生は〝ハードディスクの中に何が入っているかが気になる〟*派。池澤夏樹さんは〝ハードディスクに実際に何が入っていたかを問うことには意味がない〟*派です。これは、池澤夏樹さんに軍配が上がると思うんですが。

大森　しかしふたりとも、ハードディスクが何かを知ってる点では同じ派閥と言

＊**女性と〜新しい現実である**
《文藝春秋》二〇〇六年三月号芥川賞選評　黒井千次「女と男の新しい光景」より

＊**ハードディスク〜気になる**
《文藝春秋》二〇〇六年三月号芥川賞選評　髙樹のぶ子「『あざとさも力』」より

える(笑)。

豊崎　なるほど。わからない派閥ありますからね、たしかに。黒井先生は、たぶん、知らない派。

大森　石原都知事も知らない派かもね、意外と。なにしろ、

　当節、携帯電話によるメイル交換の普及やパソコンのインターネットへの書き込みの氾濫で若い世代の文字離れが相殺され小説の復権の兆しが見えるとある人々はいうが*

とおっしゃってますから。〝パソコンのインターネットへの書き込みの氾濫〟って……。

豊崎　意図を汲んであげれば、ブログや2ちゃんねるのことを指してるんでしょうね。

大森　長編一冊ケータイで入力した高校生が青春小説大賞を受賞する時代なのに。

豊崎　都知事のIT理解は、たぶんわたし並み。

大森　『野ブタ。をプロデュース』(白岩玄)について、〝会話の終わりにつけられている(笑)といった注釈は当節流行の漫画の手法に似て*〟って書いてるのも見逃せ

＊ハードディスク～意味がない
《文藝春秋》二〇〇六年三月号芥川賞選評 池澤夏樹「恋愛でない男女の仲」より

＊当節～ある人々はいうが
《文藝春秋》二〇〇六年三月号芥川賞選評 石原慎太郎「本質的主題の喪失」より

＊会話の～漫画の手法に似て

ない。当節って、戦後ってことかな（笑）。だいたい漫画の手法じゃないでしょう。

豊﨑 漫画だったら笑ってる絵を描けばいいだけじゃん（笑）。

大森 菊池寛*が発明したんじゃなかった？　文芸誌の座談会文化から来てると思うんだけど。

豊﨑 それこそ大家の座談会や創作合評みたいなものから、出てきた手法でしょうね。

大森 老人力が高まっている方としては、第三十回川端康成賞の秋山駿先生も見逃せません。

豊﨑 そうそう。受賞作の「袋小路の男」*（絲山秋子）について、

読んでいると好い気持ちになる。こんな女性がいてくれるとありがたいな、と男は思う。*

大森 思わない思わない絶対思わない（笑）。これ、男性読者が普通に読むと、ストーカーみたいな怖い女の話でしょ。秋山先生にとっては、そんな女がいい女なのか。

豊﨑 辻原登さんの「枯葉の中の青い炎」*（31回）は、往年の大投手スタルヒンの三

《文藝春秋》二〇〇五年三月号芥川賞選評　石原慎太郎「不毛の時間」より

＊**菊池寛**
きくち・かん（一八八八〜一九四八）小説家、劇作家、ジャーナリスト。《文藝春秋》創刊者にして、芥川賞、直木賞の創設者。

＊**「袋小路の男」**
二〇〇四年、講談社刊の同名書に収録。

＊**読んでいると〜男は思う**
《新潮》二〇〇四年六月号川端康成文学賞選評　秋山駿「こんな女性がいれば…」より

＊**「枯葉の中の青い炎」**
二〇〇五年、新潮社刊の同名書に収録。

百勝を扱った作品で、秋山先生は〝物語作者こそが、一投手の三百勝を、一つの「偉業」へと、変容させたのである〟*って言ってますけど、別に辻原さんが小説にしなくても、大変な偉業だと思いますよ、三百勝は(笑)。先生は野間文芸賞の選考委員もやってらっしゃって、第五十七回の受賞作、辻井喬の『父の肖像』*の選評では、

事業家というタイプの人間に、私はまったく関心がなかった。しかし、今回、辻井喬氏の『父の肖像』を読んで、初めてその人間エネルギーの凄さに面接した。

そんな巨きなエネルギーを持つ父親の下で、子供は、どんなふうに生育され、成長するのか。そこのところがよく分った。*

ねえ、これ、こういう小説なの？ 秋山さんほどの人が、こんな暢気な評でいいの？(笑)。大丈夫なんでしょうか、脳の働きは。

大森　これが老人力ですよ。

豊﨑　かつては《週刊朝日》の書評欄も牛耳ってた人なのにね。こんなになっちゃうんですね。

大森　そういう境地になったら勝ち。

***物語作者～変容させたのである**
《新潮》二〇〇五年六月号川端康成文学賞選評　秋山駿「物語作者の力」より

***『父の肖像』**
二〇〇四年　新潮社

***事業家～よく分った**
《群像》二〇〇五年一月号野間文芸賞選考委員のことば　秋山駿「感想」より

豊﨑　ああ、勲章もらってアガリのコースですね(笑)。こうなったら、晩年の武者小路実篤*まで行くといいですね。「いいものはいい。いい人が書くものはいい」とか言ってほしい。そこまでいったら拍手を送ります。阿刀田さんと並んで、選評界の新しいスターの誕生ですね。

テルちゃんとはじめて意見があった

大森　僕もだんだん老人力がついてきて、昔のことは覚えてるんだけど、五年ぐらい前のことはきれいに忘れてる。第百三十四回芥川賞で、松尾スズキの「クワイエットルームにようこそ」*について、山田詠美が〝「17歳のカルテ」の日本版ノヴェライズとしては上出来〞*と書いてるのを見て愕然としたんですよ。ウィノナ・ライダー主演の「17歳のカルテ」*は僕も見てたのに、「クワイエットルームにようこそ」を読んだ時にまるきり思い出さなかった。「カッコーの巣の上で」*という大昔の映画と、読んだばっかりだった吾妻ひでおの『失踪日記』*はすぐ連想したんですが、その中間の記憶が出てこない。きれいさっぱり抜け落ちてた。

豊﨑　大森なおもて忘却す、いわんや豊﨑をや。今後、わたしが同じことを繰り返したり間違えたり忘れたりしても、いちいち教育的指導をしないようにしてください(笑)。

*武者小路実篤　むしゃのこうじ・さねあつ(一八八五〜一九七六)　小説家。作品に『友情』(新潮文庫)など。

*「クワイエットルームにようこそ」　二〇〇五年　文藝春秋

*「17歳のカルテ」〜上出来　《文藝春秋》二〇〇六年三月号芥川賞選評　山田詠美「選評」より

*「17歳のカルテ」　二〇〇〇年　アメリカ映画　ジェームズ・マンゴールド監督。

*「カッコーの巣の上で」　一九七五年　アメリカ映画　ミロシュ・フォアマン監督。

大森　気にしなくなるとますます進行が速まるよ(笑)。しかしまあ、山田詠美のほうが僕より脳がだいぶ若いんだなあと思って、それがいちばん感慨深かった。そういうショックを受けてる時に、この秋山先生の選評のような文章を読むと、オレもまだまだひよっ子じゃん、と思い知る効果がある(笑)。

豊﨑　わたしが百三十四回でいちばん感慨深かったのは、やはり「クワイエットルームにようこそ」でテルちゃんとはじめて意見があったことです。感動しました。感極まって泣きました。

　　この素材には、もっともっと突っ込んだフィクションの技によってえぐり出されるべきものが眠っていると思っている。*

つまり、もっと過激にやってもよかったんじゃないのっていってるわけですよね、テルちゃんは。大森さんが言ってた*じゃない、「クワイエットルームにようこそ」は最初のほうのトーンは過激なのに、ハートウオーミングな方向にきれいにまとめられるのが物足りない、でもやっぱり芥川賞を狙うためにはこうしなくちゃだめなのかなって。それをテルちゃんもちゃんとわかってくれてることに感激。なんか、E・T・と人差し指をくっつけあったくらいの歓びですよ。テル先生、もうテルちゃんじゃないですよ、テル先生に、今ならわたしは土下座して謝

＊『失踪日記』　二〇〇五年　イーストプレス

＊連想したんですが　ROUND4(一五五頁)参照。

＊この素材には〜思っている　《文藝春秋》二〇〇六年三月号芥川賞選評　宮本輝「安定感」より

＊大森さんが言ってた　ROUND4(一五六頁)参照。

ってもいい！

大森 しかも西村賢太の「どうで死ぬ身の一踊り」[*]についても〝捨て難い作品だと思う〟って書いてますからね。2ちゃんねるの文学板[*]でもいろいろ予想されてたよ、豊﨑由美がそれにどうコメントするかって。

豊﨑 なんて予想されてるの？

大森 〝「見直した」とか何とか素直に言うんじゃないか〟説とか。あと、「テルちゃんも小説が急に読めるようになった」とか。

豊﨑 その通り、当たってるじゃん(笑)。ようやく小説を読解できるようになられて、トヨザキ安心いたしました。この調子なら、あと三年くらいは芥川賞の選考委員やってもいいよと思う今日この頃です。

根っからいじられやすい島田雅彦

大森 芥川賞の選評より文學界新人賞の方が面白いよね、前ほどじゃないけど。

豊﨑 選考委員が変わっちゃいましたからね。山田詠美が芥川賞に行っちゃったし、奥泉光もいなくなっちゃうし。

大森 それでも、島田雅彦の選評はあいかわらず笑える。モブ・ノリオについて、

＊「**どうで死ぬ身の一踊り**」
二〇〇六年、講談社刊の同名書に収録。

＊**2ちゃんねるの文学板**
2スレッド目【奇人変人】豊﨑由美で遊ぶ2【ワンダーワールド】に突入（二〇〇六年七月現在）

いずれ自分でつけたこのペンネームに赤面する日も来るだろうし、黒子を焼くように中黒を取りたくなると思うが、作者のモラリストぶりはひとつの素養であり、財産となるだろう。（略）ワルになりきれない語り手の人柄が前面に出ているので、厚生労働省や石原慎太郎を喜ばせそうだ。*

豊﨑　島田さん独特のシニカルな物言いですね。

年を取ってリテラシーが低下したお爺さまたちに歓迎される作品もいいけど、やがて彼らは死んでゆく。

すごい皮肉。この文章の奥底には、自分自身がそういう爺さま連中に芥川賞受賞を阻まれて来たという嫌みが流れてますからね。九十九回では、

今回で奥泉光氏も辞めてしまう。山田詠美ももういない。私は居残り、しかも文芸時評のような人に嫌われることまでやっている。*

仲良し仲間から取り残された島田さんの淋しさが伝わる愚痴になってます。そ

***いずれ～喜ばせそうだ**
《文學界》二〇〇四年六月号文學界新人賞選評 島田雅彦「春の介護報告」より

***今回で～ことまでやっている**
《文學界》二〇〇四年十二月号文學界新人賞選評 島田雅彦「ふやけた『私』の彼岸」より

んな島田さんが、根っからいじられやすい人で、仲間から愛されてるってことが実感できるのが、九十九回ですね。「ヒヤシンス」(寺坂小迪)という作品が島田雅彦奨励賞になってるでしょ。で、浅田彰さんが選評の中で、

だが、この作品を読んで「身につまされる」と繰り返す島田委員の声にはただならぬものがあったので、「ヒヤシンス」を島田雅彦奨励賞として活字化することにあえて反対はしなかった。*

そんなにただならぬものがあったのか(笑)。あと、奥泉さんも、

「ヒヤシンス」は、夫に去られ狂っていく孤独な専業主婦を描いて、島田委員の身魂を寒からしめたようだが、私はそうでもなく*(略)。

って、やってる。山田詠美がいなくても、ちゃんといじられ続けてる。

大森　ROUND1でもネタにしてますが、島田さんには、中原昌也被害者の会として、ぜひ石田衣良と二人でユニットを組んでほしいですね。コンビ名まで考えました。平仮名でね、「いしだしまだ」*(笑)。

豊﨑　おもしろーい。島田さんは「しまだいしだ」じゃないとやだって言うかもし

***だが〜反対はしなかった**
《文學界》二〇〇四年十二月号文學界新人賞選評　浅田彰「卒業記念日ふたたび」より

***「ヒヤシンス」〜そうでもなく**
《文學界》二〇〇四年十二月号文學界新人賞選評　奥泉光「最後の選考会」より

***「いしだしまだ」**
松竹芸能所属の漫才コンビ「ますだおかだ」にあやかったネーミング。

れませんけど。

大森　どっちでもいいですけどね。ジャンケンで決めてください。

豊﨑　この二人でいろんな対談を企画すれば、二人ともサービス精神旺盛だから、かなり面白いページができると思います。まずは、中原昌也について語ってほしい。

大森　「ほんとに僕ら何にも悪いことしてないんですよ、ほんとなんですよ、これだけは、ねえ、いしだくん」「そうなんです、勝手に怒ってるんです、あの人が」(笑)。

豊﨑　しまだくんが「いったいどのぐらいおごってやったと思ってるんだ」とか「どれくらいタクシーで送ってやったと思うんだよ」ってぼやく。

大森　「失うものがない人はこわいよねー、やっぱり」といしだくん。

豊﨑　で、「僕たちは家建てましたしね。住処が一時期なかった人になんかあれこれいわれたくないですよねー」とかさ。……仮想だけでもこの面白さ。どこかの文芸誌で、ぜひ実現させてください。

大森　これは名案だと思って、ご本人に持ちかけたんですよ。島田さんは笑ってたけど、石田さんは反応が鈍かった。そういう芸風じゃないらしい。なんだったら「文壇次長課長*」でもいいですけどね。(ROUND-で)島田雅彦は課長で決まりだから、石田衣良は次長待遇で。

＊次長課長
東京吉本興業に所属する、河本準一と井上聡のお笑いコンビ。関係ないが、大森は最近よく、「次長課長の

河本を老けさせたような顔」と言われます。(大)

闘う、笙野頼子

豊崎 それでさ、奥泉さんがまたお茶目でおかしいの。九十九回で選考委員を辞めたんだけど、選評の最後に、

今回は私の最後の選考会だった。いつも食事のあと、ニューオータニのバーへ行くのだけれど、今回は何故か選考委員が皆早めに帰ってしまったので、編集部の人たちと、島田奨励賞をとった寺坂さんと一緒に、少し飲んでお話しした。それからわりと早めに家に帰った。*

よほど無念だったんだね、学級委員でクラスのみんなをまとめてきた僕の最後の選考会なのにみんなが先に帰っちゃったことが。僕は朝まで飲もうと思ってたのにって(笑)。

大森 文學界新人賞らしいですね。選考委員の中でそういう人間関係が生まれてくるまでには時間かかりそう。

豊崎 今後は浅田さんに頑張っていただきたい。川上弘美さんには、そういうおちゃめなところがあんまりなさそうですから。

***今回は〜早めに家に帰った**
《文學界》二〇〇四年十二月号文學界新人賞選評 奥泉光「最後の選考会」より

大森　選評はうまいけど。

豊崎　川上さんは、二十九回のすばる文学賞で笙野頼子さんとすごく闘ったみたいですね。

大森　『踊るナマズ』（高瀬ちひろ）の時ね。「ゆびさきの恋」という作品が受賞して、本になる時はぜんぜん違う『踊るナマズ』*ってタイトルになっていた。この時、「離島の繭」という候補作を巡って、笙野さんと川上さんが対立した。

豊崎　笙野さんは推して、川上さんは反対して。笙野さんの選評から、その紛糾ぶりがうかがえます。

> 無神経な大声で、川上氏の思いを踏みにじれば「勝てた」かもしれない。多数決での決定が提案された時、むしろ決議に反対し話合いを続けた。総計三時間こっちが下りた。四年前ここである作品を落とすために自分も四時間粘った。悪しき民主主義よりただひとりの、渾身の拒否権を尊重する。*

えらいなあ。闘ってるよね、笙野さんはいつも。

大森　まあ、豊崎さんみたいな人だってことだな。*

豊崎　そんな畏れおおいことを……。笙野さんに対して失礼ですよ、笙野さんの

*「**踊るナマズ**」
二〇〇五年　集英社

***無神経な〜尊重する**
《すばる》二〇〇五年十一月号すばる文学賞選評　笙野頼子「眠れぬ夜、孵らない卵」より

***豊崎さんみたいな人だってこと**
CS「ミステリチャンネル」の年末恒

は駄々じゃないもの。

大森 〝悪しき民主主義よりただひとりの、渾身の拒否権を尊重する〟とか、同じだと思うけどなあ。

豊﨑 そんな闘う作家・笙野さんが、選評なのに自分の受けた被害を書いちゃってるのが、「白の咆哮」*(朝倉祐弥)と「漢方小説」*(中島たい子)がとったとき(第28回)。

今の日本において、国家の作った壮大陳腐の愚民用物語と、ロリコンの売りつける赤面洗脳児童「文学」からはみ出たものは、止むなく救急車に乗り、医師に誤解され、人格を貶められ、仕事を干される。*

脱構築選評。こんなものまで小説にしなくてもいいのに。あと、辻仁成もすばる文学賞の選考委員やってるんですけど、作品と同じように選評もつまらない、芸がない。二十八回の選評から引用すると、〝ぜひ、もう一度、挑戦をしてもらいたい〟〝次作に期待〟〝受賞第一作に期待してみたい〟〝さらに精進を重ねられることを希望する〟*って。どの選評読んでも、期待ばっかりしてるんだよ。

大森 まあ、辻仁成ですからね。その意味では期待を裏切らない選評かも。

例企画「闘うベストテン」(ミステリを中心に年間の海外、国内の小説ベストテンを出演者のトークバトルで決定する)の、二〇〇五年十一月に行われた公開録画における豊﨑の振る舞いを指している。国内編の一位にどうしても『シャングリ・ラ』(池上永一／角川書店)を据えたいばかりに「一位にしてくれなかったら番組を降りる」とまで言い放つ〝駄々力〟に、大森はじめ出演者一同恐れをなし、一位を譲った。

***『白の咆哮』**
二〇〇四年 集英社

***『漢方小説』**
二〇〇四年 集英社

***今の日本〜仕事を干される**
《すばる》二〇〇四年十一月号すばる文学賞選評 笙野頼子「一匹狼の気絶っ！・戦え命の母っ!?」より

***ぜひ、もう一度〜希望する**
《すばる》二〇〇四年十一月号すばる文学賞選評 辻仁成「新しさの古さ」より

町田康が隣りにいるのに

豊崎　三島賞。福田和也の選評があいかわらず面白くない。いつもの〝例年通り評価の低いものから〟*ってスタイルです。第十七回は矢作俊彦の『ららら科學の子』*が受賞したんだけど、髙樹のぶ子がけっこう厳しいでしょ。作品の最後が〝カッコ良すぎ〟て気に入らないとか、〝文章もまた三十年昔の小説を読んでいる気がした〟とか。やっぱり同世代だから反発しちゃうのかな。

大森　男のハードボイルドって感じがするからでしょう。

豊崎　しかし、髙樹さんが矢作さんを知らないってことには驚きました。

聞けばずいぶんキャリアのある人だとか。私にとっては初めての作家で、かつ身近でもある。*

大森　知らない人は知らないでしょ。誰でも知ってるような作家じゃないから。

豊崎　十八回で『六〇〇〇度の愛』*(鹿島田真希)がとった時は、テルちゃん！　ここではテル先生ではなく、従来どおりテルちゃんと呼ばせていただきますが、

*例年通り評価の低いものから
《新潮》二〇〇四年七月号三島由紀夫賞選評　福田和也「こころやさし」より

*『ららら科學の子』
二〇〇三年　文藝春秋

*聞けば～かつ身近でもある
《新潮》二〇〇四年七月号三島由紀夫賞選評　髙樹のぶ子「若い皆さん、これが全共闘のオジさんです」より

*『六〇〇〇度の愛』
二〇〇五年　新潮社

私には支離滅裂な三つのリングが最後までつながらないまま、何が何だかわからないまま終わったという印象しか受けなかった。

長崎の原爆、ロシア正教、アトピーに悩む青年、幼児をふいに隣家に預けて衝動的にひとり旅に出た女主人公……。*

おいおい、四つじゃん！（笑）。数、数えられないのかよ、みたいな。テルちゃんの面白いボケ芸が出ていて、たいへん安心いたしました。この回での筒井康隆さんは、青木淳悟の「クレーターのほとりで」を気に入ったようで、SFとしての価値を認めてます。

たとえまたしても「SFを駄目にした小説」という批判が出ようと、どうしても小生はこれもSFに含めたいのである。*

筒井さんといえば、谷崎潤一郎賞の授賞パーティでのスピーチが面白かったみたいなんですよ。放っておいた密偵からの情報なんですが。

大森 山田詠美の『風味絶佳』*と町田康の『告白』*がとったときね（41回）。僕は不覚にも入院中で行けなかった。

豊﨑 選考委員の中から筒井さんだけが出席したんだけど、町田康がいる前で

＊**私には〜女主人公……**
《新潮》二〇〇五年七月号三島由紀夫賞選評 宮本輝「抜きん出るということ」より

＊**たとえ〜含めたいのである**
《新潮》二〇〇五年七月号三島由紀夫賞選評 筒井康隆「笑いのある実験的ファンタジイ」より

＊**『風味絶佳』**
二〇〇五年 文藝春秋

＊**『告白』**
二〇〇五年 中央公論新社

「町田さんの受賞に関しては大勢では問題なしという流れになったんですが、ただひとりものすごく反対している人がおりまして、あんなものは小説じゃない、あんなものは文体じゃない、とそれはもう大変な否定になさりようで云々」と選考の内幕をばらしてしまったんですよ。丸谷才一のことらしいんですけど。その上、授賞パーティが同時開催になってる婦人公論文芸賞を受賞した桐野夏生を「あなたは今、日本でいちばん小説が巧い」って持ち上げたんだって、町田康が隣りにいるのに(笑)。それで、町田さんは予定されてた祝賀会の二次会もしないで帰ったらしいんですよ。筒井さん、無神経すぎ。そりゃ町田さん拗ねるよ。

大森 話つくってない?(笑)。しかし、さっきの丸谷才一に関しては、選評だけ読むとうなずけるところもある。

主人公と世界との関係が、対立し拒否し衝突することに最初から決まつてゐるので単調である。物足りない。主人公に人間的自由が与へられてゐない。長篇小説ではこれが大事なのになあ。*

これは一面の真実。『告白』読んでる途中、やっぱりちょっと飽きたもん。もっとデタラメをやってほしかった。まあしかし、こうして見ると、ベテラン選考委員の中でも丸谷才一だけは全然枯れてませんね。老人力が、決定的に不足して

＊**主人公〜大事なのになあ**
《中央公論》二〇〇五年十一月号谷崎潤一郎賞選評　丸谷才一「作家たちと作中人物たち」より

いる。

豊﨑 まだまだ、勲章はもらえませんね。

十五歳だからあげたんじゃない

大森 第四十二回文藝賞は、三並夏『平成マシンガンズ』。十五歳(執筆時十四歳)の受賞ということで話題になったけど、高橋源一郎の選評は、〝「14歳(15歳)にしては素晴らしい、だから受賞に値する」とぼくは思ったのではない。その逆だ。「14歳(15歳)であるにもかかわらず、受賞に値する」とぼくは思ったのだ*〟と、若さがプラスになったんじゃないことを力説してます。

豊﨑 斎藤美奈子さんも〝この人は意外な大物かもしれません。一五歳という年齢で選ばれたのではない、ということは強調しておきましょう*〟。田中康夫はなにげに自慢を入れてますね。〝後世畏るべし、と過分にも嘗て僕を形容して下さった今は亡き江藤淳氏の言葉が蘇る*〟だって。いや、三並夏の方が、『なんクリ*』の時のあなたより上だと思うよ。

大森 でもそれは、天然なのか狙って書いてるのかって問題ですよ。三並夏は天然ぽいので、そういう意味ではあんまり畏るべしとは思わない。

豊﨑 いや、天然だから畏るべしなんじゃないですか？ んー、でも天然なのか

＊**「14歳(15歳)〜思ったのだ**
《文藝》二〇〇五年冬季号文藝賞選評 高橋源一郎「14歳(15歳)だから、ではない」より

＊**この人は〜強調しておきましょう**
《文藝》二〇〇五年冬季号文藝賞選評 斎藤美奈子「背伸びをするということ」より

＊**後世畏るべし〜言葉が蘇る**
《文藝》二〇〇五年冬季号文藝賞選評 田中康夫「その先を透視する」より

＊**『なんクリ』**

なあ。この人の文章って、つくりこんでる文章だと思うんですけど。この年齢で、この人の今の少ない読書量と経験で、せいいっぱいつくってるということで、わたしの評価は高いんだけど。

大森　島田雅彦が文學界新人賞の選評で書いてたじゃない。この国では若い人ほど評価される。

豊﨑　〝かつて二十二歳は十分若かった〟*って自分のことを挙げながら嘆いてる選評ですね。

大森　だから、文藝賞選考委員のひとたちも、十五歳じゃなきゃよかったとか、十五歳だからとったわけではないとか、言い訳がましくいわなくてもいいのに。

豊﨑　源一郎さんはこう書いてます。

　文学賞の受賞者の低年齢化が進んでいる。その裏側に「話題作り」という、主催者側の（商売上の）思惑が透けて見えるのも事実だ。気持ちはわかるが、ちょっとマズクないかい、とぼくは思う。「××歳にしてはすごい」というのが受賞理由では困る。だったら最初から「少年少女特別枠」でも作ればいいではありませんか。*

大森　その〝ちょっとマズクないかい〟って思う理由がよくわからない。〝「××歳

『なんとなく、クリスタル』。第十七回文藝賞受賞。一九八一年　河出書房新社（現在は新潮文庫）

***かつて二十二歳は十分若かった**　《文學界》二〇〇五年十二月号文學界新人賞選評　島田雅彦「積極的な断念」より

***文学賞の〜ありませんか**　《文藝》二〇〇五年冬季号文藝賞選評　高橋源一郎「14歳（15歳）だから、ではない」より

にしてはすごい」というのが受賞理由では困る〟って、誰が困るのかな。いいじゃんべつに。

豊﨑 ゲンちゃんの中にもやっぱり文学信仰は残ってるってことじゃないの？小説を商売では出してほしくない、みたいな。

大森 僕は、若さも才能のうちだと思う。逆に百歳でもいいし、本業は総理大臣ですっていうのでもいい。他人と違うプロフィールって、セールスポイントだから。それも作家的才能のうち。

豊﨑 業界のフィクサーであられる大森さんとしては、そういうご意見もおありでしょう。でも、わたしは源一郎さんに近い考え方かな。〝ちょっとマズクないかい〟と思っちゃう。大体、大儲けしたい人が文芸出版に手を出す方がおかしいんで。金持ちになりたけりゃ、株でも転がしてればいいんですよ。出版が売れ筋という、出来の悪い読者に媚びを売る方向性ばかりに偏ってしまうのは、やはり納得できません。そうなったら、純文学を出す意義なんてどこにもなくなってしまう。みんなで助けてあげなきゃ、純文学を。絶滅の危機に瀕してる貴重な種として保存してかなきゃいけないわけですよ。

大森 だからこそ、売るためにはなんでも利用しなきゃいけない。

豊﨑 セカチュー的な泣かせる本や、若年齢作家の作品で儲けたお金を純文学に還元する。そういう方向性なら、何の文句もないんですけどねえ。

大森　低年齢と言えば、手前ミソですみませんが、「このミステリーがすごい！」大賞の第四回。『チーム・バチスタの栄光』*(海堂尊)の大賞は全員一致ですぐ決まったけど、十二歳で応募してきた水田美意子の『殺人ピエロの孤島同窓会』に特別奨励賞を与えるかどうかで意見が割れて大モメ。

豊﨑　それ、茶木さんが反対したんでしょ。

大森　茶木則雄と吉野仁とが反対した。

豊﨑　吉野さんの選評がきびしいんですよね。

大森　〝どれほど若くて可愛くて将来性があろうとも、音痴な歌手の歌など聴きたくない*〟とバッサリ。

豊﨑　おおーっ！

大森　しかも、子どもなんだからと賞金は五十万円に減額されちゃった。大賞は千二百万円なのに(笑)。

頭のいい発言がひとつもない

大森　最近の選評の主なところはだいたい見てきましたが。

豊﨑　選評じゃなくて選考座談会*なんですけど、小説推理新人賞(27回)がすごく面白かった。戸梶圭太、石田衣良、岩井志麻子というメンツです。戸梶くんが

*『チーム・バチスタの栄光』
『チーム・バチスタの崩壊』を改題。
二〇〇六年　宝島社

*どれほど〜聴きたくない
第四回『このミステリーがすごい！』大賞最終選考選評　吉野仁「これほど愉しく読ませてもらった作品はない」より
http://www.konomys.jp/05kono/senpyo_2.html

*選評じゃなくて選考座談会
《小説推理》二〇〇五年八月号小説推理新人賞選考座談会

〝親子の泣きが入るところにちょっと殺意を覚えましたね。読者を泣かせようとしたんですかね？〟とかきついことというたびに、石田さんが〝いいお話にしたかったんでしょうねぇ〟っていなしてるところが笑えます。で、「笑う大学教授」って応募作が戸梶くんはよっぽど許せなかったらしくて、

戸梶　僕は、この作品を一番最初に読んだ時、そのときの気持ちを絵に描いたんですけど。この絵を描いたということは、読んでいて相当嫌な気持ちになったということなんです。

だって。絵に描くなよー(笑)。岩井さんもいいですよ。「白い蛇」っていう応募作に生贄の儀式が出てくるらしいんだけど、どうもその設定が中途半端で不満らしいんですよ。で、

岩井　そうですよね。もっと責めて責めて責めまくって欲しかったです(笑)。生贄とか巫女とかが出てくるのであれば、もう少しその部分で私を興奮させて欲しかった。

選考会ってこういうふうに座談再現方式で読ませてほしいなー。とにかく楽し

いし、試みとしてすばらしいんじゃないでしょうか。頭のいい発言がひとつもない(笑)。文学理論とか一切出ない選考会。

大森　ものすごく勇気ある人選ですね。捨て鉢というか、なかなかできることじゃありません。この勇気は見習いたい。ああ、しかし小説推理新人賞といえば、『文学賞メッタ斬り!』ではたいへん申し訳ないことをしました。巻末の「文学賞の値うち」で、第二十五回受賞作の「真夏の車輪」(長岡弘樹)につけた点数が、僕は14点で、豊﨑さんが10点。その後、長岡さんの第一短編集*が出たんだけど、デビュー作の「真夏の車輪」は収録されてませんでした。真夏に出た本なのに。

豊﨑　ほんとに? うわー、そりゃ悪いことしましたね。作者は恨んでるでしょうねえ。

大森　罪滅ぼしに読んだんですが、よかったですよ。「真夏の車輪」から比べると見違えるようにうまくなってる。

豊﨑　じゃあ、10点つけられたのが悔しくてがんばったんだよ。結果オーライじゃん(笑)。「大森、豊﨑、ぬっ殺してやる!」と思ったんでしょうね。

大森　ひどい点数といえば、第十四回朝日新人文学賞の『パスカルの恋』*(駒井れん)にも僕はひどい点数をつけてて、いま思うと13点は低すぎましたすみません。

豊﨑　いまさら謝っても遅いですよ。

大森　……。その朝日新人文学賞は、とうとう選考委員が一新されました。

*長岡さんの第一短編集　『陽だまりの偽り』。二〇〇五年(七月)　双葉社

*『パスカルの恋』　二〇〇三年　朝日新聞社

豊崎 わたしたちも『文学賞メッタ斬り！』の本文中で〝ダメ率高い気がします〟とか〝どうしてたいした作品が出てこないんだろう〟とかさんざん批判しましたっけねえ。そのせいかどうかは知りませんが。

大森 さんざん言ったのは〝わたしたち〟じゃなくて、豊﨑さんですよ！ いちばんひどいと思ったのは、文芸誌の新人賞は立派なのがたくさんあるのに〝あえて《小説トリッパー》を選ぶ志の低さが、応募作品の低調の原因〟という発言。なのにその豊﨑さんに原稿を依頼する《小説トリッパー》は太っ腹だと思いました。

豊崎 おまけに朝日新人文学賞の下読みまで頼まれて。大森さんも引き受けたんですよね。

大森 文句があるなら自分で選んでみろ！ っていう(笑)。あんな悪口を言った手前、断れない。結果的に、その回の受賞作は僕が選んだんですよ。『陽だまりのブラジリアン』*(楽月慎)は、たまたま僕の箱に入ってたから。すっかり忘れてたけど(笑)。

豊崎 そうそう。楽月さんの授賞パーティの時、大森さん、選評を聞きながら、「なんか、どこかで読んだような話だなあ」ってさかんに首ひねってましたもんね。

大森 読んだことさえ忘れてた人間が言っても説得力ないけど、この『陽だまりのブラジリアン』は悪くないですよ。十五回の受賞作「サハリンの鮑《いとう》」(河井大輔)は無理やり選んだような感じだったけど……。

＊『陽だまりのブラジリアン』
二〇〇六年 朝日新聞社

豊﨑　高樹のぶ子さんが選評で〝受賞作を出すべきだ、と言い続けてきたが、今回は宗旨替えも仕方ないかと思った〟*って書いてましたっけね。

大森　奥泉(光)さんなんか、〝選考会では受賞作なしも検討されたが、受賞作は必ず出すべしとの原則が改めて確認され、最後の投票で『サハリンの鯢』が選ばれた。とりあえずこれが一等ということだ〟*って、駄洒落でごまかしてます。いいのかそれで(笑)。そのときと比べると、十六回はすんなり受賞作が出た。選考委員が変わった第一回なので、それなりに成果はあったんじゃないですか。*

豊﨑　新選考委員は、阿部和重、小川洋子、斎藤美奈子、重松清、高橋源一郎。おお、いいんじゃないですか、この人選は。応募する側からしても、この人たちに読んでほしいなってメンツになってるような気がします。選考委員に誰を選ぶのか、結局それがいちばん大事なことなんですよね。

* **受賞作を～仕方ないかと思った**
《小説トリッパー》二〇〇四年夏季号
朝日新人文学賞選評 高樹のぶ子
「『密儀とピクニック』の次作に期待」
より

* **選考会では～ということだ**
《小説トリッパー》二〇〇四年夏季号
朝日新人文学賞選評より

* **成果はあったんじゃないですか**
二〇〇六年、第十七回は該当作なし

ROUND 3

UNDER30の新人作家、有望株は？

芥川賞受賞から伸びまくり、金原ひとみ

豊﨑　若手の新人をあれこれ品評する特設コーナーです。

大森　とりあえず、今世紀になってからデビューした、いま三十歳以下の若手作家というぐらいのゆるい基準で何人かピックアップしたんですが、改めて読んで、金原ひとみ*にはびっくりしました。すごくうまくなってる。デビュー作『蛇にピアス』の芥川賞受賞はどうかと思ったんだけど、その後の『アッシュベイビー』と『ＡＭＥＢＩＣ』を読むと、選考委員は見る目があったんだなあと。

豊﨑　わたしは『蛇にピアス』を読んで、この人はもういいやって思っちゃったんですけど、そんなに成長著しいんですか？

大森　全く違いますよ。綿矢りさで言うと、それこそ『インストール』*から『蹴りたい背中』くらい進歩してる。受賞後第一作の『アッシュベイビー』は、むちゃくちゃえぐい話。ヒロインが同居してる男がロリコンというか真正のペドファイルで、どこからともなく女の赤ん坊を誘拐してくるんだけど、ヒロインはそれをまったくほったらかし。せいぜい赤ん坊が泣くとうるさいからなんとかしろよって怒る程度。その一方、ロリコン男の同僚に一目惚れして、あの手この手でなんとか籠絡しようとする。で、同居してる男は、赤ん坊の性器を見ながらオナニーし

***金原ひとみ**
かねはら・ひとみ（一九八三〜）小説家。二〇〇三年「蛇にピアス」（集英社文庫）で第二十七回すばる文学賞を受賞してデビュー。同作は翌年、第百三十回芥川賞を受賞する（綿矢りさ「蹴りたい背中」とのダブル受賞）。以後、『アッシュベイビー』『ＡＭＥＢＩＣ』『オートフィクション』（すべて集英社）などを発表。父は翻訳家の金原瑞人。

***『インストール』**
二〇〇一年　河出書房新社（現在は河出文庫）。第三十八回文藝賞を受賞した、綿矢りさのデビュー作。〇四年、上戸彩主演で映画化。

てたりね。

豊﨑 えっ、赤ん坊？ ロリコンって、赤ん坊なの？

大森 うん、新生児ですよ。あとウサギに射精したり。その現場を目撃したヒロインは〝「あんた、もう赤ん坊に入れたんでしょ」〟〝「どうしてヤッてないなんて嘘つくんだよ。この小汚い小動物に入れられて、そのクソガキに入れられないわけないだろこのペテン師が」〟とか責め立てる。相当ダークで破滅的な恋愛ノワール。

豊﨑 ある意味、佐藤友哉*なんかにすごく近い。

大森 ひゃあ。桐野夏生と心性は近い？

豊﨑 金原ひとみのほうがもっとドライで即物的ですね。異常性愛とかのレベルを完全に超えた、人間として全くどうしようもないことに対する醒めきった扱いがすごいなと思った。

大森 阿部和重より過激ってことですか。

豊﨑 そうそう。『グランド・フィナーレ』とか言ってる場合じゃないなと。

大森 (本を手に取って)最後のフレーズもいいね。〝私は子供のように、上を向いて、顔をくしゃくしゃに歪めて、ぎゃあー、と泣いた。赤ん坊のようだ。いや、かつて私は赤ん坊だったのだ。もしかしたらあの赤ん坊は、私なのかもしれない〟。そして、ラストの一文が〝悲しすぎて、私はもう涙ダクダクで、マンコも泣いて〟句点なし。いいですねー、チンコマンコ大好き作家だ(笑)。

豊﨑

*佐藤友哉 一二七頁参照。

大森　『ＡＭＥＢＩＣ』は、食事を全然摂らなくて体がすごく細い、小金持ちの女子大生作家が主人公。ふっと意識が途切れたときに、自動書記みたいにして書いた変な文章――本人は〝錯文〟と名づけますが――をところどころにはさみながら、基本的には私小説風に話が進んでいく。パティシエの婚約者がいる雑誌編集者と付き合ってて、その三角関係が軸になるんだけど、小金持ちだから、どこへ行くにもタクシー。タクシーで六本木ヒルズに乗りつけて買い物しまくる話が小説の大部分を占める(笑)。荷物は持ちたくないから、買ったものはだいたいぜんぶ自宅に配送させるんですよ。そしたらある書店で、十冊も本を買ったのに、事務的な店員から「配送は出来ません」と言われていきなりキレる。で、嫌がらせに一冊ずつぜんぶ違う宛名で領収書を書かせるのね。〝「映像研究大学映像研究学部映像研究学科経理部」「イブプロフェン配合科」「グローバルユニバーサルレコーディングスタディオワールドワイドジャパン、あ、前株で」〟とかさ(笑)。で、その話を彼氏に自慢する。主人公のイヤな性格を象徴する、そういうすばらしいエピソードがいっぱい出てきます。

豊﨑　貧乏な評論家のおやじとかの神経をわざとささくれ立たせる戦略ですねっ。

大森　『ＡＭＥＢＩＣ』は完全にユーモア小説ですね、金井美恵子*的な厭味もちょっとあるかな。である文体をかなり使ってて、『アッシュベイビー』とは雰囲気も

＊**金井美恵子**
かない・みえこ(一九四七〜)　小説家。一九六七年『愛の生活』(講談社文芸文庫)が第三回太宰治賞の次席となる。同年、第八回現代詩手帖賞受賞。七九年『プラトン的恋愛』(講談社文庫)で第七回泉鏡花文学賞受賞。代表作に『恋愛太平記』(集英社文庫)『噂の娘』(講談社文庫)など。『「競争相手は馬鹿ばかり」の世界へようこそ』(講談社)『目白雑録』(朝日新聞社)などの鋭い切れ味のエッセイ、評論のファンも多い。

変えている。意地悪ギャグがすごくおかしくて、僕は爆笑しました。

豊﨑　実際、これが文芸誌に載ったとき、誰かがクソミソにけなしてましたよ。金原さんの作為にまんまと乗せられて、貧乏な評論家が怒る怒る怒る。ほんとは、「世の中なめるんじゃねえぞ、クソ女。なにがタクシーだ、この腐れマンコ！」とかって言いたいところを、批評言語を使って怒る怒る怒る（笑）。

大森　田中康夫*の『なんとなく、クリスタル』を参照してると言えなくもないね。でも、金原ひとみみたいな立場の二十歳の女の子はめったにいないから、非常に希少なじぶんの経験をちゃんと小説に生かしてる。ふつう、デビュー作で売れた作家って、印税ががんがん入ってきても、なかなかそれを小説に書いたりできないんだけど、金原ひとみはすごい作家根性があると思った。

豊﨑　そういう意味では、稼ぎを着物だの美食だの声楽だのにかける林真理子*と同じようなプロ精神をお持ちですね。読みます、遅ればせながら読ませていただきますよ！

『ナラタージュ』が評価されてる島本理生だが……

豊﨑　島本理生*さんについて語らなくてはなりませんの？　すでに雑誌で書評を書いてしまったので繰り返したくないんですけど、三作目の『生まれる森*』の文章

＊田中康夫
たなか・やすお（一九五六〜）小説家、政治家（前長野県知事）。一九八一年『なんとなく、クリスタル』で第十七回文藝賞受賞。現在は同賞の選考委員も務める。

＊林真理子
はやし・まりこ（一九五四〜）小説家、エッセイスト。一九八二年、エッセイ集『ルンルンを買っておうちに帰ろう』でデビュー。八五年「最終便に間に合えば」「京都まで」（文春文庫『最終便に間に合えば』所収）で第九十四回直木賞受賞。九五年『白蓮れんれん』（中公文庫）で第八回柴田錬三郎賞、九八年『みんなの秘密』（講談社文庫）で第三十二回吉川英治文学賞を受賞。近刊に『本朝金瓶梅』（文藝春秋）など。直木賞の選考委員

が、ほんとに江國香織くさかったんです。たとえば書き出しの文章〃子供のころは毎日なにかしらの絶望や発見があって、きっと自分は大人になる前に死んでしまうという妙な確信を抱いていたことも今となっては笑い話だけど、放課後の校庭にあふれる光や砂糖の入っていないコーヒーの味、セックスに関する具体的な情報や降り出す直前の雨の気配には、今よりも敏感だった気がする。サイトウさんに出会ってから深い森に落とされたようになり〃これ、作家名伏せて読んだら、江國香織を思い浮かべちゃう人が多いんじゃないかなあ。ちょっと影響受けすぎだろう、と思っちゃって。

大森　『ナラタージュ』*は、山本周五郎賞はとれなかったけど、文芸評論家の北上次郎*が大絶賛して、《本の雑誌》が選ぶ二〇〇五年上半期ベスト1に輝いたのに続いて、宝島社のランキング本『この恋愛小説がすごい！　2006年版』でも第1位を獲得してますね。でも、何が面白いのか、僕にはさっぱりわからない。《SIGHT》連載の対談書評のために読んだとき、北上さんに「どこが面白いのかさっぱりわからない」って言ったら、「君は不幸だね」とすっかり同情されてしまった(笑)。

豊﨑　『ナラタージュ』も『生まれる森』と同じで、年上の男に恋慕するヒロインがいて、その恋がうまくいかず、激しく傷ついてってパターンになってますね。でも、わたしには主人公の心の痛みがちっとも理解できないんですよ。

などを務める。

***島本理生**
しまもと・りお（一九八三〜）　小説家。一九九八年「ヨル」で、マガジンハウスの文芸誌《鳩よ！》（現在は休刊）の掌編小説コンクール年間MVPを受賞、二〇〇一年『シルエット』（講談社文庫）が第四十四回群像新人文学賞優秀作になるなど、十代から頭角をあらわす。〇四年『リトル・バイ・リトル』（講談社文庫）が第二十五回野間文芸新人賞を受賞。〇五年発表の恋愛小説『ナラタージュ』（角川書店）はベストセラーとなった。

***『生まれる森』**
二〇〇四年　講談社

***『ナラタージュ』**
二〇〇五年　角川書店

***北上次郎**
きたかみ・じろう（一九四六〜）　評論家。元《本の雑誌》発行人。著書に『冒険小説の時代』（集英社文庫）『情痴小説の研究』（ちくま文庫）など。大森望との対談書評は、『読むのが

大森 北上次郎いわく、「胸が切なくなる。キュンとなるんですよ」だって。

豊﨑 あー、でも、大森さんが『ナラタージュ』にピンとこないっていうの、わっかるなー。だって、恋愛をめぐる情緒とか想いの機微に鈍感そうだもん。知性はあるけど、こころがない人(笑)。

大森 失敬な！ 昔からラブストーリーはけっこう好きですよ。七〇年代少女マンガのラブコメも好きだし、恋愛映画も好き。

豊﨑 いやー、にわかには信じられないなあ。普段の言動からは、とても恋愛もの好きには見えないもの。大森さんが好きなのはさ、恋愛の構造、メカニズムであって、その周囲にある言葉ではつかまえきれないモヤモヤっとしたムードじゃないと思うんですよねえ。そういう意味で、『ナラタージュ』の評価が同じように低いからって、いっしょにはしてほしくない(笑)。わたし、知性はないけどこころはあるもん。だから、この小説に関して大森さんが苦手なとこと、わたしがダメだと思うとこはきっと違う、違うと信じたいです。で、わたしの考える問題点を挙げるとですねえ、島本さんて子どもの頃から文章うまいねえって言われてきて、自分でも文章うまいなーって思ったまままここまで来ちゃったひとじゃないかといぶかしむわけですよ。その陥穽にはまりこんでる作家のような気がしてならない。すらすらーって書いちゃって、言葉につまずいた気配がまったくない文章。だから、読んでるほうも、すらすらーっと読めちゃって、どこにも引っかか

怖い！』(ロッキング・オン)にまとめられている

らない。とてもお上手ですけど、だからなに？　って言いたくなるんですよ。言葉につまずかない作家って、わたし好きになれないんですよね。紋切り型の言葉が多いのも気になりますし。

大森　二〇〇六年二月号の《新潮》に発表されて芥川賞候補（一三五回）にもなった「大きな熊が来る前に、おやすみ」*っていう短編は、《群像》の合評*でクソミソに言われてすごかった。田中和生*さんは〝他人のために箱庭をつくってあげたらこういう作文になったという印象を持ちました〟だって。

豊﨑　ああ、わかるような気がします。

大森　休日の朝ごはんをつくるシーンに〝買ってきたばかりのルッコラとレタスをちぎって氷水に浸け〟という描写があって、これに玄月*さんが〝休日の朝でしょう。（略）朝から野菜を買いに行くんかこの人は〟と突っ込んだり（笑）。

豊﨑　いや、それは玄月さんのほうがおかしいでしょ。島本さん世代と玄月さんでは生活習慣が違うもん。

大森　ただ、そういうイメージ先行の描写は『ナラタージュ』にもある。現実問題、それどうよ、みたいな。

豊﨑　しかも、ひとつひとつの言葉が、どっかから借りてきたものって感じがしてならないんですよねえ。

大森　『ナラタージュ』の中で引用される「お勝手の姫」という戯曲がたいへん面白

＊**「大きな熊が来る前に、おやすみ」**
《新潮》（二〇〇六年二月号）掲載。ROUND4（二八二頁）参照。

＊**《群像》の合評**
二〇〇六年二月号掲載　高井有一・玄月・田中和生による「第350回　創作合評」。

＊**田中和生**
たなか・かずお（一九七四〜）　評論家。二〇〇〇年「欠落を生きる―江藤淳論」で第七回三田文学新人賞受賞。著書に『あの戦場を越えて　日本現代文学論』（講談社）など。

＊**玄月**
げんげつ（一九六五〜）　小説家。一九九九年『蔭の棲みか』（文春文庫）で第百二十二回芥川賞受賞。

くて、「おお、こんな生き生きした台詞も書けるんじゃん島本理生」と思ったら、小川未玲*って劇作家の戯曲の引用だった。じぶんが書いてるものより面白いものを作中に引用するっていうのはすごい勇気だなと。まあ、それだけ自信があるんでしょうけど。

豊﨑　……きつっ。でもね、『ナラタージュ』の評価がこんなに低いのってわたしたちだけじゃないですか。だから、島本さんは安心してっ。大森、豊﨑以外のひとは、みーんなあなたが大好きっ！　本屋大賞にもノミネートされてましたから（3回）、書店員さんもみーんなあなたが大好きっ！

大森　そう、たいへん支持されてる。ありえない台詞が書かれている恋愛小説に抵抗がないひとが多いんだなあと。たとえば『ナラタージュ』の主人公が卒業式で先生に言う台詞。〝「卒業間際の感傷なんてふざけたことを言わないで。あの日から私はずっと同じ場所にいます。そして、あなたから連絡が来るのを待っていた。それでもあなたは思い込みだって言うんですか」〟。こんな口調でしゃべるひとが現実にいたらかなりこわい。

豊﨑　まあまあ。島本さんはきっとこういう話し方をする人なんですよ。

大森　会話文以外で絶句したのは、本命じゃないほうのカレ、小野君とついにセックスするシーン。初めてなのにシャワーも浴びずにいきなり明かりを消すんですよ。その前に焼き餃子と揚げ餃子をつくって食べたりしてるのに（笑）。獣のよ

＊小川未玲
おがわ・みれい（一九六七〜）　劇作家。一九九三年、テアトル・エコーの創作戯曲募集に応募した「深く眠ろう死の手前ぐらいまで」の佳作入選をきっかけに劇作家に。

うなセックスをするカップルっていう設定なら問題ないんだけど、いかにもきれい好きの二人なのに。つまり、ここには汗とか体臭が存在しない。肉体を持たない、記号としてのセックスになってる。

豊﨑　『生まれる森』でもそうですね。急に肉体性が消えてしまう瞬間がある。

大森　こういう恋愛ものを好むひとが多いんでしょうか。

豊﨑　多いんでしょうねえ。おじさんとか大好きなんじゃないですか？

大森　でも女の子も読んでるわけでしょ？　謎だなあ。でも、抵抗なく読める話だと、たしかにうまいなあと思うんですよ。『一千一秒の日々』*に入ってる「青い夜、緑のフェンス」って短編とか。〝子供の頃から育つという言葉が好きだった。それは太っている自分を全面的に肯定してくれる唯一の言葉であり、切り札だった〟というデブの男の子が主人公で。

豊﨑　あ、かわいいね。

大森　そう。その彼を〝「育つって針谷君、君はいったい何歳まで成長するつもりなんだ」〟とからかう、ちょっとかわいい女の子がいたりして。さらっとした話だけど、なかなかいい。

豊﨑　『生まれる森』だってうまいんですよ。これも芥川賞候補になりましたよ*ね。現在進行形の主旋律のストーリーと年上の男との恋に苦しむ過去のエピソードで構成されてるんですけど、その織り込みかたはすごく巧み。達者は達者なん

*『一千一秒の日々』
二〇〇五年　マガジンハウス

*芥川賞候補になりました
金原ひとみ、綿矢りさが受賞した、二〇〇四年、第百三十回の候補。

ですよ。だから売れるのはわかるし、好きなひとがいるのもわかる。わたしがぐじゃぐじゃ言ってるようなことは、島本さんの個性を自分が好きな個性と比べて勝手に文句をつけてるだけで、不公平なのかもしれないし。

大森　『ナラタージュ』にしても、本人が目指してる小説は実現できてるんでしょうね。そういうものに、僕がなんの興味ももてないってだけで。

豊崎　そうそう、そういうことですよ。みんながみんな金原さんみたいにチンコマンコ書いても困るし(笑)。島本理生さんも必要なんですよ。

妹萌えで突っ走る、佐藤友哉

豊崎　佐藤友哉*、ユヤタンもいっぱい書いてますねえ。

大森　え、そう？

豊崎　本にまとまったものは少ないけど、雑誌発表の短編とか調べたらすごく書いてるんだなって。

大森　エンターテインメントの基準で考えたら、たくさん書いてるうちに入らないよ。

豊崎　デビューが二〇〇一年のメフィスト賞受賞作『フリッカー式　鏡公彦にうってつけの殺人』*(21回)。出た当時読んで、わたし、クソミソに言ったんですよ、

＊**佐藤友哉**
さとう・ゆうや(一九八〇〜)　小説家。二〇〇一年『フリッカー式　鏡公彦にうってつけの殺人』(講談社ノベルス)で第二十一回メフィスト賞を受賞してデビュー。デビュー作から続く、サリンジャーの「グラース・サーガ」に想を得た「鏡家サーガ」を講談社ノベルスで発表。〇三年あたりから《群像》《新潮》などいわゆる純文芸誌にも執筆の場を広げている。ユヤタンは愛称。

「内輪言語だけで成立した同好の士にしか通用しない小説」とかって。でも、自分が設定してる小説の評価軸みたいなもの、そのボトムラインって変化するじゃないですか。でね、その水位が当時よりも今のほうが下がっちゃってるんですよ、わたしの中では。有象無象のダメな小説を読まされ続けた結果、理想を下げざるを得なくなった。だから、今の評価基準からすると、『フリッカー式』も悪くない小説ということになります。当時はあんなに怒ってごめんなさいねと謝りたい。あなたはずいぶんマシなほうでした。

大森　『フリッカー式』は空回りしててまだ芸になってない感じだけど、「鏡家サーガ」の続編、『エナメルを塗った魂の比重』*からずいぶんよくなった。

豊﨑　大森さん、ほめてましたよね。

大森　人肉しか食べられないウルトラ偏食の女子高生が出てくるんですよ。人肉を食べると、その人間の記憶を見ることができるという特殊能力があって、彼女が事件の真相を探るべく関係者を捕まえて尋問するんだけど、相手がなかなか口を割らないと、「ああめんどくさい、もういいや」って殺して食べちゃう(笑)。このキレっぷりは最高です。その後の『クリスマス・テロル』*で、まあ、ある意味究極の自虐芸を開拓したんだけど、エンターテインメント的には袋小路に入っちゃった。その前後から文芸誌に書くようになって。

豊﨑　《新潮》や《群像》といった、純文芸誌にね。

＊**『エナメルを塗った魂の比重』**
『エナメルを塗った魂の比重　鏡稜子ときせかえ密室』二〇〇一年　講談社ノベルス

＊**『クリスマス・テロル』**
『クリスマス・テロル　invisible×inventor』二〇〇二年　講談社ノベルス

大森　ただ、文芸誌ではおたくネタを封印してるせいか、もうひとつ特色を出せてない。文芸誌に載ってて違和感のない小説にはなってるんだけど、じゃあ面白いかっていうと……。

豊﨑　《新潮》に発表されて、単行本の表題作にもなっている「子供たち怒る怒る怒る」*はけっこう面白く読みました。別に「神戸周辺で起こっている連続殺人の犯行内容を予想して遊ぶ小学生たち」といった設定に心動かされたわけじゃありませんよ。〝怖いものって、どこにも絶対にいるんだね〟、こういう言葉がふっとでてくるとこがいいなと思ったんです。わたしが子どものころってとりあえず安心できる場所があったんですよ。今から思えば、それは幻想だったのかもしれないけど、少なくとも幻想にすがることはできたわけです。でも、今、一部の子どもたちは、〝怖いものって、どこにも絶対にいるんだね〟と怯えるしかない世界にいる。出自とか親の犯した過ちとか、じぶんではどうしようもない状況によって追いつめてくる世間、それに対して閉じることで身を守っている少年少女。〝すべてが更地になり、すべてが平等になりますように。どこまでもどこまでも一緒になり、同じスタートラインが作られますように〟。神の下では平等であるなんて嘘っぱちとしか思えない言説があるけど、その嘘っぱちを、歪な場所から切実に一所懸命祈るっていう心性が描かれてて、ぐっときちゃったんですよね。

大森　それだと舞城王太郎*といっしょになっちゃうよ。

＊**「子供たち怒る怒る怒る」**
《新潮》（二〇〇五年一月号）に掲載され、同年の第二十七回野間文芸新人賞の候補になった（受賞作は青木淳悟「四十日と四十夜のメルヘン」と平田俊子「二人乗り」）。同名の短編集が二〇〇五年講談社より刊行。

＊**舞城王太郎**
まいじょう・おうたろう（一九七三〜）　小説家。二〇〇一年『煙か土か食い物』（講談社文庫）で第十九回メフィスト賞を受賞しデビュー。デビュー作を含む「奈津川家サーガ」として『暗闇の中で子供』『世界は密室でできている。』（ともに講談社ノベルス）を発表、《群像》《新潮》などいわゆる文芸誌にも執筆の場を広げ、〇三年『阿修羅ガール』（新潮文庫）で第十五回三島賞を受賞するが、授賞式に欠席するなど、覆面作家としてのポリシーを貫く。

豊﨑　それはそうなんだけど、佐藤さんは佐藤さんで、舞城さんとは違う表現でそれを描こうとしているわけだから。小説は時代の要請によって生まれてくるわけだから、同じ時代に存在すればテーマが似通っても仕方ないでしょ。好き嫌いでいえば、わたしは舞城王太郎の文章のほうが好きですよ。佐藤さんはわざと幼稚な表現を使って、異化を狙いますよね。〝急性の恐怖〟とか〝巨大な自信〟とか〝完璧な確信〟とか。そういうところはあまり好きじゃないけど、「子供たち怒る怒る怒る」に関しては、登場人物が小学生だからかな、それが活きていると思うんですよ。閉じる心性と閉じた人間がいったん開こうと決意したときにみせる凄まじい力みたいなものを描く文章としては、成功してるんじゃないかなあ。そんなこんなで、今回ようやく佐藤さんの内輪言語へのこだわりみたいなものが、ちょっとわかったような気がしたんです。『フリッカー式』当時はぜんぜん理解できなかったんですけど。とはいっても、その後の「鏡家サーガ」を読んでないし、純文芸誌発表の作品しか読んでないんですけどね。

大森　「鏡家サーガ」では、おたく的な記号が読者との接点になってるんだけど、文芸誌の短編では現実の事件を参照することで社会的な問題を接点に持ってきたりしている。ただ、そうやってリアルから出発しても、ミステリと違って形式的なお約束がないから、どんどん閉じた妄想のユヤタン空間に入ってって、なんだか舞台劇風になりがち。

豊﨑 ふ〜ん。

大森 どの作品も印象が似ちゃうよね。妹萌えでやっていくのもそろそろ限界だろうとか（笑）。

豊﨑 もうちょっと視野を広げてもいいんでしょうね。ただ舞城王太郎という才能が屹立しているので、このままじゃユヤタンはわりを食うと思うんですよ。意識的に違う路線を考えないと、今後難しいかもしれない。書いていく場所も似てるわけだから。ライトノベルとミステリと文芸誌とみたいな。

大森 西尾維新*はそのへんをすごく計算してる感じがするんだけど、佐藤友哉は計算と趣味とがぐちゃぐちゃになってて、どこまで意識的なのか、よくわからない。

豊﨑 でも、これから芥川賞候補にもなるかもしれませんしね。楽しみにしてますよ、わたしは。

実験小説で驚異の四刷！ 青木淳悟

豊﨑 「四十日と四十夜のメルヘン*」で新潮新人賞（35回）、野間文芸新人賞（27回）を受賞した青木淳悟*。今後どんな作品で勝負してくるんですかね。本人はファンタジーとかSFが好きなんだそうですよ。

＊**西尾維新**
にしお・いしん（一九八一〜） 小説家。二〇〇二年『クビキリサイクル―青色サヴァンと戯言遣い』（講談社ノベルス）で第二十三回メフィスト賞を受賞しデビュー。同賞から前年にデビューした舞城王太郎、佐藤友哉と御三家のように並び称されるが、純文学方面には行かず、ミステリ、ライトノベルの作品を発表し続けている。最新刊はマンガ『デスノート』（講談社）のノベライズ。

＊**「四十日と四十夜のメルヘン」**
二〇〇三年、第三十五回新潮新人賞受賞作。同年、第二十七回野間文芸新人賞を受賞。本作と「クレーターのほとりで」を収録した単行本が二〇〇五年新潮社より刊行。

＊**青木淳悟**
あおき・じゅんご（一九七九〜） 小説家。二〇〇三年「四十日と四十夜のメルヘン」（新潮社）で第三十五回新潮新人賞を受賞しデビュー。同年、同作で第二十七回野間文芸新人賞を受賞。〇五年『クレーターのほとりで』（『四十日と四十夜のメルヘ

大森　うん。「クレーターのほとりで」を読むと、明らかにそう。

豊﨑　今書いてるものもファンタジー色が強いらしい。そうなると芥川賞は辛いかな。うまくいって三島賞。

大森　でも、直木賞よりは芥川賞のほうが許容度が大きい気がする。むしろ媒体側の問題で、《文學界》なんか、若手には、芥川賞作家養成ギプスとして、幻想系やSF系を禁止する縛りをかけるらしいけど。

豊﨑　でも、やっぱりテルちゃん（宮本輝）*あたりにはさっぱり理解できないんだと思う。だって、『六〇〇〇度の愛』ですらちゃんと読めないひとだもん、「四十日と四十夜のメルヘン」みたいな前衛が読めるとはとても思えない。結局、ストーリーがちゃんと紹介できるような小説しか評価してくれないんですよ、テルちゃんは。「膨大な夜のチラシ配りで生計を立てているわたし、ひとりくらしの部屋は、配り切れなかったチラシで溢れている。そんなわたしの日記というかたちでストーリーは展開していくのだが……」。たとえばそんなふうに説明しても、この小説のことなんて何も伝わらないじゃないですか。繰り返される〝七月四日（金）〟から〝七月七日（月）〟までの日記、増殖し続けることば、そのことばがこんどは解体されて、時間が反復されていく。一方小説内小説であるメルヘンもあり、そのメルヘンと現実との境界が揺らいでいく。この手の小説を宮本輝が受け入れるとは思えないんですよね。

ン』所収）で第十八回三島賞の候補に（受賞は鹿島田真希『六〇〇〇度の愛』）。

***テルちゃん（宮本輝）**　みやもと・てる（一九四七〜）　小説家。一九七七年『泥の河』（新潮文庫）で第十三回太宰治賞を受賞しデビュー。七八年に『螢川』で第七十八回芥川賞受賞（『蛍川・泥の河』新潮文庫）。八七年『優駿』（新潮文庫）で第二十一回吉川英治文学賞受賞。近著に『にぎやかな天地』（中央公論社）など。芥川賞、三島賞などの選考委員を務める。テルちゃんは豊﨑由美の付けた愛称。

大森 僕は「四十日と四十夜のメルヘン」よりも「クレーターのほとりで」のほうが好きだけど。

豊﨑 三島賞の候補になって(18回)とれなかった、創世神話のリサイクルをやってる小説ですね。

大森 いや、これは神話じゃなくて人類進化テーマの本格SFですよ。「2001年宇宙の旅*」から木星に行って、たまの「さよなら人類*」で終わる。ネアンデルタールの話がまたすばらしくてでたらめで。

豊﨑 好きだけど、こういう小説を書いて売れるとは思えませんよね。

大森 いや、単行本は売れてるんだって。

豊﨑 え？ これ、売れてるの？『四十日と四十夜のメルヘン』が⁉

大森 四刷とか五刷とかまで行ってるらしいよ。

豊﨑 うっそ！ 捨てたもんじゃないですねー、我が国も(笑)。すばらしい。

大森 『四十日と四十夜のメルヘン』が増刷したと聞いて、綿金効果*のすごさをつくづく実感しましたね。文学系の若い作家の小説ならなんでも売れるっていうのは本当だった、青木淳悟でも売れる！(笑)

豊﨑 帯効果じゃないの？ 保坂和志*さんの〝「ピンチョンが現れた！」〟が良かったんじゃないの？

大森 ほとんどないでしょ。まあ、どうせ初刷四千部ぐらいだし、一回の増刷も

***「2001年宇宙の旅」**
一九六八年 アメリカ映画 スタンリー・キューブリック監督・脚本

***たまの「さよなら人類」**
「たま」は、シュールで文芸的な詞、独特なキャラクターで人気を博したアコースティックバンド。二〇〇三年に解散。「さよなら人類」は一九九〇年の大ヒット曲。

***綿金効果**
二〇〇三年、綿矢りさ、金原ひとみの芥川賞受賞によって、若い作家(の発掘)を中心に、経済的効果も含めて、文芸シーンが盛り上がったことを指す。ROUND1(三八頁)註「芥川賞ダブル受賞」参照。

千部か二千部だろうけど、そもそもふつうなら増刷がありえない本なので。
豊崎 ありえませんよ。だって、実験小説ですから。めでたいじゃないですか、どんなかたちでも売れれば。女子高生が「えー、ピンチョン。*なに、それー。超かわいくない？」とか誤解して、買ってくれたんじゃない？（笑）
大森 だったらピンチョンがもっと売れてるよ（笑）。
豊崎 たいせつに育てていただきたいわぁ。青木淳悟さんは、売れるかどうかは別にしても、文学的才能から言えば前途洋々な人だと思いますから。寡作じゃ、ダメ。とにかくどんどん書いてほしいです。

文章のセンスがすごくいい、三並夏

豊崎 三並夏*が『平成マシンガンズ』を書いた時点で十四歳の中学二年生、第四十二回文藝賞を受賞したのが十五歳。文藝賞って若い人がよくとりますけど、堀田あけみ*（『1980アイコ十六歳』18回）、綿矢りさ（『インストール』38回）の十七歳受賞の記録を塗り替えた、史上最年少での受賞となりますね。純文学としては相当若いんじゃないのかな、このデビューは。
大森 二〇〇五年は、文藝賞のちょっと前に、やはり十五歳（受賞時は十六歳）の河崎愛美（『あなたへ』6回）が小学館文庫小説賞を受賞して、〝史上最年少作家デビュ

＊保坂和志
ほさか・かずし（一九五六～）　小説家。一九九〇年『プレーンソング』（講談社文庫）でデビュー。九三年『草の上の朝食』（中公文庫）で第十五回野間文芸新人賞を受賞。九五年『この人の閾』（新潮文庫）で第百十三回芥川賞、翌年『季節の記憶』（中公文庫）で第三十三回平林たい子賞、第三十三回谷崎潤一郎賞を受賞。『書きあぐねている人のための小説入門』（草思社）『小説の自由』（新潮社）など小説論も発表。文藝賞などの選考委員を務める。

＊ピンチョン
トマス・ピンチョン（一九三七～）小説家。現代アメリカ文学を代表する鬼才。代表作に『重力の虹』（越川芳明、佐伯泰樹、植野達郎、幡山秀明訳／国書刊行会）など。

＊三並夏
みなみ・なつ（一九九〇～）　二〇〇五年『平成マシンガンズ』（河出書房新社）で第四十二回文藝賞を受賞。

ー〟とか騒がれた。その記録はあっという間に破られるわけですが。受賞作は、池上冬樹*が絶賛してたやつですね。

豊﨑 ああー、はいはい、けっこう売れてる相当お粗末な小説ね。でも、河崎さんは純文芸誌デビューじゃないでしょ。水田美意子さんもミステリだし。『平成マシンガンズ』で扱っているのは、いわゆるいじめ。中学校でいじめがあって、一方家では父母が別居してて、父親の愛人が家の中に入り込んで……といういかにもありがちな設定になってます。十五歳がリアリティをもって書けるのはこのくらいの狭さの世界だろうなっていうところで勝負してる作品。

大森 中学生らしい小説ですね。

豊﨑 いろんな人の批評を読んだんですが、学校の描写はいいけど、家庭内の描写が弱いって言い方がけっこうありました。わたしはそうは思いませんけど。主人公が別居してる母親に会いに行くところなんか、かなりいいと思うんですよね。父親の愛人が我が物顔でふるまう家がイヤになっちゃって、お母さんのところに行くんだけど、もう自分や父親のことなんか意識から排除して、ちゃっかり伸び伸び一人暮らしを楽しんでる母親の態度にキレ、母娘でやりあうんですね。すると、脇にいた部外者の少年が〝あんたたち、幼稚園児並みの醜さ〟って口をはさむじゃないですか。こういうところがうまいなと思うんです。それと、夢に死神が出て来て、主人公がマシンガンを渡されるって設定も悪くないですね。そこ

*堀田あけみ
ほった・あけみ（一九六四〜）小説家。一九八一年『1980アイコ十六歳』（河出文庫）で高校在学中、第十八回文藝賞を受賞。

*池上冬樹
いけがみ・ふゆき（一九五五〜）文芸評論家。著書に『ヒーローたちの荒野』（本の雑誌社）など。

まではわりとふつうの想像力だと思うんですけど、特定の人を撃つと怒られるって発想がいいんですよ。死神が〝殺したいと思う奴を特別に撃ったりするな、みんなと同じだけ撃て〟と言う気味の悪さが三並さんのよさじゃないかな、と思ったんです。そしてこの死神に示唆される「みんなを同じだけ撃て」という思想が、物語全体のメタファーになっているという仕掛けもいい。中学生にしては小説の構成というものを考えて書いてる人だなと、わたしは感じ入ったんですけども。

大森　たしかにうまいなとは思うけど、選評で絶賛されているほど突出した作品かというと……。

豊﨑　文章のセンスがすごくいいと思うんです。物語の構成やプロットは、書けば書くほどどうまくなるし、これからいくらでも学んでいけると思うんですけど、文章のセンスだけは努力だけでは磨けるものではないでしょ。わたしは、文章に刻印されるもの……その人の息遣いとか個性みたいなもの、物語が求めてる声質の選び方のセンスは素質の部分が大きくて、そこに経験が乗っかっていくものだという意見を持っているので。

大森　気になったのは、死神のイメージ。〝右手には鋭利な出刃包丁が握〟られているのに、〝いつも大きくて黒いマシンガンに弾《たま》を込めている〟って……。これは絵に描けない(笑)。まあ、夢のシーンだから、ありえない描写でもいいんだけど。

豊﨑　夢の中の言説ってそういうものですよ。夢の中が条理にかなってるほうがおかしいってことで許されると思うんですよね、そのおかしな描写は。まあ、本人に聞いてみたいですけど。意識してのことなのか無自覚なのかとでは、大きい違いだと思いますから。でも、この歳でこの文章のセンスがあれば、今後、もっといい小説を書けるようになる人じゃないかと期待できますよ。できれば、山ほどイヤな経験を積んで、悪意を心の奥底に育てていってほしいですね(笑)。

執筆時十二歳の最年少新人、水田美意子

豊﨑 第四回「このミステリーがすごい！」大賞で特別奨励賞をとった水田美意子*さん。三並夏さんよりさらに若く、執筆時、なんと十二歳ということで話題になりました。

大森 受賞して本が出たときは十三歳。中学一年生でした。児童文学を別にすると、長編小説を商業出版した著者の最年少記録かも。というか、新人賞の低年齢化競争に終止符を打て！ みたいな気分もあって、奨励賞授賞に積極的に賛成したんですよ。受賞作の『殺人ピエロの孤島同窓会』は脇が甘いところは多々あるんだけど……。

豊﨑 いやいや、うまいですよ。じぶんが構築した『殺人ピエロの孤島同窓会』という設定の中ですべてを描いているから、現実とくらべた時のバカバカしさと

＊**水田美意子** みずた・みいこ(一九九二〜) 二〇〇五年『殺人ピエロの孤島同窓会』(宝島社)で第四回「このミステリーがすごい！」大賞特別奨励賞を受賞。

か、幼稚に見えてしまう危険みたいなものを巧妙に排除することができている。そこがすごいと思いました。日日日*とか滝本竜彦*なんかのほうが甘いし、無防備なところがあるくらいで。

大森　それは褒めすぎでしょう。孤島で起きる事件については、たしかにマンガ的な設定がうまく生かされてるけど、警察側の話とか、ネット上で進行する話とか、外側に関しては問題が多い。

豊﨑　極端に若い人のデビュー作って、まあ仕方がないとはいえ、ちょっと読むに耐えない作品であることが多いじゃないですか。だから正直これも、覚悟して読んだんです。ひっどいもの読まされるんだろうなあって。そしたら、あれ？　ふつうに読めちゃったよと。十二歳でこれだけ書ければ大したもんですよ。逆に拍子抜けしてしまったくらいで。

大森　選考会では、そこが弱いって話も出た。子どもらしさで勝負してないから。十二歳にしか書けないものが読みたいと期待すると肩すかしを食う。

豊﨑　設定としてはよくある孤島もの。大学生になって、クラス会で集まった高校の元同級生の面々が、ひとりまたひとりと殺されていくと、まあパターンではあるわけです。でも、その殺しの描写が悪くない。非常に奇天烈な殺し方を考案できてるんですね。あと、アクションシーンが、脳みそのなかでちゃんと映像として置き換えられるように描かれているでしょ。その二点は褒めてあげていいと

＊日日日
一四一頁参照。

＊滝本竜彦
一四九頁参照。

思うんです。

大森　「ぎゃーっ」とか叫びながらどんどん殺されていく、その緊迫感のなさがいい。

豊﨑　殺されていく側の大学生たちに全然真剣味が足りないんですよね。十二歳の子から今の二十歳くらいの大学生たちを見ると、こんな程度の生き物に見えるんですよ、きっと。

大森　いっしょうけんめい背伸びして二十歳を描いてるんだけど、すごく子どもっぽい。でもよく考えたら、いまどきの二十歳はこんなもんかも……みたいに納得しちゃう妙なリアリティがあって。

豊﨑　たくまずしてね。

大森　選評に、〝小中学生のあいだで無数に書かれている『バトロワ』オマージュ小説とは一線を画し、ゲーム的な殺人描写のインフレーションが（それこそ、往年の筒井康隆の人間パイ投げ小説群のように）独特のスラップスティックな面白さを醸し出す*〟って書いたら、そのすぐあと筒井康隆*の老人版バトル・ロワイアル小説『銀齢の果て』*が出て、書店の店頭に七十歳のバトロワと十二歳のバトロワがいっしょに並ぶことに（笑）。『銀齢の果て』は七十歳以上の老人が殺し合う話なんだけど、年寄り同士だと思うと陰惨な感じが全然しない。

豊﨑　そうそう、ほっといても遅かれ早かれみんな死ぬ人たちだと思うとね。む

＊小中学生〜醸し出す
第四回「このミステリーがすごい！」大賞最終選考選評　大森望「あらゆる新人賞受賞作と比べても一番面白い！」より
http://www.konomys.jp/

＊筒井康隆
つつい・やすたか（一九三四〜）　小説家。日本を代表するSF作家。一九八一年『虚人たち』（中公文庫）で第九回泉鏡花文学賞、八七年『夢の木坂分岐点』（新潮文庫）で第二十三回谷崎潤一郎賞、八九年『ヨッパ谷への降下』（新潮文庫）で第十六回川端康成文学賞、九二年『朝のガスパール』（新潮文庫）で第十二回日本SF大賞、九九年『わたしのグランパ』（文春文庫）で第五十一回讀賣文学賞など多数の文学賞を受賞。出版社の差別語自主規制に異議をとなえて断筆宣言をし、九三〜九六年は作品を発表しなかった。二〇〇二年紫綬褒章受章。近著に『壊れかた指南』（文藝春秋）。三島賞などの選考委員を務める。

しろ、花のある死に方でよかったねくらいの感じで読めちゃう（笑）。

大森　たくさん死ぬのになぜか明るいという点で、両者の読み心地は意外と似てるんです。ぜひ一緒に読んでほしい。

豊﨑　水田さんの受賞コメントにあったけど、実際の事件を三つくっつけたって発想も面白くないですか。

大森　一九四〇年代、ピエロの扮装をして少年ばかり三十三人以上を殺したジョン・ウェイン・ゲーシーっていうシカゴの連続殺人鬼の話と……。

豊﨑　三宅島から避難する話と、いじめの復讐のために教室に手製爆弾を投げ込んで爆発させた山口県の事件、この三つを合わせたっていうんですよね。出版されたものは、応募された時点の原稿をどのくらい手直ししてるんですか？

大森　大きくは変わってないですね。文章を直しただけで、設定やプロットはそのまんま。

豊﨑　へぇぇ～。いや、大したもんなんじゃないの⁉　ほんとに本人が書いたんですよね？

大森　（選考委員の）茶木（則雄）*さんは、十二歳にこんなの書けるわけないってすごく懐疑的だった（笑）。ちなみに、水田さんは五人きょうだいで、自分の部屋もないらしい。だから小説はノートに手書きで、そのノートをお母さんに清書してもらったんだって。

*『銀齢の果て』
二〇〇六年　新潮社

*茶木則雄
ちゃき・のりお（一九五七～）　ミステリ評論家、書店員。著書に、エッセイ集『帰りたくない！』（光文社知恵の森文庫）。

豊﨑 少女版『ハリー・ポッター』*(笑)。恵まれない環境の中で書きためた作品が世界的ベストセラーに！ みたいな。でもどうしよう、もしもお母さんが書いてたら。

大森 お母さんにこれが書けたら、それはそれですごいよ。

豊﨑 あと、多作タイプと聞きましたけど。ぽんぽん書ける子なんですって？

大森 次作用のプロットは十個ぐらい出してて、どれにするか編集部と協議中だそうです。

豊﨑 恩田陸みたいだ。頼もしいですねー。

高校在学中に五つの新人賞を受賞、日日日

豊﨑 （著作リストを見て）うわ、もういっぱい書いてるんですねー。

大森 十三冊かな？ 日日日*は、高校在学中の二〇〇四年から〇五年にかけて、五つの新人賞（佳作含む）を受賞してデビュー。今は福祉の専門学校に通っている十九歳の男の子です。

豊﨑 何かのインタビューで「手塚治虫*みたいになりたい」って言ってましたよ。手塚治虫みたいに量産して、面白くて、人の気持ちに訴えかける作品を書き続けたいって。うーん、でも、その野望は〝悠久の向こう〟のような気がしないでも

*「ハリー・ポッター」
世界的大ベストセラー「ハリー・ポッター」シリーズ（いずれも松岡佑子訳／静山社）の著者、J・K・ローリングがたいへん貧乏なシングルマザーで、生活保護を受けながら第一作を書き上げたというエピソードを踏まえている。

*日日日
あきら（一九八六〜） 小説家。二〇〇四年、高校在学中、『狂乱家族日記』（ファミ通文庫）で第六回エンターブレインえんため大賞佳作、『アンダカの怪造学』（角川スニーカー文庫）で第八回角川学園小説大賞優秀賞、『蟲と眼球とテディベア』（MF文庫）で第一回MF文庫J新人賞編集長特別賞、『私の優しくない先輩』で第一回恋愛小説コンテストラブストーリー大賞、『ちーちゃんは悠久の向こう』で第四回新風舎文庫大賞と、応募したすべての新人賞で賞を受賞、注目を浴びる。

……。『ちーちゃんは悠久の向こう』*を読んだんですけど、ひっかかるとこが多くてイライラしちゃったんですよ。古めかしい言葉出しては、使い方を間違えてるところとか。たとえば、〝愛情がしとどに詰まった手作り弁当〟って、どうなんスか。

大森　いきなり細かいとこ来ますね。

豊崎　どういうことなのかな。弁当がべちゃべちゃに濡れてるとか？　たぶん〝しとど〟っていうのを、「いっぱい」という意味に勘違いしてるんじゃないの。この人、読んだ本の中の気の効いたフレーズを書き留めるノートかなんか作ってそうですよね。〝冷酷な冬の女神が柔和な春の女神にバトンタッチするそんな初春の朝〟とか〝活力に満ちた夏の女神が友愛に満ちた秋の女神にバトンタッチする初秋の学校〟とかさ、こういう取ってつけたような臭いレトリック、やめたほうがいいんじゃない？　自分は気が効いてるとでも思ってるのかもしれないけど。あと、脇が甘いとこも気になるんですよね。最後のほうにある〝この世にはまるで不思議なことなんてなく〟とか、〝科学に解体できないことはすでに宇宙の果てにも存在しない〟とか〝神様だって共同幻想だ妄想の産物だ一種の概念だと論破され、ほうほうのテイで今や欠片の神性も保有せずに戦争の種に甘んじている〟といった演説が幼稚じゃございませんか？　十六、七歳の子が書いたから許せるだけなんであって、年齢に関係なくひとつの作品として読んだときは、この脇の甘さは致命

＊**手塚治虫**
てづか・おさむ（一九二八～一九八九）　マンガ家。現在活躍中の多くのクリエイターに影響を与え、「マンガの神様」と呼ばれる。『鉄腕アトム』（講談社漫画文庫）『ブラック・ジャック』（秋田文庫）『アドルフに告ぐ』（文春文庫）など膨大な著作数を誇る。

＊**『ちーちゃんは悠久の向こう』**
二〇〇五年　新風舎文庫

的だと思っちゃうんですよ。大森さん、どうぞ擁護してあげてください（笑）。

大森　いや、日日日の文章は悪くないよ。〝ちーちゃんこと歌島千草は小さなころから幽霊とか妖怪とか、そういうまがまがしいものにときめいてしまう難儀な性質を持っていた。道端にお地蔵さまを見つけるとどこからともなくトンカチを持ちだしてきて、いきなし地蔵を粉々に粉砕して『バチが当たるかな』とかわくわくしてしまう奴だった〟なんて、冒頭から引きがある文章をさらっと書いてる。今のライトノベルの流行りの文体とは全然違う、ちょっと古臭い感じの入った文章で。

豊﨑　〝ついぞ変わらず〟とかやってるしね。

大森　豊﨑さんが引っかかった箇所は、最後のほうの演説をぶつところだけど、これはあくまで一人称主人公の主張でしょ。それこそ十六、七歳の高校生の視点を意識的につくってるだけであって、作者の主張を垂れ流してるわけじゃない。その証拠に、『私の優しくない先輩』*も一人称だけど、こちらは女子高生が主人公だから、全然違う文章になってる。日日日がすごいのは、十七歳の時に《公募ガイド》の締切を見ながら、半年かけて五作書いてかたっぱしから新人賞に出したら、それがぜんぶ本になっちゃったこと。次はラブストーリーの賞だからこんな感じ、ライトノベルの賞には素っ頓狂なキャラで――みたいに賞に合わせてどんどん書いてきたわけで、ある意味、職人作家なんですよ。でも、イヤな展開と

*『私の優しくない先輩』二〇〇五年　碧天舎

か、キャラに対する冷たい扱いとか、ダークな部分に作家性があって、好きなように書きはじめたら相当ヘンなものが出てくるんじゃないか。

豊﨑　『ちーちゃんは悠久の向こう』では、虐待の扱いがなんだか取ってつけた感じでしたよ。登場人物が、物語に奉仕するコマになっちゃってるのはしょうがないの？

大森　虐待みたいな重たいモチーフをこういう風に軽く扱うところが面白い。

豊﨑　ふ〜ん……。主人公の〝僕〟は、虐待されてて、ごはんも食べさせてもらってないし、家を出て橋の下にいてお風呂もなかなかはいれないって境遇にあるんですよね。これ、絶対クラスで嫌われると思うんですけど、「臭い」とか言われて。なのになんできれいな先輩からチューされたり、もてての？

大森　だからそのギャップがおかしいんだよ。

豊﨑　そうかー、そういうギャップが楽しめないと読んでも仕方ない作品なんですねえ。わたしには、この小説のすべてが不自然としか思えないから……。だって、一日一食しか食べてないんだよっ。貧血で倒れるよ、育ち盛りなんだから(笑)。そういう細かいとこにいちいちひっかかって、物語がどうしてもうまく頭の中に入ってこないんですよ。

大森　悲惨な状況を悲惨に描かない。そういうギャップが日日日の個性で、『私の優しくない先輩』なんか、ラブストーリーなのに、中心のモチーフがマット運動。舞台は生徒数が少ない田舎の学校で、体育は全校生徒がそれぞれ好きな種目を選ぶ。ヒロインの女の子は楽そうだからとマット運動を選ぶんだけど、そしたら男子の先輩と二人きりになっちゃって、体育の授業はいつも二人でマット運動をしているっていう。

豊﨑 ……はあぁ。マット運動ですか、そうですか。まあ、たくさん書ける人みたいですからね。これからもどんどん発表していく中、もしかしてひょっとすると、わたしが好きになれそうな作品に出合えるのかもしれません。そういうことにして、次行きましょう、次(笑)。

すばらしい笑いのセンス！　森見登美彦

大森 森見登美彦*は、京都大学農学部大学院在学中に、第十五回日本ファンタジーノベル大賞受賞作『太陽の塔』*でデビューした人。この作品はとても冷静には読めなくて。

豊﨑 大森さん出身の京都大学生の実態が描かれてますもんね。

大森 オレの学生時代もほんっとにこの通りだった(笑)。二十年前と全然変わってない。変わったのは携帯電話とパソコンだけ。『太陽の塔』がわざと古めかしく書いてあるわけじゃなくて、SF研の現役学生とか見ても、男子下宿生の生活は

＊**森見登美彦**
もりみ・とみひこ（一九七九〜）小説家。二〇〇三年『太陽の塔』（新潮文庫）で第十五回日本ファンタジーノベル大賞を受賞してデビュー。

＊**『太陽の塔』**
二〇〇三年　新潮社

このままですからね。徹底したリアリズム小説ですよ。

豊﨑 知能は高くても、全然おしゃれじゃない喪男ライフ。

大森 うん。クルマ持ってないし、電車にも乗らないし。そもそも、おしゃれという概念がほぼ存在しない(笑)。

豊﨑 『太陽の塔』に出てくる京大生たちって、わたし、ふつうに大好きですけどね。キャラクター小説としても見事ですよ、四天王のキャラのつくりかたとか。でね、主観が激しく客観とずれてるひとって見てると楽しいじゃないですか。それを小説の中でこれほど明確にコミカルに見せてくれて、本当に堪能いたしました。あ、わたし、ここが好きなんだよねー。すごく頭がいい男が、デートで梅田に行って、赤い観覧車に乗るとこ。当然いっしょに乗り込もうとする彼女を厳然と押しとどめてひとこと〝「これは俺のゴンドラ」〟。で、〝毅然とした台詞を残して、彼がぐるりと梅田の空を一周して戻って来たとき、彼女はもういなかった〟って。萌え〜。こういう男、超好きぃ。ねえねえ、京大ってこんなに楽しい大学なの？ 今度生まれ変わったら、小学校から一所懸命勉強して、京都大学に入ろうと思いました。そしてきっとこういう男子と交際しようと思いました。

大森 いや、男女交際を希望する京大生の男子は、京大生の女子とはあんまり交際しないよ。ダム女(ノートルダム女学院)とか京女(京都女学院)とかの子と合コンしてるから。

豊崎　えぇぇー、京大生は京大生の女子と付きあわないの？

大森　京大生男子は自意識過剰で異性とつきあえないんだけど、京大生女子は相手がいないので誰とも付きあえない。合コンしてくれる相手もいないしねえ。高偏差値女子共通の悩み。

豊崎　そうなのかー。でも、えっと、なんだっけ、マンガ、ほら、あー、『ハチクロ』*？　あれよりこっちのほうが断然好き。アニメ化してほしい、わたしはこういう大学生活こそが観たい！　タイトルがもうちょっとかわいければ、アニメ化いけるんじゃん？「ハチミツとゴキブリ」とか(笑)。あ、「ゴキブリキューブ」ってタイトルでもよかったのに。〝ゴキブリキューブをご存知であろうか。それは長いこと放置されていた段ボール箱の中や流し台の下などによく見られ、豆腐のような形をしている。(略)よく観察すると、そのざわついているものは一匹一匹のゴキブリが動いているのだと分かるだろう〟、そんなゴキブリキューブをめぐる男同士のやりとりが、すばらしかったです！　森見さんはわたしの笑いのツボを押しまくってくれる稀有なセンスの持ち主として応援し続けたいですね。ファンタジーノベル大賞はほんとにえらいよっ。よくぞこれに授賞してくれました。ふつう「ファンタジー」ノベルって名称でこの小説にはあげないでしょー。

大森　まあね、京大生の浮世離れした現実をリアルに描くと、現代の東京からはファンタジーに見えるっていう意味で、『太陽の塔』はマジックリアリズム小説な

*『**ハチクロ**』　美大生の生活を描いた人気少女マンガ『ハチミツとクローバー』(羽海野チカ／集英社　二〇〇六年七月現在、九巻まで刊行)の略称。二〇〇六年アニメ化、映画化。

んですよ。でも、第二作の『四畳半神話大系』*は最後ちゃんとSFになる。こっちは学内サークルもので、四パターン出てくるんだけど、映研の話がめちゃくちゃおかしい。鴨川三角州のコンパとか超リアル。唯一弱いのはソフトボール同好会。弱点まで森見登美彦らしい(笑)。彼女ができてしあわせになる話なんで、裏切られたと泣いてる京大OBもいるけど、面白いですよ。早く次の本を出してほしい。とりあえず、かわりに万城目学*の『鴨川ホルモー』読んでますけど。

ひきこもりのその後は？ 滝本竜彦

豊﨑　『NHKにようこそ！』*を読んだんですけど、面白かったのって、「ひきこもりの歌」だけだったんですけど……。〝凍てつゞく六畳一間　たゞひといろにアパートは　絶えると見えて脱出遠く　起き伏すベッドに一日十六時間〟っていう歌。これはよかったんですけど、あとは……。たいへん脇の甘い小説を読ませていただいた気がいたしました。

大森　『NHKにようこそ！』は素晴らしい青春小説ですよ！

豊﨑　どこらへんが？

大森　青春小説って、ふつうは昔を振り返って書くからノスタルジックになりがちなんだけど、これはある意味、青春まっただなか小説。現在進行形の青春を当

*『四畳半神話大系』
二〇〇四年　太田出版

*万城目学
まきめ・まなぶ(一九七六〜)　京都大学法学部卒。二〇〇六年『鴨川ホルモー』(産業編集センター出版部)で第四回ボイルドエッグズ新人賞を受賞してデビュー。受賞作は、もてない京大生を語り手に起用、京都の大学サークルに代々伝わる謎の競技〝ホルモー〟を描く、一風変わった伝奇青春小説。

*『NHKにようこそ！』
二〇〇二年　角川書店

事者の立場から描いている。ただし、ひきこもりなんで全然みずみずしくない(笑)。若い情熱を燃やす対象はエロゲー同人ソフト製作ですからね。その意味ではディープなおたく小説なんだけど、佐藤友哉なんかと違って、固有名詞はほとんど出てこない。エロゲーを全然知らない読者でも、ヘンな趣味にハマったひとの話として読めるように書いてあって、意外と普遍性がある。しかも、こう見えて前向きだし。あと、エロゲーについて講釈する、主人公の後輩の山崎くんが実にいい。

豊﨑　あー、山崎くんね、まあ、彼のキャラクター造型はいいかもしんない。たしかに、エロゲーのシナリオを書くところは面白かったんですよ。〝ろくなプログラムが組めなくても、ヘボい音楽しか用意できなくても、五十枚程度のCGと、小説一本分ぐらいのシナリオさえあれば、ただそれだけでオッケーな、そんなゲームのジャンルが存在するんです！〟って、エロゲーというジャンルのくだらなさをすごくコンパクトに伝えてくださって、ありがとう、そんな感じ。滝本竜彦*ってエヴァンゲリストなんでしたっけ？

大森　うん。熱烈な「新世紀エヴァンゲリオン」*信者。

豊﨑　そういうじぶんの趣味志向みたいなものを使って書いたほうが楽なのかもしれないのに、それをしない自制心は立派なのかなあ。エロゲーを扱いながらも、やったことがなくても、知識がなくても、問題なく読み進められますもん

＊滝本竜彦
たきもと・たつひこ(一九七八〜)
二〇〇一年『ネガティブハッピー・チェーンソーエッヂ』(角川文庫)で第五回角川学園小説大賞特別賞を受賞してデビュー。その作風にふさわしい、ひきこもりが高じて大学を中退したという経歴が話題に。

＊「新世紀エヴァンゲリオン」
一九九五年から一年間テレビ東京系列で放送されたアニメ、及び映画作品。庵野秀明監督。多くの熱烈なファン＝エヴァンゲリストを生んだ。

ね。そういう読者にたいしてフェアな感じは、このテの装幀の小説にしては開かれてる書き方がされているのかもしれない。それはわかるんです。こういう小説が必要なひとは大勢いるんでしょうしね。でも、申し訳ないけど、わたしにはまったく必要じゃない。

大森 これ、マンガ化*されてて、そっちがまた売れてるんですよ。おかげでがんがんお金が入ってくるせいか、小説を書かなくなっちゃった。

豊﨑 ふ〜ん。

大森 第五回角川学園小説大賞特別賞を受賞したデビュー作の『ネガティブハッピー・チェーンソーエッヂ』*とこれだけ。

豊﨑 あとは『超人計画』*があるだけなんですね。

大森 あれは一応、エッセイだから。妄想恋愛小説と言えなくもないけど。

豊﨑 滝本くんってイケメンですよね。ひきこもるのがもったいない。ひきこもりのトップランナーなんでしょう？

大森 今は全然ひきこもってないよ。結婚もしちゃったし。

豊﨑 え、結婚したの？ じゃあ「脳内彼女」は⁉

大森 現実の彼女によって駆逐された(笑)。ネットラジオで結婚発表して、婚姻届に記入とかやってたらしい。

豊﨑 そうなんだー。滝本竜彦っていえば、「BSアニメ夜話」*のエヴァの回に出

*マンガ化
大岩ケンヂの作画でカドカワコミックエースから同名コミックが刊行されている(二〇〇六年七月現在、五巻まで刊行)。二〇〇六年にはTVアニメ化。

*『ネガティブハッピー・チェーンソーエッヂ』
二〇〇一年　角川書店

*『超人計画』
二〇〇三年　角川書店。脳内の妄想で作られた美少女、「脳内彼女」のレイちゃん(「新世紀エヴァンゲリオン」の主要登場人物、綾波レイ)が登場する。

たときの、「気持ちわるいやつはみんな死ねばいいんですよ」とボソッと呟いた、あの印象が強かったのに。

大森 そういう芸風だったのに、ふつうに結婚していいのかと……。

豊﨑 それじゃ、ほむほむ（穂村弘）*といっしょじゃん！ ぜんぜん世間知らずじゃないし、結婚もしちゃえる人のくせして、みたいな。でもさ、ひきこもりじゃなくなって、未来はあるのかな。

大森 『NHKにようこそ！』は、ある意味『太陽の塔』と近いよ。読者層もけっこう重なってるし。

豊﨑 う〜ん。頭のわるーい『太陽の塔』と言えなくもないのかなあ。言いたくないけど。

もっと、書いてよ、綿矢りさ、白岩玄、気になる！ 豊島ミホ、辻村深月

豊﨑 というわけで三十歳以下の主な新人作家をざっくり見てきました。

大森 もっとメジャーな人では、綿矢りさ*、白岩玄*もいるんだけど。

豊﨑 綿矢さんかあ。『蹴りたい背中』以降がほとんどないから話しようがない。

大森 『インストール』の文庫版に短編を書き下ろしたけど、あんまり話題にもならず。

*「BSアニメ夜話」
NHK・BS2で不定期に放映される、毎回ひとつのアニメ作品を取り上げて討議するトーク番組。二〇〇五年三月「新世紀エヴァンゲリオン」の回に滝本竜彦が登場した。

*ほむほむ（穂村弘）
ほむら・ひろし（一九六二〜） 歌人、エッセイスト。歌集に『シンジケート』（沖積舎）など。口語、会話体で表現する詩的世界のひろがりが新鮮であった。最近では『世界音痴』（小学館）『本当はちがうんだ日記』（集英社）などの〝ダメ男〟系エッセイで人気。〝ほむほむ〟の愛称もそのキャラから。

*綿矢りさ
わたや・りさ（一九八四〜） 作家。二〇〇一年『インストール』（河出文庫）で、十七歳で第三十八回文藝賞を受賞し、美少女作家誕生と話題に。二〇〇四年『蹴りたい背中』（河出書房新社）で、第百三十回芥川賞を受賞する（金原ひとみとのダブル受賞）。二〇〇六年春、早稲田大学を卒業。

豊﨑　「You can keep it.」だっけ。どんどん物くれる男の子の話ですね。大学が舞台になってる作品で、悪くはないと思ったけど、あれだけ短いと何ともいえない。長篇にできる材料だと思うので、ぜひふくらませてほしいです。大学を卒業したんだから、これからは三月に一回くらいは文芸誌に作品を発表してほしいなあ。白岩玄も書かないねえ。書かないというよりは書けないんじゃないの、このひとは。

大森　まあねえ、『野ブタ。をプロデュース』は原作を大幅に改変したドラマ版*が大当たりして、とうとう二〇〇五年最大のヒット曲*まで生んでしまったから。

豊﨑　お金入って入ってしょうがないでしょう。でも、そうはいってもこのひとはタクシーに乗って六本木ヒルズで買い物なんてしないんでしょうね。そういう投資をするタイプとは思えない。だから、金原ひとみの『AMEBIC』のような小説も書けない、と。

大森　あぶく銭を湯水のごとくガンガン使って、芸の肥やしにすればいいのに。

豊﨑　若いんだから、すっごい高い車に乗って高い服着て高い腕時計して、きれいなお姉ちゃんはべらせてVIPしかはいれないところ行って……えっと、あとは、えーっと、貧乏人のわたしには想像もできないような、そういうあれやこれやをすりゃいいんですのにね。

大森　六本木ヒルズに住むとかね。

＊白岩玄
しらいわ・げん(一九八三〜)　二〇〇四年『野ブタ。をプロデュース』(河出書房新社)で第四十一回文藝賞受賞。同作は〇五年、第百三十二回芥川賞候補にもなった(受賞は阿部和重「グランド・フィナーレ」)。ROUND 4(二〇七頁)参照。

＊原作を大幅に改変したドラマ版
二〇〇五年　日本テレビ。原作では男の子の「野ブタ」が女の子の設定(堀北真希)になり、KAT-TUNの亀梨和也、NEWSの山下智久が共演。

＊二〇〇五年最大のヒット曲
『野ブタ。をプロデュース』の主題歌「青春アミーゴ」。亀梨和也、山下智久がドラマの役名「修二と彰」のユニット名で出してミリオンセラーに。

＊豊島ミホ
としま・みほ(一九八二〜)　小説家。二〇〇二年『青空チェリー』(新潮文庫)で第一回「女による女のためのR-18文学賞」読者賞を受賞してデビュ

豊﨑　まだ大阪デザイナー専門学校にいるんでしょ。やめちめー、んなもん。人生のたがをはずしてほしいですよ。いつだったかNHKのニュース番組に若い作家代表として出てたけど、ビンボくさいかっこうしてたなー。金持ってるんだから、洋服くらい買えよー。でも、綿矢さんも使ってなさそうですよね。綿矢さんこそ六本木ヒルズに住めばいいのに。

大森　いや、綿矢りさはそういう芸風じゃないでしょ。

豊﨑　ほかに若い新人っていったら、豊島ミホ*も人気ありますよね。R-18文学賞*でデビューして、今はエンタメ作家って印象が強いですけど。

大森　藤田香織*が絶賛してたから、どんなものかと思って読んだけど、もひとつピンと来なかった。R-18からは吉川トリコ*も出てますね。あと、メフィスト賞デビューの辻村深月*は伸びそうですよ。上中下の三巻本で出た受賞作の『冷たい校舎の時は止まる』*と、その次の『子どもたちは夜と遊ぶ』*は正直しんどかったけど、『凍りのくじら』*は傑作。ドラえもんのガジェットを使って人間心理の謎を解く、前代未聞の異色恋愛ミステリ。最新作の『ぼくのメジャースプーン』*も面白いです。

豊﨑　この中で、今後大きな賞を取りそうな人っていったら誰だと思います？

大森　金原ひとみはまだまだ伸びそうだけど、デビュー作で芥川賞とっちゃったからなあ。

ー。近著に『檸檬のころ』(幻冬舎)など。

***R-18文学賞**
女による女のためのR-18文学賞。〝応募は女性に限定、新潮社の女性編集者が第一次選考を担当した後、山本文緒さんと角田光代さんのお二人の女性作家が選考委員とし大賞を決定〟(新潮社公式HPより)

***藤田香織**
ふじた・かおり(一九六八〜)　書評家。著書に『だらしな日記』(幻冬舎)など。

***吉川トリコ**
よしかわ・とりこ(一九七七〜)　小説家。二〇〇四年「ねむりひめ」で第三回「女による女のためのR-18文学賞」大賞、読者賞をダブル受賞してデビュー。著書に受賞作も収めた短編集『しゃぼん』(新潮社)など。

***辻村深月**
つじむら・みづき(一九八〇〜)　二〇〇四年『冷たい校舎の時は止まる』(講談社ノベルス)で第三十一回メフ

豊﨑　二十代のうちは難しいだろうけど、三十歳を過ぎたら、山田詠美みたいにいろんな賞をとりそう。

大森　そして金井美恵子に至る道を歩む。

豊﨑　いや、それは無理。金井さんになるには教養が足りなさすぎるでしょ。わたしは、三並夏が綿矢りさくらい伸びるかどうかに注目したいですね。あとは、水田美意子に故・山村美紗*先生のようになっていただきたい。いや、この調子でどんどん書いていくと、三十五歳くらいでなれちゃうんじゃないの。

大森　まだ十三歳だからねえ。お父さんが僕や豊﨑さんと同い年だった(笑)。その一方、団塊の世代の新人もどんどんデビューしてて、〝新人作家〟の年齢ゾーンがすごく広がってる。

豊﨑　団塊のオヤジが嫌いなわたしは、そういう老人新人をいびるのを生き甲斐に、文学賞ウォッチングを続けていきたいと思います。

イスト賞を受賞してデビュー。

＊**『冷たい校舎の時は止まる』**
二〇〇四年　講談社

＊**『子どもたちは夜と遊ぶ』**
二〇〇五年　講談社

＊**『凍りのくじら』**
二〇〇五年　講談社

＊**『ぼくのメジャースプーン』**
二〇〇六年　講談社

＊**山村美紗**
やまむら・みさ(一九三四〜一九九六)　小説家。『消えた相続人』(光文社文庫)など著書多数。テレビ朝日の「山村美紗サスペンス」シリーズをはじめ、テレビの二時間サスペンス番組の原作には欠かせない存在。「ミステリーの女王」の異名をとる。娘は女優の山村紅葉。

ROUND 4

メッタ斬り！隊 活動の記録

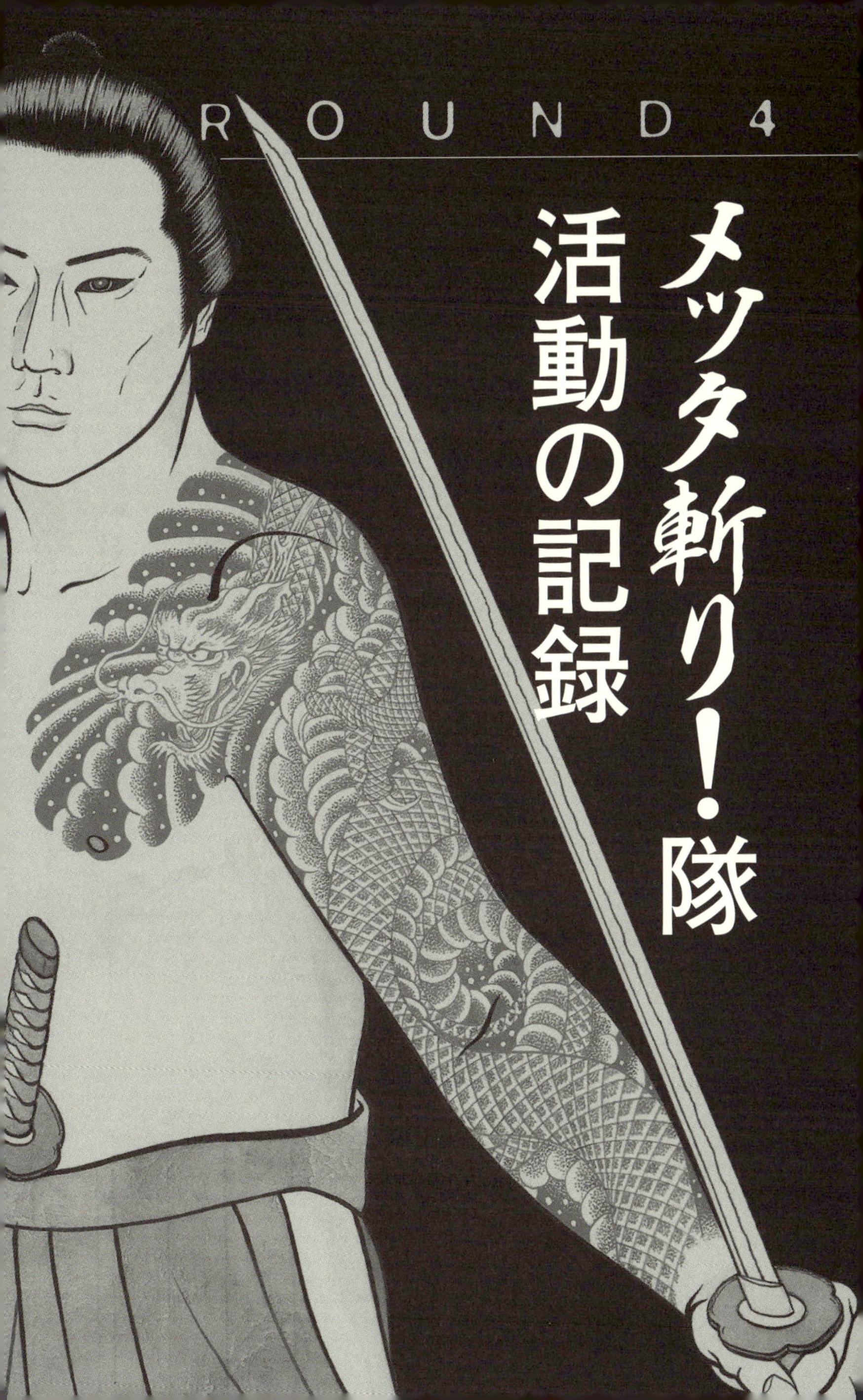

メッタ斬り！隊　活動の記録1

鼎談

「小説よ、媚びるな！——Z文学賞選考会実況中継」

島田雅彦×大森望×豊﨑由美

平成十六年度上半期・Z文学賞受賞作決定

〈Z文学賞選考経過〉

平成十六年度上半期・Z文学賞選考委員会を六月二十八日午後六時から東京・荻窪の「西郊」で開きました。大森望、島田雅彦、豊﨑由美の三委員出席のもと、二時間半に及ぶ討議を行い、頭書の通り授賞を決定しました。

Z文学賞

「コップとコッペパンとペン」

文學界二月号｜福永信

候補作一覧

○＝受賞作に推す　△＝誰かが推すならば反対はしない　×＝受賞に反対する

「コップとコッペパンとペン」（文學界二月号）｜福永信	大森○	島田○	豊﨑×
「勤労感謝の日」（文學界五月号）｜絲山秋子	大森×	島田×	豊﨑△
「白バラ四姉妹殺人事件」（新潮三月号）｜鹿島田真希	大森×	島田—	豊﨑○
「弔いのあと」（文學界五月号）｜佐川光晴	大森△	島田×	豊﨑×
「好き好き大好き超愛してる。」（群像一月号）｜舞城王太郎	大森○	島田×	豊﨑○
「日曜農園」（群像五月号）｜松井雪子	大森×	島田—	豊﨑△

これらの作品は平成十五年十二月一日から平成十六年五月三十一日までの六ヶ月間に発表された諸作品の中から予選通過したものです。

｜初出｜ユリイカ（青土社）2004年8月号

―― 本日はお暑い中、ご足労いただきまして有り難うございます。さっそく、Z文学賞の選考会に入りたいと思いますが、その前に、なぜZ文学賞かということを少し説明させて下さい。今回の特集名が「文学賞A to Z」となっておりまして、これは文学賞のすべてという意味であると同時に、某A賞からZ賞へという意味でもあるんですね。Zというのは、究極のとか、来るべき未来のとか、あるいはZ級（!?）のとか様々なニュアンスがあるんですけど、要するに、某A賞が日本の純文学の最高の成果をうたっているのに対し、果たしてそうだろうかというところでオルタナティヴを出してみようということです。やわらかく言い換えれば、別に選考委員でなくても誰にでも某A賞的なものを選ぶ楽しみはあると思うので、じゃあ、ちょっと勝手に選んでみようよということですね。

実際の作業過程を言いますと、某A賞と同じく、二〇〇四年上半期（二〇〇三年十二月一日〜二〇〇四年五月三十一日）に主に雑誌に発表された小説を対象として、『ユリイカ』編集部と『早稲田文学』編集長の市川真人氏とで読み、両者の協議の結果、六篇の候補作を選出しました。結果的に、六篇のうち四篇が実際の某A賞候補とかぶっているみたいですね。

この六篇に対し、「○」（＝受賞作に推す）「△」（＝誰かが推すならば反対はしない）「×」（＝授賞に反対する）を付けるというかたちで事前に投票をいただいているんですけど、どういう順序で選考をしていきましょうか。

島田 別にそれに倣う必要はないんだけど、大体どの賞も編集長が司会をして、受賞作が出るかどうかは司会の力量次第というところがあるわけです。順番にしても、通例は発表順に並べるんだけど、基本的に後から出た方が有利になるというのがあって、取らせたいものを後ろに回しちゃうとかね。で、なぜそういう順番にしたかということを、最初に説明するわけ。その時点から闘いは始まっているんですよ。発表順というのはごく自然にあり得る話なんだけど、そこで裏技があって、雑誌での発表自体をなるべく遅くするということをするんだよね。

大森 だから上半期は五月号、六月号に勝負作が集中する、と（笑）。

豊﨑 確かに年末に出る『このミステリーがすごい！』とかにしても、春先までに出た作品は印象が薄れてしまうせいかあまり上位に来ませんからね。

島田 先に出ると、書評とかも出てたりして、「あいつが褒めてるから、やめておこう」ということもあるし。

―― やっぱり本命的なものは五、六お

よび十一、十二月号に出がちになるんですか。

島田　それが有利だということですね。

豊﨑　まあ、この場合、普通に考えて面白い展開はまず積極的に落としたいものから話していくって展開でしょう。読者ってみんな辛口評が好きですから（笑）

島田　実際問題としても、どんどん絞っていかないと永遠に終わらないんじゃないかという恐怖心は、老体であればあるほど強くなる。

「負け犬」文学と目減り感

——では、まず、「×」の多かったものから取り上げていきましょう。まず、絲山さんの『勤労感謝の日』ですけど、「△」を付けた豊﨑さん、いかがでしたか。

豊﨑　「×」の人がなんで「×」なのか先に聞きましょうよ。

島田　「△」ということは、少なくとも否定的ではなかったというわけだ。

大森　これがZ文学賞を獲ってもいいと思う根拠をまず聞きたいですね。

豊﨑　獲ってもいいとまでは思ってないですよ（苦笑）。獲ってもいいと思っているのは舞城さんだけなんですから。絲山さんの場合は、「△」を付けておいてなんですけど、うまいとはいうもののデビュー作の『イッツ・オンリー・トーク』とかと比べると、分量的にも作品世界的にも小粒感が否めないので、これでZ文学賞を取るのはどうかと思います。A賞のほうでもノミネートされてますし、日本文藝振興会つまり文藝春秋的には獲らせたい筆頭作家なんでしょうけど。ただ、「×」を付けて積極的に落としたいとまでは思わない。だって、うまいでしょー。何がいけないんですか？　そこをお聞きしたい（笑）。

島田　ものすごくうまいよ。手練れの業というほかない。会話の中のジョークもかなりIQが高いし、作者自身の頭の良さが全編に漂っている。つまり、頭がいい女が書くと、小説も簡単に売れ線ねらいのウェルメイドな作品ができるんだなと思った。

豊﨑　この人はいわゆる『すばる』系というか、エンターテインメントの読者にも訴えかける大衆性があると思うんです。

大森　というかこれ、純然たる大衆小説でしょ。なぜ『文學界』に載っているのかわからない。

豊﨑　絲山さんの作品の多くは世間に向ける意地悪な視点、斜に構えた姿勢が売りだと思うんですけど、それを笑いにくるむ器用さがあるし、今後は変に実験性への色気を見せずに、田辺聖子さんみたいな路線を目指すと成功しそうな気がします。

島田 それは正しい見方ですよ。彼女はエッセイがうまいと思う。『負け犬の遠吠え』みたいなものも簡単に書けるでしょう。

大森 最近のエッセイでは、『文学賞メッタ斬り！』を近所の本屋に買いにいく話が傑作でしたね、個人的には（笑）。

豊﨑 えーっ、そんなの書いてくださってるんですか。

大森 川端賞を受賞したけどどんな賞かもよく知らないと絲山さんが友だちに打ち明けたら、『メッタ斬り！』を読みなさいと言われたんだって。それで近所の書店に行ったけど、面が割れてるから、「絲山秋子は川端賞もらったとたんこんな本買いにきて」と思われたらどうしようとドキドキする話（笑）。結局そこには置いてなくて、遠くの書店でお求めくださったそうですが。

豊﨑 おおーっ！ そんな貴重な読者なのに大森さんの印は×（笑）。いや、だからね、そのエッセイでもやはり自分を笑うという視点を見せているように、今回の候補作は、自分も含めたバブル入社世代の自虐みたいなのを描いて巧いんですよ。

島田 そういう経験も豊富だろうしね。自虐ギャグに走れば、それなりに高水準の芸を見せると思うんだけど、そういう手練れって飽きられるのも早い。いままでの評価の仕方だと、任意の一ページを開いて、あ、絲山秋子だなと認識できるスタイルをもう確立していてよいというとになると思うんだけど、そういう読後感のよい、ある程度の読者を確保できるウェルメイドな小説は彼女でなくても誰かが書くわけで、その誰かのリストがばーっと脳裡に浮かぶよね。

豊﨑 そういう女性作家はたしかに最近多いとは思います。ただ、江國香織とか小川洋子とか川上弘美、ましてや彼女たちの有象無象のエピゴーネンたちと比べると、ちょっと違うと思うんですね。どっちが上とかいうのではなくて、色合いが違う。なんというか、う〜ん、「負け犬」文学という点で新しい気がするんですけども（笑）。

島田 すごい批評だな（笑）。まあ、自虐とか憑依とか幻想とかどんな作家もそれぞれの得意分野で芸はあるわけだ。その芸がわかりやすいというか、簡単にカテゴライズされてしまうのはどうかなと思いますね。

大森 『勤労感謝の日』は中でもとりわけ部品がステロタイプで、たとえばお見合い相手の絵に描いたようなダメさかげんとか、主人公が会社を辞めた経緯とか。父のお通夜にやってきた部長が酔っ払って、「奥さんさびしかったらいつでも」と母親に迫ったのをビール瓶でぶん殴る。忌引きが明けて会社に行ったら机の電話とパソコンが消えてた、っていう展開(笑)。

豊﨑　ビール瓶で殴りかかるなんてプロレスみたいで面白痛快じゃないですか。

大森　通夜の席で部下の母親に向かって、「さびしかったらいつでも」なんて言う上司がいる?(笑)

豊﨑　いや、話に聞くと、そんな絵に描いたようなセクハラ親父は幾らでもいるらしいですよ。

大森　八時台のTVドラマの一エピソードで使うんならOKだけど。

島田　一方で、お笑い芸人のやりとりみたいなところもあるよね。

大森　会社の後輩を渋谷に呼び出して会うあたりの会話はめちゃくちゃうまい。

島田　だから、読んで得したという感じはあるし、コストパフォーマンスは高いと思うけれども、逆に言うと、あとに何も残らないんだよね。

豊﨑　絲山さんの弱い点を挙げるとすると、この人に突っ込まれても、男子はあまり痛くないんじゃないかというところ。

大森　「俺よりダメなやつしか出てこないな」という感じだから。

豊﨑　そこがちょっと物足りない。安心して男が読める小説なんて、ねえ。

島田　もう一つ言えば、そういうだめんずとの関係を描いて笑わせるというのが、この人の芸なのかもしれないけど、本気でだめんずに誘惑される、相手がだめんずじゃないと恋した気がしないという女性のどうしようもない本能の底知れぬ気持ち悪さがもっと出てくるといいのにと思う。

豊﨑　その感じは『イッツ・オンリー・トーク』のほうが出てましたね。やっぱり、これまでの作品を読むと、『イッツ・オンリー・トーク』が一番いいんじゃないか。オンリー・トーク』以降、今回の候補作品に至るまでの間にどんどん目減り感が出てくるというか……作品が小粒になっている感があるのが厳しい。この手のタイプでA賞を獲るのは難しそうですよね。

大森　『袋小路の男』で川端賞を獲ったんだから、見ようによってはA賞作家より偉いんだけど。

島田　そういう事故もたまにはあるわけです(笑)。だから、主人公に設定する男にしろ女にしろ、だめんず感に程度の差をつけたり、女のほうもデビュー作のヤリマンから今回のもてない女まで、自分を軸にしてちょっと良い、ちょっと悪いという偏差を微妙につけることで登場人物をコントロールして作品を量産するシフトを取っていると思うんだけど、それが見切られたら飽きられるのは早いよ。

豊﨑 むかし、編プロにいたときに、生活できないから、ポルノ雑誌に愛読者体験手記みたいな嘘っぱちを書きまくっていたんですけどね、あるとき、編集長がニヤニヤしながら「豊﨑さんはさー、たぶんほとんどセックスしたことない人だよね」って言ったんですよ、セクハラなんて言葉も概念もなかった時代に（笑）。わたしがムッとして「どうしてですかー」って反発したら、「ポルノってのはね、ものすごくしまくっているかぜんぜんしたことないかどっちのタイプしか面白いのを書く人はいないんだ」と言うんですね。で、わたしの顔をしげしげと見ながら「豊﨑さんのはいつもアクロバティックなんだよなあ」だって（笑）。だから、今の話につなげると、絲山さんは〝ものすごくしまくってる〟タイプ――セックスじゃないですよ――だから、自分のダメさ加減なり意地悪さなりを出せば読者が共感しやすいハイレベルな作品はじゃんじゃん出していけると思うんですね。でも、逆にいえば、そこから一歩脱して、〝ぜんぜんしたことない〟タイプの面白さも追求する創作姿勢を見せないと、読み巧者たちからは早晩飽きられて見向きもされなくなってしまう。ただ、自覚的にその金太郎飴的な姿勢を選択すれば、大衆化がより進んでもっと売れる作家になるのかもしれない。なんだかんだ言って、多くの人は『水戸黄門』みたいに安心して享受できるものを好きなわけだから。

島田 そうなると、ばんばんTVドラマの題材を提供できるようになるんじゃない。

大森 『文學界』なんかに書いている場合じゃない（笑）。

豊﨑 エンタメのほうにもっと進出すれば、内舘牧子くらいには簡単になれてしまうでしょうね。

三人称の語りと善男の問題

―― では、Z文学賞としては、今回は絲山さんは見送りということで宜しいですね。次にやはり「X」を二つ集めたのが、佐川光晴『弔いのあと』ですが、いかがでしょうか。

豊﨑 これは絲山さんの失速感よりもさらにひどい。あの『縮んだ愛』を書いた人が、こんな安易なヒューマニズムに則ったラストにしちゃうの？ という感じで、心底ガッカリです。

大森 これは最初からある種のおとぎ話として書かれているわけだから、「末永く幸せに暮らしました」的な結末は許容範囲でしょ。ただ、主役格の善男の設定はねえ。高校時代にハイジャンプのインターハイ選手で、北大でアングラ演劇をやって、三〇代でグループホームの管理人におさまって……って、そんなやついるかよ。と思ったらモデルがいるんだそうですが（笑）。登場人物としては、N賞候補になってる伊坂幸太郎『チルドレン』の陣内みたいなタイプだと思うけど。

豊﨑　まさに、それが問題なんですよ。陣内のようなタイプなのに、善男には陣内のような人間的魅力がぜんぜんない。おとぎ話を作るなら、善玉キャラに魅力がないと。

大森　しかも、陣内と違って善男が決定的にダメなのは、しゃべる内容がつまんないこと。べらんめえ口調も不愉快だし。それでも「△」を付けたのは、バス旅行の場面がすばらしいからです。雑貨屋から餞別にもらった缶ピースをホームの婆さんたちがいっせいに吹かしはじめて、「和代さんの遺体と六人の婆さんたち、それに善男さんとぼくを乗せたマイクロバスは車内をショートピースの煙で充満させて東北自動車道を一路黒磯をめざして進んでいった」っていう、このシーンはすごくいい。

島田　でも、そこだけでしょう。

大森　そうなんだけど（笑）。記憶に残るシーンが一カ所あればいいじゃないですか。

島田　この人はいまどき珍しくベタにリアリズムという感じで書いて、言うなれば律儀に内向の世代、というか後藤明生をやっている人なんですね。彼のデビュー作の『生活の設計』は日常の、あるいは労働現場の世界に自己言及的にべったり張り付いて描いたものですけど、これはよく言えば後藤明生的な不思議な世界を受け継いでいるとは言える。しかし、この方法は相当なテンションで職業なり対象に張り付いていかないと不思議さが出てこない。少しでも、余裕を持ったり手を抜いたりすると、とたんに失速してしまうという危うい作風なんだよね。

豊﨑　そうだとしたら、ちゃんと後藤明生の方向を追究すればいいのに、それだと飽きちゃうと思ったのか、難しい方向だけに量産できないからかわかりませんけど、エンタメにも色気出したりしてますよね。『小説推理』に連載された『極東アングラ正伝』は悪漢小説指向でしたし。その辺の中途半端さが、この作品に如実に現れてると思うんですけど。私設の老人グループホームで七人の老婆の面倒を見ている善男という人物のことを、そのいとこで医大に通っている「ぼく」の視点から描いていて、そのために善男の過去のエピソードの殆どが「ぼく」の口から明かされるわけですが、そのパターンの繰り返しが単調なんですよ。読んでいて息苦しくなっちゃう。TVドラマ『失楽園』で川島なお美の乳を揉む装置に過ぎなかった古谷一行のごとく（笑）、善男の人となりを説明するための装置でしかなくなっている。語り口を作るために都合のいいキャラクターをでっちあげてるというのと、あとやっぱり、そこで肝心の善男がまったく魅力的でないというのがわたしには致命的欠陥でした。言動がいちいちキモくて、これっぽっちも共感できない。

島田　でも、佐川さんは善男みたいなキャラだよ（笑）。

豊﨑　えぇーっ、ホントですかぁ？　島田さんの言うことだから話半分で聞いておこう（笑）。しかし、それにしてもラストの落とし方はがっくりきちゃったなあ。『縮んだ愛』、好きだったのに。これもA賞にノミネートされてますけど、これで挙げられては本人にとっても選ぶほうにとっても不幸ですよね。

島田　この内容ならジジィどもを殺せると思ったんでしょ。

大森　老人問題を明るく扱った小説ってことでは、モブ・ノリオ『介護入門』（『文學界』六月号）と好一対ですね。ファンタジーになってる分、A賞的には『弔いのあと』のほうが弱いかもしれない。でも、『勤労感謝の日』よりは上だと思いますよ。

豊﨑　佐川さんは『生活の設計』で新潮新人賞を獲ってデビューして、それが三島賞にもノミネート。『ジャムの空瓶』がA賞候補になってと、『縮んだ愛』で野間文芸新人賞を獲って、これもA賞候補になってと、けっこう順調な作家人生を送っていますよね。その人にこの作品でA賞なりZ文学賞なりをあげるのは逆にかわいそうですよ。

島田　まあ、いちおう、よかったところを挙げるとすれば、餅搗きのシーンはよかったね。

豊﨑　あそこはわたしもいいと思った。あと、大森さんが挙げたみんなで煙草吹かしながら棺を積んだマイクロバスで行脚するところもよかったです。老人版ロード・ノヴェルの趣があって。ただ、善男がなあ……（笑）。語り手の設定といい、なんか楽して書いている気がするんですけど。

島田　どうせ善男は自分なんだから（笑）、もっと私小説のように書いてしまう手はあったよね。善男の私語りでやっていれば、当人は大真面目なんだけど、読む者は笑いを禁じ得ないという彼本人が持っているボケの芸が十分に発揮されたと思うんだけど。

——　佐川さんは『縮んだ愛』あたりから、意図的に三人称で小説を書くということに拘っていますよね。

島田　一人称から三人称への小説の転換は思っているほど簡単ではないんですよ。これはものすごく難しい課題で、いまだにそれに成功した作家は多くない。川上弘美や江國香織クラスだって、三人称の語りがそれほどうまくいっているようには思えない。まず語り手を立てないといけないし、語り手と主人公と作家自身という三角関係をうまくコントロールできる人はそういません。だから、どんな作家でも、一回そこで壁にぶつかるんです。

大森　それ以前に、善男の人物像がつまんないのが問題じゃないですか（笑）。そりゃ、こういう語り手の起用法は安易と言えば安易だけど、みんなやってることだし。

島田　結局、一人称から三人称へということを意識した作家がこれをみんなやるんだけど、そう簡単にうまくいくと思うなよということですね。大体、三人称の部分を「私」にしても違和感のないものばかりなんだから。

豊﨑　でも、それがお仕事なのだから、頑張っていただかないと（笑）。

この脱力は許せるか!?

――では、佐川さんも三人称の「壁」に突き当たったということで、今後に期待しつつ見送りですね。次は「×」ひとつのもので、松井雪子『日曜農園』に行きましょうか。

大森　今回の候補作を見わたすと、六篇のうち四篇までが家族小説で、お父さんがいないとか、失踪しちゃいましたという話ばっかり。

――これも家族もので、まさに父親がいなくなったところから始まっている小説です。

島田　ファミリーロマンスの法則というのがあって、本来いるべき家族のうちの一人が欠落していると、小説が書き出せるわけですよ。理由は病気だろうと行方不明だろうと殺されていようとかまわなくて、まあ、不幸がなければ、どんなドラマも成り立たないんでしょうけど。拉致被害者の家族のマスコミ報道とかを見ていても、最近はまたそういうのが流行っているのかなと思いますね。ところで、これは何がいいんですか？　僕は全否定だな。

豊﨑　よくはないですよ。わたしはこれ「△」付けましたけど、「△マイナス」という感じです。読んでいて、出だしからしばらくが本当にきつかった。行方不明の父親・隆に代わって、家庭菜園を引き継いだ高校生の娘・萌とその母・笑子の日常を描いているわけですけど、最初からところどころに隆の〈笑子のえくぼは蟻地獄〉とか〈萌のミラクル挨拶〉なんて幼稚なフレーズが出てきてくらくらしたのと、どうも隆はいなくなっているんだろうと予想されつつもそれがなかなか判明しないので文脈がつかみにくくて。まあ、そのあたりの居心地の悪さは狙いなんでしょうけど。あと隆が「みみずやちょろのすけ」名義でやっているホームページの書き込みが出てくるんですが、これがまたあまりにも恥ずかしくて読んでいていやになりましたね。

大森　そこがこの小説の一番リアルなところなんですよ。実に再現性が高い。

豊﨑　ネットの書き込みってこんなにバカくさいんですか？

大森　こんなのよりもっと馬鹿です（笑）。

島田　俺も辻仁成を読んでいるようで恥ずかしくなった（笑）。

大森　著者もそれは恥ずかしいものとして書いているわけです。だって、娘も自分の父親がこんなことをやってた事実を発見して恥ずかしい思いをするわけでしょ。でも、掲示板を覗き見るうちに、なんとなく自分がパパの代理をしなきゃと思って管理人を引き継ぐ。

豊﨑　ただ、萌のパートはともかく、笑子のパートはまだ読めたんです。隆は繊細で傷つきやすいだめんずだから、いなくなる前からいつかいなくなるんじゃないか自殺するんじゃないかと笑子は心配で仕方ないわけですよね。その夫に、自分たちの許にいつでも帰ってくるように、死にたくなったらこれを見て思いなおしてほしいという祈りをこめて、小さなダイヤモンドを十字に並べたネックレスを買うシーンがありますけど、あそこでの「万が一、これが遺されたときに、私がいつも身につけておけるようにいいものを買っておこう」とか「未亡人の胸元も十二分に引き立てる。うん、素敵。とてもいいじゃない。なぜだか幸福感に包まれて、鏡の中の自分と微笑みあった」って記述はいいですね。そういう笑子のパートがなかったら、たぶん読み切れなかったと思う。夫の不在を埋めるかのように自らの肉体を強化していく過程をはじめ、笑子にまつわるエピソードは痛感というリアルが伴ってると思うんです。それ以外は、リアリズム小説でありながら、徹頭徹尾絵空事にしか読めなかった。これもA賞にノミネートされてますけど、なんで候補にあがるのかなあ。わからない。この人はマンガ家としてけっこう活躍していて、『イエロー』でA賞候補になり、今回が二回目の候補になるんですよね。

大森　萌のパートも、僕は悪くないと思うけどなあ。

豊﨑　うー、大森さんはライトノベルとか「セカイ系」小説とか読みまくっているからでしょー？

大森　それは関係なくて（笑）、松井さんの年齢から考えても、いまどきの女子高生の視点で書くのは、たぶん自然にはできない。人工的に作ってるはずなんだけど、父親のサイトを発見したときの反応とか、頭の悪そうな感じも含めて、わりとリアルに書けてる。あと、農園で作物育てるような話って、植物の育成が家族の回復と重なったり、妙にエコロジーっぽくなることが多くて、僕はそういう小説を積極的に憎んでるんですけど、『日曜農園』にはそういう嫌味なところがほとんどなかった。

島田　女子高生の日常がいかにナンセンスで馬鹿らしいかということは、それはそれでいいですよ。ただ、それを小説の世界に書く場合は、距離をおいて眺める別の視点がないと成立しないでしょう。

大森　そのための装置として、十字架のメタファーが出てくる。まあ、教会のシーンはわざとらしいですけど、結末では、父親が残したカカシを娘が完成させて、それが十字架像のイメージに重なり、父親の（おそらくは）死をしみじみ納得する、という構造になってる。

島田　それが逆に悪いんだよ（笑）。何となく小説っぽい構造に落としていくわけでしょ。だったら、もっと女子高生のアナーキズムを前面に打ち出して突っ走らせればいいと思うけど、この人にはそれはできないわけだよね。

大森　そういうの書く人は別にいるからいいじゃないですか（笑）。こういうほのぼの系は、お父さんの世代が読むと嬉しいんじゃないかなあ。自分が死んだあとも、娘がホームページを引き継いでくれると思うと（笑）。

島田　A賞を狙うにはそれは重要な要素だよ。つまり、受賞作は『文藝春秋』に載るわけで、あの雑誌の読者の平均年齢ってものすごく高いから。

豊﨑　キャラに話を戻すと、農園で隆のライバルとしてちらっと登場するエノキさんの造型がいいと思いました。エノキさんが誕生した年、彼の生家だけが凶作をまぬがれた、というので縁起をかついで「五郎」から「豊作」に改名された。それから周りの人が子どもの彼に農作業のことを相談するようになるんだけど、適当に答えてもそれがなぜか当たってしまうんですね。どうやらエノキさんには特殊な能力が備わっているらしく、市民農園でどこの畑が次に荒れるかもわかってしまう。「畑の真ん中に立っているんだよ」「何が？」「次はあそこだね」とエノキさんが指さした先は、いかにも仲睦まじくハーブを丹精尽くして育てているかのように見える若夫婦の菜園。ちょっと、ぞくっとするシーンだと思いました。わたしは隆じゃなく、むしろエノキさんの物語が読んでみたい（笑）。松井さん、ぜひ、書いて下さい！

島田　でも、これだけの長さを書けば、けっこう注目に値するキャラの一人や二人は偶然出てくるんですよ。逆にそれがなければ、いくら『群像』だって載りませんよ。

大森　基本的には脱力系の芸風なので、脱力するからと言ってけなすのはちょっとお門違いじゃないかと。

島田　そうかもしれないけど、それならばもっと心地のよい脱力の仕方を学ばせてほしい。父がいない、あるいは子どもがいないというところからファミリーロマンスを立ち上げていくのはいいんだけど、その道具立てとして植物や動物を持ってくるのはよくあるケースでしょう。

候補の埒外だけど『新潮』七月号に掲載された星野智幸の『アルカロイド・ラヴァーズ』もそういうタイプの小説です。

大森　ただ、さっきも言ったけど、この小説は市民農園のディテールに妙なおかしみがあって、植物を都合よく寓意的に使っているいやらしさをあまり感じない。それは美点だと思うんです。

島田　それはそうかもしれない。いままで言ってきたことをひっくり返すようだけど、歳を取ってくるとこういう脱力加減が意外とよくなってくるんだよ（笑）。ただ、一方で俺はこういうのに甘えてはいかんとも思うわけだ。

大森　僕は松井さんのマンガも好きだったし、小説もわりと好き。マンガの作風がうまく小説へとシフトされてる感じでね。でも、山田詠美もA賞獲っていないから、マンガ家出身だとA賞はむずかしいのかな（笑）。

豊﨑　この人は何歳ぐらいなんですか？

大森　六七年生まれですから、三七歳くらいですね。

豊﨑　まだまだ大丈夫。米谷ふみ子さんなんか、受賞したの五五歳の時ですもん。って、比べるのもどうかとは思いますけど。

更年期の文学!?

——では、松井さんも将来に期待ということで、次に鹿島田真希『白バラ四姉妹殺人事件』に行きましょう。

豊﨑　鹿島田さんはわたしは才能ある人という気がしますけどね。

大森　才能が空回りしている感じもあるけど。

島田　彼女は三島賞でいちおう最後まで残ったんだよね。俺もわりと推したんだけど、今回はチョンボみたいな感じで受賞作が決まってしまいましたからね（笑）。『ららら科學の子』を全員一致で受賞させるなんて、こんなにみっともないことはないですから、俺は推さなかったわけです。じゃあ、代わりに何を推そうかというときに、これしかなかったんだけど(笑)。

大森 選評では安達千夏を推したことになってませんでしたっけ? (笑)

島田 それも推したんだけど、これは蓋を開けた瞬間ダメだと思った。輝じぃが「○」を付けるかと思っていたら付けなかった。彼が付けていれば、安達の線はあったはずだけどね。

大森 まあ、宮本輝が『白バラ〜』に「○」を付けることは最初からありえないから(笑)。

豊﨑 テルちゃんは『白バラ〜』は読めないでしょうからね。まず会話。誰が何を言っているかわからなかったんではないか、と(笑)。

島田 そう思うけど、どうせそれをやるなら、笙野頼子くらいまでやってくれとは思った。そのときにも話したんだけど、笙野頼子は憑依系の人で、自身が巫女みたいになって、語りを暴走させていくという芸でしょう。鹿島田もある種同じような妄想世界の住人なんだけど、これはまだ治療の過程という気がするんですよ(笑)。要するに、これもファミリーロマンスで、家族関係にものすごく軋轢があって、普通の意味での家庭生活が営めないような状態にあるんだけれど、その現実をそのまま引き受けるにはあまりにもつらいと。そこで、もう一つヴァーチャル家族のようなものを築いて、それを距離を置いて観察するという関係の取り方をする。結果的につらい家庭を自分も含めて一歩引いたところで対象化することでやりすごすというところまで踏み込んではいる。それによって、少し病気がよくはなっているというのはあると思う。だからと言って、それを評価していいのかというのは別問題だよね。フロイトの批評で、神経症のファミリーロマンスというのがありますけど、要するに誰しもが成長の過程で超自我にぶちあたって悩む、そこでありもしない家族を捏造する。一番素朴なケースは僕は本当はこの両親の子どもではないんじゃないだろうかというものですね。これを典型的な神経症のファミリーロマンスだとすると、鹿島田の場合は典型的な統合失調症のファミリーロマンスと言えるんじゃないか。このあえてナラティヴを混乱させる手法は、現代文学の一つの成果と受け止めることもできるとは思うけど、ただ、そこで手法に還元できない生々しさがあるからよいのだという立場と、これはそういう手法などではなく自分の癒しのためだけにわけのわからないことを書くのはどうかと思うという立場の両方があるわけです。

豊﨑 わけわからないことを書くのはどうかと思う立場に髙樹（のぶ子）さんや

テルちゃんとかがいらっしゃるわけですね（笑）。

大森 これに関しては、筒井（康隆）さんが三島賞の選評に書かれていたのが大体その通りだと思いました。だから評価するかと言うとそうじゃなくて、個人的にはぜんぜん評価出来ないんだけど。そもそもこれ、二〇代後半にもなる娘の経血がついたパンツを洗うのがいやだって話から始まりますけど、生理でそんなにパンツが汚れるもんなんですか。

豊﨑 それは、だから娘のずぼらさを表しているんですよ。普通は生理が近づくとお腹が痛くなったりするので、その時点で用心でナプキンをあてとくとかするもんなんですよ。だから、そんなに汚す人はいないはずでね。にもかかわらず、しょっちゅう汚すのは、すごくずぼら、というか自意識のありようが壊れかけてるタイプの娘だということを、それで示してるんだと思うんですけど。

大森 でも、パンツがそんなに汚れるんなら、スカートやズボンも汚れるでしょ。

豊﨑 あ、それは絲山さんの小説の最後のシーンでもありましたね。生理が始まっちゃうんだけど、あそこではたしかパステルピンクのスーツを着ているはずで、たしかにそれにはわたくしも懸念を覚えたものでございます（笑）。

大森 つまり何が言いたいかというと、のっけからすごく作為性を感じたんですよ。お母さんは更年期で閉経してるのに、娘のほうはどばどば血を出してるっていう対照を際立たせるためにパンツが出てくるわけでしょ。

豊﨑 陳腐な読みかもしれないけど、これは女性性についての物語でもあるわけです。生理とか子宮の検査がどうとかってことはなかなか女性の作家でも書きにくい要素だと思いますけど、だからこそあえて赤裸々に書いてみたというのはあるんじゃないですか。まあ、その辺は男子には生々しいがゆえにわかりたくない箇所かもしれませんが。わたしがいいなと思ったのは、冒頭に置かれたお母さんの愚痴モードの独り語り。あんまりおかしいから、てっきりユーモア小説かと思って読み始めちゃったくらいです。

大森 関係ないんですけど、さっき、この近くの図書館で『早稲田文学』をぱらぱら読んでたら、大塚英志の連載が載ってて、そのタイトルが「更年期の文学」。さすがは大塚英志、すばらしい嫌味だなあと感心したんだけど、よく見たら「更新期の文学」だった（笑）。でもこの小説は、「更年期の文学」な感じがよく出てるよね、更年期じゃない人が書いてるわりに。

豊﨑 鹿島田さんは七六年生まれだから、相当若い。『二匹』でデビューしたときはまだ白百合女子大に在学中だったんですよね。『二匹』のあと『レギオンの花嫁』や『一人の哀しみは世界の終わりに匹敵する』で神話的な路線に行ったんですけど、この小説では、また少しミニマムなスケールに戻したって感じなんでしょうか。

大森　これもけっこう神話的な路線じゃないですか。近親相姦のモチーフとか、ギリシャ悲劇風のネタを使ってるし。だから、小説じゃなくて芝居ならよかったんですよ。同じ役者が演じる役柄をくるくる取り替えていくとか、舞台の上でならすごく効果的だし、わざとらしい感じもしないと思う。

豊﨑　その伝で言うと、これを読んでちょっと思い出したのが『燈台』という三島由紀夫の戯曲だったんですよ。それも息子と娘と母とちょっと弱い父という、いかにもギリシャ悲劇をモチーフにした家族の話で近親相姦の匂いがあるんです。まあ、三島はそのカンヴァセーション・ピース（家族の肖像）を通して敗戦後の日本と日本人の姿を書こうとしたわけですが。

島田　それは今後のアドヴァイスとしてすばらしいと思いますよ。結局、彼女の描くファミリーロマンスはどこか関係妄想の世界の中に閉じこめられていると思うんです。そこを突き抜けて、超自我と向かい合わなければいけないというか、すべてを見通す語り手をどう設定するかということで、それに成功しさえすれば、『オイディプス王』みたいな家庭の悲劇が描けるのかもしれない。だから、彼女はいま過渡期ですね。逆に言えば、デビュー作、二作目と比べると格段の進歩を遂げているとも言えるわけで、鹿島田真希という作家の成長をまぎれもなく証し立てている作品ではある。

豊﨑　今回の候補作を見ると、目減り感のある人がほとんどなんですけど（笑）、鹿島田さんには上昇感がある。わたしには最終的にこれを残したい気持ちはすごくあります。

大森　意欲は買うけど、やっぱり小説としては失敗してると思うなあ。四姉妹の側の事件と主人公側の家族の出来事が交錯し混淆してゆく手法も、上演されてる舞台を想像するとハマるんですけど、小説として効果的だとは思えない。まあ、頑張ってますけどね。

豊﨑　頑張ってみたのが偉いんじゃないですか！　江國香織や小川洋子のエピゴーネンばかり現れる昨今、読むはしからこういう着地点だろうなというところに律儀に落としていく小説が多い中、それをしないというだけでも立派ですよ。

大森　でも、小説で書くなら、もっと小説的なリアリティを考えてほしい。

豊﨑 それができたらやってますって！ いっぱいいっぱいなんですよ、今のところは。

島田 あと現実的な問題として、いま戯曲で書いたとして、どこが載せるの？（笑）

大森 そうなんですけど（笑）。たとえば、地域新聞にだけ四姉妹事件の話が載ってて、作中人物たちは毎日熱心にそれを読んでるんだけど、そもそも「地域新聞」って何だよと思うじゃない。地方紙なのか、市民ニュースみたいなやつなのか。はたしてそんな新聞があるのか。全体的にそういう感じで、リアリティの水準をどこに置いているのかがよくわからない。だから結果的に、高取英（月蝕歌劇団）の『聖ミカエラ学園漂流記』とか、あるいはアニメの『少女革命ウテナ』とか、ああいう非日常閉鎖空間でのファンタジーに見えてしまう。

豊﨑 その辺は、佐川さんの時にも出た人称の問題、視点の切り替え問題に繋がっていると思いますけど、やっぱりすごく難しいんでしょうね。この作品でも必ずしもうまくいってはいないんだけれども、会話の途中で語り手を変えていったりと、意識的に操作しようと試みられています。

大森 意識的であればいいのかと。

豊﨑 でも、トライして練習しなきゃうまくならないじゃん！ これからうまくなっていくんですよ。実際、鹿島田さんはうまくなってきてますよ、この若さにしては。

大森 それで言うと、僕がこれに付けた「×」は、『勤労感謝の日』に付けた「×」とはぜんぜん意味が違ってて、逆転して「◎」になる可能性もある。ただやっぱり、一生懸命、文学的な実験をやってるんですっていう感じが好きになれない。過剰な空回り感っていうか。音大を受験する長男がピアノで音階の練習するのがくりかえし出てきて、それが忍び寄る崩壊のメタファーになってるとか、やりたいことはわかるけど、いろいろやりすぎて収拾がつかなくなってるんじゃないかと。

島田 でも、彼女の発語のプロセスがちょっとよじれているところはいいよね。会話はこう書けばいいとかキャラ立てはこうすればいいといった手法が最初から前面に出て、その通りに起承転結を作って一丁あがりみたいな書き方は売れ線を狙うにはたしかに必要なことなんだけど、自分の欲望とか混乱を整理しようとしてにっちもさっちも行かなくなって七転八倒しながら発語している感じが鹿島田真希にはあって、それは貴重だと思う。本来、小説を書くときの発語のプロセスはそういうものだったはずなので。それをフロイトや俗流心理学を使って適当に割り切って、最初から答えの出ているレディメイドな自意識を組み合わせて作品を作っていくのに比べたら、タブラ・ラサから始めてスラムの中でぐちゃぐちゃとヘドロのようなものをこねてなにがしかを作り上げていくのはすばらしいですよ。

大森　今回の候補作で言えば、『勤労感謝の日』『日曜農園』『弔いのあと』がレディメイド系ですね。

島田　彼らと比べると、発語のプロセスが根本的に違う。独自の境地に踏み入って自分を見失っているところはあるものの、それはけっしてマイナスではない。

豊﨑　これを褒めてあげなかったら、鹿島田さんは歪んじゃう（笑）。

島田　もう歪んでるんだって。

豊﨑　歪んでるなら、なおさら褒めて育ててあげましょうよっ。

大森　じゃあ褒めますが（笑）、会話の書き方は面白いよね。冒頭の、生理の血がついたパンツを洗面器で洗っているという話の流れで、「赤茶色で、温かくて、おいしいですね」と紅茶の話にシフトして、それを受けて「好きなだけお代わりして頂戴」ここは笑った。

島田　もともとそういうセンスはあるんだよな。

大森　でも、脈絡のないリアルな会話を面白く書く一方で、「〜だわ」を連発するようなぜんぜんリアルじゃない口調を全面的に採用してて、そこが不徹底な気がする。

島田　白百合あたりだと「お父様、よろしくてよ」という喋りがリアリズムなんじゃないか？（笑）

大森　そう言えば、素朴な疑問なんだけど、これのタイトルはなんで「白バラ」なの？

――　やっぱりゴシックなイメージ作りとかではないですか。

大森　だったら「白百合四姉妹」のほうがよくない？（笑）

チャーミングか、あざといか

――　では実験・家庭・変なタイトルという流れで次は福永信『コップとコッペパンとペン』に行きましょう。豊﨑さんが「×」を付けていますけど、いかがでしょう。

豊﨑　私はこれこそ今時こんなことやったってしょうがないんじゃないのという、いわゆる夢小説系の手法だと思うんですけど。

島田　これは手法なんてあるのか？

豊﨑　コップとペンをコッペパンが繋げるんです（笑）。

島田　タイトルはどうでもいいんだよ。

大森　いやこのタイトルは素晴らしいと

思いますよ。コッペパンという言葉はなかなか思いつかない。

島田 素晴らしいけど、タイトルと内容は別々でもいいんです。とにかく、この父親に会おうとして男湯に入るところが素晴らしいよ。

大森 しかも温泉につかっている刑事が「温泉（ヌクミズ）」（笑）。

豊﨑 そのパターン多いですよね。そういうわかりやすい作為が……。

大森 友人は「友人（トモヒト）」だし（笑）。

豊﨑 そういうのを今やられたらちょっと恥ずかしいと思う自分がいるんですよ。不可思議なエピソードが、あたかも夢がそうであるかのように不条理につながっていくという手法も、なんだか古めかしくて。

大森 でも、芸になってる。テンポもいいし。

島田 ハッキリ言ってこんな話は書いても書かなくてもいいんですけど（笑）、それを言ったら身も蓋もないでしょう。その時に重要なのは、この小説にはそれなりにコストはかかっているということだと思うんですよ。

大森 すごくよく考えてますよね。冒頭のどんどん時代を飛ばして話が進んでいくところも抜群。次の行でいきなり二〇年ぐらい飛んでると、やっぱり一瞬驚くじゃないですか。読み出した時に「何だろう」と思わせる力は、これと舞城王太郎が双璧でした。書き出しの、「いい湯だが電線は窓の外に延び、別の家に入り込み、そこにもまた、紙とペンとコップがある。この際どこも同じと言いたい。」っていう文章、これはなかなか書けないと思う。

豊﨑 なんかあざとくない？

大森 あざといけど（笑）。

豊﨑 あざといことやってもあざといと思わせない巧さが欲しい。

大森 でも、音読しても気持ちいいリズムだし、緩急の呼吸が絶妙で、すごく楽しく読めた。なんだかわからないつながりでつながっていく話を面白く見せるのは難しいじゃないですか。お父さん捜しの話になってから、マツボックリとか出てきて、途中ちょっと筒井康隆の『エロチック街道』風になるんだけど、じゃあ、温泉刑事はなんなのかとか、設計図が完全には透けて見えないところがいいんです。

豊﨑 だから、いわゆる夢の構造をなぞってるんじゃないですか？

大森 いや、もちろん夢の論理でつながってるように見えるところはあって、だから『夢の木坂分岐点』とか『エロチック街道』を部分的には連想するんだけど、全体はそうじゃないでしょう。最初に出てくる電線と、一本なのかどうかわからない「複雑にからまったロープ」と、ジーパンのほつれた糸、それと最後の、ブーツに巻きつく紐――この「線」のイメージが全体をゆるくまとめてる。線がずーっと延びてって途中でぐしゃぐしゃっとからまって、また延びてくんだけど、切れてるんだかつながってるんだか、一本なのか何本かからまってるんだかわからない。細かく言うと、失踪した父親を捜すことになる娘の学校時代、前の席に三つ編みの女の子が座ってるんだけど、あとのほうに出てくるその息子の暁には「三つ編みの似合う恋人」がいたりする。つながってるのかどうかがよくわからなくて、つい二回、三回と読んでしまう。最後に出てくる「五歳くらいの男の子」はなんなんだろうとかね。

島田　突然、変なことを言うようだけれども、ユーリ・オレイシャっていう作家が一九二〇年代のロシアで活躍していたんです。極端な寡作で、本を二冊だけ出して死んでしまったんですけどね。その短篇を思わせるんですよ。だからこれはどういう手法であるとか、そういうことをこの際抜きにして読んでみた。もう手法で勝負という時代じゃないし、それゆえに「こういう書き方してる奴もまだいるのか」というちょっと山椒魚を見るみたいな気持ちもしたけど、どの手法であるとかという予備知識なしに読んでも、それなりにチャーミングな短篇に仕上がっていると思う。

豊﨑　あー、チャーミングという言い方ならわかるような気がします。

島田　他の候補作とかいまの小説には「面白いでしょ」という押し付けがましい付加疑問文が全部付いて回るわけ。絲山秋子にしても、あるいは吉田修一や長嶋有とかにしてもね。ああいうものは常に受け狙いというか、そういうあざとさを感じる。手法的なものに注目すれば、これがあざといとなるのかもしれないが、しかしよっぽどこっちの方が上品ですよ。

大森　僕はこれ、同じ寡作でも、今のアメリカの若い女性作家、ケリー・リンクの短篇を連想したんで、べつに山椒魚でもないと思いますけど（笑）、そういうこと全部抜きにしても、楽しく読めるいい文章で書かれた、いい小説だと思います。

豊﨑　手法にちょっとひっかかりを感じて批判側に回ってしまってますけど、文章に関してはわたしもこの人は結構な書き手だと思います。

大森　「登校第一日目の記念すべき最初の休み時間（五分間）に、男子は全員連れしょんに行った。」とかね。細かいくすぐりが実にうまい。

島田　それを一行でやってしまう。要するに一行の情報量がものすごい多いわけで、その点でかなりコストがかかっている文章です。だから舞城と対照的ですよ。舞城だったらこういう内容で二〇〇枚ぐらい書いちゃう。

豊﨑 確かに対照的。これはとりあえず残しましょうか、残すと面白そうだから。

島田 っていうか俺はこれを受賞させようと思って来たんですけどね（笑）。

豊﨑 じゃあまた後で闘いましょう！

舞城王太郎よ、鬱になれ!?

―― ではひとまず先に進んで、舞城王太郎『好き好き大好き超愛してる。』に行きましょう。

島田 まあ原稿料稼ぐよな、こいつ（笑）。これだけ字を書きゃあな。私はよく知りませんけど、やっぱりライトノベルとか『ファウスト』系は字数で勝負するんですか。

大森 原稿枚数だけで言えば、舞城王太郎はとくに多作でもないでしょう。ことさらライトノベルとか言わなくても、エンターテインメントの世界では年に三冊四冊出す人は普通にいますよ。年に十冊出して初めて多いと言われる（笑）。

豊﨑 プロローグを読んで「お前は窪塚洋介か？」と、思わず突っ込みたくなったのはわたくしだけでございましょうか（笑）。「ピースなヴァイブがどうしたこうした」って今にも言い出しそうな勢いでしょ。で、実は、このパートは舞城さんの本音なんじゃないかと思うんですよ。そういう窪塚洋介に近いメンタリティーを無防備にポロポロッと出してきたから、「あちゃー」と頭抱えちゃって。まあ、でも、その後はちゃんと小説としてうまく昇華できてたのでホッとしましたけど。ひとつ大森さんにお訊きしたいいんです。構造としてはまず柿緒Ⅰ、Ⅱ、Ⅲという恋人をなくした、ちょっと舞城さんを思わせるノベルス作家の物語がありますよね。その合間に、その中の「俺」がもしかしたら入院中の恋人のベッドの脇で書いたのかもしれないなと思わせるSF幻想小説風の作品が挿入されてきます。そのレベルってのは、SF読みからするとどうなんでしょうか。

大森 ニオモの話はたいへん素晴らしいSF短篇だと思います。星雲賞を獲らせたいくらい。

豊﨑 やっぱり、わたしもニオモはすごくいいと思いました。女の子を肋骨で操縦するっていう発想がね。

大森 あれは多分、『最終兵器彼女』（高橋しん）に対するというか、「セカイ系」に対する舞城王太郎の回答じゃないかな。恋愛は基本的に「キミとボク」の話なんで、そのいろんなバリエーションを連作風に書いてる――と要約すると非常につまんないんですけど、ニオモのパートは背景に「神」との戦争があるわけだから、まさに「これがセカイ系」という感じ。でもそれだけじゃ終わらなくて、ラストはそれこそレムの『ソラリス』とか、神林長平の『戦闘妖精・雪風』とか、人間とは異質な知性が人間にさまざまなものを見せるってところまで行く。一方、連作全体の中では、肋骨の相性だけで偶然に選ばれた交換可能な相手を好きになってしまい、その彼女を失ったら——という恋愛バリエーションになってる。この連作のワンポイントでこれだけのものを書けちゃう才能はすごい。

豊﨑　その一方で、一番最初のASMAっていう寄生虫のエピソードは、あまりにも癌のメタファーとしてピッタリしすぎててつまらない。私は「○」を付けましたけど、この候補作の中で「○」なのであって、舞城作品の中でどうかって言ったら、別にこれでA賞やらなくてもいいよねという気はしちゃうんですよ(笑)。かといって『パッキャラ魔道』(『群像』五月号)よりはこっちの方が上だと思いますけど。

大森　この上半期に発表した舞城作品の中でいちばん舞城王太郎らしいというか、A賞候補になってほしかったのは『スクールアタック・シンドローム』(『新潮』一月号)だけど、順当に考えればこれでしょうね。

豊﨑　島田さんは舞城さんについてはどう思っているんですか。

島田　わりと俺は舞城の本は読んでいると思うけど、よく喋るなあって感じですよ(笑)。本人もそうらしいけど。

豊﨑　ある種の躁状態なのかもしれないですね。

島田　だから、こいつ鬱病になんないかなと思ってる(笑)。

大森　鬱病になった時に何を書くのか。

島田　それで失語症になったりして、言葉を消尽していった結果、最後にどんな言葉が残るのかなと思うんだよね。たとえば大袈裟だけど、ジェイムズ・ジョイスとその弟子のベケットっていう対比があるじゃない。ジョイスはある種饒舌系でならして、最後は『フィネガンズ・ウェイク』みたいな世界に走ったけど、ただあの饒舌には一行たりともおろそかにできないテンションというか、ダブル、トリプル、マルチプル・ミーニングを創造していくような、ものすごいコストがかかっているんですね。一方、その饒舌に尽くした先輩を見た後に、ベケットが極端に言葉をこそぎ落としていって、ジャコメッティの彫刻みたいに、言葉を骨組みだけにしていきながら、そこに異様なテンションを保つわけでしょう。言うなれば、柿緒I、II、IIIのように、舞城王太郎I、II、IIIという別バージョンがもしあるのだとしたら、二〇〇枚を三〇枚にしちゃうとか、そういう方向に走ることを個人的にはものすごく期待するわけですよ。『好き好き大好き超愛してる。』は第一期舞城王太郎の手練れの業が冴える佳品という位置付けじゃないかな。量産する上では躁状態で饒舌であるに越したことはないと思いますけど、全部同じに見えちゃうんだよね。もちろん個々の作品の違いというのは、細かく今の流行りとかキャラクターとかを取りこんで、いわゆるオタク的なコードの中で本歌を知っている人は「あれを取り込んでいるんだな」とそれなりに楽しめるのかもしれないけど、それは普遍性には繫がらないでしょう。あくまでオタクの間での普遍性であって、それを超えてそれこそ「砂漠の遊牧民にお前の作品を読ませられるのか」と訊いてみたいね（笑）。

豊﨑 アルカイダが読んでどう思うのか、とか（笑）。意外に連中も「好き好き大好き超愛してる！」とかって盛り上がったりして。イヴの肋骨握りしめてアメリカへの戦闘意欲を掻き立てるの（笑）。

島田 まあ、勢いはあるからな。

大森 いや、たとえ内輪の言葉を使っても、舞城王太郎にはすごく普遍性があると思いますよ。データベースを共有してないからわからないってことはない。これだって、「好きだというのはどういうことか」「愛する人を失ったらどうすればいいですか」みたいな、ものすごく素朴なことを正面から語ってる小説だから、他の候補作よりよほど普遍的だと思うな。最後のところなんか、ジョン・アーヴィングの『ホテル・ニューハンプシャー』を思い出して、ああ、やっぱりマキシマリズムの作家だなあと。

豊﨑 舞城さんは同じようなことをずっと書き続けているんじゃないかというのはわからないでもなくて、たしかに結局は「愛」に行き着くわけです。それも徹底して今の時代の愛の形。たとえば恋人の弟が「メタ化された友達」なんかいらないって言うシーンがあるでしょ。つまり、ある種のお約束のような枠組みの中、友達らしさとか恋人らしさを演じ続けることで、一瞬一瞬に生起する生の感情や反応というリアリティの手応えを失いつつある時代にあって、あの手この手で「人を大事に思うとはどういうことなのか」「人を愛するというのはどういうことなのか」とかそういうストレートなテーマを、愚直に、ナイーヴに表現したいと考えている人なんじゃないかと思うんです。で、その意志がわかりやすい形で提示されているので、舞城さん独特の文体への好き嫌いを別として、書かれている内容自体は読めば誰でもわかる。その意味では確かに普遍的でしょう。

大森 『Deep Love』(Yoshi)で泣いてる渋谷の女子高生でも、「愛は祈りだ。僕は祈る。僕の好きな人たちに皆そろって幸せになってほしい。」と言われれば、「ふうん、そういう人もいるんだ」ってわかってもらえるんじゃないの。

島田 むしろ、こんな言葉の洪水でどーっと来られたら「ウザーい」で終わるんじゃないか(笑)。

豊﨑 『Deep Love』はそもそも携帯の画面で読めるだけの文字量ですからね(笑)。

大森 あとね、『世界の中心で、愛をさけぶ』(片山恭一)にもじゅうぶん対抗する力がある。

島田 別にそんなものと比べる気はないよ(笑)。こっちのほうが圧倒的に上だって。

大森 いや、文学的にってことじゃなくて、物語の力として。いまどきわざわざ難病ものを書くからには、ぜったい『世界の中心~』を意識していたと思うんです。だからわざとこんなベタなタイトルに――戸川純と西尾維新も入ってるけど――したんでしょ。だいたい『世界の中心~』が三百万部売れたとかって言っても、文芸誌とかじゃみんなろくに読まずに無視してるじゃないですか。文学の問題だとはだれも思ってない中で、舞城王太郎ひとりがあれを粉砕しようとドンキホーテみたいに正面突撃してるのはほとんど感動的ですよ。感謝状としてA賞贈ってもいいと思うくらい(笑)。

豊﨑 ホントに愚直。愛おしいくらい愚直な作家なんですよ。とりあえずこの場での対抗馬は福永さんになると思うんですけど、福永さんって『セカチュー』が三百万部突破したとかそういう下世話な出来事とは関係なく、自分の読みたい小説を自分の文学観で構築している作家で、おそらく今の文学の状況というものにはコミットする意思はまるでない。そういう点で、わたしはコミットしようとしている愚直な作家を応援したいという気持ちがあるんですけど。

島田 しかしその実、顔も出さずにコミットしていないとも言える(笑)。

豊﨑・大森 (笑)

大森 それが気にくわない理由ですか。

島田 別にまずい顔なんか出さなくてもいいんだから、そういうわけではないけどね。

豊﨑 でも、もし、仮に舞城さんがA賞を獲ったとして、受賞会見とかに出てきたらわたしちょっとガッカリしちゃうかも。「え、A賞は出んの、アンタ。三島賞の立場はどーなんの」って思っちゃう(笑)。

大森 そういうのって事前の打診はない

んですか。

島田　それは主催者の側から打診されたことはなくて、要するに芥川賞報道をするジャーナリズムの方から前もって打診されるわけですね。特に主催者が求めるものではないでしょう。

豊﨑　じゃあもし獲っても出なくていいんですね。んじゃ舞城さん、また担当編集者による代返かよ（笑）。

島田　もう三島賞をやったんだからいいよ（笑）。

豊﨑　でもA賞は平気で三島賞の後追いするから。

島田　逆はないけどね。それは約二名ぐらい許さない奴がいるから（笑）。

豊﨑　でもこれをテルちゃんがどういう風に読むのか、すごい楽しみだなあ（笑）。激怒選評を期待してます。この作品は福永さんとはまた別の意味で、チャーミングだと思うんですけど、まあテルちゃんはそうは思わないんでしょうね。ただ繰り返しになりますけど、わたしとしては、Z文学賞はともかく、A賞をこの作品では受賞してほしくないという気持ちはあります。

島田　何で獲ったっていいんだよ。むしろ、一番下らないもので獲ってやりゃあいいじゃないか（笑）。

豊﨑　候補にされちゃあ落とされ落とされて……ということを繰り返されると、こういう風に曲がってっちゃうという見本ですね、島田さんは（笑）。

島田　やっぱり俺は引きずってますか。

豊﨑　ええ、ええ、いい感じに歪んでますよ（笑）。だからさ、A賞もはなからあげるつもりがないなら、いたずらに候補に挙げちゃいけないんですよ。

島田　もうこういう島田みたいな歪んだキャラを作るなと言いたいわけね（笑）。

大森　A賞って、デビューから何年たったらもう候補にしないとかの内規みたいなのはあるんですか。

島田　ないけれども、目安として「五回候補になったら卒業」というのはある。

豊﨑　舞城さんが候補になったのは今回初めてですよね。

島田　でも「A賞はどうせ獲らないだろうから三島賞をやっとこう」という思惑があったんだけどねえ……。

豊﨑　A賞獲っちゃったらやり損ですね（笑）。

島田　もっと昔の話をすると、奥泉光に「A賞獲るな」って呪いをかける意味で瞠目反文学賞を授けたのに（笑）。

大森　呪いだったんだ、あれは（笑）。

島田　呪いのつもりだったのに獲っちゃってさ、こっちの立場はどうなるんだ。

――あれを皮切りに奥泉さんは受賞ラッシュで。

豊﨑　むしろ福を付けてあげた感じでし

たよね。

島田　今も副賞の野菜一生分を送ってもらってんだぜ（笑）。

Z文学賞決定!!

――そろそろ決を取ろうと思いますけど、それぞれ最後の応援演説をしていただきましょうか。

豊﨑　でもなあ（溜息）、わたしは本当は『阿修羅ガール』とか『山ん中の獅見朋成雄』とか、あのあたりの作品であげたいんですよねえ。

島田　『阿修羅ガール』で三島賞取ったんだからいいじゃないか。Z文学賞は『コップとコッペパンとペン』でいいよ（笑）。

大森　僕は両方「○」なんで、ダブル授賞希望。

豊﨑　ダブルはやめましょうよ。低調とまでは言わないけど、それほどのタマが揃っていないんだから、ここはひとつに絞りたいですね。

大森　僕は思ったより面白かったけどな。もっとダメかと思ってたから。

島田　俺ももっとダメだろうと思ってた（笑）。

大森　下馬評で業界人二、三人から、今度の芥川賞はこれが鉄板と聞いた『介護入門』（モブ・ノリオ）をこの間読んで呆然としたので。

豊﨑　あの「YO、朋輩《ニガー》」ね。鉄板なの、あれが!?

島田　俺ちょっとほめすぎたかな、責任重いな（笑）。

豊﨑　重いですよ、それ。

大森　2ちゃんねる文学板の芥川賞予想スレでもモブ・ノリオと絲山秋子が有力とか言われてて、その二つをとりあえず読んで、けっこう愕然としたんです。

島田　モブ・ノリオは前回の二人の少女と同じように、老人に優しいんですよ。スタイルはけっしてバリアフリーではなくて、むしろ非常にバリア高いんだけど……。

大森　こう見えてもいい奴っていうパターン。

島田　そう。要するに不良に見えながら厚生労働省推薦みたいになっちゃうでしょ。あの石原慎太郎だって「まあいいじゃないか。がんばれよ」とか思わず言いかねない（笑）。

豊﨑　障害者や老人が暮らしにくい都政を着々と進めてるシンちゃんは、モブ作品を読んで、「ほら見ろ、家の人間がちゃんと世話してやりゃあいいんだよ。自力で何とかするもんなんだよ、介護は」とかって都合よく誤読しそうですよね。

島田　モブ・ノリオの方がよっぽど好青年で、あいつはきっと年金払ってるだろうと予想してるんですけど（笑）。

大森　だからこういう若者がいれば、保険制度とかの問題じゃないんだと。

豊﨑　金髪でもきちんと介護やれてるじゃないかと（笑）。

大森　マリファナ吸って悪いかと（笑）。「オレも昔はやんちゃしたけど」みたいなことを言い出す人が多そうな……。

島田　あの妙に健全なモラリストぶりというのが受けちゃう可能性があるんですよね。

豊﨑　いやー、わたしはこれはだめだったな。あの「YO、朋輩《ニガー》」に代表される語り口が鼻についてついて。これが獲るんだったら、『好き好き～』でもいいから、舞城さんに獲ってほしい。

大森　そりゃそうでしょ。『介護入門』をあえてZ文学賞の候補からはずしたのは見識だと思いました。いちばんダメとは思わないけど。

島田　それならやっぱり福永信でいいじゃない。じゃあもう一回最後の応援演説をするけど、これは媚がないよ。

豊﨑　それは認めます。

島田　どこにも媚びてない。それでいわゆる若者が考える家庭とか、そういう青年の主張でもない。案外こういう父子関係というものに昨今の普通の若者は飢えているのかもしれないよ。それを普通に書いていないんですけど、でもひとつ距離を保って写生文みたいに書いているんじゃないかと。そこで人情とかを書くと、それは「俗情との結託」への最短距離ですけど、それを敢えて避けて非人情で書いているんじゃないかと。シチュエーションとしてはファミリーロマンスが得意な人たちが書きそうな設定だけど、一行一行の文章が全部それを裏切っているからさ。

大森　本当に一行先で何が起こるかわかんないっていうスリルがある。

島田　このスリリングな展開は買える。

豊﨑　なるほど、そうかもしれませんね。じゃあ、私「×」付けましたけど、気持ちよく説得されちゃおうかな。舞城さんはこの作品であげなくてもかまわないと思いますから、福永さんの受賞に同意します。

島田・大森　おー（拍手）。

豊﨑　でも、福永さんって寡作ですよね。『リトル・モア』で二〇〇一年六月にデビューして、しばらく間が空いてこの間ようやく『あっぷあっぷ』というアーティストの村瀬恭子さんとの共著を二冊目の単行本として講談社から出したんでしたっけ。

大森　最初の『アクロバット前夜』という短編集は、菊池信義が装幀と本文レイアウトを手がけているんだけど、これが横組で、しかも一行目が次のページの一行目へ、さらにその次のページの一行目へと続く、破格の組み方をした本ですね。世界一高速でページをめくれる小説本(笑)。

島田 福永って何歳なの。

豊﨑 一九九六年に京都造形芸術大学を中退していて、七二年生まれだから、三一か三二歳。

島田 まあ、A賞の二人ほどではないが、そこそこ若くていいんじゃない。これを機にがんがん書いてくれることを祈って、福永信『コップとコッペパンとペン』が受賞作ということでいいですね。

大森・豊﨑 異議なし。

大森 A賞候補になっていない福永信がZ文学賞を取るというのは、『ユリイカ』的にもしてやったりでしょう(笑)。

——次点とかも決めていきましょうか。まあ、舞城さんになりますかね。

島田 それでいいんじゃない。

——鹿島田さんはどうですか。

豊﨑 鹿島田さんはA賞・N賞の常套句じゃありませんけど、「次に期待したい」(笑)。折角、選考会をさせてもらったんだから、やっぱり一回くらいはクリシェを言っておかないと(笑)。ただ福永さんは別として、逃した中で成長力をもっとも感じたのは鹿島田さんです。

島田 それは同意しますよ。

豊﨑 新作が出れば読みたいという気にさせられる人ですね。

島田 同じように、これから舞城は鬱病になれと思っている(笑)。

大森 でもどうせA賞は獲れないだろうからZ賞ぐらいあげても……。両方に「○」を付けた立場としては、まだちょっとダブル授賞に未練が残る(笑)。

島田 まあ三島賞で我慢しろと。

——では、Z文学賞は福永信『コップとコッペパンとペン』ということで、めでたくここに決定いたします。

豊﨑 わたしはこの結果に文句はなくて、気持ち良く折伏されたのが嬉しいですね。ただ、そうやって素直に説得されたのは、この中に実は自分が本当に推したいというほどの作品がなかったからではあるんですけど。

島田 候補作以外で、ちらほら話に出たものの中ではどう?

豊﨑 A賞候補に挙がっているというモブ・ノリオと栗田有起しか読んでませんけど、その二人にしても「?」ですし。

島田 栗田有起の『オテルモル』(『すばる』六月号)って最低じゃない?(笑)

豊﨑 なんであんなに無邪気に村上春樹を真似できちゃうんですかね。

大森 冒頭の一行目から村上春樹。

豊﨑 私が編集者だったらびっくりして「ちょっとヤバくないですか、これ?」って忠告しますけどね(笑)。

島田 そこまで大袈裟なものじゃない

よ。でも、最近、『朝日新聞』で文芸時評を始めたから、まあ一応読むんだけど、本当に「こんなの読んで損した」と思った。

豊﨑 島田さんは今まで読んだ中で福永さんのよりもいいというものは他にありました？

島田 星野智幸の『アルカロイド・ラヴァーズ』がよかったね。上半期じゃないけど（笑）。まあ、下半期頑張れということで。しかし、Z賞はこんなので獲れるんだったら俺も書こうかな（笑）。

豊﨑 だったら、やっぱり「受賞作なしという気持ちで挑んだ」とかでもよかったんじゃないですか（笑）。

島田 いいじゃん、そんなのZ文学賞なんだから。

大森 まあ、今回はA賞のレギュレーションにならって候補作を決めたわけですけど、すでにA賞を受賞してる人とか、ベテランの作品を混ぜて選んだらどうなったかなあという興味はありますね。それだと川端賞対抗になっちゃうけど、「純文学の年間ベストワン」を知りたい気はする。

――大森さんはその他の候補作とか選考を通して何かありますか。

大森 何が驚いたって、A賞の候補選びなんて大変だろうなと思ってたのに、実際は分母が非常に少なかったこと。直木賞とかに比べたら十分の一ぐらいじゃない？

島田 ハッキリ言ってそうでしょう。だから候補選びの段階で、絶対に獲らないのを入れておくというのはあるよね。これに獲らせようという奴中心にラインナップを作っていくというのは確実にやっている。

大森 現実的な受賞可能性で考えたら候補作はたぶん二〇本ぐらいの中から六本を選ぶということですよね。

島田 候補になること自体容易いことなんですよ。

大森 しかも、候補作六本合わせて、コピーの厚さが一センチぐらいしかない（笑）。A賞候補作をぜんぶ読むのはこんなに楽なのかと、それも驚きました。

豊﨑 そんなに少ないのに、それでも候補作を精読して来ない人がいるんだから、信じられませんよね。

島田 忙しいんだってさ（笑）。

豊﨑 反省しろ！

大森 2ちゃん用語で叫んでも通じないと思うけど（笑）。まあ、A賞・N賞の場合は選考委員がたくさんいるから、一人くらい読んでなくても大勢に影響がないんでしょうね。

豊﨑 最近とある作家から聞いた話なんですけど、やっぱりツモ爺は読んで来てないんだって。いつも平岩弓枝先生の隣りに座って候補作の名前が上がると、「どういう話なの？」って訊くんだって（笑）。

大森　事前取材さえしないという。

豊﨑　もう完全に開き直ってますね。

大森　普通は前の日までに編集者に訊いておくんですけどね。

豊﨑　これじゃあやっぱり公開選考会なんか絶対実現できないいませんよね。誌上で再現することすら不可能（笑）。

――今回候補に挙げなかったあたりで、青山真治とか宮沢章夫とか川村毅とか、劇作家、映画監督といった異業種の人が書いたものがあるわけですけど。

大森　中原昌也とかね。中原君の『文藝』冬号に載った石原慎太郎罵倒のやつを候補にしたかったな。A賞では絶対に候補にならないから（笑）。

島田　だから素行も調査されているんでしょう（笑）

豊﨑　なんでシンちゃんがまだ選考委員をやってるんでしょうね、都知事のくせに。政教分離ならぬ、政文分離させてくださいよ。ったくどこでも高いとこに上がりたがって下品なことこの上もなし。

――最後に島田さんから『文学賞メッタ斬り！』コンビに何か言うことはありますか。

島田　もうどんどんやってくださいよ。手ぬるいよ。点数制のところなんて、ちょっと評価が高すぎる。

豊﨑　それでも十四点付けた作品もあって、新人だけにいまだに胸が痛むんです（笑）。

大森　でも、むかし中上健次が『ダカーポ』でやっていた百点満点のやつみたいに、全部低くすると結局同じことになっちゃう。とりあえず僕らは、福田和也氏と違って、一般読者の視点に立って、ごくふつうに点数つけたつもりなんですが（笑）。

島田　そこはお手盛りがないからいいんじゃない。この間の三島賞にしても、結局、福田はもう矢作と親しくしているんだよね。

豊﨑　『ららら科學の子』はたしかにいい小説だとは思いますけど、「こんな年寄りにあげなくたって」という違和感は否めません。

島田　あんなに社交に熱心な奴がなんで公正な審査ができるんだよって話ですよ。

豊﨑　島田さんと福田さんは、この間「無限カノン三部作」をめぐる論争を『新潮』を舞台に展開し、結局和解対談までしてましたけど、あれ、全然二人の発言が嚙み合ってなくて、これじゃあ手打ちにならないだろうと思っちゃったんですけど。

島田　手打ちにはしてませんよ。

豊﨑 柳（美里）さんともあれだけやりあったのに今はべったりでしょう？

島田 『朝日』の文芸時評やりたかったろうな、あいつ（笑）。

大森 自分はやりたくなくても、それを羨ましがる奴がいると思うと引き受けるんだ（笑）。

島田 文芸時評なんてそりゃやりたくないですよ。自分の作品を褒められないんだから。でも、やってみてわかったんだけど、批評のテンションが下がるね。最初の時は全部熱心に読んだんだけど、ものすごく徒労感があって、こういう徒労はなるべくなら少ない方がいいと思って、だいたい「これとこれとこれだろう」という目安をつけてやるようにした。その時点でメインテーマは考えているわけだから、それに合わない作家は次回以降に取り上げるんだけどね。とにかく、実際の小説がどうだろうと、まず読み物として読者を増やさなければ仕方がないから。

豊﨑 そうそう、ああいう媒体を利用して新しい読者を開拓していけばいいんですよ。高橋源一郎さんはその辺がすごくうまいですよね。

島田 あの欄は要するにもう廃止を噂されていたんです。ただ文化部のレゾン・デートルだって言うから、それでやむなく続けている。だって小説読者は囲碁ファンより少ないんですから。

大森 読まないというより買わない。図書館に行くと、文芸誌のバックナンバーが結構借り出されてますよ。

島田 新聞も購読者は何百万といるかもしれないけど、各頁を全然別の雑誌とみなせばいいわけですよ。家庭面の読者、夕刊の文化面の読者、こう考えるとそれぞれは雑誌のようにグッと読者の数は少なくなりますけど、新聞をひとつのメディアと捉えるんじゃなくて、複合的なメディアと捉えればいい。だから文芸時評が出ている今日なんかは、夕刊の文化欄を読む人は極端に減るかもしれないわけだ。じゃあ、とりあえず、私は文化欄の、文芸時評の読者をどうやって増やそうかというところから始めるしかないわけです。

豊﨑 逆にわたしなんか新聞は文化欄しか読みませんけどね。

島田 そういう読者もごく稀にはいるようなので（笑）、まあ頑張ります。

メッタ斬り！隊 活動の記録2

第一三一回
（二〇〇四年上半期）
芥川賞、直木賞を予想する
芥川賞、直木賞候補作品の
公式発表をもとに、
両賞のゆくえをメッタ斬り！

当たって
ほしくない予想が
当たった芥川賞、
まあ、こんなもん
じゃないですか？
の直木賞

〈芥川賞〉
「介護入門」モブ・ノリオ
〈直木賞〉
『空中ブランコ』奥田英朗
『邂逅の森』熊谷達也

候補作品一覧

◎＝本命　○＝対抗　▲＝大穴

作品評価A〜D

芥川賞

選考委員　池澤夏樹・石原慎太郎・黒井千次・河野多惠子・髙樹のぶ子・古井由吉・三浦哲郎・宮本輝・村上龍・山田詠美

「介護入門」(文學界六月号)｜モブ・ノリオ	大森◎	豊﨑◎	大森C	豊﨑C
「好き好き大好き超愛してる。」(群像一月号)｜舞城王太郎	大森	豊﨑○	大森A	豊﨑A
「勤労感謝の日」(文學界五月号)｜絲山秋子	大森○	豊﨑▲	大森D	豊﨑B
「弔いのあと」(文學界五月号)｜佐川光晴	大森	豊﨑	大森C	豊﨑C
「オテル モル」(すばる六月号)｜栗田有起	大森	豊﨑▲	大森D	豊﨑D
「日曜農園」(群像五月号)｜松井雪子	大森▲	豊﨑	大森B	豊﨑C

直木賞

選考委員　阿刀田高・五木寛之・井上ひさし・北方謙三・田辺聖子・津本陽・林真理子・平岩弓枝・宮城谷昌光・渡辺淳一

『空中ブランコ』(文藝春秋)｜奥田英朗	大森◎	豊﨑	大森A	豊﨑A-
『幻夜』(集英社)｜東野圭吾	大森	豊﨑▲	大森C	豊﨑C
『邂逅の森』(文藝春秋)｜熊谷達也	大森▲	豊﨑○	大森B	豊﨑B
『語り女たち』(新潮社)｜北村薫	大森○	豊﨑	大森C	豊﨑C
『富士山』(文藝春秋)｜田口ランディ	大森	豊﨑	大森D	豊﨑C
『チルドレン』(講談社)｜伊坂幸太郎	大森▲	豊﨑◎	大森A	豊﨑A

｜初出｜　エキサイトブックス http://www.excite.co.jp/book/
2004年7月14日(受賞作発表を聞いて 2004年7月15日)

＊第131回芥川賞レース予想本文は、内容が「Z文学賞」と重なる部分が多いので、省略します。
メッタ斬り！版 芥川賞レース予想は、
http://media.excite.co.jp/book/news/topics/089/p01.html に掲載されています。

受賞作発表を聞いて

（受賞作公式発表直後のコメント）

こんな地味な結果じゃ盛り上がらない

大森 望

あまりにも予想通りでなにも言うことがない……。芥川賞はあたってほしくない予想があたったというか、試合に勝って勝負に負けたっていうか。まあ、直木賞のほうはまずまず順当なんですが、こんな地味な結果じゃ盛り上がらないよね。だいいち『メッタ斬り！』が売れないじゃん！ってそれかよ。王太郎／幸太郎コンビW受賞は下半期に期待。

今回は、「好き好き大好き超愛してる。」にトヨザキ賞、『チルドレン』に大森賞をさしあげるってことでどうですか（逆でも可）。日本でいちばんもらいたくない賞かも（笑）。

あんな程度の作品で受賞したことを少しは反省しろ

豊﨑由美

モブかあ……。やっぱモブなのかあ……
……。

わたくしはですね、今回芥川賞受賞の瞬間の雰囲気だけでも味わおうと思ってさ、TOKYO FMの収録が終わった後、独り行きつけの蕎麦屋で雪中梅呑みながら、受賞の報告を待っておったですよ。そしたら、「もしも、舞城氏が受賞した場合はコメントを」という依頼のあった共同通信社と中日新聞社の記者氏から立て続けに「……ダメでした」っつー報告が入ってさ、そりゃもう予測はついてたけど、ガッカリしちまった次第なんでございますよ。

で、ヤケ酒かっくらったどろりん頭でこれを書いてるわけですけど、ダメだなあ、芥川賞は、相変わらず。前回ちょっとだけ見直したのになあ。きっと、舞城作品の意図、読み誤ってんだよね、テルとか、テルとか、シンとか、シンは。まあ、選評をじっくりと読ませていただきますけどね。しかし、モブもさあ、あんな程度の作品で受賞したことを少しは反省したほうがいいと思うよ。「やったー！これでやっていけるって認めてもらったってことですよね。これからもマイペースで書いていきます」とか何とかそんなような発言してる場合じゃねーよ、あんたのレベルは。これまでの芥川受賞作家のその後を、ちゃんとリサーチしたほうがいいぞ、おめえ。あんな程度の作品で受賞したことを少しは反省しろ、ントに。「マイペース」とか、そんな偉そうに構えてる場合か。書け、自分の容量を超えて書き続けよ！「介護入門」程度の作品なら目をつぶってても書けるようになるくらい書き続けよ！

オレはさあ、毎週末馬券買って二十数年の人間だけど、芥川賞の予想なんか当たっても、ちーっとも嬉しくないの、な。馬券ならさ、好きな馬じゃなくても当たればなにがしかの配当金入ってくんじゃん。けど、芥川賞なんか当てても、認めた作家以外がとった場合、なぁーんの歓びもないんだもん。このコメントもタダ書きだし。空しい。なんだか、もう、すべてが空しい。酔っぱらってるし。

直紀賞？ あ、最近、田中眞紀子の亭主のこと書いたから、こんな変換になっちまいましたけど、直木賞の結果に関しては、別に文句はありません。楽しみはツモ爺の選評だけです。大森さんが言ってたみたいに宮城谷センセイの三回目の押しがモノをいったのか、そのあたりも選評が明らかにしてくれると嬉しいですね。とか、一応言ってみました。酔っぱらってるし。

モブかあ……。やっぱモブなのかあ……。

直木賞レース予想

『空中ブランコ』

奥田英朗（四回目）

大森◎　豊﨑—
大森A　豊﨑A

大森　希望としては『チルドレン』にとってほしいんだけど、馬券を買うなら『空中ブランコ』だな。

豊﨑　わたしは伊坂幸太郎『チルドレン』が◎、希望も同じです。伊坂さんは、一二九回に『重力ピエロ』が候補になってるんですけど、『チルドレン』のほうが小説としてよくできていて、上乗せ感があるから本命。まあ、選考委員の先生がたが前作をちゃんと覚えててくれれば、ですけど（笑）。それは奥田さんも同じですけどね、精神科医の伊良部を主人公とした同じシリーズの『イン・ザ・プール』が一二七回に候補になってますけど、今回の『空中ブランコ』のほうが出来がいいんですよ。だから直木賞お得意の合わせ技ってことで行くと、たしかに奥田さんになる可能性も大きい。ところで今回の候補作はやたら短編集っていうか連作短編集が多いのが特徴ですね。

大森　長編は『邂逅の森』と『幻夜』の二本だけ。

豊﨑　これはどう転ぶんだろうか。大森さんはなんで『空中ブランコ』が本命なの？

大森　某ベテラン編集者によると、直木賞の場合、惜しくも落選した過去の候補作と同レベルのものが候補になれば、受賞可能性が高い。多少レベルが落ちても、合わせ技一本でとっちゃうことがあるからね。それで行くと、『空中ブランコ』は前よりよくなってるんだからほぼ鉄板じゃないかと。あと、票読みも簡単で、これは宮城谷昌光先生が絶対推す。

豊﨑　絶対？

大森　『イン・ザ・プール』が候補になった時一人推しまくり、『マドンナ』（128回）でも推しまくった。"これほどの才能が受賞という光を浴びなかったのは、解せず。私は廓如とした気分になった"（『イン・ザ・プール』選評）とまで言ってますからね、意味はよくわかりませんけど（笑）。だから、今度も絶対イチ押しですよ。三回目ともなれば、そろそろ周りの人も花を持たせようとするんじゃないか（笑）。それに、『空中ブランコ』に関しては、たぶん積極的に反対する人が出ないでしょう。『イン・ザ・プール』だって、反対意見は少数だったから。

今度は下ネタがないから大丈夫

豊﨑　そういえば、『イン・ザ・プール』に下半身担当御意見番のジュンちゃん（渡辺淳一）がうるさいこといってたね。「勃ちっぱなし」（『イン・ザ・プール』所収）についてはちゃんと勉強して書けとか。『文学賞メッタ斬り！』（～ROUND4「選考委員と選評を斬る！」）でさんざんネタにしましたが。

大森　今度は下ネタがないから大丈夫（笑）。まあ、僕個人の趣味としても、『イン・ザ・プール』はギャグがわざとらしくて、何ケ所か、ちょっと滑ってる感じがしたんだけど、今度はそのへんもぐっと改善されてる。何より、あの伊良部に空中ブランコさせる表題作がすばらしい。体重百キロですよ（笑）。

豊崎　でもね、『空中ブランコ』の受賞にひとつ危ういところがあるとしたら、直木賞って笑いに厳しいんですよ。笑えるものにはめったに授賞しない。とにかく泣き、泣きが圧倒的に有利なんですよ。そうするとひっかかってしまうのが伊良部のキャラクターなんですよね。独創的でヘンテコで、それでいて愛すべきキャラだからわたしは好きだし、たぶん読者もみぃーんな好きなんですけど、直木賞選考委員のおじさまがたはどう思われるんでございましょうか。「あんなふざけたキャラクターが主人公のシリーズに権威ある直木賞を与えてよいものか」と、誰かが言い出さないとも限らない。わたしが無印にしたのはそこなんです。本当は、笑える作品の評価をきちんとしていくべきなんですけどね。

『幻夜』

東野圭吾（五回目）

大森一　豊崎▲
大森C　豊崎C

大森　東野さんの『幻夜』も、一二二回の候補になった『白夜行』の続編で、事情は『空中ブランコ』と変わらない。でも、『幻夜』の出来が『白夜行』より上だと言うひとはあまりいないでしょう。

豊崎　あと『白夜行』からちょっと間が空いてるのは弱いかも。続編だから仕方ないんだけど、圧倒的に『白夜行』読んだ直後に読んだほうが面白い作品ですから。ときどき細かいところで「これ何だっけ？」って思ったんだけど、伏線がちゃんと『白夜行』にあったりするんですよね。わたしもところどころ忘れちゃってたくらいですから、いわんや老人ばっかの選考委員をや。きっとツモ爺（津本陽）がボケかましてくれますよ、「ちょっとわかりにくいところがあると思った。これは何かの続きものなのであろうか」とかって。まあ、そもそも『白夜行』を読んでるかどうかすら怪しいんですけど（笑）。ツモ爺の隣りでいろいろ教えてくれてるらしい平岩弓枝先生が覚えていてくだされぱいいんですけど。

大森　長編二本（『邂逅の森』『幻夜』）はどっちも長くてぎっしり詰まってるから、賛成にしろ反対にしろ、津本先生が積極的になにかおっしゃることは、たぶんあまりないのではないか（笑）。むしろ、『白夜行』に反対した渡辺淳一がてのひら返しをするかどうかに注目ですね。

授賞タイミングをはずしてこそ

豊崎　『文学賞メッタ斬り！』[*1]でも嘆いときましたけど、東野圭吾も『白夜行』をあんなむちゃむちゃな誤読によって落とされて、『幻夜』でどう？ って言われてもねえ。これで五回目のノミネートなんですよ、五回！ まあ、くれるっていうんなら、それはそれでうれしいのかもしれないけど。

大森 JTが出してる雑誌《分》の最新号で、阿刀田高が、「直木賞は作家に与える賞、芥川賞は作品に与える賞」とはっきり言ってるじゃないですか。直木賞は、候補者がプロ作家として今後やっていけるかどうかを見てるんだ、って。それで言えば、東野圭吾をこんなに落としつづけるのはいくらなんでもまずいんじゃないかって判断はあるかもしれない。それに、「前のほうがよかったのになんでこれが？」っていう授賞は直木賞の得意技ですからね。前回の京極夏彦『後巷説百物語』とか。授賞タイミングをはずしてこその直木賞（笑）。

豊﨑 そうそう、わたしが『幻夜』に大穴付けてるのはそれなんです。

大森 もうひとつは、ミステリ界の代表として、北方謙三が不退転の決意で臨むかどうかですね。

豊﨑 ほんとにぃ？ 北方さんも直木賞の中では弱輩で、最近まで自らお茶いれようとしてたらしいじゃないですか。

大森 そうそう（笑）。北方さんの吉川英治文学賞受賞パーティの二次会で披露された話なんだけど、直木賞選考委員新参者の北方謙三が甲斐甲斐しくお茶を淹れてたら、某大家から、「そんなことしなくていいよ。キミもそこそこ大家なんだから」と忠告されたという（笑）。はたして「そこそこ大家」の意地を見せられるか？

豊﨑 そこそこ……（苦笑）。だいじょうぶなのかなあ。がんばれ、北方御大！

『邂逅の森』

熊谷達也（初）

大森▲ 豊﨑○
大森B 豊﨑B

大森 さて、今回の台風の目。山本周五郎賞をとった『邂逅の森』がどう動くか。これも強く推す人がいたら、きっと反対しにくいですよね。力業だし、いぶし銀だし、非常に作家ウケする作品だし。大正時代、東北の寒村に生まれたマタギの青年が故郷を追われて苦労するという、堂々たる感動巨編。

豊﨑 選考委員は御老体が多いですからねえ。一九二〇年あたりに書かれていても全然おかしくないような懐かしいというか古めかしい語り口が、どうも吉と出そうな気がするんですが。一九五八年生まれの熊谷さんに対して「久しぶりに出た本格的な書き手！」みたいな評価をみんながするんではないか、と。

大森　しかも主人公の〝富治〟と結婚する女性の生きざまが、いかにも直木賞選考委員好みで。

豊﨑　そうそう、好きそうですよねー。元女郎でさあ、富治に忘れられない初恋の女がいるからって、いい加減年をとった挙げ句に、富治さんは後半生はそのひとと暮らせばいいと身を引いて姿を消してしまう。だけどさ、すんごいわかりやすい場所で見つかるんですよ、もういかにも見つけてくださいってな思い出の場所にいるの。なんだよ、その計算高い行方のくらましかたはっ？（笑）。この小説、最後『老人と海』ならぬ『老人と山』って感じに流れていきますよね。でっかい熊と格闘して、ふくらはぎごっそり削られてやんの。ケモノバカとしては熊に魅力がなかったのが不満ですね。熊に感情移入できたら、さぞかし楽しめただろうに。ここに出てくる熊、マタギを引き立たせるための装置にすぎないんだもん。

荒々しい情交場面が満載にジュンちゃんは？

大森　著者の熊谷さんは、小説すばる新人賞受賞作『ウエンカムイの爪』でデビューして、『漂泊の牙』で二〇〇〇年度の新田次郎賞を受賞してる実力派。これも立派な小説だとは思うんだけど、「人と自然の共生」みたいなテーマにはあんまり興味が持てなくて、マタギが持ってる信仰とかしきたりにも共感できない。猟の技術的なディテールは面白かったけど、こんな考え方でやってたんじゃ、そりゃ滅びるよなあ、みたいな。

豊﨑　夜這いやら青カンやらなかなかに荒々しい情交場面が満載されておりますが、下半身ご意見番のジュンちゃん的にはどうなんでありましょうか。ジュンちゃんは洗練された都会的なセックスが好みみたいだから、『邂逅の森』の野合のようなセックスは、もしかするとお気に召さないということもありますね（笑）。

大森　選評を楽しみにしましょう。

『語り女たち』

北村薫（三回目）

大森◯　豊﨑一
大森C　豊﨑C

豊﨑　大森さんは、対抗が『語り女たち』なの!? どしてー？

大森　これはですね。意見が割れて収拾がつかなくなった場合、なんとなく浮上してしまうんでないかと。誰も何も言わないまま、するするっと受賞してしまうかもしれない（笑）。北村薫の受賞に反対する人はあんまりいないだろうし。

豊崎　深い！　黒い！　まったくもって予想の仕方が腹黒い！（笑）。でもさあ、御大北村さんをこの程度の企みの作品で受賞させるのはいかがなものか？　と押しとどめる人が逆に出てくると、わたしは思うんですけど。

大森　そんな人いないですよ。たしかに、北村作品の中で『語り女たち』がいいとは思わないけど。というか、僕はまったくダメ。

豊崎　ダメだよねー。いわゆる千一夜物語をフレームにした連作短編っていうかショートストーリー集なわけですけども。だいたい、高等遊民嫌いのわたくしからいたしますれば、もう主人公の男がヤッ。海辺の町に部屋借りてさ、金の心配はなくて、長椅子に身を横たえて、次々と訪れる女たちから何だか現実離れした謎めいた話を聞いてるって……、何様だぁーっ、お前は、この平成大不況の真っ直中で！（笑）

大森　あれでしょ？　どっちかというと、イタロ・カルヴィーノの『見えない都市』。

どうしてこんな脇の甘い作品集を出したのか

豊崎　こういうフレームを使って、すでにあまりにもトリッキーで豊かな語り口の先行作品があるところにこれを出されても笑っちゃうしかないし、何で今ごろこんなことやってるの？　北村さんみたいにものすごい読書家の作家が、どうしてこんな脇の甘い作品集を出したのか、不思議でたまらない。よっぽど新作のアイデアが思い浮かばなかったのかな。まあ、千一夜物語を下敷きにした先行作品を選考委員が読んでるかどうかは怪しいんで、意外にも「面白い試み」とかってすんなり評価されちゃうのかもしれないけど。そもそも、こういう作品で久々に（前回候補は１１８回『ターン』）直木賞候補にあげられて北村さんご自身はどのようにお感じになっておられるのか。

大森　まあ、おっしゃる通りですが、だからこそ直木賞とりそうな予感がする。トヨザキ社長の大反対も直木賞的には好材料（笑）。

豊崎　絶対にこんなぬるい作品でとってほしくないですっ！

『富士山』

田口ランディ（三回目）

大森一　豊崎一
大森D　豊崎C

大森　直木賞でふたりともノーマークなのはランディだけか。

豊﨑　あいかわらずスーパーナチュラル寄りですねえ、この人は。

大森　タイトルから『富士山』だもん。直球勝負の富士山連作。

豊﨑　9・11に凄い衝撃を受けて、書けない日々が続いたんだそうですよ。で、やっとこ書き出したのがこのシリーズだったらしい。……だから、何なんだ（苦笑）。なんか意味がよくわかんないんですけど、安いドラマ性の中に身をおきがちなタイプってことなんでしょうかね。ていうか、9・11みたいな大きな悲劇の渦中に、なんの直接的な関係もないくせにしゃしゃり出ていきたいタイプ（笑）。そういう図々しい短期的失語症の挙げ句出てきたのがこの四編だっつーんだから、テロで亡くなった方々に申し訳が立ちません。

大森　ふたつ目の「樹海」ってのが恐ろしく酷いんですよね。十五歳の男の子たちが青木ヶ原の樹海で死体のような男を拾う話。最後の「ひかりの子」も耐えられなかった。

豊﨑　全体に、夢の多用が気になりませんでした？　夢をすぐもって来るでしょう。

大森　はいはい。

豊﨑　夢のメカニズムを小説の中で構造として意図的かつ効果的に取り入れてるのならいいんですけど、これは簡単に、便利に、苦しい時の言い訳みたいに使ってるだけでしょ？　へたくそだなあ。ただ、例の三部作（124回候補作『コンセント』など）あたりの語り口と比べたら、この人が勝手に想定してるであろう妙な純文学色が消えたぶん、読み易くなってるとは思います。

「ジャミラ」は悪くなかった

大森　一本めでまあこんなもんかと思って、二本めの「樹海」で思いきりむかついて、そしたら三本めの「ジャミラ」は悪くなかった。というか、ちょっと感心しました。

豊﨑　そうですね。わたしもこの短編は積極的に好き。

大森　これ、最初《オール讀物》に掲載されたんだけど、初出時は、「ウルトラマン」のジャミラの回（第23話「故郷は地球」）の説明が、〝ジャミラは優秀な女性科学者だった〟という書き出しだったんで、2ちゃんねる特撮板で思いきり突っ込まれてたんだよね（笑）。

豊﨑　ジャミラ、女じゃねえよ!!（笑）。

大森　田口ランディはともかく、《オール讀物》の編集者と校正者はなにをしていたのかと問いたい（笑）。文春はジャミラなんかどうでもいいのか!?　ま、作中人物の説明だし、単行本では直ってますけどね。直したあとも、〝ジャミラは自分が何者かも忘れてしまった〟とか、〝誰もその怪獣がジャミラだとはわからなかった〟とかいうくだりはそのまま残ってて、オレの知ってるジャミラじゃないけどまあいいや。

『チルドレン』

伊坂幸太郎（三回目）

大森▲　豊﨑◎
大森A　豊﨑A

豊﨑　わたしは予想も希望も『チルドレン』なんですが、大森さんも本当はこっちにあげたいんでしょ。もー、いずれ必ずあげることになるんだから、とっとと授賞しちゃえばいい、伊坂さんに。

大森　出版社的にはまだ早いと思ってるだろうけど。文庫もまだ『オーデュボンの祈り』一冊しかないから、受賞しても売れる既刊が少ない。あと、角川書店から今月出る新作長編の『グラスホッパー』も評判がよくて、今回逃しても下半期でまた候補になるのは確実と言われてるから、どうしても今回『チルドレン』で――っていう緊急性は薄いみたい。

豊﨑　もっと作品がたまってからのほうがいい、と。

大森　そうそう。直木賞とると、受賞作といっしょに既刊の文庫ががんがん動くから、十冊ぐらい文庫があるほうが波及効果が大きい。でも、前回芥川賞に話題を独占されたリベンジを考えるなら、いま授賞するのがタイムリーだと思うな。たとえ直木賞らしくないとしても（笑）。『チルドレン』が偉いのは、ほんとに直木賞狙うんなら、家裁調査官の〝僕〟が語り手のハートウオーミングな話だけで一冊にまとめればいいのに、間にわざわざ三つのミステリ短編を挟んでるところ。僕はそっちのほうが好きなんです。

女性書店員狙いなんだ

豊﨑　わたしもです。「チルドレン」「チルドレンII」より、他の短編のほうがいい。登場人物はリンクしてて、連作形式にはなってるわけですが。

大森　ひとつだけ不満なのは、永瀬っていう盲目の探偵役キャラ。

豊﨑　そうなの？　でも一般婦女子は永瀬萌えなんだよ。おしゃれでクールで賢くて。

大森　だから、女性書店員に向かって書いてんじゃねえよ！と言いたい（笑）。

豊﨑　ああっ！　これ、本屋大賞[*2]狙ってるのかな!?

大森　というか、直木賞逃したらきっと本命。

豊﨑　それはとれるかも！　そうだそうだ、女性書店員狙いなんだ、この作品は。大森さん、凄いっ！　さすがは腹黒メッタ、考えることが黒幕的だっ!!

大森　だから、伊坂幸太郎の最大の問題は、女の子にモテすぎることなんだよ。結婚してるくせに（笑）。だいたい、いい人すぎるんです。ほっといても好感度高すぎなんだから、君は婦女子受けを狙っちゃいかん!!　もっと嫌われるようなことを書きなさい。

豊﨑　同感同感。でも、こんどはイヤな話書くって噂ありますよ。安直に「癒し系」っていわれがちな立場に危機感もってるらしいって。

大森　それはどうかなあ。あいかわらずいい人だからなあ。もっと黒くならないと。石田衣良の爪の垢でも煎じて飲めと言いたい（笑）。

豊﨑　希望、変えます。伊坂さんが本屋大賞とれるんだったら、今回は、奥田さんに受賞してほしい（笑）。トヨザキは『空中ブランコ』を応援します。

太郎コンビの受賞にすべき

大森　出版業界全体の盛り上がりを考えるなら、第一三一回は、芥川賞・舞城王太郎、直木賞・伊坂幸太郎の太郎コンビの受賞にすべきでしょう。

豊﨑　それは盛り上がりますよねえ。書店に「おめでとう！　太郎コーナー」ができて。

大森　王太郎vs幸太郎、あなたはどっち派？（笑）

豊﨑　一三〇回のひとみ&りさたんに対抗できるかも！

大森　意外と法月綸太郎が売れたりして。最強の「太郎」対決もいいね。石原慎太郎が黙ってないと思うけど（笑）。

＊1　二六二頁『容疑者Xの献身』の項でも嘆いてます。東野圭吾は、この作品でめでたく受賞。

＊2　五位に終わった。

メッタ斬り！隊 活動の記録3

第一三三回
（二〇〇五年下半期）
芥川賞、直木賞を予想する
芥川賞、直木賞候補作品の
公式発表をもとに、
両賞のゆくえをメッタ斬り！

順当すぎるほど順当、両賞ともに大本命が来た！

〈芥川賞〉
「グランド・フィナーレ」阿部和重
〈直木賞〉
『対岸の彼女』角田光代

候補作品一覧

◎＝本命　○＝対抗　▲＝大穴

作品評価 A〜D

芥川賞

選考委員　池澤夏樹・石原慎太郎・黒井千次・河野多惠子・髙樹のぶ子・古井由吉・三浦哲郎・宮本輝・村上龍・山田詠美

「グランド・フィナーレ」（群像十二月号）｜阿部和重	大森○	豊﨑◎	大森B	豊﨑A
「目をとじるまでの短かい間」（文學界十二月号）｜石黒達昌	大森◎	豊﨑―	大森A-	豊﨑B-
「人のセックスを笑うな」（文藝冬号）｜山崎ナオコーラ	大森―	豊﨑○	大森C	豊﨑C
「野ブタ。をプロデュース」（文藝冬号）｜白岩玄	大森○	豊﨑―	大森C	豊﨑C
「メロウ1983」（新潮八月号）｜田口賢司	大森―	豊﨑▲	大森D	豊﨑C-
「漢方小説」（すばる十一月号）｜中島たい子	大森―	豊﨑―	大森C	豊﨑C
「不在の姉」（文學界九月号）｜井村恭一	大森▲	豊﨑―	大森A-	豊﨑B+

直木賞

選考委員　阿刀田高・五木寛之・井上ひさし・北方謙三・田辺聖子・津本陽・林真理子・平岩弓枝・宮城谷昌光・渡辺淳一

『対岸の彼女』（文藝春秋）｜角田光代	大森◎	豊﨑◎	大森A	豊﨑A-
『火天の城』（文藝春秋）｜山本兼一	大森―	豊﨑○	大森C	豊﨑B-
『十楽の夢』（文藝春秋）｜岩井三四二	大森―	豊﨑▲	大森B	豊﨑B-
『グラスホッパー』（角川書店）｜伊坂幸太郎	大森○	豊﨑―	大森B	豊﨑B+
『七月七日』（集英社）｜古処誠二	大森○	豊﨑―	大森A	豊﨑B+
『6ステイン』（講談社）｜福井晴敏	大森▲	豊﨑―	大森C	豊﨑C
『真夜中の五分前side-A、side-B』（新潮社）｜本多孝好	大森―	豊﨑―	大森C	豊﨑D

｜初出｜　エキサイトブックス
2005年1月12日（受賞作発表を聞いて 2005年1月13日）

受賞作発表を聞いて

（受賞作公式発表直後のコメント）

素直に本命に乗っかるべきだった

大森望

芥川賞はやっぱり阿部和重かあ。素直に本命に乗っかるべきだったなあ。高配当を狙いにいって敗北。今回は余計なことを考えすぎました。反省。

大手メディアはストーリー紹介をどうするんだろうと興味津々だったんですが、「NHKニュース7」の畠山智之アナいわく、「特殊な性的趣味を妻に知られて離婚され、失意のうちに田舎に戻った男性が、ひょんなことから頼まれた女子児童への演技指導を通じて、現実とのつながりをとりもどしていく様子を描いた作品です」だって。

まさかそういう小説として授賞したわけじゃないと思いますが、せいいっぱい角が立たない要約——なのか？

この作品が単独で高く評価されたのか、『シンセミア』その他の赫奕たる業績と合わせ一本だったのかは選評を見ないとわかりませんが、遅すぎた授賞でも授賞しないよりはマシってことで、新潮新人賞選考委員・阿部和重の芥川賞獲得をそこはかとなく喜びたいと思います。

直木賞のほうもガチガチの大本命が来ちゃったので配当は低め。馬券買ってたら、芥川賞のマイナスと合わせてギリギリ赤字を免れたかどうかというところ。《文藝》春季号の角田光代特集は測ったようなタイミングだった。

『対岸の彼女』について、対談ではいろいろ文句言ってますが、評価はAの最高点をつけてるとおりで、作品的にも作家的にも順当すぎるほど順当。めでたしめでたしの結果でした。伊坂、本多、古処の若手トリオはまだまだこれから何度でも候補になるだろうし、福井晴敏もたまに短いものを書くようにすればチャンスはあるはず。

両方的中じゃん！

豊﨑由美

よっしゃー！　思わずテレビの前でガッツポーズをしてしまったわたくしでございました。偉いよ、阿部さんを推した選考委員はっ。ただ——。大森さんが再現してくれてますけど、第一報を報じたNHKの七時のニュースの作品紹介って誤読じゃん！　で、もしも、そういう誤読（児童性愛者が立ち直る物語）によって受賞できたんだとすると……。う〜ん。早く選評が読みたい。選考委員の皆さんがNHK的誤読をなさっておられないことを祈るばかりでございます。だって、誤読で受賞したって、ねえ。どうなのよ、阿部和重的には。……ま、いっか、受賞できればいっか、いいね、いいよ、いい、許す（と思ったら、NHKは九時前のニュースで「特殊な性的趣味」を「ロリコン」に直してました。今後、この調子で誤読も正されていくことを朕は希望しているぞよ）。で、発表が遅れた直木賞の結果にも、よっしゃー！ だったんでございます。へへへ、オデったら芥川賞・直木賞両方的中じゃん！ 趣味で二十五年もやっている競馬の予想はからっきし当たらなくて、今年しょっぱなの金杯でも本命が四着にしか来なくてJRAに多額のお年玉を心ならずもあげてしまったというのに。へへ、へへへ。誰かオデに配当金をおくれよお、よおよおよお。

　というのは半ば本気の戯れ言ですが、結果に関しましては珍しくも双方ともに文句なし。大変美しい芥川賞・直木賞の形になったんではございますまいか。選考委員諸君においては、これに満足することなく今後もより一層まともな選考内容を目指して精進することを朕は希望しているぞよ。

芥川賞レース予想

「グランド・フィナーレ」

阿部和重（四回目）

大森○　豊﨑◎
大森B　豊﨑A

豊﨑　今回の芥川賞、メンツ的にはひさびさに興奮しました。

大森　というか、びっくりした。文藝賞受賞の二作はどっちか（あるいは両方）候補になるかもって言われてたけど、あとは下馬評で有力だったやつが軒並み落ちた。星野智幸の「アルカロイド・ラヴァーズ」とか、新潮新人賞でデビューした青木淳悟の「クレーターのほとりで」とか、すばる文学賞受賞の片割れ、朝倉祐弥の『白の咆哮』とか、舞城王太郎の『みんな元気。』表題作とか、絲山秋子「アーリオ オーリオ」（『袋小路の男』所収）とか。その代わりに《文學界》発表作から、伏兵の石黒達昌と井村恭一が候補入り。候補作予想が大ハズレだったんで、受賞作の予想も今回は全然自信がない。

豊﨑 わたしの予想は阿部和重さんの「グランド・フィナーレ」が本命。これは願望としてもそうですね。とっていただきたい。

大森 軸は阿部和重で間違いないんだけど、僕は◎を打てなくて、あえて本命からはずしました。どっちにしても、この作品をどう見るかが今回の焦点になる。

豊﨑 これ、いわゆる児童性愛者の話なんですよね。

大森 娘のヌード写真撮ってたのが奥さんにバレて離婚されちゃった男が主人公で、「ロリコン、故郷に帰る」みたいな話。時期が悪いよね。別にペドファイルを肯定的に描いてるわけじゃないし、辛辣な言葉で攻撃されるシーンもあるんだけど、基本的には愛すべき——とまでは言わないにしろ——情けない、しょぼいロリコン中年で、なんとなく愛敬がある。もちろん現実にはそういうロリコンのほうが圧倒的大多数だろうけど、いまこれだけ児童性愛が問題視されてる状況下で、はたして芥川賞を出せるかどうか。これが受賞して、小説がばーっとクローズアップされた時に、奈良幼女誘拐殺人事件[*1]の関係者がどう思うかってところまで考えたら、ブレーキがかかる可能性もある。逆に「文学とはそういうものだ」という方向にシフトする可能性もあるんだけど、わりと軽めの作品だしねえ。

今回は逆風が吹いてる？

豊﨑 あとね、これ独立した作品として書かれてるけど、実は神町サーガのひとつなんですよね。大作『シンセミア』と同じ神町が舞台になってます。で、ロリコン男がいつも持ち歩いてる音声学習機能付きのぬいぐるみが〝おはよう〟っていうシーンで終わるんですけど、それが不気味で不気味で。この男が故郷の神町で知り合った二人の女の子にまたひどいことするんじゃないかって、いやな予感を覚えるんですよ。で、これが神町シリーズのひとつという読み方をすると〝おはよう〟の後にどんな「グランド・フィナーレ」が待ってたかということは、きっとこれから書かれるであろう別の作品で噂話のように明かされるんだと思うんですよ。だから「どこが『グランド・フィナーレ』なんだ、完結してないじゃないか」

ってことを問う選考委員が出てくるかもしれない。そこがちょっと弱いのかなって気はする。

大森　『シンセミア』ご苦労さま賞になるんだったら大本命だけど、芥川賞は作品に与える賞だってことで考えると大本命とは言いにくい。『ニッポニアニッポン』への言及が出てきたりするのも、阿部和重の読者ならニヤニヤできるけど、独立性を弱めてるし。個人的には結構好きなんですが。

豊﨑　わたしも相当好き。とってほしいんだけどなあ。でも、大森さんの指摘どおり今回は逆風が吹いてるって気もするし……ああー、もしそんな理由で落とされたとしたら、ほんとに運がないな、この人は。

「目をとじるまでの短かい間」

石黒達昌（三回目）

大森◎　豊﨑一
大森A-　豊﨑B-

豊﨑　で、大森さんは本命を石黒さんにしたんだ。

大森　本来なら「大穴」なんだけど、今回はあえてオッズの高いものを本命にしてみました。というか、阿部和重をはずすとこれぐらいしか選択肢がなくて。候補作の中で、中島たい子、山崎ナオコーラ、白岩玄は、ほとんどエンターテインメントでしょ。で、いちばん「ジャンル純文学」っぽいというか、保守的な文学にある程度寄り添って書いているのは石黒さんだけ。

豊﨑　しかし石黒さんにはびっくりしました。節を曲げてでも、選考委員にもわかるような小説を書いてみたんですかね（笑）。今回の候補作って、以前の石黒作品みたいな、テルちゃん（宮本輝）やシンちゃん（石原慎太郎）には読めなさそうな小説がいくつかあるでしょ。それはどうなるのかな。山田詠美さんと池澤夏樹さんがどう庇ってくれるのか。もしくは読めた上で否定するのか。そこが、わたし的には楽しみだったりします。でもねー、聞くところによると、池澤さんって多勢に無勢となると、もういいよって簡単にひっこめちゃう人なんですって。

大森　諦めが早い。

豊﨑　山田詠美が「池澤さん、推そうよ」って共闘しようとしても、「意味ないよ」って諦めちゃうらしい。

間隙を縫って浮上してきそう

大森　僕は石黒さんの作品って、ハルキ文庫で出てる『人喰い病』の表題作が最高傑作だと思ってるんだけど。あと、『新化』とか。

豊﨑 ハネネズミの話ですね、横書きの。わたしも好きです。

大森 あのへんのSFを書いてたのから一変して、「目をとじるまでの短かい間」は、すごい王道の純文学。妻を亡くして都落ちしたお医者さんが娘とふたりで暮らしながらバラを育ててる、その周囲には難病で死んでいく患者の存在があって――と、題材はめちゃめちゃ古典的。だけど、完全に保守的な文学かっていうとそうじゃなくて、微妙に理科系的な視点があってそれがアクセントになってる。僕が驚いたのは、叙情的なシーンを書くのが非常に上手になってること。なにげない風景描写とかがポイントとして効いてるんですよ。石黒達昌としては、完全に戦略的後退だと思うけど、でもだからこそ、選考会が紛糾したときに、間隙を縫って浮上してきそうな気がする。マルをつける人はいなくても、バツをつける人も少ないんじゃないか。山田詠美あたりが反対に回る可能性はあるけど。

豊﨑 受賞作なしって可能性ない？ 今回。わたし、実はないってパターンがありうると思ってんですよ。

大森 だから、受賞作なしにするぐらいなら、石黒達昌でいいかっていう流れに。

豊﨑 そっかー。でも、なんかヤ。こんなありきたりな小説でとらせたら、石黒さんの今後にろくなことがなさそうだから。って、大きなお世話ですか、そうですか。

「人のセックスを笑うな」

山崎ナオコーラ（初）

大森― 豊﨑◯

大森C 豊﨑C

「野ブタ。をプロデュース」

白岩玄（初）

大森◯ 豊﨑―

大森C 豊﨑C

豊﨑 話題の文藝賞二作なんですけど、やっぱり白岩さんはエンタメですよね。

大森 ナオコーラもそうですよ。

豊﨑 いや、ナオコーラはさ、ペンネームは奇抜だけど、オーソドックスというか、純文学的に非常にまっとうな端正な文章の書き手だと思うんですよ。わたしは筆名からもっといじわるな、もしくは奇天烈な視点の小説をちょっと期待してたんですけど、全然そうじゃなかった。それはちょっと拍子抜けだったんですけど、斎藤美奈子さんが文藝賞の選評で書いているとおり、二十代半ばのじぶんとは遠い存在、三十九歳の女性や五十二歳の男性を描くという新人には難しいことにトライして、それを一応成功させているという点では、今後もちゃんと作品を発表し続けていけそうな将来性は保証できる人材だと思うんですよね。

大森　でもそれは、公募新人賞の文藝賞だといいかもしれないけど、天下の芥川賞がそういう(できて当然の)ことを評価するっていうのはどうかと。

豊﨑　この手の堅実さを評価してあげちゃいがちな賞じゃないですか。

大森　僕は、文藝賞の選評がみんな褒めすぎなので、逆に作用するってこともあると思う。

豊﨑　そこまで褒めるほど、いいのかあって?

大森　だってものすごい絶讃じゃないですか。僕は未だに「人のセックスを笑うな」の一行目の文章の意味がわかんない。〝ぶらぶらと垂らした足が下から見えるほど低い空を、小鳥の群れが飛んだ。〟っていう。

豊﨑　あー、わたしもそこはわからなかったな。

大森　一瞬主人公が崖のはじかなんかに座ってて、足をぶらぶらさせてて、その下を鳥が飛んでる情景を想像したんだけど、どうもそうじゃない。主人公はバス停に立ってるわけだから。でも、空を見上げた時に小鳥の足が見えるっていうんなら、〝ぶらぶらと垂らした足〟って言わないでしょ。

豊﨑　鳥って、飛ぶときは足をたたんでますからね。そういう細かい点に目をつぶるとして、この小説にどんな旨みがあるかということですね。負け犬が読むと非常に心励まされると思うんですよ。だって十九歳の若男子が〝目ジリのシワもかわいい〟って言ってくれるんですよー。この女の人はきれいでもなんでもないんだけど、そういうゆがんでるところこそがいいとか言ってくれるんですよー、十九歳の若男子がっ。……そう、岡田准一くんだっ。岡田くんあたりを念頭におきながら、三十九歳のあたしが岡田くんと、みたいな(笑)、なんかそういうファンタジーにうったえかける小説なんじゃないかという読み方もできるわけで。

大森　だからやっぱりエンタメじゃん!(笑)。おもしろく読めるのは否定しないけど、タイトルとペンネームの圧倒的な個性にくらべて、作品が激しく負けてる。

豊﨑　タイトルの意味、よくわかりませんよね。別に人のセックスを笑うなって話にはなってないし。ナオコーラって名前に対しての選考会でのおじさんとおばさんのせめぎあいは楽しみですよね。たぶん山田詠美あたりはそのセンスOKって言うと思う。でも、受賞するかどうかといえば、わたしもとらないとは思います、対抗にはしてますけど。ただね、文藝賞での絶讃への反発があったとして、それに対してそんなことないよ、これは面白いよって流れもあるかもしれない、その可能性はゼロとも言えない。あと、綿矢りさ現象に似たようなことが起こるかもしれないっていう期待や色気が出てきた場合……。

『蹴りたい背中』があってはじめて

大森　それをいうなら白岩玄のほうでしょう、今回は男の子でって。

豊﨑　それで大森さん対抗付けてるのか。イケメンとか言われてるけど、わたしは全然そう思えないなあ。

大森　でも、若い女子の間ではたいへん評判がいいみたいよ。ひさしぶりの男性アイドル作家。受賞作は雑誌で読んでたから、単行本は昨日やっと買ったんだけど、もう三刷だったし。作品のほうも、文章とかギャグのセンスは非常にいいと思う。話は前半がすばらしくて後半が全くダメなんだけど、そのダメなところを石原慎太郎とかが褒めるかもしれない。逆に山田詠美とかはけなしそうだけどね。

豊﨑　三島由紀夫が『仮面の告白』で、太宰治が『人間失格』とかで書いたようないわゆる若い時分の自意識の合わせ鏡を軽く今風に描いたんだっていう意味なら、D[di:]の『キぐるみ』だって候補にしてやれよっと思うんですけど。

大森　おなじ《文藝》の掲載作だし、話題性はあるしね。でもあれ、枚数が（二百五十枚の制限を）超過してたんじゃないかな。

豊﨑　白岩さんは、このあとはやっぱりエンタメの雑誌にうつったほうがいいと思う。ユーモアのセンスは素晴らしいし、実際わたしも笑わせてもらったし、好印象を抱いてますけど、純文芸誌でこのまま書き続けると、文学的な教養やセンスのなさ加減によって居場所を失っていく気がするんです。あと、「野ブタ。をプロデュース」は、やっぱり綿矢りさの『蹴りたい背中』が先行作品としてあってはじめて光る作品だって気もするんですけど、なーんとなく。その点、綿矢さんはやっぱり大したタマだった。『蹴りたい背中』は純文芸誌のための作品だけど、「野ブタ。をプロデュース」は違うと思う。いや、純文芸誌のほうがえらいってことじゃなくて、種族としての違いですよ。まとまってる空気が違うっていうか。

大森　作品的には『蹴りたい背中』にぜんぜん及ばない。あと、またしても河出（書房新社）に儲けさせるのかっていう議論もあったり（笑）。

豊﨑　個人的に懐かしかったのは、わたしもやってたんですよ、プロデュース、小中学生の時。クラス替えがあるたびに、いちばん目立たない子をピックアップして、その子が知らないうちに勝手に人気者に仕立て上げんの。で、あきたらやめる（笑）。邪悪だけど、これはたしかに楽しい遊びなんですよね、自分が神様になったような錯覚に陥って。

大森　またやればいいじゃない。書評業界で。（若手ミステリ書評家の）福井健太を愛されるキャラに変身させるとかさ。「ケンタ。をプロデュース」（笑）。

豊﨑　がははははっ……無理。

「メロウ1983」

田口賢司（初）

大森一　豊﨑▲

大森D　豊﨑C-

豊﨑　ええっと、わたしが大穴をつけてる「メロウ」ですけど、これはですね。懐メロだと思うんですよ。このテの恋愛小説にメロウってあえてつける名づけのセンスが、やっぱり八〇年代を体験した人間ならではだなと。つまりね、読んでて懐かしい気がしたんですね。あえて空っぽのことを書いてみる、その無駄な行為に没頭するっていうのが八〇年代的感性だったなあと。あと、ブローティガンとかバーセルミとか、先行作品に対するあからさまな模倣というスタイルもあわせてすごく懐かしかった。で、そういう文学的戦略がもはやポップだとは思えなくなったというのが八〇年代の終焉だったと思うんですよ。何年か前、田口ランディが七〇年代的言説を再演してみせて若い世代に受けたっていう事態があったじゃないですか、だから八〇年代を知らない世代には「メロウ」が逆におしゃれにうつったりするんでないの？　選考委員は八〇年代を通過してるわけだから、そのことが受賞には結びつくとは思いませんけど。

大森　浅田彰がドゥマゴ賞の選評で、〝ドゥマゴ文学賞にふさわしい「オシャレ」な作品と出会い、それを受賞作に選ぶことができ〟て幸運だった、〝内容らしい内容もなしに、ただ表層的な言葉だけで勝負するPOP文学にとって、読み終えたとたん何も残さず雲散霧消してしまうことこそ理想〟だって書いてるけど、その「オシャレ」って評価軸自体がもはや絶滅してるでしょ。そういう「からっぽがいっぱいの世界」は、僕の中では、鈴木いづみが自殺した時点で終わってる。「オシャレ」だからって理由でいま賞をあげる行為がまず理解できない。浅田彰は「ドゥマゴ文学賞も終わってるよ」って言いたいのかもしれないけどさ（笑）。豊﨑さんは懐かしかったって言うけど、僕はとにかく、フタをして忘れたつもりでいたものをとりだされて目の前に突きつけられた感じ。最初にモリー・リングウォルドの名前が出てくる時点で「あーっ、もうダメ」って雑誌を閉じて（笑）。いままで三回読みかけてはいつも挫折してたんですよ。今回やっと最後まで読んだけど、そしたらラストにまた「初体験 リッジモント・ハイ」が出てきて、懐かしいと言うより、同世代男子として思わず恥ずかしさに身もだえするような（笑）。むしろこれにドゥマゴ賞をあげた浅田彰が心配です（笑）。

八〇年代でございました

豊﨑 たとえば二九ページ。〝ダナはブスだった。おれはわたしだった。バラは花だった〟、まあ、ガートルード・スタインでございますのね、みたいなね（笑）。そういう「なにげにオレって物知りでしょ」みたいな身振りが恥ずかしげもなく通用したのが八〇年代でございました。高橋源一郎の『さようなら、ギャングたち』がグレードダウンしたかたちで現れたような感じが、懐かしさの原因なのかなあ。

大森 『さようなら、ギャングたち』のほうが百倍面白いよ。

豊﨑 そりゃそうですよ。一緒にしたら罰が当たる（笑）。ところで、その源一郎さんが単行本に推薦文を寄せてますね。まあ、「メロウ」のおかげで『さようなら、ギャングたち』に改めて光が当たるって効果はありそうだし。「これ読むと高橋源一郎のすごさを再認識する」とかって言ってもらえそうだから。だから推薦？……ああ、ひどいっ、わたしってば悪意の塊（笑）。まあ、テルちゃんやシンちゃんがこれに感応するとはとても思えないので、まず受賞は無理でしょうね。

大森 部分的に面白いエピソードは入ってるけど、テーマや手法的にも、今は映画の「アメリカン・ビューティ」「マグノリア」「ドニー・ダーコ」あたりのフォロワーに見えちゃうしねえ。選考会では話題にもされず、スルーされるんじゃないですか。

「漢方小説」

中島たい子（初）

大森—　豊﨑—
大森C　豊﨑C

豊﨑　「漢方小説」は候補作の中でいちばん異質ですよね。すばる文学賞受賞作だけど、あきらかに小説すばる新人賞系。エンタメに片足つっこんじゃってる感じがする。すばる文学賞からどうしても候補をって事情があるなら、同時受賞の「白の咆哮」（朝倉裕弥）のほうがよほど芥川賞っぽかったのに。

大森　「白の咆哮」はSFだから（笑）。「漢方小説」は読んでて面白いことは面白い。

豊﨑　上手ではあるんですよね。脚本かなにか書いてる人みたいですから。素地はしっかりしてる。

大森　日テレのシナリオ大賞の第一回受賞者だし、城戸賞にも準入選してるぐらいだから、脚本家としては実力派。話づくりはさすがに達者だし、目のつけどころもいい。「漢方小説」はいわゆる負け犬もので、このところ続けて候補になってた絲山秋子さんが今回いなかったから、その代わりかなって感もある。

力はあると思うけど

豊﨑　絲山さんが候補になるとしたら「アーリオ オーリオ」だったんだけど、あれは候補になるにはちょっとインパクトが弱い。

大森　でも、「漢方小説」も小説の雰囲気は似てるでしょ。読み心地がよくて、漢方の知識が得られて、漢方のお医者さんにかかってみようかと思わせる（笑）。

豊﨑　そうそう。だから日本漢方医協会（んなもんあるのか?）は全国紙の一面を使って、この本の宣伝をしてあげるべきでしょう（笑）。この人はこのままコンスタントにこのテの小説を書いていける人で、力はあると思うんですけど、芥川賞をあげたくなるような人材ではないんですよね。特に目新しさがあるわけではないし、新鮮さもない。将来直木賞を目指して精進なさってくださいって感じです。

「不在の姉」

井村恭一（初）

大森▲　豊﨑—
大森A-　豊﨑B+

豊﨑　さて、問題の井村さんです。井村さんは、日本ファンタジーノベル大賞をとった『ベイスボイル・ブック』から大好きな作家なんですが、一時期作品を発表しなかったりしたからとても心配してたんですよー。だから芥川賞の候補になったのはほんとにうれしかった。でも「不在の姉」を読んで、まだこんなことを！と少し憤慨。もうちょっと、ほんのちょっとでいいから他者に、ていうかテルちゃんとかテルちゃんとかテルちゃんにわかってもらおうっていうさ、そんな気持ちをもってもよかったんじゃないの、井村さん！ そう思ってしまいました（笑）。二回読んだんですけど、何を書きたかったのか、何がしたかったのか、イマイチよくわかんないんですよおお。ほら、わたしはファンだから、わかってあげたいのっ。わかってあげたい気持ちは人一倍なんだけど、わからなさかげんも人一倍（笑）。なんなんでしょうね、これ。井村作品好きなわたしがこれだけきつかったっていうことは、テルちゃん、シンちゃんは読解不能間違いなし。ゆえに、絶対受賞はない。大森さんは、なぜ印つけたんですの？

大森 穴狙いで。今回の候補作では文章がいいし、いちばん笑える。

豊﨑 わたし思ったんですけど、井村さんはこのテの作品を三つくらい書いて、ハヤカワSFシリーズJコレクションでまとめてもらったらどうかと。

大森 ああ。そういう感じですよね。深堀骨と佐藤哲也の中間あたり。

豊﨑 あの叢書が今いちばん実験的な小説を出してるので。だって、文藝春秋さんが果たしてこれを本にしてくれるのでしょうか？ 井村さんは、今回の石黒達昌さんほど節を曲げろとは言わないけど、もうちょっと受け入れられる方向の作品っていうのをいくつか書いて、世間に存在を認知されてから、また好きな方向に戻ってもいいんじゃないかと思うんですよね、大きなお世話ですけども。

大森 でも、それで言ったら、今期いちばんの注目作だった青木淳悟の「クレーターのほとりで」なんかもっとすごいよ。「不在の姉」はまだ現実との接点があるじゃないですか。駅前の路地裏で豚肉を売る商売とか、生活感は出てるし、妙な愛敬があって、意外とリーダビリティは高い。『ベイスボイル・ブック』の頃に比べたら少しは配慮してると思うけど。

豊﨑 え〜、配慮してるのかなあ。わたしには『ベイスボイル・ブック』のほうが解釈を拒まない小説になってると思えますけど。これ、読んでると、ちょっとアングラ系演劇が脳裏に浮かびませんか。唐十郎がやってたテント芝居みたいなテイストがあって。機動隊が出てくるところなんか蜷川幸雄の演出デビュー作『真情あふるる軽薄さ』の舞台みたいだし。そこちょっと笑えるシーンになってて好きなんですけど。あと、地下道に豚が飼われてて、肉食馬がそれを追い立てるっていうあたりの発想も面白い。

大森　豚はともかく、馬まではふつう考えつかない。結構ポイント高いですよ。えっ、馬かよーって(笑)。最後、お姉さんが豚にまたがって走っていく名場面もあるし。

SFはめったに候補にもならないから

豊﨑　ところが、選考委員に大森望はひとりもいないので、受賞は難しいと思われ(笑)。純文学でもミステリでも、近年、SF的想像力を問う作品が多々でてきているって気がしてるんですね、わたしは。だから、今後は選考委員にSFがわかる人材をひとり入れるべきじゃないかなあ。だって「クレーターのほとりで」だって、SFでしょう?

大森　完全にSFですね。「白の咆哮」と同じく。どっちも候補にさえしてもらえない。

豊﨑　ね?　そうなんですよ。SFを読めるひとを入れるべきなんですよ、そうしないといい作品がみんなもれてっちゃう。でも、誰がいいんだろう。直木賞には井上ひさしがいるのにね。大森さんを入れてよ、日本文学振興会さん(笑)。

大森　筒井(康隆)さんが芥川賞の選考委員になればいいんだけど、三島賞(の選考委員)やってるしね。だいたい、芥川賞も直木賞も、SFはめったに候補にもならないから一緒(笑)。「メロウ　1983」とか「不在の姉」とかが候補になるんだったら深堀骨を候補にしてもいいのに。

豊﨑　たしかに深堀さんは挙がっていい作家ですよね。そのためには、下読み段階の文藝春秋の編集者たちにもSFが読める人がいないとねえ。

大森　まあね、結局文芸誌五誌に発表された作品から選んで、他のものはぜんぜんかえりみてないですからね。文藝賞受賞作を候補にするなら、それこそ(ライトノベル系の)桜庭一樹の『砂糖菓子の弾丸は撃ちぬけない』みたいなのが候補になってもおかしくないのに。

豊﨑　今回は無理だろうけど、井村さんにはがんばってほしい。わたしの希望は、将来、井村恭一が芥川賞を受賞する世界。そんな素敵滅法界を希望します(笑)。まあ、テルちゃん&シンちゃんがいる限り無理なパラレルワールドですけども。

直木賞レース予想

『対岸の彼女』

角田光代（二回目）

大森◎　豊﨑◎
大森A　豊﨑A-

豊﨑　『対岸の彼女』で決まりでしょう、おそらく。まあ、伊坂幸太郎とダブル受賞っていう線もあるかもしれないけど。

大森　うん、いずれにしても『対岸の彼女』が軸になるのは間違いない。でも、今回は、すんなり二作受賞にはならないかもしれない、

豊﨑　ほお？

大森　前回、選考委員の五木寛之先生が、「いつから直木賞は二作受賞が当たり前になったんですか」みたいなことをおっしゃったらしいんですよ。たしかに角田＋伊坂っていうのがバランス的には順当な線だけど。

豊﨑　そっかー、ヒロちゃんがそんなことを言ってんですか。じゃあ『対岸の彼女』の単独受賞かな。最近こういう、結婚しないで働く女性と結婚して子どももいる女性の対立とか友情を描いた小説がめだつんですよね。負け犬言説のシンクロニシティ現象っていうのが起こっているのかなあと思ってるんですけど。その中でさすが角田さんっと言うべきで、ちゃんと毒のある小説になっているのがえらいなあと思いました。

今どきの旦那は育児参加したがる

大森　ただ、第一二八回の候補になった『空中庭園』のほうが出来はよかったかなあ。『対岸の彼女』は働きに出る主婦の側のエピソードがステロタイプで。

豊﨑　なるほどね。

大森　特に旦那との関係。口では理解があるようなフリをしてるけど、内心、女房は家にいたほうがいいと思ってると。そういう旦那っていかにも多そうなイメージだけど、現実にはそんなにいない気がする。今どきの旦那は育児参加したがる人のほうが多くて、専業主婦の奥さんが家にこもって一生懸命子育てすることはかえってうっとうしいと思うんじゃないか。個人的にはこの家庭にいまいちリアリティを感じないんですよ。口うるさいお姑さんもめちゃめちゃ古典的なパターンだし。

豊﨑　たしかに作品としては『空中庭園』のほうが上かもしれませんけど。

大森　最初に出てくる公園デビューの悩みの話も、「だったらとっとと認証保育園に入れろよ」とかいらいらするし。いざ就職が決まってから、認可保育園に入れるのがたいへんだと急にあわてはじめたりするのも現実味がない。

豊﨑　さすが二児の父のリアリティ！

大森　まあ、そういう性格の女性だって設定だから文句を言ってもしょうがないんですが、息子と同じ保育園に行ってる子どものお母さんたちを観察するかぎり、こんなタイプの人ってあんまりいない。そういう点で、林真理子は受賞に反対するかもしれない。ただ、男性の選考委員は反対しないだろうし、平岩弓枝と田辺聖子は積極的に推しそうだから。

豊﨑　田辺聖子さんが、もうひとりの主人公である働く独身女性・葵の少女時代のパートを高く評価して推すんじゃないかと思うんですよ、葵の高校時代の友だち・ナナコのキャラが際立っているでしょ。たとえば七九ページ〝無視もスカート切りも、悪口も上履き隠しも、ほんと、ぜーんぜんこわくないの。そんなとこにあたしの大切なものはないし〟とか。こういう決め台詞が言いたくても言えない女の子たちって結構いると思うんですよ。そいで『蹴りたい背中』に出てくる女子高生たちみたいに集団にまぎれて好きでもない連中に合わせて笑ってたりしてるわけで。

大森　だから、女同士の友情ものっていうことではとてもよく書けている小説。特に葵とナナコが、夏休みに民宿でバイトするエピソードはすばらしい。アルバイトは終わったんだけど、なんとなく帰りたくなくって、ふたりでラブホテルを泊まり歩いて、みたいな。それが最終的にはすごい社会面ネタになってしまう展開にも無理がない。

豊﨑　そこでもいい台詞があって、一六八ページ〝ずっと移動してるのに、どこにもいけないような気がするね〟っていう。これなんかも思春期の女子にとってはリアルな心理だと思うんです。

大森　そこはちょっと「いかにも」すぎる気がするけど、放浪が長くなるにつれてだんだん疲れてきたり、荒んできたりする感じはリアルだった。最初のうち「ちょっとこれは……」と思ったけど、ラストも含めて、最終的にはいい作品だと思います。

豊﨑　まあ無難に受賞だと思うんですよね。ほら、『空中庭園』との合わせ技一本ってのもあるし。そういうの得意でしょう？　直木賞は。

『十楽の夢』

岩井三四二（初）

大森一 豊﨑▲
大森B 豊﨑B-

『火天の城』

山本兼一（初）

大森一 豊﨑◯
大森C 豊﨑B-

豊﨑 さっさと片付けておきたいのが、文藝春秋の時代小説二冊。いったいどうなっておるのか？ 文藝春秋はいったいどうしたいのか？ NHK大河ドラマが「義経」という今年にあってどっちも信長絡み、安土・桃山もの！

大森 しかもどちらも松本清張賞の受賞者。

豊﨑 『火天の城』は信長の命で安土城をつくる大工の親子の話。戦国時代版プロジェクトXみたいな売りなわけですよね。

大森 長島一揆を題材にした『十楽の夢』は信長から輪中を守る話。

豊﨑 『火天の城』はおじさんのためのラノベ？っていうくらいたーっと読めた。

大森 個人的には、松本清張賞を受賞したばかりの『火天の城』が候補に入ったのが、今回の直木賞で最大の謎。豊﨑さんは対抗つけてますね。作品的には『十楽の夢』じゃない？

豊﨑 出来についてはわたしもそう思います。ただ、『火天の城』は、老眼とボケがお進みあそばしておられる選考委員の爺たちにも読みやすいんじゃないかと思って（笑）。候補作を読まないことで有名なツモ爺（津本陽）もさくっと読めたと思うし。うるさいでしょうけどね、自分のフィールドである時代小説には。

大森 うるさいだろうけど、これは築城の話に絞ってるから、抵抗は少ないかも。細部までよく調べて書いていると逆に感心されたりして。

ちゃんと目配せしてる

豊﨑 あとね、作者の山本兼一さんが松本清張賞を受賞した時《本の話》のインタビューを受けてるんですけど、そこがちゃんと目配せしてんですよ。〝今さら誰かが信長を書くといったって、司馬遼太郎先生の本があり、津本陽先生の本があり、じゃあどういうふうに新しい信長像を描けるかというと、非常に難しいと思います〟。ツモ爺に対するエクスキューズがなされている（笑）。これだったらツモ爺も気持ちよく推せるんではないかということですね。そういう意味での「対抗」なんでございますの。

大森 『十楽の夢』も一種のプロジェクト

Xものなんだけど、石山本願寺を頂点とする一向宗に対する組織宗教批判にもなってて、地味ながら出来は悪くない。ただし、ひとつの町を守る歴史小説ってことで言うと、去年は、直木賞ノミネートを辞退している飯嶋和一の『黄金旅風』があったわけで……。

豊﨑 そうなんですよっ！『黄金旅風』を読んでる人が選考委員にいた場合、やっぱり弱い、あっちのほうがいいよねって話になってしまいそうなんです。たしかに『十楽の夢』は宗教小説であり、経済小説であり、戦記物であり、更に町の自治を問うてるってところで『火天の城』にはないテーマの重層性が感じられる。ただ、出版社としてどっちが売りやすいかっていうと、『火天の城』。だから文藝春秋的にはこっちに受賞させたいのかもなーと邪推しちゃったんです。

大森 それより文春から出てる歴史物を二つも候補にするんなら、酒見賢一の『泣き虫弱虫諸葛孔明』をなぜ入れないのかと言いたい。

豊﨑 おっしゃるとおり。

大森 完結はしてないけど、これまでもシリーズ物に授賞してるんだから。

『グラスホッパー』

伊坂幸太郎（三回目）

大森◯　豊﨑一
大森B　豊﨑B+

豊﨑 大森さんの対抗は『グラスホッパー』なんだ。

大森 これに関しては事前取材の情報がありまして。

豊﨑 なになに？

大森 昨年の暮れ、あるところで渡辺淳一先生が突然、「伊坂くんもそろそろじゃないか」とおっしゃったらしい（笑）。候補作を読んでない段階での発言ですけどね。

豊﨑 いやいや、読んでない作品にだって平気で賞をあげちゃう人ですから、ジュンちゃんは。伊坂くんは書けば書くほどうまくなるとか言っちゃって。

大森 『グラスホッパー』読んだときは今回も受賞はないなと思ったけど、その話を聞いて、意外と目があるかもしれないと。前回候補になった『チルドレン』よりはわかりやすいし（笑）。

豊﨑 はいはい、『チルドレン』の選評はすごかったですもんね、わざわざ時系列通りじゃない構成にしてるのに、時系列が乱れて読みにくいとか言われちゃって。でも『グラスホッパー』は、視点が変わるからわかりにくいと言われてしまうかも。今度は時系列問題にかわって視点問題が浮上しそう。

大森 授賞のタイミングを間違えがちな直木賞としては、『グラスホッパー』への授賞はわりとありそうな感じ。なので対抗くらいはつけてみようかと。

前よりダメな作品にあげちゃう

豊﨑 結局、選考委員が日和るってパターンですね。何回か候補になっていると、「この作品が一番とは思えない、もう一作見てから」とか言ってたくせに、前よりダメな作品にあげちゃうってのはよくあることとですからねー。

大森 某ベテラン編集者の言によると、直木賞選考会に関するかぎり、過去の選評等でのいろんな発言はなんの参考にもならないそうです。一切きれいに忘れ去られる（笑）。

豊﨑 ボケ老人が多いから？ まあ、記憶力問題に関してはわたしも人のことは言えませんけど。

『七月七日』

古処誠二（初）

大森◯　豊﨑ー
大森A　豊﨑B+

『6ステイン』

福井晴敏（二回目）

大森▲　豊﨑ー
大森C　豊﨑C

豊﨑 大森さんの二つめの対抗は、終戦間際のサイパンを舞台とした『七月七日』ですが、古処さん、若いに似ず戦争物はこれで四作めですか。

大森 そうですね。

豊﨑 わたしも、今まででいちばんいい作品だとは思うんですよね。

大森 はい。

豊﨑 でもやっぱりダメでしょ？ 若い作家が第二次世界大戦を描くことに対して、選考委員の爺たちがどう反応するかって考えると。

大森 去年、沖縄戦を描いた『接近』で山本周五郎賞の候補になった時も、選考会で年配の選考委員がいきなり戦争体験を語り始めたりしたらしい。ただ、『七月七日』がうまいのは、主人公が日本人じゃないんですよ。日系アメリカ人の語学兵という特殊な立場の人を主役に持ってきてるから、戦前・戦中派の抵抗はそれほどでもないんじゃないか。

豊﨑 でもほら、サイパン島って相当悲惨な戦闘のあったとこなわけですよね。そういうことを若い世代が書くっていうだけで反発するような、ものすごくきびしい読み方をされそうな気がしちゃうんですよ。

大森　逆に直木賞選考委員クラスになると、若いのによくこういうことを書いてくれたっていうプラス評価がでる可能性もあるよ。

豊﨑　う〜ん……。無理なんじゃないかなあ。候補になること自体もはじめてだし。

お年寄りの強い反対がなければ

大森　作品の出来では『七月七日』が候補作の中で一番か二番だと思う。前半はハードボイルド的な読みかたも出来て、北方(謙三)さんも推しそうだし。お年寄りの強い反対がなければ、伏兵的に上がってくるかも。もし作品の話に流れればね。

豊﨑　福井晴敏さんの可能性はないんですか?

大森　たぶん北方さんは『6ステイン』イチ推し。福井作品で直木賞候補になるような——しかもちゃんと読んでもらえるような——長さのものはめったにないから、今回が最後のチャンスかもって声もあるくらいなので。これは六本の連作なんですが、最初の二本ぐらいしか読んでない人たちが多かった場合は可能性が高くなる(笑)。そのへんまでは直木賞ラインのいい話でしょ。だんだん登場人物の内面描写や演説がうるさくなってきて、後半はちょっと勘弁してって感じになってくるけど。

豊﨑　たしかに。ただ、福井さんって長編作家のイメージがすごく強いけれど、わりあい中編もうまい人だって気はしたんですよね、これを読んで。あと『亡国のイージス』と『終戦のローレライ』の映画公開がひかえているし、いま話題の人でしょう。それでも、やっぱり今回はないかなあ。第一二二回で『亡国のイージス』が候補になったときは田辺聖子さんが結構褒めてたけど。

大森　人で選ぶなら、伊坂幸太郎以上に有力かも。あとは北方さんがどこまでがんばるかですね。

『真夜中の五分前 Side-A.Side-B』

本多孝好(初)

大森一　豊﨑一
大森C　豊﨑D

豊﨑　これはさーあ!　もぉさーあ!!

大森　はい、ふつうにダメですね。

豊﨑　一体全体どうしちゃったんだ?　村上春樹チルドレンの優等生でも目指してんのか、あんたはみたいなさあ。なんだよ、また女が死ぬ話かよ!　しかもふたりかよ!!

大森 双子出てくるし。

豊崎 そう、双子だよ!! どこまで真似すりゃ気が済むんだよっ！「side-A」「side-B」って二冊に分かれてて、タイトルが『真夜中の五分前』っていうからわたしはてっきりSF風味のパラレルワールドものかと思いましたよ。五分ずつずれた世界を描くとか、村上龍作品みたいな仕掛けがあるって思いません？

大森 僕もそう思って、読む前から、「本の雑誌」新刊ガイドの書評予定タイトル申告で、「本多孝好の新刊はこっち（SF時評欄）でやります」って言ったら、「え？ あれ、SFでもファンタジーでもないよ」って言われて（笑）。SFだと思うよねえ、ふつう。

豊崎 そしたら、単に女Aが死んだ話、女Bが死んだ話じゃないですか。一冊にまとめりゃいいんですよ、A面B面の仕掛けなんてなぁーんもないんだから。それをこんなうすっぺらい分冊形式にしちゃってさ。ぼろく儲けようとでも思ってんじゃねーの。

魂売りましたーっ

大森 今ここにいる彼女は双子のどっちだろうって主人公が悩むんだけど、そもそもそんなのどっちでもいいじゃん（笑）。

豊崎 そうやって「どっちでもいいじゃん」と思われるようなどうでもいい物語なんですよ。でもって辛抱たまらんのが文体ね、文体。「side-A」の四九ページの〝好きになって、付き合って、別れた。昔、音楽の時間に習った通りだ。ディーマイナーセブン、ジーセブンと続けば、あとは放っておいたってシーセブンがくる〟、うんわあー！ うぜー（笑）。こういうこと書いてて赤面しないんでしょうか、この人は！ わたし、本多さんて『MOMENT』なんかはそれなりに評価してるんだけど、この作品に関しては明らかに売ったんだよね、じぶんを。魂売りましたーっ、大安売りしてみましたーっみたいな（笑）。無理でしょー、いくら選考委員がバカだってさ、さすがにこんなものにはやらないでしょー！ もしやったらオデはちょっと暴れる。

大森 そこまで言わなくてもいいと思うけど、おなじ新潮社なら、恩田陸の『夜のピクニック』を候補にするほうがはるかに……。

豊崎 そうっ！ なんで『夜のピクニック』にしないのか不思議議中の不思議ですよね。じゃあ恩田さんは何を書けば候補にしてもらえるんだってことですよ。ああ、むかつく（笑）。去年の恩田さんは『Q&A』もあって、高打率だったわけです。直木賞って受賞後もずーっとコンスタントにいい作品を出せる人にあげるのが理想でしょ。そういう意味でも恩田さんにあげたっていいじゃないと思うわけですよ。

大森　まあ、直木賞に無視されても本屋大賞がありますから。*2

*1 奈良幼女誘拐殺人事件
二〇〇四年十一月に、奈良で起きた小学一年生女児誘拐殺人事件。芥川賞候補作発表の直前、十二月三〇日に容疑者逮捕。幼女への強制わいせつの前科のある三十七歳男性であったことがメディアで騒がれていた。二〇〇六年六月、奈良地裁は被告に死刑を求刑。

*2 本屋大賞がありますから
その後『夜のピクニック』は、第二回本屋大賞、第二六回吉川英治文学新人賞を受賞。

メッタ斬り！隊　活動の記録4

第一三三回
（二〇〇五年上半期）
芥川賞、直木賞を予想する
芥川賞、直木賞候補作品の
公式発表をもとに、
両賞のゆくえをメッタ斬り！

事件だった直木賞候補作のラインナップ。しかし、両賞とももっとも地味な結果に

〈芥川賞〉
「土の中の子供」中村文則
〈直木賞〉
『花まんま』朱川湊人

候補作品一覧

◎＝本命　○＝対抗　▲＝大穴

作品評価 A〜D

芥川賞

選考委員　池澤夏樹・石原愼太郎・黒井千次・河野多惠子・髙樹のぶ子・古井由吉・三浦哲郎・宮本輝・村上龍・山田詠美

「無花果カレーライス」（文藝夏号）｜伊藤たかみ	大森▲	豊﨑	大森B	豊﨑D
「小鳥の母」（文學界六月号）｜楠見朋彦	大森▲	豊﨑○	大森B	豊﨑B-
「マルコの夢」（すばる五月号）｜栗田有起	大森—	豊﨑—	大森C	豊﨑B
「この人と結婚するかも」（すばる六月号）｜中島たい子	大森—	豊﨑—	大森B	豊﨑C
「土の中の子供」（新潮四月号）｜中村文則	大森○	豊﨑▲	大森B	豊﨑B
「さよなら アメリカ」（群像六月号）｜樋口直哉	大森◎	豊﨑◎	大森B+	豊﨑B+
「恋蜘蛛」（文學界六月号）｜松井雪子	大森—	豊﨑▲	大森B	豊﨑C+

直木賞

選考委員　阿刀田高・五木寛之・井上ひさし・北方謙三・津本陽・林真理子・平岩弓枝・宮城谷昌光・渡辺淳一

『逃亡くそたわけ』（中央公論新社）｜絲山秋子	大森—	豊﨑◎	大森B	豊﨑A-
『ユージニア』（角川書店）｜恩田陸	大森▲	豊﨑—	大森B	豊﨑A-
『花まんま』（文藝春秋）｜朱川湊人	大森○	豊﨑—	大森B	豊﨑B-
『ベルカ、吠えないのか？』（文藝春秋）｜古川日出男	大森—	豊﨑○	大森A+	豊﨑A
『むかしのはなし』（幻冬舎）｜三浦しをん	大森—	豊﨑▲	大森B	豊﨑B-
『となり町戦争』（集英社）｜三崎亜記	大森—	豊﨑—	大森B	豊﨑B-
『いつかパラソルの下で』（角川書店）｜森絵都	大森◎	豊﨑—	大森B+	豊﨑B-

｜初出｜　エキサイトブックス
2005年7月13日（受賞作発表を聞いて 2005年7月14日）

受賞作発表を聞いて

（受賞作公式発表直後のコメント）

若い客のことも考えてあげればいいのに

大森望

どうせそんなことだろうと思いましたよ。けっ。

――以上。

で終わるのもあんまりか。

つまり、本屋大賞はやっぱり必要だね、っていう結論ですよ。そりゃ、『花まんま』はいい短編集だけど、この候補作七本の中からわざわざこれを選んじゃうのは保守反動というか直木賞の伝統というか、世の中の流れと隔絶してます。国体護持、伝統回帰。

ま、『ベルカ、吠えないのか？』は、とりあえずミステリチャンネルのくろねこ賞（今年上半期のベストミステリー賞）受賞作ってことで。直木賞よりくろねこ賞。

芥川賞のほうは、平野啓一郎『日蝕』（一九九九年、第一二〇回）以来、六年ぶりに《新潮》掲載作が受賞したわけで、それなりにめでたい。こういう思いきり地味な小説に光をあてるのも芥川賞の機能ですからね。しかし、綿矢りさ、金原ひとみ効果で大量に獲得した若い客のことも考えてあげればいいのにとちょっと思った。

受賞作ナシを除けば、想像しうるかぎりもっとも地味な結果になったわけで、「二日後には、世間の人はみんな今回の両賞受賞作を忘れている」に一万ガバス。

一体今さら何を申し上げれば

豊﨑由美

……もう、いいです。何も申し上げたくございませんの。

地味女（ジミータ）な直木賞と、駄目女（ダメージョ）の芥川賞。ちょい不良（ワル）なオデは大荒れなんですの。「乳間ネックレスはどこ行ったんだよおおぉっ！」

つい最近仕事で《NIKITA》を全冊読んだせいで、こんなコメントしかできなくてすみません。

オデにとっての魅惑の乳間ネックレスであるところの『ベルカ、吠えないのか？』が、一体誰によって、どんな否定のされかたをしたのか。選評を刮目して待つ者であります。事と次第によっては紀尾井町あたりで包丁持って……。

芥川賞？ 三島賞受賞作『六〇〇〇度の愛』（鹿島田真希）に比べて、小説知能指数が五〇は低い作品に対して、一体今さら何を申し上げればよいのでございますの？ の？の？の？ 第一三四回には艶尻（アデジリ）な候補作が挙がってくることを祈るばかりなんだすわね。だすわよ。

芥川賞レース予想

「無花果カレーライス」

伊藤たかみ（初）

大森▲　豊﨑―
大森B　豊﨑D

「小鳥の母」

楠見朋彦（三回目）

大森▲　豊﨑〇
大森B　豊﨑B

豊﨑　今回のレベルなら本来は受賞作なしですよ。もしも《文藝春秋》の編集長が「なんとしてでも受賞作を出してください！」と土下座でもしたら、と仮定していやいや予想しました。（評価シートを見比べて）あれ？ 大森さん、優しいなあ、丸くなった？

大森　まあ、芥川賞は本来こんなもんなんじゃないですか。

豊﨑　でも今回は、何かすごく調整されてるって感じがしません？ 芥川賞候補の常連だった絲山秋子さんが『逃亡くそたわけ』で直木賞にノミネートされたわけだけど、絲山さんの作品っていい意味でも悪い意味でも、読みやすくって純文学色みたいなのがひと味足りないじゃないですか。だから絲山さんにどうしても受賞させたいと思ったら、直木賞に持っていくしかないっていう事情がうすら見えてしまって気色悪い。

大森　衆院選挙区から参院比例区に鞍替え出馬みたいな。

豊﨑　で、今回の候補作の中で伝統的な芥川賞っぽい作品ということでいえば、楠見朋彦さんの「小鳥の母」と中村文則さんの「土の中の子供」と樋口直哉さんの「さよなら アメリカ」、この三本しかなくて、あとの四本は、それこそ〝小説すばる系〟。

大森　中間小説っていうか、エンターテインメントとの境界領域で。

豊﨑　本来だったら直木賞に行って、落とされるっていう作品だと思うのね。で、もし今年も絲山さんがここに加わったとしたら、やっぱりモノが違いすぎる。この手の作風なら絲山さんより面白い人はいない、でも芥川賞ではとれないかもしれない。それで単独で絲山さんだけ直木賞に拉致したんだなって気がするんです。今回は下読み担当の社員編集者の暗躍を感じますね。

大森 新人の中島たい子さんがメンバーに加入したから、絲山さんは（芥川賞候補組を）卒業っていう。

豊﨑 そういうことなのかな。まあ、角田光代さんも芥川賞候補から直木賞に行ったわけで、このラインが最近では確立されてるのかもしれませんけど。とりあえず順番にやっていきましょうか。一本目「無花果カレーライス」！ おっどろいたなー（笑）。百点満点で点数つけると一六点くらいですね、わたしは。伊藤たかみさんは何を書きたかったんでしょうか。わざわざ印刷して誌面に載せる価値があるんですか、この作品に。最後、恥知らずにも堂々とテーマを明文化してますけど、〝たとえば自分は無花果の花であると思う。とにかく咲いてはみるが、やがて落ちるでもなく腐るでもなく、無花果として飲み込まれてしまう。花も実も種も区別がつかなくなり、一緒くたになって熟れていく。抵抗しても、抵抗しても、そこから逃れられない。〟ってさー、幼稚なマザコン話にこんなあざといメタファー使われてもねえ。なんなの、この人は。なめてんの、小説を。いや、わたしはこの人に刺されてもいいですよ、恨まれても屁でもありませんよ。

大森 これはさ、吉村萬壱の『ハリガネムシ』（129回受賞）パターンなんですよ。

豊﨑 これが⁉ なぜ？

大森 タイトルの〝無花果〟にテーマを象徴させて、それが小説全体のメタファーにもなっているという。そのへんが芥川賞向きなんじゃないの？

豊﨑 それうまくいってますか？

大森 だからそのへんのベタなところもふくめて（笑）。

豊﨑 堕ちたりといえども芥川賞、腐っても鯛。選考委員の中に確実に怒る人がでてくるとみますね、わたしは。なんか特に仲良くもない幼なじみの男同士が会って飲んでくっちゃべって、いっしょにカレーをつくるってだけの話でしょ？

大森 で、若い女の子のつくるサラサラのカレーはどうもおいしくないよねって。楽しいじゃん（笑）

豊﨑 で、主人公には精神を病んで疎遠になっている月江って母親がいるんだけど、その消息を男友だちが知っていて、おまえの電話番号を教えていいかって訊くわけですよね。その心情のありようを〝無花果〟にかぶせて理解しろと強いるわけだ、読者に！ なんじゃ、そりゃっ！

大森　だから『ハリガネムシ』路線。

豊﨑　いや、『ハリガネムシ』はそれでもまだもうちょっと想像力使わなきゃ読めないと思いませんか？　で、もうひとついいですか。途中で主人公が心情吐露してるでしょ、〝自分のわからぬ部分でもって月江を愛しくも思う。自分はお前の、汚い内側に咲いた花だと言いたい〟って。これ、演歌？　ヤングアダルト向きの、演歌!?　こんなものをまさか芥川賞候補作品で読まされようとはね……、トヨザキ怒髪天をつくの巻でございます！

大森　いや、この頭の悪い感じは狙ってやってるんだと思うけど。冒頭に小学生の作文をもってきているところとか、明らかにそうでしょう。

〝小説すばる〟系にはあげなくていい

豊﨑　いやいやいや、そのことも含めて、もしこれで芥川賞が狙えると思ってるんだとしたら、芥川賞サイドはちゃんと怒った方がいい。いくら選考委員にトンチンカンな人もいるからってここまでなめられちゃイカンでしょー。ところで、楠見朋彦さんの「小鳥の母」、これもマザコンものですよ。で、伊藤作品とは別の意味で、またもビックリしちゃったんですよ、わたしは。楠見さん作風が変わったでしょ。どうしちゃったの一体？　あの前衛作家が。

大森　前回「目をとじるまでの短かい間」で候補になった石黒達昌みたいな。

豊﨑　そう。節を曲げちゃって。主人公の男が出かけてるあいだに家が土砂崩れにあってお母さんが中に残されてしまいましたっていう、いろんな意味で泥くさーい話。

大森　なんでしょうね。鹿島田真希とか青木淳悟とかが候補になる三島賞に対して、芥川賞は保守回帰というか、一昔前の「こういうのが純文学の短編だよね」っていう風なものと、〝小説すばる〟的な今風の、読みやすくて売れ線のものと、両極端を候補にしてる感じ。

豊﨑　でもね、やっぱりヘタではないんですよ。「無花果カレーライス」からすると、小説知能指数が三〇は違う（笑）。ぇぇーっ、大森さんは「無花果カレーライス」と「小鳥の母」の作品評価、全く同じなんですか？

大森　そうそう。特に区別する必要も感じなかったから。基本的には同じような話だし。

豊﨑　えーーーー！　区別してやってくださいよ（笑）。まあ確かに昔懐かしい、日本の小説を読ませていただきましたっていう感じで、特に面白くもなんともない小説ではありますけど。

大森　豊﨑さんは「小鳥の母」に対抗付

けてるじゃない。

豊﨑 だって、しようがないんだもん。わたしはやっぱり、芥川賞に対してはジャンル意識が強いんですよ。例えば中島たい子さんの作品と「小鳥の母」を読み比べて面白いのどっちよっていったら、そりゃあ中島さんの方が面白いですよ、読み心地もよくて。だけど、まあ、もうちょっと体裁を純文学の方に整えようって努力しているものに賞をあげたいっていう気持ちがあるんです。本当は三島賞みたいに、小説の「ノベル＝新奇さ」を志向している作品に与える賞であってほしいんだけど、今の芥川賞は新しさをちょっと脇に置いておきすぎでしょ？ だったらせめて伝統的な純文学にとらしてやりたいって気持ちになっちゃうんですよね。〝小説すばる〟系にはあげなくていいと。

「マルコの夢」

栗田有起（三回目）

大森─ 豊﨑─
大森C 豊﨑B

大森 栗田有起さんは『お縫い子テルミー』『オテル モル』に続いて三回めの候補。

豊﨑 あっ、テルミーの人かこの人。テルちゃん（宮本輝）が推してた『お縫い子テルミー』。

大森 そうそう。

豊﨑 この作品、フランスの三ツ星レストランでアルバイトしてる男が主人公なんだけど、この男がオーナーの命うけていったん帰国して、あるキノコを探し始めてからの展開は結構いいんですよね。

大森 えーーーーーーっ!!（笑）。まあ、ちょっと驚くけどね。

豊﨑 そう、あのキノコの登場には驚いたんで、そのぶんでB。ただわたしは『オテル モル』の時もイヤだったんだけど、この人、いかにも作りこんでますっていうキャラの立て方をするでしょう。主人公が雇われているレストランも大丈夫なのかなーって心配になるぐらい変わり者が多い。とんかちで微妙にひびを入れたメガネをかけてるとか。なんでこういうことするのかな、意図的に寓話性みたいなのを持たそうとしてるの？ レストランのパートに関しては普通にリアリズムで描いていけばいいと思うんですよ。そのほうが帰国後の展開の意外性が増すんですのに。

大森 同感です。

豊﨑 あと、会話が、相変わらず村上春樹くさい。わたしキノコ話の途中までの展開はけっこうイライラしながら読んでたんです。なんだよー、トレンディドラマなみに都合のいい展開だなあって。その後、そういう展開が伏線になってての

「!」って設定が明らかにされるんで、あーわたし悪かった、早々に決めつけてごめんねって反省しましたけど。でも、どうしても前半と後半とが切れてる感は否めないと思うんですよね。

大森 僕も、キノコを探しに行けって言われて帰国するところは面白いなと思ったんですけど。そこだけは意外性がある。でも、そのあとはもう、百万年前からあるような伝奇物のパターンの、予定調和的な展開になってしまう。そのまんまやん!

結果的に「お約束」の小説に

豊﨑 あとこの人、こんな短い話にいろいろ詰め込みすぎるんですよね。お父さんとお母さんの離婚騒ぎとか特にいらないんじゃないのーとか思うんですけど。そのへん、キノコの話に集中しそうになってると、水を差されちゃうというか。

大森 いやいや、RPG的に言うと、その話がないとフラグが立たないので(笑)。いちばん不自然なのは、フランスから成田にやってきて、早々に東京でキノコ探しに取りかからなくてはならないのに、デカい荷物を持ったまま、なんで名古屋に行くのか。それは、実家でお母さんから離婚届を預かって、お父さんの連絡先を教えてもらう必要があるからなんですね。キノコの謎をクリアにするには、まずそこでフラグを立てなきゃいけないっていう風な作り方になっちゃってる。RPGならいいけど、小説としては不自然でしょう。あと、作品の中で不思議なものを描くのはいいんだけど、その不思議さを支える細部やリアリティをあんまり気にしない。『オテル モル』もそうだったけど、今回のキノコに関しても、せっかく会社や組織を設定したのに、具体的にどんな業務をしてるのかとか、結局何が目的なのかとか、そういう部分がおざなりなので、結果的に「お約束」の小説になってる。

豊﨑 そうそう。主人公を駒としてうまく動かすために、設定されている事柄が多すぎるんですよね。

「この人と結婚するかも」

中島たい子(二回目)

大森―　豊﨑―
大森B　豊﨑C

大森 中島たい子の「この人と結婚するかも」は、韓国映画の「英語完全征服」っていうコメディにそっくりだと思ったた。英会話教室で男女が知り合う話なんですけど。

豊﨑 ふーん。この人はやっぱり絲山秋子系なんですかね。

大森 うん。二代目を襲名（笑）。いや、四代目か五代目かもしれないけど。

豊﨑 いわゆる負け犬の主人公が、男性と出会うたびに「この人と結婚するかもしれない」っていう風に思いがちだっていうだけで何ページも引っ張れるっていうのは、筆力があるなと思う。デビューしたての人だし、小説知能指数は高いし、センスもいい。でもね、『逃亡くそたわけ』が直木賞の候補になるんだったら、これだってそう。でも、この作風で絲山秋子を超えられるのかといえば、それは多分無理。その辺が難しい作家ですよね。

直木賞に行くコースをたどる人

大森 まあ絲山さんがとってない以上、芥川賞受賞はあり得ないでしょう。この人もまた二〜三回芥川賞候補になってから、直木賞に行くというコースをたどるんですよ。角田光代ルート。まあ、芥川賞はとらない方がいいかもしれない。もしとっちゃったら本人もなんか大変困ったことになってしまう気が。

豊﨑 きっと書けませんからね、芥川賞芥川賞した作品なんて。

大森 デビュー作の『漢方小説』もずいぶん売れたそうだし。中村文則とか楠見朋彦とか、芥川賞以外では売れる道がなさそうな人とは違って、賞と関係なく売れる作風ですからね。『漢方小説』は健康ブームにうまく乗って、若い女性読者を獲得した。今回もNOVAに駅前留学してるような人たちからは支持されそう。

豊﨑 NOVA小説（笑）。

大森 同世代の女性にとって身近な題材をうまく使ってる。「英語完全征服」が好きな韓流ファンにもウケるかも。

「土の中の子供」

中村文則（三回目）

大森○ 豊﨑▲

大森B 豊﨑B

豊﨑 中村文則の「土の中の子供」かぁ。Bつけちゃいましたけど……困ったな。

大森 なんで？

豊﨑 この人、意外と小説知能指数は低いと思う（笑）。センスないんだよねー。ある意味「無花果カレーライス」より言いたいことはあるんですよ。いかにも芥川賞候補らしいという伝統的な純文学小説を書いてるんですけどね。例えば主人公が読んでいるのがカフカの『城』だったりほんと脇が甘い。あと幼児虐待なんてネタを持ってくるとか、作りがものすごくベタ。なかでもいちばん解せなかったのが、重要人物として出てくるちょっと変わり者の女の名前。

大森　白湯子？

豊﨑　そう。白湯子だよ、さゆこ！　なに？　このネーミングのセンスのなさは！　そんな名前つけるか、子どもに！（笑）。一瞬中国人かと思って「パク・トウシ」って読んじゃいましたよ。で、その白湯子が病院連れてかなきゃダメかってほど泥酔して話すシーンがあるんですけど、酔っぱらいとは思えないほど理路整然としてるんですよ。なんか、もー、いろんな意味で脇が甘過ぎ。B付けたけど、ダメだなって思う気持ちはDに近いくらい。こういうのばっか書いてたら先がない。お爺作家たちが「これだよ、純文学は」って思う可能性はあるから、もしかしたらとるかもしれないけど。

大森　この人はたぶん天然。いろいろ狙ってこういうの書いてるんじゃなくて、自然にこういう風になってしまう。

豊﨑　なっちゃうの!?

生まれる時代を間違えたのか

大森　まあ、それも強さではあるから。新潮新人賞からもたまには芥川賞受賞者が出ていいんじゃないかと思って、対抗を付けてみました。単純に生まれる時代を間違えたのか、あるいは別の時代に生きているのかっていう感じ。ま、そういう面白さがあるよね。

豊﨑　たしかに天然なのかも。書きたいがままに書いてくからこその脇の甘さなのかもしれませんね。前に候補になった、新潮新人賞の「銃」もそんな感じがありましたし。

「さよならアメリカ」

樋口直哉（初）

大森◎　豊﨑◎
大森B+　豊﨑B+

豊﨑　で、今回は群像新人賞受賞作である樋口直哉さんの「さよならアメリカ」をふたりとも本命にしてるんですけど、わたしは正直いって苦し紛れの◎。これは安部公房の『箱男』を前提として書いた小説ですよね？　最初ダメだったんですよねえ、なんか文章にノレなくて。〝底なし沼のように深い空腹〟とか〝パンはジグソーパズルのピースをはめるように胃に納まった〟とか〝溶けたバターのようにきらめく太陽〟とか、ああっ、もう勘弁してくださ〜い、脇の甘い比喩はたとえワザとでもっ（笑）。で、中盤ちょっと良くなって、後半また、こんなところに着地していくのー？　っていう気の抜けた感じになる小説。

大森 これは「袋男」ってタイトルにしてほしかったですね。

豊﨑 そうそう！ なんで「さよならアメリカ」にしちゃったんでしょうね。「袋男」でいいじゃんって。「箱男」がいて「電話男」（小林恭二）がいて、もーなんにでもなっちゃえばいいですよ、袋にでも電車にでもなんにでも人間はっ（笑）。あと、すごく最初の方に〝なにせ、これは袋を被った人間の愛についての話なのだから。〟ってあるんだけど、これそんな話？ 愛についてなんて書かれてたんでしたっけー？ と思っちゃったんですけど。

大森 ただこれ、手記なんですよね。主人公の袋男があとから事件を回想して書いてるという設定で、非常に特異なキャラクターの一人称だということを考えると、文章に変なところがあっていいのかもしれない。

豊﨑 こんなキャラだから、そんな比喩も使うのかっていう風に読んであげるということもできるってことですよね。傍から読むとそういう話になってなくても、この男は愛について話してるつもりなんだ、と。

大森 注意深く読んでいくと、どこが客観的事実だと同定できるんでしょうかね。僕は袋女も大変良く書けていると思ったけど、これは妄想の存在だろうし。

豊﨑 袋男の弟も？

大森 弟が微妙ですね。二重人格的にも読める。読みながらどこで線を引くのかなと思いはしたけど、いまいち真剣に謎解きをしようという気にならなかった。

消去法で行くとこれ

豊﨑 すべては脳内世界、袋の中の世界の話っていうことなのかな。弟についてあんまり説明されてないところは好ましかった。本当に種違いの弟なのかとは深くつきつめないでしょ、母親にも訊かないし。そういう曖昧な思考回路はこの小説世界の中では有効なんですよね。

大森 途中で病院かなんかに連れて行かれて、カウンセリング受けて、手記を書きなさいとか言われて、書いているっていうことだと思いますけど。

豊﨑 ああ、やっぱり弟もいないんですよ。だって弟の死体が発見されてたら放火だけじゃなくてそっちの罪も問われるはずだから。袋女も弟も妄想なんですよ。

大森 そうですね。まあ、それはそれで（本格ミステリの）パターンだし、だからどうといった感じでもないけどね。もっとミステリっぽくするとか、いろいろやり方はあったと思うけど。それこそジーン・ウルフの『ケルベロス第五の首』みたいに。

豊﨑　叙述ミステリにするとかね。でもどうしよう、シンちゃん（石原慎太郎）あたりが「こんな袋かぶった女は現実にはいないっ！」とか怒り始めたら。池澤夏樹さんが「いやいや、最初からいないんですよ」とか解説してくれるのかな。でも池澤さんは、結構いじわるだからそんなバカは放置プレイにしちゃうかも（笑）。いろいろと物議はかもしそうですけど、それでも今回受賞作があるんだったらこれでしょうね。

大森　消去法で行くとこれぐらいしか残らない。

豊﨑　A付けられないのは辛いけど、若いのにあの『箱男』っていうすごい先達を相手に勝負を挑んでる姿勢を、よく背伸びしたと褒めるべきでしょう。これがデビュー作って考えればマルですよ。次も読みたいなって思わせますもん。若い人で多少小説知能指数の高い人が現れてくれてよかったですよ。

「恋蜘蛛」

松井雪子（二回目）

大森一　豊﨑▲
大森B　豊﨑C

大森　で、最後が「恋蜘蛛」。縫い子の話だからテルちゃん好きかもしれないですけど。

豊﨑　テルちゃん狙いの小説。

大森　でも、男の縫い子だからなあ。コージだっけ？　この天才的に刺繍のうまい男っていう設定は秀逸だと思いましたね。一心不乱に刺繍をし続けるカッコいい男をドリーム入れて描いた小説なんて、なかなかない。しかもその刺繍男は作家性みたいな幻想を持ってて、ただ刺繍が上手いだけじゃなくて、どうもなんかヘンだぞっていう。ダメアーティスト系のノリも入ってますよっていうところでもう一回ひっくり返す悪意がある。

豊﨑　男の子が刺繍っていう設定は、わたしもすごい◎なんですよ。ある種のおたく小説としても題材が新鮮、いい設定だなあと思って。大雨の日のエピソードがおかしかったですよね。刺繍男が龍のイメージをつかみに行くために江古田川に行くんだけど、嵐でメモ帳飛ばされちゃって、恋人に電話で〝これから言うこと、そっちでメモってくれる？　イメージ伝えるから〟っての。あー、こういうダメなアーティスト志向の勘違いオトコっているいるという、ね。普通にさらっと読ませる恋愛小説じゃない。ちょっと気持ちが悪いっていうか、引っ掛かりみたいなものを読み手の気持ちに残す小説になってます。

小説知能指数は低くない

大森 ディテールがちゃんと面白く書けてる。前に候補になった「日曜農園」もインターネットの設定が面白かったんだけど、「恋蜘蛛」も刺繍のサイト立ち上げたら、死んだペットを刺繍してほしいとか注文がくるところもリアルでね。ただ、今回は蜘蛛っていうメタファーがいかにもベタで……。

豊﨑 そう、愛の巣、蜘蛛の巣なんてねえ。しかもモロに書いてますしね。〝ここはふたりの愛の巣だったはずなのに。私は巣にかかった獲物であるような気がした。〟こういうの、書かないでほしかったなあ。〝とうとう私は食べ尽くされて、小さな塊になりはてた〟とか。

大森 「文学ってこういうの？」って感じで書いちゃった。

豊﨑 書かないのが文学なのにね。でも、この人は小説知能指数は低くないような気がする。読んだ後に、あっ、松井雪子印だって感じがするんですよ。タイトルと著者名が消されてたとしてもちゃんとわかる。やっぱり芥川賞作家というよりは、中島たい子さんとか絲山秋子さんみたいに女性とかから支持を受ける作家になっていったほうがいいんじゃないかな。

大森 微妙だね。松井雪子はそこまで万人ウケというよりもうちょっと濃度が高い感じ。なにせ、作中に出てくるネットショップの店名が〝夢の刺繍屋さん〟ですからね。素人だとこういうダメダメな名前をつけちゃうよねーっていう意地悪なリアリティがある。

豊﨑 そういう悪意がいい個性になってるんですよね。

直木賞レース予想

『逃亡くそたわけ』

絲山秋子（初）

大森一　豊﨑◎
大森B　豊﨑A-

大森 今回の直木賞候補のラインナップは、大事件ですよ。

豊﨑 うん、大事件！

大森 いったいどうしたのか。本屋大賞をつぶしにかかって来たのか（笑）。と思うくらい本屋大賞系の作品が軒並みガーッと候補になっている。吉川英治文学新人賞の候補になりそうな人をいち早くごっそりさらっていったとも言えますが。(前回の吉川英治文学新人賞を受賞した)恩田陸さんから上あたりで候補を揃えるのが普通なのに、中間世代をすっとばして一気に下ばっかりになっちゃいましたからね。逆に言えば、直木賞が毎回こういう作品から受賞作を選ぶのなら、本屋大賞を作る必要はなかった(笑)。

豊﨑　本屋大賞の影みたいなのをものすごく感じますよね、このラインナップは。

大森　本屋大賞対策としか思えない。特に、三崎亜記、三浦しをん、森絵都、恩田陸あたり。

豊﨑　絲山秋子さんもそうでしょう。この中で本屋大賞とは違うなっていうのは朱川湊人さん、古川日出男さんくらいでしょうね。

大森　でも、『ベルカ、吠えないのか?』は(本屋大賞の)候補にはなりそう。

豊﨑　まあ、ベストテンには上がるかな。

大森　だから従来の意味での直木賞候補作は朱川湊人『花まんま』だけと言ってもいいぐらい。そして、朱川湊人を除く全員が初ノミネート。

笑いのセンスが抜群

豊﨑　では、直木賞では初ノミネートとは言え芥川賞候補の常連だった絲山秋子さんの『逃亡くそたわけ』からいきますか。うまいですねえ、相変わらず。まずは名古屋弁にビックリした。絲山さんは方言の扱いがうまいんですよ、耳がいいんでしょう。芥川賞候補の「マルコの夢」にも名古屋弁出てきたけど、比べものにならないですよ、使い方のうまさでは。博多の精神病院を脱走した〝あたし〟と、本当はもうすぐ退院できるのに付き合わされるはめになった男〝なごやん〟が九州を縦断して逃走する。名古屋出身のくせに名古屋が大嫌いで標準語を話すっていうなごやんのキャラが秀逸ですよね。大分の磨崖仏に行ったところで、上からヒルが落ちてくるシーンがあるでしょう、あそこのなごやんのパニクリ様がおかしくて。〝ヤマビルだ、ヤマビルじゃなかったら日本住血吸虫だ〟とかものすごくちゃんとヒルの説明をしながら逃げていくじゃん。こういうところうまいんですよ、絲山さんは。笑いのセンスが秀逸。タイトルもうまいでしょう? あと、絲山さんに賞をとらせたいからわざわざ芥川賞からこっちに動かしたんじゃないかという意図も感じたので本命を付けました、角田光代ルートですし。まあ、愛情だけでいうと『ベルカ、吠えないのか?』が本命で、これは三番手なんですけど。大森さんは無印なんですね。

大森　文春側の意向としては当然これにとらせたいんでしょうけど、選考委員側がそれに素直に従うかどうか。芥川賞から鞍替えしてきていきなり直木賞受賞じゃ、こっちが軽く見られるっていう反発があるだろうと。

豊﨑 角田さんは二度目のノミネートで受賞したんだっけ？

大森 そうそう。あと、直木賞的に考えると、ドライブしてるだけで、ストーリーにあんまり起伏がない。「ただ走ってるだけじゃないか」っていう声も出るかもしれない。

豊﨑 でも溺れそうになったりするよ、なごやんが！ それじゃ足りないの？ まあ、たしかに単調といえば単調なんですよね。どんどん南下していくだけの旅っていうロード・ノベルだから。

大森 最後に地図が付いてますね。たぶんその通りほんとに走ったんだろうな、相当ひどいことも書いてるし。面白いのはめちゃくちゃ面白い。なごやんを罵倒しまくるヒロインもなかなかよくて。

豊﨑 相当小説知能指数が高い。しかも書くたびにどんどんうまくなっているような気がする。精神病を扱ってるわけなんだけど、必要以上に重くしないし、かといって軽くもない。薬の扱いとかもさすがにリアルだし。物語の中で唯一不自然だなと思うのは、逃走の途中で駆け込んで、薬を処方してくれるお医者さんの存在ね。あのキャラ作りだけが、不自然だと思いました。『海の仙人』に出てくる〝ファンタジー〟ってキャラの再登場なのかなあ……。でも、こういうおおらかに薬くれる人がいないと話が成り立たないですからね。

大森 通報されてすぐ終わっちゃうからね。

『ユージニア』

恩田陸（初）

大森▲　豊﨑—
大森B　豊﨑A-

豊﨑 次が『ユージニア』。恩田さんが初ノミネートっていうのが、いかにも直木賞らしいところくささですけども。昔ある街で起きた大量毒殺事件の真相が、いろんな立場の人の語りを通してほの見えてくるという仕掛けのトリッキーな語り口の小説になってます。

大森 『Q&A』もそうだったけど、読みながら途中で想像する別の可能性の方がすごくて、最後まで行っちゃうと、ああ、いつもの恩田陸ねっていう感じになってしまうところが、弱いと言えば弱い。

豊﨑 わたしは『ユージニア』はこれでいいんじゃないかと思うんです。この終わり方しかないようなつくりになっているんだから。わたしにとっては古川作品に次いで受賞させたい作品です。でも、実際的に考えると、受賞は無理でしょうね。選考委員の中には意味がわかんない人がいるもん、絶対。「なんだ、謎が解かれてないじゃないか」って怒る人が絶対いますもん。

大森　それ以前にまず、「これは本の作りが雑だ」っていう人がいそう（笑）。

豊﨑　ひどい、わざと版面を斜めにしてるのに。ああでも、ツモ爺（津本陽）あたりが「こんなふうに文字組が歪んでるのは僕の本だけなのかな？」とか言いそうですよね、確かに。

大森　「読んでると頭が痛くなる」とか。

『夜のピクニック』は可能性あったかも

豊﨑　そういう、作品の評価とは違うところで選考が盛り上がって落とされちゃいそうな気がして心配ですね。第一『ユージニア』みたいなタイプのミステリを誰がかばってくれるのかって言ったらさ、いないんじゃないの？

大森　いないいない。北方（謙三）さんが推すとも思えないし。

豊﨑　候補になったものの誰も積極的に推してくれないという哀しみ。『夜のピクニック』だったら可能性あったかもしれないのに。

大森　意外と宮城谷昌光さんが推すかもしれないですけど、そしていつも通り一人玉砕する（笑）。まあでも、真相がよくわからなくて誰も悪口を言わないという状況になったとすると、「なんかこの人は最近活躍してるようじゃないか」って意見が出て（笑）、意外とスルッと通っちゃう可能性がゼロじゃないって気はする。無難なセンで浮上した『花まんま』に誰かが文句をつけた場合とか。あと追い授賞も直木賞の得意技なので。

豊﨑　それで大森さんは大穴なんだ。しかし、ツモ爺は困るだろうなあ。「これはミステリなの？」「犯人はだれ？」とかイワ婆（平岩弓枝）あたりに聞きそう。そういう意味では選評が楽しみな作品ではありますね。

『花まんま』

朱川湊人（二回目）

大森○　豊﨑一
大森B　豊﨑B-

大森　まあ、あの、別に悪くはないんですよ。こういう懐かしいタイプの短編小説もあっていい。

豊﨑　うん、悪くはないんですよね。『三丁目の夕日』みたいな懐かしレトロ調の作品集になってて。

大森　七〇年代日本ＳＦの後継者っていうか、最近あんまりこういうの書く人がいない中で、がんばって書いているという感じなんですけど。朱川湊人はすごいニッチなところにうまくはまった。

豊﨑　大森さんは対抗付けてるんですね。

大森　いや、一番普通に選考委員が受け入れそうですよ。

豊﨑　ツモ爺とかも、うんうんってニコニコしながら読んで。また、こうパンをぎゅーっと握りしめたくなるような暖かい読後感だとかかわいい感想を言って？

大森　たしか、前に『都市伝説セピア』が候補になった時も結構評判良くて、「もう一作見たい」とか言われてて、実際、前より良くなってはいるし。

豊﨑　そうそう、良くなってますよね、うまい短編だと思うし、わりと粒が揃っている。なんだっけ？「トカピの夜」だっけ。在日朝鮮人の少年が死んじゃうやつなんかはきっとみんな好きなんじゃない？

大森　僕はあれが嫌いで、「摩訶不思議」が一番好きなんだけど。女たらしの叔父さんが死んじゃったんだけど、火葬場の前で霊柩車が急に止まっちゃう。葬儀に愛人が三人揃うまでは故人が納得しないので霊柩車が動かないっていう、とんでもない笑い話。

『鉄道員』のラインでしょ

豊﨑　うーん、悪くはないんだけど受賞には強いものを感じないんですよね。この手のはあんまり好きじゃなくて……それはでも個人的な趣味ですしね。でも、どうなの？　装幀もこの古めかしさはありなの？（笑）。

大森　でも『鉄道員《ぽっぽや》』のラインでしょ。

豊﨑　え？　そこまであざとく泣かせる作品はないでしょー。

大森　表題作なんかわりとそうじゃないですか。

豊﨑　でも浅田次郎が『鉄道員』で受賞したのは『蒼穹の昴』を落としてしまったっていう反省があったからじゃない？　そういう意味では朱川さんは弱いんじゃないかな。

大森　今回のラインナップだと、けっこう伏兵で可能性はあると思いますね。伝統路線はこれだけだから

『ベルカ、吠えないのか？』

古川日出男（初）

大森一　豊﨑◯
大森A+　豊﨑A

豊﨑　伏兵っつったらこっちでしょう、

古川日出男『ベルカ、吠えないのか?』!

大森　来ました。

豊﨑　これにあげないでどうするんだってことですよ! これがとったら、直木賞をちょっと見直す。てか、見直させてください! 直木賞を好きにさせてください! (笑)。もう、祈るような気持ちですよ。

大森　いい作品だと僕も思いますけど、難しいでしょう。

豊﨑　可能性はあるんじゃないですか? 『ユージニア』みたいにわからないって思われる危険性はないと思うんですよ。誰がどういう理由でなぜ落とすかって考えてみたんですけど、愛が深いもんだからその理由が思いつかないわたくしなんですの。一体どんな問題がございまして? そんな感じ(笑)。軍用犬の歴史で書き切った戦後史。第二次世界大戦末期、キスカ島に残された日本の軍用犬三頭とアメリカの軍用犬一頭。そこから人間の都合で世界中に彼らの血が広まっていき、やがて一人の老人のもとに再びひとつに交わるという一大叙事詩、傑作です。どこに文句をつけるところがありますか? あ、イヌの血がリンクしていくエピソードで、この広い地球の上でそんな偶然があるのかねえとか? そんな事実があったのかねえとか? そういうこと言われちゃうのかな。

大森　いや、そんなことを言う人はいないでしょう。

豊﨑　じゃあもう落とされる理由がないじゃないですか!

大森　話を急ぎすぎているとか、短すぎるとか。

豊﨑　長く書いたら書いたで、怒るくせにね。『永遠の仔』が落とされたように。

大森　主人公が誰だかよくわからない、話が散漫だって言われるかもしれないし。

豊﨑　そんなこと言われたってそういう構成は狙いでやってんだから……。あ! 選考委員のために犬の系図を作って渡してやってくださいよ、文藝春秋はっ、版元なんだから。

あげたら直木賞を見直すんだけど

大森　南方戦線についての間違いについてなんかいろいろ指摘されて終わりとかね。「いやいやアッツ島ではこうじゃなくて」とか。古処誠二が候補になった時みたいに。

豊﨑　「二〇世紀って軍用犬の世紀だったかな? 軍用馬もいたんじゃないか」とか? (笑)。「敵軍の犬なんかすぐ殺すよ」とか? いやいや選考委員もそこまでバカじゃないでしょう、ね?

大森　いや、まあ(笑)。

豊﨑　だってこんな素晴らしい小説は年に何冊も出てこないのにっ！　発想がいいし、古川さんはいつもそうなんだけど、語り口だって物語に合わせて計算してる。でも、選考委員が古川作品をずっと読んで来ているわけはないから「ずいぶん大仰な語り口だね」とか言われちゃって終わるのかなあ。

大森　そこは大丈夫だと思うよ。まあ、なぜか三島賞の候補にならなかったのが吉と出る可能性はあるかも。

豊﨑　三島賞にとられる前に直木賞やっといたほうがいいぞ、みたいな。

大森　僕もいまんとこ、『ベルカ』が今年読んだ新刊のベストワンなんで、直木賞とったら快挙ですね。ほぼありえないけど。

豊﨑　あげたら直木賞を見直すんだけどなあ。見直したいなあ。見直させてくんないかなあ。

『むかしのはなし』

三浦しをん（初）

大森―　豊﨑▲
大森B　豊﨑B-

大森　今回は候補にSFが二つも入ってる。でもSFが直木賞を受賞したことはいまだかつて一回もないので、受賞作を予想するとなると、まずSFが消える。だから僕は三浦しをんと三崎亜記を最初に消したんですよ。今回の特殊な流れじゃなければ、まず候補にはならなかった二人。

豊﨑　三浦さんの『むかしのはなし』は、倉橋由美子の『大人のための残酷童話』を読んでる身からすると物足りなかったですね。

大森　でもポイントはそこじゃないでしょう、昔話の本歌取りはわりとどうでもよくて。

豊﨑　最初と最後がつながるっていう構造？

大森　ていうか全部つながって長編になってる。ちょっと苦しいのもありますけど、一応、長編として完全に話がつながってる。

豊﨑　三年かけて書き下ろしたんですってね。確かに作品の配列はよくできてるなあって思った。わたしの好きなうまさではないんだけど、だから愛情も何もないまま穴にしたんですよ。わりと好まれやすい仕掛けなのかなあと思ったから。でもSFはとれないって言われるとそうなのかも。

大森　地球に隕石がぶつかって壊滅するだろうからって、木星に一千万人行くんだっけ？　SF的な問題としては、いくらなんでも一千万人は無理だろうとか、木星に行ってもしょうがないだろうとか。

豊﨑　植民ステーションに入りきらない人は、周りをぐるぐる衛星みたいに回るって言ってますね。

とれないでしょうね、SFだから

大森　ほかにも、その距離でそんなウラシマ効果は生じないだろうとか、いろいろ問題はあるんですが、でも構造としては非常によくできてる。「かぐや姫」「桃太郎」なんかの昔話と地球の思い出をうまくつないでいる。でも問題は、昔話を下敷きにする意味が少なくとも小説内の論理としてはぜんぜんないこと。

豊﨑　最初から、何本か短編が一つの長編とも読めるみたいな書き方を志向してたのかな。

大森　考えてたみたいですよ。編集者の注文は昔話を下敷きに書いてくださいってことだったんだけど、それだけじゃつまんないっていうんで、長編として読める仕掛けをしたんじゃないかと。そこは評価できる。でも絶対とれないでしょうね。SFだから。

『となり町戦争』

三崎亜記（初）

大森一　豊﨑◯
大森B-　豊﨑B

豊﨑　三崎亜記『となり町戦争』はあっちこっちの賞で候補になってますが。

大森　でもしょせんSFなので直木賞はとれないっていう結論（笑）。

豊﨑　ある架空の町がとなり町と戦闘状態に陥ったというのが町役場から通達されて、終始実感をもてないまま適地偵察をする〝僕〟が主人公。この手の変種の戦争小説には戦中派の先生方はどういう反応をするんでしょうか。

大森　「いまの若い人の戦争観がよく出ていますね」って言うんじゃない？

豊﨑　しかしこれを直木賞候補にしなくてもいいですよねえ。本屋大賞対策みたいに思われちゃうだけなのに。

大森　逆に言えば、もし受賞したとなるとアピール効果は一番高い。直木賞のイメージがガラッと変わるから。小説すばる新人賞の選考委員でもある井上ひさしと五木寛之がどう出るか。井上さんなんかめちゃめちゃ絶讃してるけど、自分で選んだ作品だけに直木賞の選考会では推しにくいかもしれない。可能性は低い気がするけど、台風の目にはなりそう。一番の話題作ですからね。

豊﨑　三崎さんもこれでとっても困っちゃうんじゃない？　まだ一作目だし。まあ『GO』の金城一紀さんの例はあるけど、三崎さんって金城さんよりは真面目そうな人だから、次回作がすごいプレッシャーになっちゃいそうで可哀想。
大森 でもほら、『蛇にピアス』みたいにすばる文学賞受賞からそのまま芥川賞受賞でベストセラーっていうコースができたから、今度は、小説すばる新人賞からそのまま直木賞とってベストセラーという流れで。
豊﨑 『となり町戦争』はすでに売れてるじゃないですか。
大森 でも、直木賞とるとぜんぜん違うよ。百万部とか行きますよ。最近芥川賞の方にばかり注目が集まってるから、それを取り戻そうとするなら受賞もありでしょう。まあ、別にそこまでする必要もないけど。

直木賞を盛り上げるためには

豊﨑 新しい直木賞をアピールするんだったら、古川さんにあげればいいんですよ。古川さんにあげたっていいじゃないですか！
大森 いや、『ベルカ、吠えないのか？』は受賞しても売れないから。
豊﨑 そうかなあ!? わかんないよ。おじいさんたちが、「軍用犬か、懐かしいなあ」と思って買うかもしれないもんっ！ で、読んだら怒るのかもしれないけど（笑）。
大森 まあ、文春的には古川日出男と朱川湊人を自社本で候補にしてるけど、本命のつもりはないんじゃないかなあ。むしろ、直木賞を盛り上げるためにはそれ以外から受賞作を出したほうがいい。

『いつかパラソルの下で』

森絵都（初）

大森◎ 豊﨑ー
大森B+ 豊﨑B-

豊﨑 そこで大森さんの本命が、森絵都『いつかパラソルの下で』。
大森 今回の本屋大賞対策の流れからいうと、ど真ん中の主流にくるのは森絵都だろうと。児童文学出身。ま、これも角田コースといえなくもない。評判の高かった『永遠の出口』で候補にもならず、満を持して『いつかパラソルの下で』で来たと。
豊﨑 微妙に角田コースじゃありませんけどね、この人は。純文学を経ていないから。
大森 まあね。
豊﨑 しかし、よくもまあ、絲山さんっぽい作家がこれだけ同時期にバンバン頭角を現しますよね。

大森　今、一番流行ってる傾向だからでしょ、編集者も書かせたがるでしょうし。そのわりにはその筆頭の平安寿子がなんで候補に挙がらないのか、謎ですけどね

豊﨑　ほんとに。

大森　同じ傾向での闘いとなると、今回は『いつパラ』をとるか『くそたわけ』をとるかっていう感じになるんじゃないかと。

豊﨑　そうね。同時受賞はありえないだろうし……あっ、傾向の違う『ベルカ、吠えないのか？』と同時受賞ってのはどうかなっ？

大森　二作受賞があるとしたら、軸は『花まんま』で、相手が『逃亡くそたわけ』か『いつパラ』でしょう。意外に『となり町戦争』になるかもしれないけど。

豊﨑　……まあ、たしかに『いつかパラソルの下で』は面白いですけど。

話の作り方が直木賞向き

大森　乱歩賞なんかにもよくあるパターンの、男性作家が伝統的に書いてきた〝暗い出生の秘密〟を踏襲しながらひっくり返した話ですね。謎を残して死んだ父親の過去をヒロインが探っていくと、意に反してお笑いものの事件や事実しか出てこないという皮肉。茶化してる部分が反感を買う可能性もあるんだけど、これぐらいならギリギリ許容範囲だろうと。

豊﨑　パロディみたいな展開は意図的なんですかね？

大森　そうじゃないと〝暗い血〟とか言わないでしょう。

豊﨑　さすがに『永遠の出口』『DIVE!!』の作家で、キャラクター作りも上手だし。

大森　特に、姉妹の関係を書かせたら絶品。

豊﨑　そうそう。堅物の妹がよかった、頑なさがかわいいよね。テレビドラマにすりゃいいのに。これ、いいドラマになると思う、新しいホームドラマに。

大森　『逃亡くそたわけ』と比べるとこっちのほうが、話の作り方が直木賞向きだと思う。エンターテインメントの起承転結みたいなものをきちんと押さえているし。あとちょっと飽きたかなって思うときに出てくる〝イカイカ祭り〟が素晴らしくて！

豊﨑　あれは良かった。二日酔いでもイカを食べまくるっていうね。この人はやっぱり作家歴が長い人だから脇が甘くない。父親のルーツ探しに主人公を佐渡に行かせるとかなると、普通盛り上げようとすると思うんだけど、無理に事件を起こしたり不自然な展開にせず、イカイカ祭りみたいな脱力系に持ってくっていう

ところがうまいんですよね。

大森 本屋大賞ラインで受賞作を決めるのなら、これでしょうっていう気がしますけどね。

豊﨑 で、『いつかパラソルの下で』は本物の本屋大賞はとれると思う？ わたしは『逃亡くそたわけ』のほうがいっぱい点集めると思う。まあ、ずいぶん先の話になりますけど。[*1]

＊1 ずいぶん先の話になりますけどともに本屋大賞では候補にもならなかった。参考までに、第三回本屋大賞は、大賞『東京タワー オカンとボクと、時々オトン』（リリー・フランキー／扶桑社）2位『サウスバウンド』（奥田英朗／角川書店）3位『死神の精度』（伊坂幸太郎／文藝春秋）4位『容疑者Xの献身』（東野圭吾／文藝春秋）5位『その日のまえに』（重松清／文藝春秋）6位『ナラタージュ』（島本理生／角川書店）7位『告白』（町田康／中央公論新社）8位『ベルカ、吠えないのか？』（古川日出男／文藝春秋）9位『県庁の星』（桂望実／小学館）10位『さくら』（西加奈子／小学館）11位『魔王』（伊坂幸太郎／講談社）

メッタ斬り！隊 活動の記録5

第一三四回
（二〇〇六年下半期）
芥川賞、直木賞を予想する
芥川賞、直木賞候補作品の
公式発表をもとに、
両賞のゆくえをメッタ斬り！

候補者在庫一掃セール？の芥川賞、東野圭吾を軸に思惑渦巻く直木賞

〈芥川賞〉
「沖で待つ」絲山秋子
〈直木賞〉
『容疑者Xの献身』東野圭吾

候　補　作　品　一　覧

◎＝本命　○＝対抗　▲＝大穴

作品評価A〜D

芥川賞

選考委員　池澤夏樹・石原慎太郎・黒井千次・河野多惠子・髙樹のぶ子・
宮本輝・村上龍・山田詠美

「ボギー、愛しているか」（群像十二月号）｜伊藤たかみ	大森	豊﨑	大森C	豊﨑D
「どうで死ぬ身の一踊り」（群像九月号）｜西村賢太	大森○	豊﨑▲	大森A	豊﨑A-
「クワイエットルームにようこそ」（文學界七月号）｜松尾スズキ	大森▲	豊﨑—	大森A	豊﨑A-
「沖で待つ」（文學界九月号）｜絲山秋子	大森—	豊﨑◎	大森B-	豊﨑A-
「銀色の翼」（文學界十一月号）｜佐川光晴	大森◎	豊﨑○	大森C	豊﨑B
「vanity」（新潮十月号）｜清水博子	大森—	豊﨑—	大森B	豊﨑B

直木賞

選考委員　阿刀田高・五木寛之・井上ひさし・北方謙三・津本陽・林真理子・
平岩弓枝・宮城谷昌光・渡辺淳一

『容疑者Xの献身』（文藝春秋）｜東野圭吾	大森◎	豊﨑○	大森A-	豊﨑B+
『ハルカ・エイティ』（文藝春秋）｜姫野カオルコ	大森▲	豊﨑◎	大森B-	豊﨑A+
『蒲公英草紙』（集英社）｜恩田陸	大森◎	豊﨑—	大森A-	豊﨑B
『夜市』（角川書店）｜恒川光太郎	大森—	豊﨑—	大森C	豊﨑B-
『死神の精度』（文藝春秋）｜伊坂幸太郎	大森▲	豊﨑▲	大森B	豊﨑A-
『あの日にドライブ』（光文社）｜荻原浩	大森—	豊﨑—	大森B-	豊﨑C

｜初出｜ nikkeibp.jp　http://www.nikkeibp.co.jp/
2006年1月11日〜12日（受賞作発表を聞いて 2006年1月18日）

受賞作発表を聞いて

（受賞作公式発表直後のコメント）

考えすぎちゃダメってことですか

大森望

蓋を開けてみれば、小説好きの人が候補の顔ぶれを眺めて、なんとなく「今度はこの人じゃないの？」と予想するとおりの結果に。なんか、読まずに予想したほうが当たるんじゃないかって気がした。考えすぎちゃダメってことですか。

芥川賞はトヨザキ社長予想がみごと的中。沖のかもめに潮時きけば、わたしゃイトヤマ来ると予想——と教えてくれたかも。そう、たしかに潮時。枚数じゃないんだよ！

直木賞の『容疑者X』はオレも◎を打ったけど、単独受賞は薄いという読みだったので、予想屋としては敗北感に打ちひしがれています。直木賞的には、『半落ち』を落とした罪滅ぼしなのか？

まあしかし、絲山秋子、東野圭吾両氏がそれぞれ芥川賞受賞者、直木賞受賞者になったこと自体は非常にめでたい。既刊の本もがんがん売れることでしょうが、ついでに西村賢太『どうで死ぬ身の一踊り』も買ってあげてください。

受賞できて、よかったよかった

豊﨑由美

オデがこんな仕事をしてるもんだから、「芥川は松尾さんじゃなくて絲山さんでした！」とか、「あ、今、直木賞が決まりました。東野さんです！」とか、外で飲んだくれてる最中にも、お友達が携帯メールで教えてくれるようになった今日この頃です。

で、思ったこと。

すみません、飲み会の後なんで、すげえ酔っぱらっており、パソコンのキーを叩くのも「あれ？」っつーくらい間違えがちなんですけども、なんだこりゃあっつーくらいフツーじゃね？ あー、フツー。あまりにフツーで、なぁーんにも感想が浮かびませんの。

どうしましょ。

結局、事前に大森さんが予想したとおり、在庫一掃セールの芥川・直木賞ってことなんでしょうか。

なんか、東野作品に関して、またも「人間が描けてるかどうか」問題になったらしいですが、それを云々したのは主にジュンちゃんなんだすわね、だすわよと仮定いたしますの。だって、これまでもケーゴくんの受賞を阻止してた張本人なんですもの。今日の飲み会で、某出版関係者からなんでジュンちゃんがこれまでケーゴくんを嫌ったのか、教えてもらったんですけど、それはオデが想像してたとおりだったんですの。結局、ジュンちゃんは銀座の文壇バーで気に入ったお姉さんをケーゴくんに取られた、ただそれだけの理由で、ケーゴくんを嫌ってたらしいですよ。そんなこったろうとは思ってましたが。

　いやあ、いろんな意味、ケーゴくんが受賞できて、よかったよかった。酔っぱらいの発言ですけど、責任は持ちますですよ。

芥川賞レース予想

「ボギー、愛しているか」

伊藤たかみ（二回目）

大森◯　豊﨑▲

大森C　豊﨑D

大森　Dはあんまりでしょ。と言っておいて、オレもCか。ちょっと低すぎたな（作品評価を書き変えようとする）。

豊﨑　何してんですか、大森さん！　いじっちゃダメですよ。こんなものCで十分ですよ、Cだって優しいってもんですよっ。

大森　トヨザキさん、前回候補になった「無花果カレーライス」に対する評価も厳しかったよね。

豊﨑　だって、この人ヘタだもん。どうして立て続けに候補になってるの？　中学時代の友人にボギーってあだ名の指の欠けている男がいた。かつて、こいつから巻き上げた二十万円を持って、W島に行って散財しようってだけの話でしょ。W島は〝地元で売春島だと噂される小さな島〟って書いてあることから分かるように、三重県の渡鹿野島のこと。中部地方出身の人間だったらだれでも見当がつくスポットなんですけどね。

大森　関東で言えば新島みたいな？

豊﨑　そうそう。そんな、少年のころ特別の思いで見ていたW島に行こうとする二人の中年男のグダグダな日常を描いてるだけ。いちばんダメなのは、視点が一定してないところ。一人称と三人称の間を好き勝手に行き来してて、読みにくいったらありゃしない。視点を移動させるっていうのは、うまくやれば作品世界に奥行きをもたらす大変高度なテクニックですよね。例えばジェイン・オースティンやヴァージニア・ウルフは、この手法をとても効果的に使っている。でも、悲しいかな、たかみーは無自覚なままやってるだけだから、何の効果も持たさない。そればかりか、逆に読みにくくしてる。小説世界が視野狭窄に陥ってます。

大森　描出話法でしょ。あのぐらいは許容範囲だと思ったけど。

豊﨑　あまーいっ！　これを「許容範囲」なんて言って甘やかしてはダメッ。まあ、「想定内」のヘタさ加減ではありますが。

「激安純文学」と名づけたい

大森　いやいや、伊藤たかみはですね、「B級純文学」っていう新しいジャンルを開拓してるんですよ。

豊﨑　なにそれ？　褒めてるの？　ね、褒めてるの!?

大森　このチープな感じが、ハマるとクセになる味なんです。帰宅恐怖症の男、男の妻が書いてるブログ、マンガ喫茶、フィリピンパブ。とちりばめられたモチーフが、どれも完璧なまでに安っぽい。いわばジャンクフード的な良さがある。戸梶圭太流に、「激安純文学」と名づけたい。

豊﨑　主人公の相棒、加藤は売れない作家なんですよね。ありがち〜。

大森　〝喪服用のネクタイを加藤に借りた。ハードボイルド風には見えなかった。どう見ても葬式へいくサラリーマンの風貌である。そこで加藤は、自分が持っている黒いサングラスをかけさせた。『レザボア・ドッグス』みたいでいいぞと笑う〟。二人の中年男が死んだボギーのために喪服を着てるシーンなんだけど、あからさまにタランティーノを意識したいかにも安っぽいこの味わいがたまらない。会話も、いかにもって感じのフレーズが満載で。

豊﨑　加藤は、サングラスが見つからないっていうんでガスマスク付けるんですよね。で、酔っぱらってこの中に吐くんだ、「ああ吐くなあ」と思ったら吐く。砂浜でも吐く。さらに、もう一回吐く。「こっちが吐くな」と思うと吐く。すごーく、ありきたり。どのエピソード読んでも、ああもう知ってますーって既視感でうんざりする。

大森　そのツギハギぶりが楽しいんですよ。ところどころ、いかにもと思えるキメ台詞とかキメシーンが入ってて、すぐにでも映画化できそうだし。こういう男同士のどうでもいい話って意外と新鮮だった。

豊崎　あ、作品の中に出て来ましたね、加藤がぼやくの。〝「編集者が言うんだ。もっと等身大の女を書いてくれってさ。等身大の女ってのはどんなんですって訊いたら、参考用の本を何冊もくれた」〟、〝「等身大って言うけど、そんな女に会ったことがないな。前の嫁は四頭身だったけど、ははは。しかし何だって女だけ等身大だ。男はなしか」〟って。これは暗に、等身大の女子の日常を描いて人気を博している女性作家たちを批判してるの？　今回候補になった中では絲山秋子とか。でも、これ読んで分かりましたよ。等身大の男の話ってのはやっぱり面白くない。書いてもボツで正解（笑）。

大森　いや、実はこれ等身大の男の話じゃないでしょう。ダメさ加減を誇張したつくりもの。そういう意味ではエンターテインメント作品。かろうじて、指の欠損が現代的な喪失感の象徴になってて、そこだけちょっと文学臭い。だけど、基本は笑えるダメ男ロードノベルでしょ。豊崎さんのように、いちいち引っかかる人は読まなくていい。

豊崎　はい、わたしの今後の人生には一切必要のない小説だと思いました。

大森　たぶん、絲山秋子なんかにも同じことが言えると思うけど。

豊崎　いやいやいやっ、なに血迷ってんスかっ！　それは巧さが違うでしょー。比べるのもおぞましい。伊藤たかみはヘタだもん。絲山さんはちゃんと男も描ける人だけど、たかみーは女を装置としてしか描けてないもんっ!!

大森　だから、女をちゃんと書けちゃダメなんだって。女を装置としてしか見られないから、帰宅恐怖症に陥っちゃった男の話なんだからさあ。それでフィリピンパブの女の笑顔を見て、〝この一瞬だけは本当に好きだった〟とか思うわけで。女を書けないところにポイントがある。

豊崎　ダメ小説家の加藤なんて、そのくせ何度も結婚してんの。女が分かんないクセにして結婚なんかするんじゃないっ！

大森　そんなこと言ってると、次の西村賢太「どうで死ぬ身の一踊り」に跳ね返ってきますよ（笑）。

「どうで死ぬ身の一踊り」

西村賢太（初）

大森◯　豊崎▲
大森A　豊崎A-

豊崎　いやいやいや、伊藤たかみの「ボギー、愛しているか」は許せませんが、「どうで死ぬ身の一踊り」のダメ男はいいんですよ。かわいいし、面白いし、情けないしで、笑えるもの。

大森　それはダブルスタンダードじゃないの？　人間としては、こっちの主人公の方がはるかにひどいよ。

豊﨑　そーんなことありませんってば（笑）。これ、二〇〇四年に《文學界》に掲載されたデビュー作「けがれなき酒のへど」の続編みたいな作品ですよね。

大森　続編っていうか、西村賢太はこの「藤澤清造シリーズ」ばっかり書いてる。藤澤清造は大正期の不遇の作家で、貧乏暮らしの末、芝公園で凍死した人です。二〇〇一年に金沢の龜鳴屋から、五百部限定の『藤澤清造貧困小説集』って短編集が出てます。つげ義春の装画なんかもついてて、ちょっと話題になった。実は、その本の話を飲み屋で一回聞いたきり、藤澤清造の名前も忘れてたんだけど、西村賢太を読んでやっと思い出した。ああ、これが芝公園で凍死した貧乏作家かと。

豊﨑　「どうで死ぬ身の一踊り」の主人公の〝私〟は、自分のことを〝清造キ印〟って言ってるくらい藤澤清造にハマってる。西村賢太自身もその藤澤清造にハマってて、全集を刊行しようと、こつこつと編集作業をしてるんですよね。だから、私小説として読んでいいんでしょうね、このシリーズは。

大森　でも、資金がなくて全集はなかなか具体化しない。同棲相手の父親にまで借金してるのにって小説には書いてあるけど、どこまで本当だかは知りません。

豊﨑　じゃあ、芥川賞あげればいいよ。その賞金で全集を出せばいいじゃないですか。当然、それを狙ってるんでしょ、この人は。

大森　狙ってるかどうかは知らないけど。

豊﨑　面白い人が出て来たなあと思って、うれしくなっちゃいますね。長吉っつぁん（車谷長吉）路線というか、たいへんに笑える。なんか風聞では、この小説の主人公そのままに、ちょっとやばい人らしいですよ。見てみたいなあ。あ、受賞したら会見で生の西村賢太が見られるのか。わたしの当落評価は▲どまりですけど、やはり、ぜひとも受賞していただきたいものですね（笑）。

大森　車谷長吉ほど観念的ではなくてね。すごく即物的で、頭のよくない感じが素晴らしい。常に問題になるのは金策の話だったりして。

豊﨑　そうそう！　〝清造キ印〟話のその一方で、〝私〟の同棲相手とのなんやかやが不快な『夫婦善哉』（織田作之助）みたいに読めるじゃないですか。主人公が、鬼気迫るダメ男である上にDV野郎だという、ずいぶん陰惨な『夫婦善哉』だけど（笑）。大森さんの当落予想は「対抗」なんですね。

大森　普通だったら無印だけど、今回の候補作の中ではものすごく目立つから、ひょっとしたらひょっとするかもと。半分以上は願望。

食事のシーンでカタストロフが

豊﨑　この年齢でこういう文章を書いてるってことは、西村賢太は近代文学おたくだと思うんです。現代文学の翻訳調みたいな文章は絶対に書きたくないという強い意思を感じる。〝私〟の会話文を見ると〝――しかし、何んだぜ。おまえもぼくが出かけようとする寸前になって、ああ云うつまらんことは言うもんじゃないぜ〟なんて、いかにも近代文学のスタイルなんですよね。なのに、会話の相手の女の方は〝逆に良かったじゃん〟と今風のしゃべり方してるんですよ。それを故意に採択してるところがいい。私小説っていうジャンルは、ある種、演技者である「私」を書くのが伝統じゃないですか。太宰治もそうだし。その意味で、近代文学の系譜の中から良いものを摂取して書いてる人だと思うんですよ。

大森　僕はあいにく藤澤清造を読んでないんですが、葛西善蔵の弟子で嘉村礒多っていう作家がいて、せこくて笑えるダメ男もの私小説ってことで、ちょっとそれを連想した。同棲相手のことを名前じゃなくて、「私の女」とか、ただ「女」と呼び続けるところとかね。大正期の小説ではそう珍しくないけど、現代小説では普通ありえない（笑）。あと、西村賢太の特徴は、いつも食事のシーンでカタストロフが生じること。

豊﨑　そう、必ずケンカが起きる（笑）。今回はチキンライスにチキンが入ってないとか、カツカレーとか。揚げ物が載ったカレーがほんとは嫌いなのに、お腹が空いてたから猛然と食べた。それを見ていた女に〝「豚みたいな食べっぷりね」〟と言われてキレちゃう。何かっちゃあ、ちゃぶ台ひっくり返しちゃう。

大森　いまどき、星一徹ばりのちゃぶ台返しを毎回やってるのが素晴らしい。巨人の星に登場する、主人公・星飛雄馬のお父さん。主題歌がかかるたびに、ちゃぶ台をひっくり返してた。ただ、星一徹と違うのは、自分であと片付けするところ（笑）。カレーなんかひっくり返すとあとがたいへん。

豊﨑　〝やがてゴミ袋をひろげると、その自分で仕出かした惨状を、まるで女がやったことのような腹立たしさを覚えながら、片付け始めた〟だもんね。情けないんですよ、ダメなやつ。でも、このダメ男ぶりが大仰でいい。トイレに入って〝「便座上げとけって言ってんだろがっ!」〟っていきなり怒鳴るとことかも笑ったなあ。

大森　この人は、純文学界の業田良家になれるかもしれない。『自虐の詩』が好きな人なら、「どうで死ぬ身の一踊り」にも絶対ハマるよ。作風は反時代的で、全然売れそうもないように見えるけど、何かのきっかけで若い人にウケて、意外とベストセラーになったりしてね。

豊﨑　売れたって、わたしは驚きませんよ。長吉っつぁんだって売れたわけですから。

大森　でもなあ……。やっぱり受賞は無理でしょうね。選考委員の髙樹のぶ子先生とかがまじめに怒りそう。「こんなことを書く作者が許せない」とか言い出して。

豊﨑　ダメかー。池澤夏樹あたりは推してくれそうな気もするんですけどねー。

大森　いや、だから危険なんだよ。池澤さんが強く推すと受賞しないことになってるんだから。おまけに山田詠美も推しそうで、ますます危険。やっぱり無理かなあ。

「クワイエットルームにようこそ」

松尾スズキ（初）

大森▲　豊﨑―
大森A　豊﨑A-

大森　今回、西村賢太が候補に挙がったおかげで、松尾スズキはちょっと分が悪いよね。

豊﨑　そう、同時に候補になっちゃったことが最大の敗因になるかもしれない。西村さんが一種天然の笑いだとすると――

大森　松尾スズキのは、計算し尽くした、つくった笑いだからね。さすがに巧いんだけど、「松尾スズキならこれくらいは書けて当然」と思われてしまうところも弱い。

豊﨑　この人は、人生の箍《たが》が外れかけている人間が醸す無惨な笑いを書かせたら東西随一の作家です、演劇界でもそうであるように。「クワイエットルームにようこそ」は、いわゆるオーバードーズで強制入院させられた女性ライターの、退院するまでの数日間を描いた物語。今現在「もう限界、絶望！」っていう悲しみの極みにある人にはぜひ読んでいただいて、慰撫されていただきたいですね。

大森　松尾スズキ版「カッコーの巣の上で」ですね。僕は『失踪日記』も思い出した。あれの後半に入ってる「アル中病棟」で、著者の吾妻ひでおがアルコール依存症になって精神病棟に入れられてしまうところ。で、両方を比べると、吾妻ひでおの方が文学的かもしれない（笑）。笑えるのは松尾スズキのほうですが。

豊﨑　〝睨み飯〟とかのシーン、好きだなあ。主人公の恋人が病院の拒食症患者たちの食事の光景を〝瘦せてご飯睨んじゃって、睨み飯。よく生きてるな、あれ。睨んでてもカロリーとれないからなぁ〟って言うんですよね。そのすぐ横で頭をチリチリに焦がしてる女の子が、泣きながらナースに〝「もう、頭燃やしません！」〟って謝ってる。巧い。笑わせすぎ。

大森　冒頭部分のヒキが強烈すぎるのは、短編小説としてはむしろマイナスかもね。主人公が公衆の面前で裸で仁王立ちになってて、〝「あーあー、ゲロでうがいしちゃってるよ」〟って言われてるものすごい場面で始まる。「おお！　この調子でいくのかな？」と期待してたら、どんどん普通の話になって、最後は美しくまとまっちゃった。

豊﨑　そうですねー。でも、冒頭の調子のまんま突っ走ってたら、候補にすらならなかったと思う。テルちゃん激怒（笑）。

大森　現状のままでも、あそこで読むのをやめたりして。ただ、今回の芥川賞候補作では、唯一これだけが候補発表時点で単行本になってて、書店の店頭では現在ひとり勝ち状態。一般紙はもちろん、スポニチの社会面でも「俳優・松尾スズキが芥川賞候補に」とか、大きな記事になってました。

直木賞に回った方がいい

豊﨑　わたしが問題になるかなと思うのは、劇作家としてのクセが出てるのか、章の冒頭における状況描写のなかに、ト書きっぽく読めちゃう個所があるところです。もしかすると、そのへんを厳しく突く選考委員がいるかもしれない。柳美里が出て来たときもそうだったんですよ、「演劇出身だけあって会話はいいけど、地の文がト書きっぽいですね」ってな言い方で否定されたりして。でもやっぱり笑えるから、好き。ト書きっぽくても、わたしは許しちゃう。だって十ページに一回くらい声出して笑っちゃったもの。松尾さんが主宰してる「大人計画」が大好きで公演をずっと観てるから、小説に出てくるそれぞれの場面が舞台の映像として浮かんじゃう。大人計画の役者を勝手に配して楽しんでしまいました。

大森　主人公の恋人の鉄ちゃんなんか、いかにも松尾スズキが自分で演じそう。

豊﨑　やりそう、やりそう。でも、松尾さんだとちょっと老けすぎかな？　ここは阿部サダヲくんにお願いしたいですね。

大森　僕は、松尾スズキは、直木賞に回った方がいいと思うんですが。

豊﨑　そうかもしれませんね。でも直木賞に行ったら行ったで、〝読めない〟選考委員はいますからねー（笑）。あれ？　そう言いながら大森さんは「穴」を打ってるんですね。

大森 その理由は、後で説明します。

「沖で待つ」

絲山秋子（四回目）

大森 — 豊﨑◎
大森B- 豊﨑A-

豊﨑 さて、わたしだけでなく、おそらく世間一般が受賞間違いなしと思ってる絲山秋子の登場です。

大森 松尾スズキはさておき、芥川賞なのか？ 直木賞なのか？ と言えばこの人です。過去三回、芥川賞候補になりながら、前回は、『逃亡くそたわけ』でいきなり直木賞にノミネートされて受賞ならず。今回は、芥川賞に出戻って来て、四回目の候補。

豊﨑 わたしは「本命」を付けました。いくらなんでも、これで受賞させると思うんですよ。

大森 ただ、作品的にはどうかな。面白いけど、いかにも軽い。和式トイレの型番をいちいち書いてみたりとか、会社員時代の経験を生かしたディテールは効いてるんだけど。でもやっぱり直木賞でいいんじゃないの？

豊﨑 また直木賞に戻れって？ たらい回しかよっ。それは人としてどうかと思いますよ（笑）。絲山さんって、デビュー作の『イッツ・オンリー・トーク』からずっと、男と女の微妙な友情を描くのが得意ですよね、これは得難い資質だと思う。

大森 今回も、同期入社の男女の友情物語なんて小説であんまり読んだことがないから新鮮だった。

豊﨑 「沖で待つ」は、ですます調を使ってるのが特徴的。わたしがちょっと危ういなあと思うのは、それが効果として活きているかどうかってことなんです。この文体は、だれかに語りかけてる感じを醸すじゃないですか。そうすると、「じゃあ、一体だれに」という疑問がわいてくる。でも、その答えが見えにくいですよね。これは欠点だと思うんです。主人公の女性は、同期の友人の太っちゃんと、どちらかが先に死んだら、互いの部屋に忍び込んでパソコンのハードディスクドライブ（HDD）を壊し合うことを約束してる。で、太っちゃんが不慮の事故で死んでしまって、主人公は約束通りハードディスクを壊してやる。で、太っちゃんは死んだ三カ月後になっても、なぜか幽霊のまま、死んだときまで一人で住んでいたマンションに居座ってて、そこを訪れた主人公に彼女の秘密を指摘する。〝おまえ、のHDDやばいよ〟と。主人公は、向かいのマンションに住む男性を覗いてて、その観察日記をＨＤＤに保存しているんですよね。わたしは、この、さらりとしたトーンで一貫して進行していく話の中で、主人公の秘密が「覗き」だというのは、サービスのし過ぎだと思うんです。

大森　逆に言うと、幽霊を出す理由がそこにあるんだろうね。だけど、幽霊も覗きもなくてよかった気がする。

芥川賞は作品重視でしょ？

豊﨑　絲山さんって、読んでもらおうって意識の強い人だから、どうしても読者に向けたサービスを供しがちな作家。それ自体はいいことだと思うんだけど、今回はあまりうまくいってない気がします。でも、それはそうだとしても、いくらなんだって今回は受賞でしょう！

大森　うーん。第一三〇回芥川賞の候補になった『海の仙人』あたりで受賞できればよかったのにね。まあ、一三一回の候補になった「勤労感謝の日」よりは「沖で待つ」の方がいいけど。

豊﨑　でしょ？　あと作家の全体像ってことも考えてくださいよ。絲山秋子総体としてのレベルの高さを考えたら、十二分に受賞に値すると思うんですけど。

大森　直木賞だったらそういう基準もあり得るけど、芥川賞は作品重視でしょ？

豊﨑　それを言ったら、前々回受賞の阿部和重はなかったはず。あれは『グランド・フィナーレ』という候補作だけに対する評価ではないでしょう？

大森　あれは特例。豊﨑さんが言うような基準がありだったら、同じく候補四回目の佐川光晴だって、絲山秋子と同じように受賞の可能性があるよ。

「銀色の翼」

佐川光晴（四回目）

大森◎　豊﨑○
大森C　豊﨑B

豊﨑　大森さんの本命は「銀色の翼」なんですね。

大森　難病もの。これは中年版セカチュー（片山恭一『世界の中心で、愛をさけぶ』）だと思った（笑）。

豊﨑　ぜんぜん美しくないセカチューね。配役考えると、どよーんとします。

大森　文壇内部の評価はたいへん高いようですが。

豊﨑　えぇーっ、なんで!?　でも、大森さんはC。作品評価はわたしのほうが高いじゃん（笑）。いや、悪くはないですよ、伊藤たかみなんかと比べたら、ちゃんと文学の体をなしてると思いますよ。けど、うつ病で頭痛持ちの主人公の背後に、

「石」を配したりするってとこが、もういかにも純文学くっさーて感じで鼻白んじゃうんですよ。タイトルの「銀色の翼」。作中で〝閃輝性暗点を銀色の翼と呼んだのは芥川龍之介で、自身も片頭痛に悩まされていた彼が小説『歯車』の中でこう表現したところから同病者のあいだに膾炙するようになった〟って、ネーミングの背景を明かしてます。こういうメタファーも、悪いけど、くっさー！　まあ、この臭みも、くさやの臭いと同じで、純文学の旨味のひとつなのかもしれませんけど。「いかにも純文学ってな作品に受賞させたい」という意図が授賞サイドにあるなら、佐川光晴さんが本命でもおかしくはありませんね。この人も四回目の候補。もう四十歳だし、そろそろ候補卒業要員ですよね。一三一回の候補になった「弔いのあと」より作品のレベルは上だし。

大森　選考委員では、河野多恵子、髙樹のぶ子は「銀色の翼」を推すんじゃないか。宮本輝も乗りそう。

松尾スズキとの同時受賞も

豊﨑　じゃあ、絲山さんとダブル受賞でどうですか？

大森　順当に考えればそうなんだけど、それではいかにも「候補者在庫一掃セール」って感じになっちゃうから。

豊﨑　あ、それに、ダブル受賞が出るときって、たいてい話題が作れることが決まってるときなんですよね、第一一六回の辻仁成と柳美里とか、一三一回の綿矢りさと金原ひとみとか。

大森　そう、それで、僕は、松尾スズキに穴を打ったんですよ。佐川光晴だけでは弱い場合、初顔・異業種・派手の三拍子をそろえた松尾スズキとの同時受賞もありうるなと。

豊﨑　おおっ、読みが深い、腹が黒いっ。

「vanity」

清水博子（二回目）

大森—　豊﨑—
大森B　豊﨑B

豊﨑　なんでこんなタイトルにしたんだろう。「vanity」って、あんたは赤坂真理か!?　で、何よ？　と不審に思って読み進めると、これが、芸能人が未知の国に旅して様々な挑戦を行う「世界ウルルン滞在記」みたいな話なんですよね。「東京のガサツなキャリアウーマン三十二歳が、ハイソでお上品なマダムに六甲の麓で出会った～」みたいな（笑）。まあ、作中に『陰翳礼讃』が出てくることで分かるように、谷崎潤一郎が東京から関西に行って、逆に東京の本質を知ったというのを、現代を舞台にやってみようというたいへんな試みなわけですけども。

大森　現代の六甲マダムの話を谷崎風に書いて、でも、東京に出てくると、田中康夫の『なんとなく、クリスタル』になってしまうという分かりやすい構造。ただ、それが面白いかっていうと微妙。あと、ブランドを、いちいち固有名詞を出さすに説明するのもいかがなものか。例えば〝本社がパリにあるにもかかわらず、利権争いで殺人がおきたマフイアじみたイタリアのメゾンの製品〟って調子。文芸誌の読者の神経を逆撫でにするつもりなのか。

豊﨑　あ、その意図はあるんでしょうね。わざとやってる。

大森　面白ければいいんだけど、ちょっとくどい。六甲マダムの人物設定は好きですが。

豊﨑　主人公も、小火を出した隣家で飼われてた小鳥が燻製になって死んだことに対して〝ほうっておいても寿命の小鳥だったから、死んでもだれもうれしくもかなしくもないだろう〟みたいな感想を持つようなすごく無神経な女じゃないですか。これもわざとでしょう。こういう偽悪的な感じは悪くないと思います。

類型化するとこうなるのか

大森　あと、この主人公は、早稲田大学出身であることをすごく気にしてる。なにかというと「ワセジョだから」みたいな。

豊﨑　そうそう。早稲田の女子学生をワセジョと呼んで、あまりセンスがよくないという揶揄を込めている。それにしても、この描写はひどすぎるような気もします。〝きまじめで融通がきかず、きさくでけなげできかん気で、なまじ男子よりあたまの回転がはやいものだから馬鹿を愛でることを知らず、かといって個性と特性と天性を区別できるほどの世知もなく、理想のなにものかになれる者など学年にひとりいるかいないかなのに、このわたしこそがひとかどの人物にならなければいけないし、なれるはずだという幻想からなかなか逃れられず、映画と演劇と文学に造詣があるふりをしつづけ、過食か拒食におちいりがちなここにいるしんどい娘たちは、ワセジョと総称される〟って(笑)。

大森　ワセダミステリクラブOGとか、僕の周りにも主人公と同じ年ごろの早稲田出身の女性はけっこういるけど、ぜんぜん違いますね。類型化するとこうなるのかって意味で逆に驚いた。でも、この六甲マダムも類型なんだよね。芦屋や西宮にうちの親戚が住んでたから雰囲気はなんとなく分かるけど、六甲マダムの実物は知らない。だからなんとも言えませんが、六麓荘の住人が読むと怒るかもしれない。

豊﨑　類型対類型、怪獣映画を見るように読むべしと。まあ、なんだかんだ面白くは読んだんですけど、受賞には至らないでしょうね。こういう生意気なタイプの小説を選考委員の石原慎太郎が受け入れるとは思えない。ていうか、清水博子さんて、そもそもが芥川賞を受賞しにくい資質のような気がするんですよ。

直木賞レース予想

『容疑者Xの献身』

東野圭吾（六回目）

大森◎　豊﨑◯
大森A-　豊﨑B+

豊﨑　東野圭吾危うし！　土壇場でわたしは『ハルカ・エイティ』支持に回ってしまいました。

大森　僕は、不安材料はかなりあるけど「本命」マークを打ちました。まあ、どっちにしても今回は東野圭吾が焦点でしょう。

豊﨑　東野さんは、一二〇回（『秘密』）、一二二回（『白夜行』）、一二五回（『片想い』）、一二九回（『手紙』）、一三一回（『幻夜』）と直木賞を落とされ続けております。

大森　今回で六回目。

豊﨑　今回落とされると、芥川賞を落とされ続けた島田雅彦の記録と並ぶというたいへんな不名誉が待ってます（笑）。九回落とされて十回目でようやく受賞した古川薫*1なんて猛者もいますけど、この作品で落とされると、今までよりずっとダメージが重いだろうと予想されるわけで。

大森　キャリア的にも年齢的にも、これが最後のチャンスに近いしね。でも、意外性を核にしたこういう本格ミステリが直木賞をとった例は過去にほとんどない。

直木賞狙いなのか？

豊﨑　だから、勝負に出たんじゃないですか。候補に上がるたんびに「人間が描けてない」と言われ続けた東野さんが、天才数学者・石神による美しい「献身」という人間ドラマを入れ、直木賞仕様に作品を仕上げたんですよ。ラストにあんなバカみたいな泣きを入れてまで。わたしは、従来の東野さんなら決してあんな号泣オチはつけなかったと思います。つまり、これほどの売れっ子作家が節を曲げて、膝を折り、あたかも土下座するかのように「直木賞をください」と表明している、と。そのあられもない思いに対して選考委員の先生がたは、どう応えるんだっていうことですよ。

大森　いや、それは穿ちすぎだと思うな。そもそも直木賞を狙うなら、こういう一発ネタの大トリックをフィーチャーしたりはしなかったはずだから。『容疑者Xの献身』は、直木賞のストライクゾーンを思い切り外れている。

豊﨑　でも、東野さんは、そういうストライクゾーンものは書けないじゃないですか。

大森　いやいや。直木賞狙いなら、『白夜行』系列のヒューマン・ミステリか、『さまよう刃』みたいな社会派的モチーフを扱った作品で来るでしょう。

豊﨑　その『白夜行』を、〝作家と自負するなら、より深く誠実に、主人公の内面に分け入り、踏み込んで書くべきではないか〟って渡辺淳一にとんちんかんな大否定をされて落とされた。だから、直木賞向け作品としては、「もうあの路線はダメだ」と断念しちゃってるんじゃないですか？　で、今回は、あえて得意な本格ミステリを書いて、そこに分かりやすーい人間ドラマを入れてきたんじゃないかと。石神のキャラに勝負を賭けた。ラスト、たいていの人が泣くって言ってるし。わたしは失笑しましたけど。

大森　でもこれ、『探偵ガリレオ』『予知夢』に続く、物理学者・湯川学が探偵役を務めるシリーズの第三弾でしょ。いくら版元が文春でも、直木賞狙いじゃなかったと思うけどね。少なくとも《オール讀物》で連載が始まった当初は。

豊﨑　じゃあ、いらないの？　直木賞をとれなくてもいいと思ってるの？

大森　そりゃ欲しいでしょう。連載中から手応えを感じはじめて、ラストは直木賞を意識した可能性はあるね。しかも、単行本が出版されるなり大反響。うるさがたのミステリ評論家筋も絶賛の嵐で、二〇〇五年の「このミステリーがすごい！」でも《週刊文春》の「ミステリーベスト10」でも、ダントツの一位。もはやミステリ界の統一候補という雰囲気になってしまった。って言っても、横山秀夫の『半落ち』が落とされた例があるので油断できませんが。

豊﨑　選考委員の北方謙三が、ミステリ界代表としてどこまでがんばれるか？

大森　『半落ち』のときは反対に回ったらしい。今回は、日本推理作家協会の前理事長として、不退転の覚悟で東野圭吾を推すかどうか、注目されるところですね。さらに、元理事長の阿刀田高がどう出るか。渡辺淳一はやっぱり反対するのか。今回、いちばんホットなポイントです。

『ハルカ・エイティ』

姫野カオルコ（三回目）

大森▲　豊﨑◎
大森B-　豊﨑A+

豊﨑　わたしも人の子としてですね、今回は東野さんにあげようよ、そう思ってましたよ。祈るような気持ちで、そう願ってましたよ。けど、これ読んで意見が変わりました。え、大森さん、なんでそんなに評価低いの？

大森　豊﨑さんこそ、なんでそんなに評価高いの？（笑）。同じ文春銘柄でも、これまでと作風をがらりと変えたって意味では『ハルカ・エイティ』の方が『容疑者Xの献身』よりも直木賞狙いって感じじゃないですか。でもちょっと長過ぎだと思うんだけど。

豊﨑　これぐらいで長いっていうのはどうなの？ ほら（ページをめくって見せて）、そんなに字が詰まってないし、五百ページもないんですよ。冒頭、ハルカっていうかっこいいおばあちゃんが登場。物語は、彼女の少女時代から始まる。女学校を卒業して先生になり、結婚したと思ったら、すぐに夫は戦地にやられ、戦時中はとっても優しい舅姑と仲良く苦労。戦後は生きて帰って来た夫とお互い浮気し合いながらも仲良く年をとっていきました、ちゃんちゃんみたいな。

大森　ハルカのモデルになった実在の伯母さんに延々インタビューしましたと。今までの姫野さんの得意技を封印して書いた小説だから、意欲作だとは思いますよ。でも、そういう書き方がまだ板についてない気がする。べったり書き過ぎじゃないかなあ。

豊﨑　逆に、そのべったり書いてる感が選考委員に受けると思うんですけど。構成上でちょっと残念なのは、冒頭に登場する八十歳のハルカさんの現在の姿が、ラストのイメージとすっきりつながらないこと。だから最後まで読み切ると、プロローグにとってつけた感が伴うんですよ。例えば、八十歳のハイカラおばあさんの現在進行形の人生に、それまでの歩みをうまくエピソードとして入れ込んで、「うわあ、大正生まれのすてきなおばあさんがいるんだ」というイメージを屹立させる。そんな、もう少しトリッキーな構成の立て方もあったはずなのに。

大森 女学生時代は、プロローグのハルカさんとイメージがつながる。だけど、あとは、戦中戦後を生きてきたけっこうふつうの女性にすぎない。

豊﨑 そうなんですよね。プロローグの後、ずーっと時系列に沿ってエピソードを連ねる構成にしたのは、だからやっぱり直木賞選考委員向けなんだとしか思えないんですよ。もしくはNHKの朝の連続テレビ小説狙い？（笑）。朝ドラならこの構成のまんま脚本化できちゃうもん。日本の良識ある五十代以上の方々に、いかにも好まれそうなお話ですよ。

大森 もうちょっといろいろ事件がないと、朝ドラには地味でしょう。

作家としての幅を広げてる

豊﨑 時代の変化の勘どころで、いろんな夫婦の形をみせていく「夫婦小説」にもなっている。そこが読み心地のよさにつながっているのは大きな手柄だと思うんですよ。ハルカと大介夫婦、舅姑の左エ門とミヤの夫婦。他にも女学校時代の友人の夫婦とか、妹の時子の夫婦とかが出てきます。人物像も立体的でよく描けてます。わたしは、地味な存在ながらヒロインの妹・時子のキャラが光ってると思ったんです。きまじめで、疑心暗鬼で、いつも悪い未来ばっかり想定してる時子。少女時代、当時の少女がみんな大好きだった雑誌《少女倶楽部》を見たくないっていうんですよね。その理由が〝髪の毛の長い主人公が、めそめそしている。髪の毛が鏝《こて》で巻いてあるのがめそめそしている。主人公が華美な洋服ばかり着ている。スカートがひらひらしているのがめそめそしている。皇国につくすことより、異性やSにばかり関心があるのがめそめそしている。ようするに、めそめそしているので見たくない、というのが次女の言い分であった〟。このへんのエピソードは巧いと思うなあ。

大森 僕は女学校時代の友だちがよかったな。

豊﨑 おっとりしてるひとでしょ？　日向子。

大森 そうそう。

豊﨑 しゃべり方がいいですよね。〝あのひとにも〜ええ話があるようにぃ〜、おたあさまが〜探してはるの〜〟って。そうそう、会話がいいの。大阪と滋賀と京都の言葉の違いみたいな繊細な使い分けが、ほんとに上手で。姫野さんって、着実に作家としての幅を広げてる人ですよね。

大森　直木賞候補になるのはこれで三回目ですからね。

豊﨑　しかし、おせいさん（田辺聖子）に読ませたかったなあ。選考委員をお辞めになったのが残念でなりません。青春時代を大阪で過ごした自伝『私の大阪八景』を書いてるお聖さんにこそ読んでほしかった。本来は、田辺聖子がどう読むのかっていうのが選考の争点になったはずなんですよ。そういう意味では、今回の直木賞選考会には、『ハルカ・エイティ』のためのキーパーソンが欠けてると思う。

大森　そうそう、東野圭吾も田辺さんがずっと推してたんだよね。

『蒲公英草紙』

恩田陸（二回目）

大森◎　豊﨑―
大森A-　豊﨑B

大森　今回、消去法ですうっと上がってくるとしたら恩田陸じゃないかと。

豊﨑　『蒲公英草紙』の時代設定は明治後期。『ハルカ・エイティ』の始まり部分と近い。おじいさん、おばあさん委員が好みそうな時代設定ではありますね。

大森　一人の女性が、第二次世界大戦の終わりから、五十年前の出来事を振り返るという設定。宮城県南部を舞台にしたノスタルジックな話で、あんまり反対しそうな選考委員がいない。短いし、『光の帝国』の続編だし、ちょっと地味かなとも思ったんだけど、よくよく考えると意外にいけるんじゃないか。直木賞の候補にもならなかった『夜のピクニック』が、本屋大賞、吉川英治新人賞をとって、がんがん売れたという事情もあるし。ノミネート六回目の東野圭吾と同時に受賞させるなら、恩田陸はちょうどいいバランス。というか、『容疑者Xの献身』『蒲公英草紙』との二作受賞の方がすんなり決まりそう。だから今回は、東野、恩田のダブル受賞を一点買い。

豊﨑　『蒲公英草紙』って、恩田さんの小説にしては、珍しくラストが苦いんですよね。これは直木賞候補作としては強みになるかもしれません。今までの恩田作品は、選考委員には子どもっぽいという印象があったと思うんです。今回は苦みが考慮されて、前回候補になった『ユージニア』よりは真剣に扱われそうな気がします。

タイミングよく出版された作品

大森　『蒲公英草紙』が連載されてたのは、二〇〇〇年の一月からほぼ一年間。連載終了後、恩田さんがなかなか単行本用の直しに手が付けられなくて、去年やっと出版された。不思議なのは、9・11以前に書かれた小説なのに、内容が9・11以降の時代状況とシンクロしていること。

豊﨑　その嗅覚の鋭さもまた恩田陸という作家の優れたところですよね。

大森　今書こうとすると、9・11以後を意識しすぎちゃって、こういうふうにさらっとは書けない。その意味ではタイミングよく出版された作品だという気がします。

豊﨑　直木賞が嫌う、SFファンタジー要素が入ってる点はどうですか？

大森　この程度の超能力ならぎりぎり大丈夫じゃないですか。前回受賞の朱川湊人『花まんま』に続く「すこしふしぎ」ラインってことで。『死神の精度』まで行くとどうかと思うけど。

『夜市』

恒川光太郎（初）

大森一　豊﨑一
大森C　豊﨑B-

豊﨑　『夜市』は、二〇〇五年の日本ホラー小説大賞受賞作です。前回、直木賞を受賞した朱川湊人は、『白い部屋で月の歌を』で、二〇〇三年の日本ホラー小説短編賞をとってましたね。

大森　そうそう。恒川光太郎は、完全に朱川第二号。布石ですよ。取りあえずデビュー作で候補にして、次の次くらいに文藝春秋から出版される作品で受賞するといいなっていう。

豊﨑　なんでそんなに日本ホラー小説大賞受賞者を大切にすんの？

大森　いや、朱川湊人を大切にしたのはホラー大賞出身だからじゃなくて、「オール讀物新人賞」を受賞した文春生え抜きの秘蔵っ子だからでしょ。それがうまくいったから、同じようなラインの短編作家として、恒川光太郎にも唾をつけておこうってことじゃないかな。

豊﨑　ふーん。

大森　『夜市』は、まあ、ふつうに良くできた作品だと思いますよ、単行本に収録されている書き下ろしの「風の古道」もいい。

豊﨑　うん、わたしは「風の古道」の方がいいと思いますね。少年小説としてたいへん好きです。

大森　受賞後第一作で「風の古道」が書けるってことは、相当実力がある。これを読んでかなり作家的評価が上がりました。朱川湊人のことを考えると、早くに直木賞候補にしておくのも、まああありかな。

一般読者だって不思議に思ってますよ

豊﨑 わたしは、前半、ぱっとしないなあと思って読んでたの。だって、同じホラー小説大賞受賞作の『姉飼』とかの方が、もっと凄まじい夜店が出て来たじゃないですか。あの衝撃に比べたら、子どもを売買するくらいなんだよって（笑）。後半の展開は、作家としてアイデアマンだなあと思います。でも、わざわざ直木賞候補にするほどの作品じゃない。大森さんが言ったような理由以外ではね。文芸誌発表作が対象で、候補作の分母が小さい芥川賞と比べて、既刊本が候補の対象になる直木賞は、分母がずっと大きい。そこから六作選ぶのに、なんで新人のこの程度のレベルの作品を残さなくてはならないのか、謎ですよ。

大森 古川日出男も入ってないし。

豊﨑 そう。前回は『ベルカ、吠えないのか？』で候補になったのに。『LOVE』『ロックンロール七部作』と、あれから二冊もよい小説を出してるんですよ*2。なのに、なんでその古川さんを無視して、『夜市』『あの日にドライブ』を選出するのかなあ。一般読者だって不思議に思ってますよ。

大森 ほんとにね。

『死神の精度』

伊坂幸太郎（四回目）

大森▲ 豊﨑▲
大森B 豊﨑A-

豊﨑 で、大森さんもわたしも、穴が伊坂幸太郎の『死神の精度』。

大森 下馬評では、今回は東野＝伊坂が本線なんですよ。東野圭吾は六回目、伊坂幸太郎は四回目と候補になった回数も多いし、双方かなり評価の高い作品なので。

豊﨑 だからわたしも穴の印を付けました。でも、伊坂さんは『死神の精度』のあとも作品をぽんぽん出してるじゃないですか。今回受賞を見送っても、『砂漠』でまた今年の下半期の候補に挙がる可能性が高い。そう想定すると、そっちで授賞した方がいいんじゃないかなと思ったりもします。

大森 『死神の精度』『魔王』『砂漠』と並べると、『死神の精度』がいちばん弱いかも。

豊﨑 そうなんですよねえ。わたしはね、『容疑者Xの献身』を読む前に、『死神の精度』が直木賞をとると宣言しちゃったんですよ。その宣言文を単行本（『そんなに読んで、どうするの？』）に収録してしまったので、たいへん、本当にたいへん心苦しいものがあるんですけど(苦笑)。まあ、とにかく後から上回る作品が出て来ちゃったものはしょうがないと。

大森　その東野さんも今はトヨザキ本命座のから滑り落ち……。

豊﨑　ホントに、ねえ。わたしってば、ねえ。姫野カオルコさんを読んじゃったから、今や『死神の精度』は三番手に落ちてしまった(笑)。伊坂ファンの皆さん、失礼ぶっこいちゃって本当にごめんなさい。でもね、そうはいってもやっぱりいい小説だと思うんです。もったいないくらいいろんなネタを、惜しげもなく六編にちりばめて、連作短編集に仕上げてる。この才気走ったところを「軽い」と思う選考委員もいるかもしれませんけど、「軽い」の一言で片づけず、ちゃんと評価してほしい。順番に読んでいけば、最後の「死神対老女」で、全編を貫く大きなフレームが見えるという構成の妙も含めて、ちゃんと読んでいただきたいものです。選考の過程で、簡単には落とさないでほしいですね。

レベルが落ちないのはすごい

大森　僕は、「死神もの」的にどうよっていう気がして、そこが不満。「ベルリン天使の詩」の死神版みたいな設定でしょ。これじゃ、そもそも彼らは死神と呼べるのかって疑問に始まって、組織のありようとしては無駄が多すぎるんじゃないかとか、ついいろいろ考えてしまう。死神が人間界にあんまり慣れてないせいで、とんちんかんなやりとりになるっていう異文化摩擦ギャグも、なんだかことごとく滑ってる気がして笑えない。

豊﨑　そう？　〝「でも、甘く見てると意外に、吹雪、長引くかもしれねえよな」英一がぼそっと言う。「甘い？　吹雪に味があるんですか？」と私は感じた疑問を口にした〟。こういうところですよね。わたしはそんなに嫌いじゃないけど。てか、けっこう好き。

大森　おまえは小学生かと。これが出るたびに脱力する。わざわざ〝ミュージックを楽しむ〟とか言うのもイヤ。音楽って言え！(笑)

豊﨑　確かにね。古川日出男なんかが書くとそういうフレーズも格好が付くんだけど、伊坂さんの文体には似合わないかも。でもね、これだけ作品を次々と発表してるのにレベルが落ちないってのは、すごいことですよー。わたしなんか素直に脱帽しちゃいますね。直木賞の性格って、この作家は今後もずっと文壇の第一線でやっていける実力者ですっていう太鼓判みたいなところがあるじゃないですか。それなら伊坂さんにも捺しちゃっていいと思うんですけど。ただ最初に言ったように、次回は長編で候補に挙がるだろうから、そっちでとってもいいかもしれません。『砂漠』未読の状態で言うのもなんですけど。

大森　そうそう。ふつうに考えたら、もう四回目だから受賞もあり？　と思うだろうけど、ほかに六回目の人がいる。しかも伊坂幸太郎は、新人の恒川光太郎を別にすると、候補者の中でいちばん若い。前回の候補みたいに若い人ばっかりのところに伊坂くんが入ってるならともかく、今回の顔ぶれは伊坂シフトじゃない。東野シフトだよね。

『あの日にドライブ』

荻原浩（初）

大森一　豊﨑一
大森B　豊﨑C

豊﨑　なんでこんな程度の作品がノミネートされるんでしょ。

大森　去年、山本周五郎賞を受賞した『明日の記憶』を候補にし損ねた罪滅ぼしかな。

豊﨑　でも、候補に選ぶときって、当然作品を読むんですよね。なにもこれで挙げなくてもいいでしょう、荻原浩はもっといい小説書ける人なんですから。

大森　荻原浩は今年で五十歳だから、なるべく早い機会に授賞したい。だから、取りあえず何かで候補の実績をつくって、次に文春から出す本で受賞を狙いましょうと、そんな作戦かも。

マイルドな人畜無害小説

豊﨑　元エリート銀行員が、ちょっとした失言で退社せざるをえなくなって、取りあえずタクシー運転手になった。で、最初は自分を哀れんでぐずぐず愚痴ばっかりこぼしていたのが、前向きにまたがんばろうよと思えるようになりましたっていう、いわばリストラ中年男に向けた応援歌みたいな作品。この小説で唯一面白い要素は、主人公の中年男の妄想癖ですかね。昔の彼女を見かけて〝彼女と一緒に暮らしていたら、自分にはどんな未来が待っていたのだろう〟とか、自分に都合のいいことを延々と妄想するじゃないですか。その妄想を抱く過程や内容がリアルで面白かったけど、あとはとりたてて小説的な試みがあるわけでもない。ただただ読み心地がマイルドな人畜無害小説。

大森　要素がいろいろ入ってて中途半端。タクシードライバーの仕事のコツを覚えて、成績を上げていく苦労話は面白いんだけど、とんとん拍子に話が進みすぎる。むしろそっちを主眼にすればよかったかも。

豊﨑　『明日の記憶』と比べても小説として弱い。これで受賞は無理でしょー。本当に、ただ候補に挙げてみましたってだけの印象です。

大森　これを候補にするなら、山本幸久の『凸凹デイズ』を候補にしてほしかったですね。

豊﨑　あ、そういう手はありますね。

大森　しかしそうすると文春銘柄が多くなりすぎちゃうか。『容疑者Xの献身』『ハルカ・エイティ』『死神の精度』とすでに三作もあるから。まあ、山本幸久は今後いくらでもチャンスがあるでしょう。

＊1　第五三回で候補になってから、一九九〇年、十回目の第一〇四回『漂泊者のアリア』（文春文庫）で受賞。

＊2　古川日出男は、二〇〇六年『LOVE』で第一九回三島由紀夫賞を受賞。

メッタ斬り！隊 活動の記録6

第一三五回
（二〇〇六年上半期）
芥川賞、直木賞を予想する
芥川賞、直木賞候補作品の
公式発表をもとに、
両賞のゆくえをメッタ斬り！

ショック！
ええーっ！
またしても
受賞作がすべて
文藝春秋絡み!?

〈芥川賞〉
「八月の路上に捨てる」
伊藤たかみ
〈直木賞〉
『風に舞いあがるビニールシート』
森絵都
『まほろ駅前多田便利軒』
三浦しをん

候　補　作　品　一　覧

◎＝本命　○＝対抗　▲＝大穴

作品評価 A〜D

芥川賞

選考委員　池澤夏樹・石原慎太郎・黒井千次・河野多恵子・髙樹のぶ子・
宮本輝・村上龍・山田詠美

「点滅……」(新潮二月号)	中原昌也	大森○	豊﨑◎	大森A	豊﨑A
「生きてるだけで、愛。」(新潮六月号)	本谷有希子	大森▲	豊﨑—	大森B	豊﨑B+
「大きな熊が来る前に、おやすみ。」(新潮一月号)	島本理生	大森—	豊﨑○	大森C	豊﨑B
「ナンバーワン・コンストラクション」(新潮一月号)	鹿島田真希	大森—	豊﨑—	大森B	豊﨑B
「八月の路上に捨てる」(文學界六月号)	伊藤たかみ	大森◎	豊﨑▲	大森B-	豊﨑B

直木賞

選考委員　阿刀田高・五木寛之・井上ひさし・北方謙三・津本陽・林真理子・
平岩弓枝・宮城谷昌光・渡辺淳一

『風に舞いあがるビニールシート』(文藝春秋)	森絵都	大森◎	豊﨑○	大森A	豊﨑B+
『まほろ駅前多田便利軒』(文藝春秋)	三浦しをん	大森▲	豊﨑—	大森B-	豊﨑B-
『愚行録』(東京創元社)	貫井徳郎	大森—	豊﨑—	大森C	豊﨑C
『安徳天皇漂海記』(中央公論新社)	宇月原晴明	大森—	豊﨑—	大森A+	豊﨑A
『遮断』(新潮社)	古処誠二	大森▲	豊﨑◎	大森A	豊﨑B+
『砂漠』(実業之日本社)	伊坂幸太郎	大森○	豊﨑▲	大森B+	豊﨑B

| 初出 | nikkeibp.jp
2006年7月7日〜12日(受賞作発表を聞いて 2006年7月14日／発表は13日)

受賞作発表を聞いて

（受賞作公式発表直後のコメント）

ただの空騒ぎかよ！

大森望

幻滅……。

もうね、候補作読んだりせずに版元だけ見て予想しろってことですよ。

芥川賞はともかく、直木賞が森絵都と三浦しをんのダブルとは……。ボイルドエッグズからついに直木賞作家が――という意味では感慨深いけど、まさか『まほろ駅前』で受賞するとはねえ。いよいよＢＬの時代が来るってことですか。だったら鹿島田真希も同時に受賞してれば完璧だったのに。

漏れ聞くところによれば、芥川賞は最初に落ちたのが中原・鹿島田の三島賞コンビ、しかも「点滅……」には見事に一票も入らなかったらしく、中原昌也の受賞可能性は最初からゼロだった模様。ちぇ。ただの空騒ぎかよ！

一方、直木賞はこれで五回連続文春のみの受賞。そんな狭いところには来ないという思い込みが悪かった。単純に文春は強かった。しかし伊坂幸太郎はこれで落選五回、いよいよあとがなくなりました。そして津本陽が欠席だったにもかかわらず、古処誠二は落選。解せず。今回は、ぜったい当たると思ったのになあ……。

……幻滅。

何読んでんっスかっ、選考委員はぁ

豊﨑由美

あー、はいはい、いつもどおり酔っぱらっておりますよ。夜は酔っぱらうんですよ、はい。でもね、ものすごく魅惑的な誘いを断って、帰宅してですね、この不毛な感想を書いているわけですよ。褒められこそすれ、怒られるいわれがどこにございましょうか。

で、オデはね、そりゃ中原さんがとれるとは思ってませんでしたよ。でも選考委員の誰も何の印もつけなかった、つまり〇点だったということを知った時にですね、どういうことかと酔っぱらい怒ったわけですよ。中原さんの全作品を惑星直列として考えるならば、そうですね、そりゃ最善の作品じゃないでしょう。でも、今回の候補作を銀河系横並びにした時、どうなんですの？ 何の印もつかないような作品ですの？ですの？ ですのののっ？ 何読んでんっスかっ、選考委員はぁ。

　文藝春秋は直木賞作家（妻）×芥川賞作家（夫）のコラボ作品を書いてもらったらいいじゃないのぉ？ ……あ、てか、書かせたくて、たかみーに授賞したんでねーのぉ？

　で、直木賞の結果を聞いて、さらにあごカックーンですよ。芥川賞も直木賞も文藝春秋一色！ 猿芝居？ 猿芝居？ 猿芝居？ いくらなんでも三浦しをんのあの作品はないでしょう？ ……あ、そっか。このBL（ボーイズラブ）っぽい作品に授賞することで、今後、直木賞はその手の軽い小説もガンガン候補にしていくよ、授賞も辞さないよ、そういう決意表明ですの？ ですの？ ですのののっ？

　別にいいけどさ。

幻滅、というよりは壊滅。

芥川賞レース予想

「点滅……」

中原昌也（初）
大森◯　豊﨑◎
大森A　豊﨑A

大森　（豊﨑が伊藤たかみに◎を付けてるのを見て）えぇーっ！ なんで中原昌也が本命じゃないの!? 愛してる馬の馬券は買わないと。
豊﨑　……だって、無理ですよ。
大森　そういう問題じゃないよ！ たとえ負けるとわかっていても、勝負を逃げちゃダメでしょう。トヨザキ社長たるもの、ここは中原昌也に全財産突っ込まなきゃ。
豊﨑　でも当たり馬券を買おうと思ったら、今回は伊藤たかみでしょ？ 今回の芥川賞は、そういうデキレースなんでしょ？ しっかし、そんなに伊藤たかみに芥川賞をあげたいんですかね、文藝春秋は。候補作の中で《文學界》掲載作品は、伊藤たかみの「八月の路上に捨てる」だけで、あとの四作は《新潮》掲載作。芥川賞の母体は文藝春秋なんだもの、伊藤たかみで決まりでしょー。露骨ですよねえ。
大森　いやいやいや、単純にそうとは言い切れません。
豊﨑　なんで？
大森　太陽が西から昇ることはあっても中原昌也が芥川賞候補になることはありえないとまで言われてきたのに、その中原くんが大逆転候補入りを果たしたんですよ。そこが今回最大の注目ポイント。いや、驚きました。だって、単なる伊藤たかみシフトなら、なにもリスクをおかして「点滅……」を候補に入れる必要はないんですよ。そこから考えると、今回の《新潮》偏重は文春左派の造反劇じゃないかという穿った見方もある。つまり、最近の《文學界》右傾化に対して敢然と叛旗を翻したんじゃないかと。ほら、石原慎太郎の小説(「火の島」)を連載したりしてるでしょ。

豊﨑 はあぁー……。

大森 七月号の特集「国語再建」では『国家の品格』の藤原正彦と『声に出して読みたい日本語』の齋藤孝が『「日本人の誇り」は国語教育から』なんてタイトルで対談してたりするし。

豊﨑 それはいかがなものか！

大森 そうそう。そういう右方向に舵を切った《文學界》に対して社員の一部がもの申すというか、お灸を据える意味合いの候補選びだと考えられなくもない。

豊﨑 うーん、深い。てか、腹黒すぎる、大森望が(笑)。つまりは社内浄化、《文學界》浄化運動であると？

大森 浄化っていうか、イヤがらせかも(笑)。だから今回の候補作のラインナップは、一見すると伊藤たかみシフトだけど、必ずしもそうとは限らないわけ。

豊﨑 なるほど！ じゃあ、本命変えようかな。別に伊藤たかみにとってほしいわけじゃなし。

大森 そうそう、そうでしょう。嫌いな馬で当ててもうれしくない。やっぱり馬券は愛で買わないと！

豊﨑 (本命印を付け変えて)んじゃ、愛に殉じて、本命中原昌也、と。

大森 (しめしめという顔で)よしよし。

豊﨑 でも、ほんとに驚きましたもんね、今回のノミネートは。中原昌也本人も、担当編集者も、芥川賞だけは絶対諦めてたはずだから。「お金をあげるからもう書かないで、と言われればよろこんで」(『待望の短篇集は忘却の彼方』所収)なんかでものすごいシンちゃん批判してるわけだし。

大森 ま、あれはあくまで作中人物が批判してるんですけどね。その証拠に、本のオビにはちゃんと書いてありましたよ、「石原慎太郎を殺すな！ 大切にしろ」って(笑)。

豊﨑 でも、「点滅……」が、もしも候補に上がらなかったら、文芸誌ウォッチングしてるひとたちからは文句が出たでしょうね、政治的配慮で無視したんじゃないかってことで。それくらい出来のいい小説だとわたしは思います。

大森 ふつうに傑作だからね。

豊﨑 ただ、文春左派がいくら頑張っても、やっぱりとれないんだろうなあ(溜息）。まあ、シンちゃんが、中原昌也が今まで何を言ったり書いたりしてるかを知らないという可能性はあるけれど。

大森　たとえ知ってても、都知事たるもの、中原ごときの言動は歯牙にもかけないでしょう。まあしかし、そんなこととは関係なく、この小説は絶対認めないだろうね。石原慎太郎がこれに理解を示すはずがない。

豊﨑　うん、この小説に限らず、中原昌也の作風はみんなダメだと思いますよ、シンちゃんにとっては。たぶん、テルちゃんも無理解側でしょう。

大森　宮本輝は、『あらゆる場所に花束が……』（中原昌也）が三島賞（第14回）とったときも反対してるしね。選評では、〝私には推せる作品ではなかった〟とか〝フラグメントの重ね合わせで無用に長い作品に仕立てあげたこと自体、私は幼稚だと感じた〟とか言ってますよ。それについてはたぶん今回も変わらない。

豊﨑　中原昌也の「小説なんかもう書きたくない」というイヤガラセ芸みたいなものを受け入れられる、心底理解&共感できる同業者っていうのは少ないはずですから。「点滅……」でも〝金は欲しいが、何も小説によって表現などしたくないし、またそのような不純な動機で書かれたもので、僕個人の人格を決めつけられるのも至極迷惑な話だ〟だの〝ゾッとするようなおぞましい自分。自分が忌み嫌う自分。それが小説を書く自分。〟なんてイヤガラセを書きまくってるので、「そんなにいやなら書かんでいい！」って、石原慎太郎あたりがのたまうはずであり（笑）。とはいえ、この作品なんか、もう書きたくない芸の発揮具合は控えめなほうなんですけどね。

ふつうの傑作も書こうと思えば書けると証明した

大森　中原作品の中では、「点滅……」は戦略的撤退というか、ごくまっとうな、わかりやすい純文学になってる。いつもの心底くだらない十枚くらいの短編のほうが、個人的には断然すごいと思う。『名もなき孤児たちの墓』に入ってる「ドキュメント　授乳」とか「血を吸う巨乳ロボット」とか「典子は、昔」とか。まあ、そんなのは絶対、賞の候補にはならないから、言ってもしょうがないんだけどさ。それに比べて、「点滅……」は文学的にいくらでも深読みできそうな意味ありげなものになっていて、不条理小説として読めなくもない。そこが不満と言えば不満。話が次々に脱線しながらタイプの違うギャグが連続していく芸はあいかわらずすばらしいんですが。

豊﨑 同感です。でもわたし、「そりゃないだろ」ってとこが一箇所だけあるんですよ。〝「ついでにホットケーキもください」／それを言い終えないうちに、壁に掛けられたメニューのホットケーキのところに「売り切れ」と書かれてあるのを発見した。／幻滅……。〟これちょっとあざとくないですか？ 狙い過ぎでしょー。

大森 いやいや、あざといとかじゃなくて、脱力芸でしょ。くだらない駄洒落が意味もなく唐突に出てくると、ああ、オレは中原昌也を読んでるんだなあと実感するじゃないですか。中原マークですよ。

豊﨑 そうかなあ。〝「梵天丸！」〟は好きだったけど。話の流れとぜんぜん関係なく、いきなりでっかい犬の名前（実は違うんですけど）を呼ぶ声がするという。ラストもたいへんよかったですね。語り手が機械をこじあけていじりはじめるから、きっとものすごい事故を起こしちゃうんだろうなあと思ったら、案の定——。

大森 〝そして次の瞬間、見事な火柱が立った。黒煙がわっとデパートの吹き抜けを、天井に向かって上っていった。肉の焦げる、大変に不快な臭いがした〟。すごい事故っていうかあれじゃん、頭が爆発して顔が真っ黒になるコント。最高にくだらなくてすばらしい。

豊﨑 しかしですね、「点滅……」は、くだらないだけじゃないよって読み方ができてしまうでしょ。わりと、テーマがわかりやすく出ちゃってるんですよね。

大森 ふつうに文学的な傑作も書こうと思えばふつうに書けることを証明してしまった。

豊﨑 本人も言ってるんですよね、「書けないんじゃない、書きたくないんだよ。オレはいくらだって書けるんだよ」と。それを証明してしまった。でも、これですら、シンちゃんテルちゃんには通らないはず。作中に出てくる〝無駄で面白くもなんともないことを饒舌にバカバカと書いたり出来ない〟とかって失礼な物言いに、テルちゃんみたいな作家はカチンと来るだろうし。誰が支持に回ってくれるのかなあ。

大森 池澤夏樹と山田詠美は推すでしょう。

豊﨑 ああー。いつもの四面楚歌コンビがね……。このふたりが推す作品は、まずとれない。

大森 推そうものなら、今度は宮本輝が池澤夏樹の首を絞めるかもしれない（笑）。舞城王太郎の『阿修羅ガール』が三島賞とった時は、〝おととし中原昌也に授賞させたと思ったら、今度は阿修羅かいな。輝サンはマジで怒っており、最初に○をつけた筒井サンの首を絞めそうだった〟そうだから（島田雅彦の選評より）。

豊崎　「点滅……」をふつうにさらーっと読んで、へたくそだっていう感想をもらす選考委員がいたら、そのひとはあまりにも無邪気。中原さんは、ぜんぶわざとやってるんだから。いつも書いてるものよりはわかりやすくなってるとはいえ、読者に感情移入させまじっていう意地の強さみたいなのは健在で、わたしはそういうとこが好きなんだけどなー。

大森　本気かどうか知らないけど、中原くんは、受賞作発表を東京都庁で待つとか言ってますね。七月十三日は、都庁の展望フロアにみんなで集結しようと。

豊崎　それはいい！　やれやれ！　でも、億が一とったらすごいよねえ。わたしは本命付けちゃったし（予想表を確認して）……あれ？　大森さんは違うの？

大森　いやいや、とったら面白いし、その意味では心から受賞を祈ってますけどね。常識的に考えて中原昌也の受賞は絶対ありえない。ま、今回は、順当に伊藤たかみでしょう。

豊崎　腹黒すぎですよ、みくる君はっ（みくる＝大森望の本名）！

「ナンバーワン・コンストラクション」

鹿島田真希（初）

大森―　豊崎―
大森B　豊崎B

豊崎　この小説の問題は、最後の見開きページで、結局この小説で何を書きたかったのかってことを、作家本人が全部説明する構成になっちゃってるところではないかと。

大森　そうそう！　ものすごい勢いで説明するんですよね。

豊崎　これはちょっと小説としてどうなんでしょうか。〝人の心は都市のようだ。分節と更新を繰り返す〟とか。

大森　それはいったいだれが言ってるんだ？って文体で。

豊崎　〝建築するんだ！〟〝そして肯定するのだ〟とかね、ものすごく陳腐な自作解説をやっちゃった。こんなことしなくていいのに……。でも、これも芥川賞のための傾向と対策って気がするんですよ。シンちゃんテルちゃんにも理解できるように書いたっていう。だから、本にするときは直したほうがいいんじゃないのかなあ。大きなお世話ですけども。せっかく、安いテレビドラマみたいな大間抜けな結末が面白いのに。失恋した教授が好きだった少女のつとめていたカフェにやってきて、別の女性店員を意識して終わるんですよね。〝教授は恥ずかしくなって、下を向いたが、彼女のネームプレートを見ることを忘れはしなかった〟。

大森　それ、（文芸評論家の）渡部直己先生は、《新潮》の面談文芸時評（2月号）で、作者本人を前に、〝僕が読んだこの一〇年の小説の、結末ベストテンの一つに列します〟とまで絶賛してますね。〝見事な小説家の腕でした〟と。

豊﨑　そこまでは思わないけど（笑）。

大森　まあ、でも、ここまで読まされてきて、これがオチかいっ！　ていうのはいい感じですよね。著者によると、最後に付け足したオチなんだそうですが。「ナンバーワン・コンストラクション」には、こういう下世話さと……。

豊﨑　いつもの鹿島田さんのテーマ、宗教上の贖罪とか赦しが入ってくる。《新潮》サイドは〝恋に落ちた建築学者はいかにして絶望と狂気の廃墟の上に悦ばしい愛のビルディングを築き上げるのか？〟って要約してるようですね、この作品を。たしかに、それはそうなんだけど、なんといっても書き手は鹿島田さんですからね。そんな簡単な要約の範囲内に収まる小説にはなってません。最後の見開きで作者本人が説明しちゃってるように、建築理論を人間の精神のありようとか世界の構造のメタファーとして用いてる作為が特徴的な作品になってる。それがわかるように書いてあるから、さほど難解な小説ではないんだけれども、だからといって面白いかというと、わたしには面白くなかったというのが今回の正直な感想です。

大森　単純に言うと、S教授、M青年、N講師、少女の四人の関係が、あっちいったりこっちいったりっていう構造になってて、骨格は笑えるんだけど、書かれている話自体はそう面白いものではない。バカみたいな会話の連続は好きですけどね。あまりに意味がなくて。

豊﨑　どのあたりが好きですか？

大森　どこでも一緒だけど……（ぱらぱらめくりながら）たとえばここ。N講師からのプレゼントを開けてみたら、〝ぐったりした子猫が震えながら、弱々しい足取りで袋から出て〟くる場面。〝「なんてかわいい子猫ちゃんなんでしょう。種類はなんですの」「アメリカンショートヘアです。血統証つきですよ」「こんな高価なプレゼントをいただけるなんて、うちの娘は幸せものね」「お母さん。この猫具合が悪そうだわ。看てあげて」「はいはいわかりました。お前ったら……」〟。こんなふうな会話が悪夢のように続いていく。この意地悪な感じが好きです。

豊﨑　会話は総じてそんな調子ですよね。十九世紀末のロシア小説の会話によく似てます。

大森　意識して昔の翻訳調を再現してますね。ドストエフスキーとか。

豊﨑　トルストイのモチーフが仕込まれ

てたりね。ただ、この会話に含まれてる悪意って、芥川賞向きではないでしょう。いっさいの感情移入をこばむ意地の悪さは、中原昌也の作品のありようともちょっと似てるんですけど。

大森　笑いのセンスが意外と近いんだなと今回はじめて思った。

豊﨑　そうそう。候補作を面白そうなものから順に読んでいこうと思って、中原さんのあとに鹿島田さんの作品を読んだんですけど、こんなフレーズがあったんですよ。〝大抵の人間は無根拠を知ると、落ち着きをなくして苦しむ。自分のやっていることとの無意味、志が取るに足らないということ、自身の存在への不信。それらは絶望につながる。今、彼の魂はじわじわと無根拠に蝕まれつつある〟。中原昌也とおんなじようなこと言ってるなあ、このふたりは意外に通底する人間観が似てるのかなあと思ったりしました。

鹿島田さんが書いた
ボーイズラブ小説？

大森　今回の候補作は、中原、鹿島田組と島本、伊藤組に分けられる。で、真ん中やや右寄りが本谷有希子。

豊﨑　ふたりとも評価B……か。鹿島田さんは好きな作家なんですけど、今回は、鹿島田さんの狙っているユーモアみたいなものにのれなかった、ピンとこなかった。まあ、S教授、M青年、N講師の関係だけを取り出せば、鹿島田さんが書いたボーイズラブ小説とも言えなくもない（笑）。BL好きにはおすすめです。

大森　これ、BLなのかなあ。むしろ『O嬢の物語』にホモソーシャルがちょっと入って来たような感じかも。鈴木英夫の「悪の階段」とか、一九六〇年代の日本映画っぽい雰囲気もありますね。ひたすら議論ばっかりしてるところは大島渚の全共闘映画「日本の夜と霧」みたいだし。いろんな意味で反時代的な小説だと思います。

「生きてるだけで、愛。」

本谷有希子（初）

大森▲　豊﨑—
大森B　豊﨑B+

豊﨑　本谷有希子さん行きますか。

大森　絲山秋子『逃亡くそたわけ』（第133回直木賞候補作）、松尾スズキ「クワイエットルームにようこそ」（第134回芥川賞候補作）、本谷有希子「生きてるだけで、愛。」という流れがなんとなく見えますね。直木賞、芥川賞候補のメンヘル三部作。三作ともコミカルで。

豊﨑　本谷さんって、笑いのセンスはいいと思うんですよね。けっこう笑ったもんなー。〝大体トイレでうなってる声がモンゴルの、高い音と低い音が同時に出るあのホーミーみたいな男にどうやって欲情しろっていうんだよ〟とか、〝自分という女は、妥協におっぱいがついて歩いているみたいなところがあって〟とか。負け組の赤裸なありさまをエッセイに綴ったら、爆発的な人気を呼びそうな気配がある人です。でもね、このひとには罪がないのかもしれないけど、読みながらどうしても松尾スズキを想起してしまうんですよ。松尾スズキがこの世にいなくて、出て来た人だったらわたしはぐりぐりの◎打つんですけど。ああ、ここも好きだなあ。〝しばらくしてから返信があって画面を見ると、『大丈夫たよ』という文章が書かれていて、あたしはその『大丈夫たよ』に激しい怒りを覚える。なんだ、たよって〟。笑った。でも、これも松尾さんの感覚と激似なんですよ。デジャヴ。大人計画（松尾スズキ主宰の劇団）の芝居で観たことがあるような気がしてしまうんです。そこが、すごーく残念。

大森　僕が一番笑ったのは、主人公がバイトする元ヤン夫婦のイタリアンレストラン。

豊﨑　そうそう！　店主が「〜しねえべ」とかってしゃべるんですよね。トイレには相田みつをの日めくり教訓カレンダーかけてるし。

大森　根っから善良で頭が悪い人たちが集まって拡大家族を形成する、ものすごくイヤな感じが大層よく描けている。なのにそんな場所にすがって人生に希望を見出すしかないくらい不幸な状態に追い込まれている主人公の情けなさ。うまくいくはずないよなと思いながら読んでいくと、ついに爆発する。駐車場でひと暴れしたあと、店のトイレにとって返し、〝タンクの陶器製の蓋を持ち上げて床に叩き付けて派手に破壊し、それから壁のみつをの額縁を便器にぶち込んだ〟。そして全力疾走でマンションの屋上に行き、全裸になって恋人を待つところまで、息もつかせぬ展開のすばらしさ。文句の付けようがないくらいよく描けてます。

豊﨑　うん。でも、ここも全部、松尾スズキ的なんですよ。本谷さんはいちどガンジス河かなんかで沐浴して、体内の松尾スズキを洗い流してきたほうがいい。最初に、葛飾北斎の『富嶽三十六景』が、五千分の一秒のシャッタースピードで撮った写真と構図がまったく同じだってエピソードを出しておいて、最後にそれを〝「あたしがあんたとつながってたと思える瞬間、五千分の一秒でいいよもう」〟と、同棲している男との関係に重ねて、小説としてうまい着地点をひねくりだしてるとは思うんですけど……。

大森　でも、松尾スズキに似てるからダメっていう選考委員はいないでしょう。
豊﨑　大森さんは、これに穴を付けてるんだ。
大森　伊藤たかみと中原昌也の両極端で票が真っ二つに割れたとき、かろうじて両方から歩み寄れそうなのは、本谷有希子ひとり。たとえば池澤夏樹さんあたりが、「八月の路上に捨てる」はいくらなんでも新しさに欠けるんじゃないかと難色を示し、
豊﨑　テルちゃんだって、中原昌也は絶対イヤだぞと言い、
大森　そうなった時に、古さと新しさを兼ね備えた「生きてるだけで、愛。」が妥協点として浮上してくるんじゃないかと。
豊﨑　ああ。漁夫の利みたいなかたちでの受賞ね。
大森　あとね、こないだ（高橋）源一郎さんに会ったときに、芥川賞の予想を聞いたんですよ。十万円あったらどの馬券を買うかって。そしたら六万円分は「該当作なし」を買って、二万円は「点滅……」を買う。残りの二万円は本谷有希子だって。
豊﨑　あのね、わたしは「サンスポ」を宅配で取ってるんですけどね、ここだけの話、「サンスポ」で連載してる源一郎さんの競馬予想、内容は面白いものの、あんまり当たらないんですよ。
大森　え？ そうなの!?
豊﨑　そうですよ。だから、この予想だってあんまり参考になりゃしません。
大森　でもさ、メンヘルとかメンヘラーって言うと新しい感じがするけど、躁鬱病って、日本の近代文学においても伝統的なモチーフだから、お年寄りにも理解されやすいだろうし。
豊﨑　いやいやいやいや。この主人公は躁鬱なうえに、過眠症を理由に働きもせずぐずぐず寝てるんですよ、シンちゃんが理解を示すとは思えません。でも、大所高所から演説する風の選評でおなじみのシンちゃんにとっては、いいネタかも。この作品に触発されて「世間は勝ち組、負け組とかいう話で喧しいようだが」とか、そんな選評になるかもしれませんね。選評ファンの期待を裏切らないでほしい気持ちでいっぱいです。

「大きな熊が来る前に、おやすみ。」

島本理生（三回目）

大森一　豊﨑◯
大森C　豊﨑B

豊﨑　島本理生さんですか。これまでさんざんなことを言ってしまったので、この方については、もっ本当になにも言い

たくないんですけど……。

大森 あれ？ 対抗マーク付けてるじゃないですか。

豊﨑 島本さんには一刻も早く受賞していただきたいっ！ 候補になるたんびに何か言わなきゃいけないじゃないのがイヤでイヤで……。

大森 じゃあ、この○は願望？ いつもより評価が高いのもそのせい？ 豊﨑由美、罪悪感に負けてついに日和ったと。

豊﨑 いやいや、毎回言ってるんですけどね、島本さんは、基本的にはうまいんですよ。だけど、しばしば脇の甘い書き方をしてしまうのが気になっちゃってしょうがない。たとえば、冒頭すぐ気になったのは、保母をやっている主人公が、短大時代の先輩と洋食屋でランチを食べる。その時先輩が、じぶんのハヤシライスに付いてた小皿の苺をくれるでしょ、〝疲れてるときはビタミンでも取って〟とか言って。それに主人公が〝ありがとうございます、と呟いてから、苺を半分かじった。口の中に広がった甘さは、今さっき摘んだばかり、という味がして〟なんつー感想を述べるんですけど、ランチにおまけでついてくるような苺がさ、そんな新鮮なはずないじゃん（笑）。でも、島本さんって、そういう書き方をしばしばするんですよ。その時その時に口あたりのいいことばを使ってしまって、たぶん後から自己検証しないんですよね。

大森 そうそう。

豊﨑 だから、全体的にはうまいと思うんですけど、読み進むにつれて、だんだんそういうところが鼻についてきちゃって……。

大森 《群像》の創作合評（2月号）でもそういう箇所を突かれてましたね。（ROUND3参照）

豊﨑 ああー、リアリティのなさを突かれちゃったんだ。

大森 伝え聞くところによると、今回の芥川賞候補の選考では、やはり《新潮》に載った青木淳悟の「いい子は家で」とぎりぎりまで争って、最後に「大きな熊が来る前に、おやすみ。」のほうが残ったらしいですね。まあ、中原、鹿島田と入ってるから、バランス的には青木淳悟より島本理生なんだろうけど。「いい子は家で」はすばらしくグロテスクで面白いけど、どうせ受賞確率ゼロだし……。

山田詠美もそんなに反対しない？

豊﨑 島本さんは、候補になるのももう三回目。

大森 綿矢りさ、金原ひとみがとった一三〇回の時は「生まれる森」で候補になった。

豊﨑 そういう意味では、今回は絶対的に強い対抗馬がいないでしょ。とれる可能性はあるんじゃないですか。だからわたしは対抗にしたんですよ。

大森 いや、無理でしょう。枚数も八十枚しかないし。

豊﨑 でも、島本さんの優等生的なうまさは、なかなか減点しにくいはずで、総体的にうまいっていう印象だけが残るかもしれない思うんですよ。候補作のひとつひとつを減点法で検証しはじめた場合、これが浮上してくるんじゃないかな。

大森 ありえない。

豊﨑 なんで？ あの選考委員の中で、ですよ。

大森 そうだよ。だったら伊藤たかみのほうが上にくる。

豊﨑 そうかなあ……、伊藤たかみよりはうまいと思うんだけどなあ。

大森 ええーっ？ これ、粗が目立つでしょう。

豊﨑 具体的には？

大森 一行目からヘンですよ。〝他人を変えることなんて出来ないと、彼に出会ってから痛感するようになった〟。

豊﨑 〝するようになった〟はないですよね。「彼に出会って痛感した」でないと。

大森 でしょ？ 〝思うようになった〟ならいいけど。ふつう、痛感は次第にするものじゃないから。

豊﨑 でも、アレだよ。おじさんがぐっとくるようなフレーズも多々ありますよ、ベタなんだけど。で、ベタって強いじゃないですか。あと、山田詠美もそんなに反対しないと思うんですけど。

大森 山田詠美はクソミソに言うんじゃないですか。

豊﨑 そうかなあ。わりとニュートラルな態度で向かい合うと思うんだけどなあ。そりゃたいして評価もしないだろうけど、否定もしないような気が。

大森 評価しないんじゃん。

豊﨑 ……。まあ、テーマがベタっちゃあベタですよね。暴力をふるう父に育てられた娘が暴力を振るう男を選んで、妊娠してっていうね。物語が紋切り型だからって、ことばまでクリシェになっちゃいけないってことなんだよね、きっと。うーん……。

大森 さっきは減点しにくいと言ってたくせに（笑）。言ってることが一貫してませんね。ほんとは評価してないのに、罪悪感から無理にほめようとして支離滅裂になってるんじゃないの？

豊﨑 でも……。

大森 まだ粘るか（笑）。

豊﨑 選考委員は、そんなにつっかからないと思うんですよ、この人の言葉には。さっきの〝痛感するようになった〟にしても、ランチの苺にしても。すーっと読んじゃえば、そんなに後味も悪くない作品にもなってるし。

大森　だから、これで後味がいい作品になってるのが間違いなんで。まあ、本当に後味がいいのかどうかってのは微妙ですけど。

豊﨑　寝る前に同棲相手の男が〝「俺、二度と殴ったりしないから。本当に、もうしないから。約束する」〟とか言ってるのはかなり不気味ですよね。

大森　この主人公、翌朝死体で発見されたりしてね（笑）。だったらすごいけど。でも、こういう一見優しそうな男がキレて暴力を振るうっていうのも、ちょっと前のミステリ、特にサイコサスペンスやノワール系の小説でさんざん題材になってたから、そのへんも弱い。島本理生作品としては意外性があるけど。だいたいどうしてBプラス評価なの？

豊﨑　……うう―ん。ダメですかあぁぁ……。（無言で評価をBに直しながら）まだ若い人だから、きついこと言うのがかわいそうに思えてきちゃってねえ。二十一歳くらいでしょ？

大森　一九八三年生まれだから、今年二十三歳じゃない？

豊﨑　なんだ、もう二十三歳なんだ。大学卒業してる年なんだ。じゃあそんなに遠慮しなくてもいいのかなあ（笑）。

「八月の路上に捨てる」

伊藤たかみ（三回目）

大森◎　豊﨑▲
大森B　豊﨑B

大森　三回連続で候補になった、伊藤たかみです。

豊﨑　この人には前回ずいぶんきついことを言いましたが、「八月の路上に捨てる」は、今まで読んだ中ではいちばんましだと思います。やれば出来る子だったんだね！　評価もBを付けましたよ。前回はDでしたから、わたしの中ではすごいランクアップです。日本語のヘンなところも少なくなりました。

大森　今回はほめますねえ。また罪滅ぼし？　文章はそんな変わってないでしょう。ダメ男ふたりというホモソーシャルな設定から脱却して、女性読者にも読んでもらえるものを書いたとは言えるけど。

豊﨑　これ、ずいぶん単純な話なんですよね。主人公は、水城さんという年上の女性と組んで自動販売機のルートドライバーをしています。水城さんは今日いっぱいでドライバーを辞めて事務職のほうにうつってしまう。で、主人公は、水城さんに聞き出されるままに、じぶんが離婚にいたった経緯を話す、と。ただそれだけの話です。……だから、なに？　はっきりいって、わたしの人生にはまったく必要のない小説だってことはたしかなんですよ。でも、それでも前のくそくだらない小説と比べれば、ぜんぜんマシ。

大森　僕は前の作品のほうが好きだな。〝B級純文学〟とか〝激安純文学〟とか勝手に呼んだけど、そういう独自の路線を開拓してたじゃないですか。今回の伊藤たかみは、たしかに完成度は高いけど、なんだかふつうになっちゃった。伊藤たかみらしさがない。こんなの書くひと他にいくらもいるでしょう。

豊﨑　でも、ちょっといいシーンもありましたよ。主人公が美容師と浮気する。で、美容師とキスしながらヘルペスを伝染し合う。〝今度は美容師が、敦の水疱を唇でつぶした。とろりとした蜜のようなものが、あごを伝って落ちた。シーツの上にはじけた。そこからまたヘルペスが広がり、終いにはこの部屋全体がひとつの大きな水疱になる〟。ここ、すごく気持ちが悪くて好きだなあ。

大森　そこ、僕は嫌い。なんでそんなことするのか意味がわかりません。だいたい、そんなにでかくなるまで口唇ヘルペスを放っておかないでほしい。医者に行けよと。まあ、接触感染するヘルペスは「愛のウイルス」と呼ばれてるらしいですけどね。

豊﨑　ただ気になるのは、こういう生々しい行為をするわりに、主人公はこの美容師に対してずいぶんあっさりした態度なんですよね。この執着心の薄さは解せなかった。でも、水城さんのキャラはなかなか魅力的だと思いましたよ。これは女性読者の共感を得ようという狙いなんでしょうか？

大森　そうなんじゃないですか。

やっぱり順当にこれが！

豊﨑　あと、こういうところがよかった。主人公の奥さんの知恵子さんは、精神を病んでるんですよね。つまり、この小説も幾分かはメンヘルものなわけです。で、布団の中の描写。〝トンボに噛みつかれた夢を見て目を醒ましたこともあった。布団の中で、脇腹をぎりぎりとつねられていることに気がついたのだ。一瞬、寝ぼけているのだとも思ったけれど、やはりその指は知恵子のものだった。不意打ちだったので、どうしてそんなことをしているのかと順序立てて問いただすことができない。やむを得ず寝返りを打って逃れると、力点を失った知恵子の指が布団の下でぽちんと鳴った〟。〝ぽちんと鳴った〟、これにはうまいなあと感心させられましたの。

大森　この小説、文芸誌の合評でも、ものすごい勢いでほめられてたね。

豊﨑　《群像》でしょう。あのきびしい、山崎ナオコーラ作品に「とんま」とまで言い放った松浦寿輝さんまでがものすごくほめてましたもんね。でもね、「たいへんよくできました」ってハンコあるじゃないですか。結局は、あのハンコの輪郭線の内側に収まっちゃうような作品だと思うんですよ。だから、わたしの場合、うまさは認めつつも価値は認めないという立場です。選考委員はどうでしょうね。池澤さんは絶対推さないけれど、意外と山田詠美は推したりして。で、テルちゃんも推しそうでしょ。シンちゃんはどうだろう……う〜ん、どっちだかわかんないな。

大森　いや、ふつうにこれが受賞するでしょう、誰がどう見ても。

豊﨑　ほらあぁーっ！　やっぱり順当にこれがとっちゃうんじゃないですかー。なのに、ひとには中原昌也に本命印をつけさせる大森望。やっぱり、腹の中が真っ黒です（笑）。

みんな、芥川賞側に歩み寄ってる

大森　候補作を見ると、みんな、芥川賞側に歩み寄ってることがわかりますね。というか、歩み寄ったものが候補になる。中原昌也だって、いつもの十枚くらいのわけわかんない話から文学に歩み寄ってるし、伊藤たかみは激安路線から軌道修正して、ちゃんと女性を書いてみた。

豊﨑　そして、鹿島田真希さんは最後の見開きで、親切に自作解説してしまったと。

大森　そういう意味では、思うほどバラバラでもなくて、平均化してるというか、たしかに芥川賞レンジに入ってきてる。

豊﨑　本谷有希子さんだけは無邪気に書いてるんじゃないですか、まだ。書きたいことを書きたいように書いてるように見えます。で、島本理生さんも、島本理生さんらしく書いてると（笑）。とにかくわたしはこれ以上、みんなが大好きな島本さんを悪くいいたくないんですよ。……あー、もういいやっ、島本さんでいいよ、第一三五回芥川賞作家は。

大森　だから無理だって。同じ無理なら、素直に中原昌也の受賞を祈ればいいのに。候補になったこと自体が奇跡なんだから。グループリーグを突破するには2−0以上でブラジルに勝つのが最低条件という希望ゼロの状態から、思いがけず1点先制しちゃった日本みたいな。

豊﨑　だったらやっぱり負けるんじゃない！　4点もとられて。

大森　いやいや、いい夢見させてもらいましたと。これがほんとの——

豊﨑　幻滅……。

直木賞レース予想

『愚行録』

貫井徳郎（初）

大森一　豊﨑一
大森C　豊﨑C

大森　（予想、評価の表を見比べて）なんだ、ほとんどおんなじじゃん。ちぇ。

豊﨑　ねーっ。で、わたしは今回は二作受賞じゃないかと思うんですよ。

大森　うん。たぶんそう。

豊﨑　大森さんの予想は、森絵都と伊坂幸太郎さん？

大森　森絵都が大本命で、あとはその相手探しなんですよ。

豊﨑　なるほど。森絵都さんを固定するとしたら、わたしは古処誠二さんだと思うんですよね。作風がまったく違うひとと組み合わせるんじゃないかと。

大森　その組み合わせも充分あるね。ちなみになぜ二作かというと、第一三一回からこのあいだの一三四回まで、四回連続で文藝春秋の本だけが受賞している。さすがに五回連続で文春単独の受賞はないだろうと。だから、森絵都が入る場合は、どれか他社の本と併せて二作受賞になる可能性が高い。ただね、文春から受賞作が出ない場合は、もう一個パターンがあって、それは他社本二作の同時受賞。いちばん最近だと、一三〇回の『号泣する準備はできていた』（江國香織／新潮社）と、『後巷説百物語』（京極夏彦／角川書店）のケース。

豊﨑　じゃあどれ？（表を見直し）森さんは文藝春秋なのか……。あ、古処さんは新潮社で、伊坂さんは実業之日本社。じゃあ、この二作が来る？

大森　薄いと思うけど、その可能性もある。そこまで押さえるなら、森、伊坂、古処の三点ボックス買い推奨。買い目は、森-伊坂、森-古処、伊坂-古処の三通り。

豊﨑　それ、でも、オッズつかなさすぎ。予想は当たっても、投資に配当が追いつかないってヤツですね。まあ、そういう意味では、直木賞は今年のワールドカップといっしょですね。意外性はなく、順当なチームが勝ち上がっていくという。この三作だったらどれがとっても不思議はないんですから。

大森　大穴狙いなら、山本周五郎賞をすでにとってる『安徳天皇漂海記』もあるよ。

豊﨑　はいはい、今回の直木賞候補作は粒が揃ってます。んが、しかーし、そんな中、一冊の例外がございます。貫井徳郎の『愚行録』！ なんでこんなもんが候補になっちゃったの？

大森 前回、東野圭吾が六回目にして『容疑者Xの献身』でめでたく直木賞候補を卒業したので、新入生を入れたんでしょう。

豊﨑 貫井さんは、本格ミステリ界からの新しい生贄だと？

大森 東野さんが卒業したからって、いままで一度も候補にしたことがない綾辻行人とか有栖川有栖とかを今さら候補にはしにくい。現実的に考えて、今後数年のうちに直木賞をとれそうな本格ミステリ出身の作家に唾をつけておくとしたら、貫井徳郎ってのはいい線でしょう。『慟哭』や『プリズム』みたいな傾向の作品だったらじゅうぶん可能性があるわけだし。しかも、漏れ聞くところによると、文藝春秋内の直木賞会議メンバーの、特に女性編集者から圧倒的な支持を得ているとか。

豊﨑 『愚行録』が？

大森 貫井徳郎が。『愚行録』はとくに女性好みの作品じゃないでしょ。まあ、それでも女性票を集めたそうですが。あともうひとつ、『愚行録』の候補入りは、渡辺淳一先生の言葉を借りるならば――

豊﨑 あれだ！

大森・豊﨑 〝近年、推理小説の直木賞へのバリアが低くなりつつあることの、一つの証左といえなくもない〟（笑）。

大森 一三四回の受賞作『容疑者Xの献身』に対する淳一先生の選評ですね。いや、もちろんそんなことで『愚行録』が候補になったとは思いませんが。

得るものは何もありませんでした

豊﨑 一体どこをどう読めば直木賞の候補作になれるのやら、わたくしにはまったく見当がつきませんね。帯には〝ほら、人間という生き物は、こんなにも愚かで、哀しい。〟とありますけど、どこが？ どこがどう愚かで哀しいのか。もっ、ぜっんぜん、わかりましぇん。まず最初に、ネグレクト（養育の怠慢・拒否）によって子供を死なせてしまった女性が逮捕されたという内容の新聞記事が引用されてるわけです。ところが、以降はその事件とは一見関係のない、一家惨殺事件の被害者である田向夫妻の関係者にルポライターらしき人が話を聞いていくというスタイルの叙述が続きます。その聞き書きの合間に、〝お兄ちゃんは秘密が心苦しいって言ったよね。どうして？〟という呼びかけ体の、誰かの妹らしき人物による気持ちの悪い、ねとねとした文章が挿入される構成になっているわけですよ。と、読者は当然「この妹は何者？」「ネグレクト事件とどう関わってるの？」「ああ、それを当てろってことなのね？」と見当をつけながら、事件関係者の聞き書きを読み進めていくことになりますよね。つまり、こんなふうに簡単に分析できてしまう単純な物語なんですよ。で、ここに描かれてる人間性もストーリーと同じくらい薄っぺらなんですよ。どこも〝愚か〟じゃないし、〝哀し〟くもない。薄っぺらな人間がうろついてるだけの小説。厳しいことを言うようですけど、この小説から得るものは何もありませんでしたね。これだけの分量の小説が、たった一時間半で読めちゃうことが自体が不満。もうちょっと、楽しませてよと言いたい気持ちでいっぱいです。意外性すらないでしょ？　田向さんの奥さんはすごく上品で美人なんだけど、実はねって話とか、当たり前過ぎる人間観に辟易。

大森　読んだのが三カ月前なんでもうよく覚えてないんですが、たしか『白夜行』を連想させるような部分もあったりして、ますます東野圭吾の後釜に見えてしまう。僕、貫井さんの本はたぶん全作読んでるけど、正直、『愚行録』は代表作とはいいがたい。ときどき真面目さが仇になってるように見える作品があって、『愚行録』もそのひとつかな。『神のふたつの貌』っていう、もっと強烈に人間を描こうとした作品があって、それよりはエンターテインメントとしてこなれているんだけど、そのぶん印象がありきたりというか……。

豊﨑　ありきたりですよ。

大森　事件関係者の聞き書きを構成した小説ということでは、恩田陸の『ユージニア』が前々回の直木賞候補になってるし。

豊﨑　そうそう、恩田さんだって怒りますよ。こんなもんが万一受賞しちゃったら。『愚行録』の聞き書きって、まんまスポーツ新聞文体なんですよ。よくあるじゃないですか、野球選手のひとりがたりで「え、二球目？　あれは狙い通りでした」みたいに、インタビュアーの質問を答えの中に織り込む文体。聞き書きを一人称でやっていくと、取材者の質問もその中で読者にわからせないといけないというしばりがでてくる。それをいかに自然に処理するかが作家の腕のみせどころだったりするんだけど、『愚行録』を読むと、〝あの事件のことでしょ？　え？　どうしてわかるのかって？　そりゃあ、わかりますよ〟なんて、スポーツ新聞記者のレベルどまりなの。こんな文章に出合うために、こちとら小説を読んでるわけじゃないんですよ。小説である必要がないんですよ、この作品は。

大森　なにもそこまで言わなくても…

…。ただ、東京の住宅街で起きた一家四人惨殺事件という設定が、世田谷の事件と妙に近すぎて、個人的にはあんまりいい気持ちがしなかった。

豊﨑 候補になるには百年早いってことですよ。まあ、東野圭吾さんの代わりと言われればなんとなく納得もできますけど……あれ？ 東野さんといっしょに候補になり続けてた真保裕一さんはどうしたの？ 受賞しないまま一緒に卒業？

大森 大作の『栄光なき凱旋』が、今回、候補になりませんでしたね。第二次世界大戦を描いた青春群像劇。さすがに長すぎたのかな。福井晴敏『Op.ローズダスト』も候補にならなかったから、痛み分けってことかも。

豊﨑 かわいそうに。

大森 恩田陸の大傑作『チョコレートコスモス』をはずしたのは、『ガラスの仮面』オマージュ小説っていう特殊性に配慮したのかな。

『まほろ駅前多田便利軒』

三浦しをん（二回目）

大森▲　豊﨑―
大森B-　豊﨑B-

豊﨑 三浦しをんさんの『まほろ駅前多田便利軒』。これはボーイズラブ小説といっていいんですか？

大森 まあ、そうなのかな。中年コンビが同居する話。

豊﨑 三浦さん自身、BL小説好きなんですよね。マンガ家の下村富美による章扉のイラストからもそういう狙いを感じます。便利屋をやってる多田の事務所兼自宅に、高校時代の同級生で変わり者の行天が転がり込んで居候してるって設定ですね。で、ミステリってほどじゃないけど、いくつかの事件が起こって、ふたりが探偵のようにそれを解決していくっていうスタイルになってます。お話としてよく出来てるし、非常に読みごこちがよかった。ただ、ふつうに考えて、直木賞はとれないなと思いました。

大森 つまらなくはないんだけど、どういうこともない話ですからね。一部の女性読者には強烈にアピールする人物配置らしくて、萌えるひとは萌える。行天の変な行動がけっこうツボを突くらしい。お金をぜんぜんもってないところとか。

豊﨑 いかにも萌えてくださいってキャラですもんね。ただ、多田のほうはいいひと過ぎてうざい。ケモノバカ一代として感心したのは、最初に出てくるチワワの描写。リアルでしたねー。

大森 そうそう。

豊﨑 三浦さんはちゃんと動物をみてる

なあと思いました。多田が大晦日に便利屋の仕事でチワワを預かるんですけど、〝チワワはテレビで見るとおり、大きな目を潤ませ、常に震えている生き物だった〟そうなんですよ、なぜか知らねど、震えるんですよ、チワワって。で、それを多田は気にして、寒いのかなと毛布敷いてやったりする。〝しかし、多田がどれだけ心を砕いても、チワワはあいかわらず震えていた。どうやらそういう体質らしい。多田は一月二日になってようやく、チワワの小刻みな振動については気にしないことに決めた。〟ここおかしかったなあ。いきなり、最初の章から惹きつけられました もん。まあ、わたしがケモノバカだからかもしれませんけど。で、行天だって登場してすぐに物語のなかに入ってくるでしょ。テンポがいい、それはこの小説の美点と思いました。

大森　あと、町田市に住んでる人はうれしいでしょう。

豊﨑　あー、まほろ市って町田市ですもんね。

大森　ただね、本格ミステリに「まほろ市の殺人」っていう、祥伝社文庫から出てるシリーズがあるんですよ。まほろ市という架空の街を設定して、春夏秋冬の連作で、春を倉知淳、夏を我孫子武丸、秋を麻耶雄嵩、冬を有栖川有栖が書いてる。そっちの真幌市は東京じゃなくて〝D県〟だけど、まぎらわしいといえばまぎらわしい。

『むかしのはなし』より落ちる

豊﨑　三浦さんは、なんで使っちゃったんでしょうか？

大森　知らなかったんじゃないですかね。まあ、知らないのは怠慢だって声もあるけど。

それはともかく、三浦しをんの作品としては、一三三回の候補になった『むかしのはなし』より落ちると思う。

豊﨑　それはそう。読み心地はいいけど、ベタですからね。好き嫌いでいうと、こっちが好きだけど、小説としての価値は『むかしのはなし』のほうが高いと思います。なぜなら、これは、別に三浦さんじゃなくても、ライトノベルとかBL系の作家でいくらでも書けるひとがいそうだから。

大森　前回候補になった時はクソミソに言われてたから、今回はもうちょっとほめてもらえるかもしれないけど、まあ、受賞はないでしょうね。

『安徳天皇漂海記』

宇月原晴明（初）

大森—　豊﨑—
大森A+　豊﨑A

豊﨑　いやもう、小説の価値って視点からいえば、今回はこれがいちばんでしょー、『安徳天皇漂海記』。大森さんの評価がAプラス、わたしもA。でも受賞予想としては無印。直木賞はないでしょうね、山本周五郎賞を先にとっちゃったし。

大森　そうはいっても、山本賞とって、同一作品ですぐ直木賞受賞っていうのは、一三一回の熊谷達也『邂逅の森』という前例がありますよ。

豊﨑　そうはいっても、ここまでファンタジーだと無理でしょう。直木賞の選考委員が受け入れるとは到底思えません。

大森　源実朝を題材にした第一部だけならなんとか……まあ、第二部に入っても、クビライ・カーンの宮廷で「平家物語」を語るあたりまでならまだありか。でも、そのあとが……。最後、諸星大二郎が描くような奇想あふれる伝奇ファンタジーに突入しちゃうので、直木賞的には書き過ぎでしょう。もちろん、そこがすばらしいんだけど。

豊﨑　うん、最後にいけばいくほど加速度的にすばらしくなっていく作品ですよね。いろんな小説を思い出しますし、澁澤龍彦の『高丘親王航海記』とか。それから、作者の宇月原晴明さんはもともと詩人なだけあって、この小説のためにつくりあげた文体も非常にいい、読み甲斐がある文章です。比べるのもなんですけど、『愚行録』が一行一円としたら、こっちは千円くらいしてもいいのかなってくらいの差がある。一行あたりにかかってるコストがぜんぜん違いますよ。

大森　宇月原作品としても、いつもはこの三倍くらい書いてるのをぎゅっと圧縮してますからね。

豊﨑　宇月原さんは『信長　あるいは戴冠せるアンドロギュヌス』で日本ファンタジーノベル大賞受賞後、ずっと戦国時代を舞台に文献に支えられた奇想で織りなす、壮大な伝奇小説を書き続けて来た作家です。十三世紀を舞台にしたのは今回が初めてなんですよね。読む前はどうかなあと思ってたんだけど、わたしはこれまでの宇月原さんの作品のなかでも最高傑作だと思うに至りました。それだけに山本賞受賞はうれしかった。この作風だと、直木賞は絶対に無理なわけだから。まあご本人も担当編集者もとれるとは思ってないでしょうけど。

大森　《小説新潮》七月号に山本賞の選評が載ってるんですが、北村薫の選評がものすごい。

豊﨑　なんて？

大森　もう、古典の授業みたいでしょ。作中に引用される実朝の歌、〝はかなくて今宵あけなばゆく年の思ひ出でもなき春にやあはなむ〟の解釈をめぐって、岩波書店の（古い方の）『日本古典文学大系29』をひっぱりだし、小島吉雄の校注に対して、それはおかしいんじゃないかと文句をつけたり。で、そういう細部の話が、ちゃんと『安徳天皇漂海記』という作品の全体像につながっていくという離れ業。

豊﨑　すばらしいですねー、北村さんは。さすが、元国語の先生です。

大森　関係ないけど、去年のＮＨＫの大河ドラマの「義経」も、安徳天皇生存説。安徳帝は壇ノ浦で死ななかったという話なんで、意外となじみやすいかも。まあ、単純な替え玉トリックを使って生き延びた大河ドラマに対して、こっちは――。

豊﨑　安徳天皇を琥珀のなかに封じ込めたっていうのが、いい奇想ですよね。その琥珀を〝うつろ舟〟にして、日本、元、南宋と渡らせて行き、最後はとんでもない場所に読者を連れていくっていう構成がすっぱらしいですよ！

大森　いちばんすごいと思ったのは、二部のクビライ・カーンの宮廷に、マルコ・ポーロがどこか中国の山奥から連れてきた琵琶奏者がいきなり現れて、口伝えで覚えた日本語の「平家物語」を朗々と語るシーン。その語りにモンゴル語の同時通訳が付いて、その訳された部分は現代語として表記される。有名な冒頭の〝祇園精舎の鐘の声……〟のくだりは〝サヘートの庭に響く鐘の音は／あらゆるものがうつろいゆくことを教えてくれる／サーラ樹の花の色は／栄華を誇る者も必ず滅びさるという道理を示している〟という具合に。翻訳というフィルタを通すことで、見慣れたものがまったく別のものとして立ち上がってくる。そして、同時通訳の「平家物語」を聞いたモンゴルのひとたちも、幼い皇帝の悲劇に涙するという。もっと単純な例では、歌人将軍・実朝を〝ジパングの若き詩人王〟と呼ぶとか。それだけでもちょっとした異化効果がある。

宮城谷昌光先生にも無理なんでしょうか

豊﨑　わたしは、実をいうと宇月原さんがここまでの小説家になれるとは思ってなかったところがあるから、本当にうれしい裏切られ方でした。こういう作品が直木賞をとるといいなあって祈ってやみませんけど。誰も推してくれないのかな。前回の選評で、幻想小説に傾倒した時代があることを告白されてた宮城谷昌光先生でも無理なんでしょうか。……あ、宮城谷先生が傾倒なさってたのはマンディアルグとユイスマンスでしょっ。それって澁澤龍彦が好きな作家じゃないですか。じゃあ、もしかすると、ミヤギーだけは最終場面を気に入ってくれるかも。

大森 でも、そのマンディアルグやユイスマンスに対してすら〝小説の動力となっている都合のよさに疑いをもたざるをえなくなった〟っていってるんだから、やっぱり無理じゃない？

豊﨑 ふんっ。いいですよ、しょせん耽美が理解できないミヤギーに否定されたって、この小説の価値が貶められるわけじゃありませんから。

『砂漠』
伊坂幸太郎（五回目）

大森ー　豊﨑ー
大森B+　豊﨑B

豊﨑 さてさてさてさて、伊坂幸太郎。

大森 もう、かれこれ五回目の候補ですからね。

豊﨑 次はとる、次はとると言われながら、『重力ピエロ』（129回）『チルドレン』（131回）『グラスホッパー』（134回）『死神の精度』（134回）ときて、今回は『砂漠』で候補になりました。

大森 でも宮部みゆきさん、東野圭吾さんの受賞は六回目だったんで、あと一回はパスできる（笑）。

豊﨑 まあ、直木賞の場合は十回目の正直で受賞する古川薫さんみたいな人もいますからね。今回も、また一回パスで仕方がないかも。実は、わたし自身もそう思ったんですよ、パスでいいって。『砂漠』、いい話なんですけどねえ。好感が持てるキャラだらけだし、この手の話が嫌いな人なんていないでしょ？　けど……。

大森 まあ、たいていの人には学生時代があったわけだし、誰でも共感しやすいから。登場人物たちの麻雀の配牌が載ってて、その麻雀がけっこうへなちょこだっていうのがなかなか珍しくてよかった（笑）。麻雀がらみのネタもわりと脱力系だし。

次はもうあとがない

豊﨑 伊坂幸太郎って、ほんとにキャラクターつくるのはうまいですよねえ。主要登場人物の一人、西嶋に面白いしゃべりかたをさせてるでしょ。入学したばっかりのクラスコンパで〝「ちょっと、何をしんとしているんですか？　だいたいね、世界のあちこちで戦争が起きてるっていうのにね、俺たちは何やってるんですか。平和の話をしてるんですよ、俺は。呆れててどうするんですか」〟なんて不自然な喋り言葉で演説させたり。でも、これって完璧に『チルドレン』ラインの小説でしょ。西嶋をはじめキャラ的にもかぶってるし、実際その西嶋とかぶる『チルドレン』の重要キャラもちらっと出て来たし。その『チルドレン』をすでに候補作として読んだ選考委員の中に「また同じ世界なの？」と思う人がいても不思議じゃありません。

大森　でも、伊坂幸太郎の仙台を舞台にした作品群はみんな微妙なところで繋がってるんだよ。映画になった『陽気なギャングが地球を回す』のシリーズもじつは同じ世界だし。だから、ほぼ全作品がひとつの大きなシリーズに属しているとも言える。いままでずっと読んできてる人にはわかるという、一種の読者サービスだと思うけどな。

豊﨑　あと、砂漠ってイメージが陳腐だと思うんです。モラトリアムである学生時代、その外にある社会人として過ごさないといけない世界が砂漠っていうイメージは、どうなの？　卒業式の演し物を見て〝「ああいう悪ふざけが通用するのは、砂漠に出るまでだから」〟って言っちゃうところとか、なんかヤ。社会人になったって悪ふざけくらいすりゃいいじゃん！　『人間の土地』（サン＝テグジュペリ）からの〝ぼくは砂漠についてすでに多くを語った。ところで、これ以上砂漠を語るに先立って、ある一つのオアシスについて語りたいと思う〟という文章をベースにしてる気取りは悪くないと思うけど。大森さんは対抗を付けたんですね、わたしは穴。

大森　どうして対抗かというと、これでとらないと、次はもうあとがない。六回目ですからね。投手心理としては、2-3になる前に勝負するだろうと。まあ、投手じゃないからわかりませんけどね。でも、最近の流れから見ても、森絵都、伊坂幸太郎の二作受賞の可能性は高いと思います。

『遮断』

古処誠二（二回目）

大森▲　豊﨑◎
大森A　豊﨑B+

大森　第二次大戦物を書き続ける古処誠二。今回の候補作『遮断』は、沖縄戦を題材にしています。あいかわらず出来はいいんですが。

豊﨑　さて、ツモ爺がどうでるか。古処さんの前回の候補作『七月七日』（132回）はサイパン戦を題材にして、ツモ爺の反発にあったんですよね。本当のサイパン戦はこんなもんじゃなかったぞと。ツモ爺だってサイパン戦に実際行ったわけじゃなかろうに（笑）。

大森 あの時、津本先生は折悪しく『名をこそ惜しめ 硫黄島 魂の記録』っていう作品を書いてて、南方戦線についてだいぶ調べていたらしい。だから専門家だという自負があって、『七月七日』に厳しかったんじゃないか。

豊﨑 沖縄戦についてはどうなんでしょうか。

大森 沖縄戦については書いてないから大丈夫かも。あと、今、津本先生は例の盗作疑惑問題でちょっとミソをつけて。

豊﨑 はいはい。それどころじゃないと？

大森 今回の選考会ではおとなしいんじゃないかという観測がありますね。他人の作品に、しかも同じ戦争物に厳しいことはおっしゃらないんじゃないかと（笑）。

豊﨑 あー、墓穴掘る可能性がありますもんね。

大森 津本先生の書いた『八月の砲声 ノモンハンと辻政信』が、辻政信の『ノモンハン』って本から大量に、そのまま引用し過ぎじゃないかということで、遺族のひとからクレームがついた。もちろん参考文献にはあげてるんですけどね。資料をそのまま引用するのは津本作品では当たり前のことらしい。これだけじゃなく、他の本からの引き写しも多いという話があって、検証サイトもできてます。

豊﨑 責任をとって、選考委員を降りる矜持ってもんはないんスかね。

大森 いや、ないでしょう。前にも『天の伽藍』って作品で無断引用が問題になったことがあるし。今回は《小説現代》（6月号）におわびを書いて、禊は済んだということになっている。

豊﨑 ふ〜ん、その程度のもんなんだ。

大森 でも、津本先生がおとなしいと、『遮断』が来る可能性は高いですよ。『七月七日』の時だって、津本さんの反対がなければ受賞してたはずですからね。今度のも作品のクオリティは落ちてないし。

受賞して恥じるところのない秀作

豊﨑 そう、それでわたしは本命付けたんです。作中で、ある人物が年老いた主人公に送った手紙が引用されるんですけど、この処理がうまい。主人公の回想で語られる物語の中に、〝佐敷さんのことは、よく母に聞かされました〟とか〝もちろん、伏せていることのひとつやふたつはあるのでしょうけれども〟って感じで、一、二行ずつ、本編の中にぽつっぽつっと織り込んでるんです。で、その置きどころが的確で、手紙のフレーズがちゃんと本編の展開と呼応してるでしょ。第一三五回直木賞を受賞して恥じるところのない秀作じゃないですか。しかもこれだけ重いテーマを扱っていながら、二〇〇ページちょっとの短さで収めているところもたいへんテクニシャン。

大森　しかし古処さんが受賞したら受賞したで、またいろいろと悶着がありそうな……。授賞パーティとかちゃんと出るのかな。

豊﨑　え？『七月七日』を落とされたことを怒ってるんですか？

大森　いや、わりあい頑固な人らしくて。『遮断』は、去年の十二月に出た本だけど、原稿は去年の初めには出来てたんだって。なのに、終戦六十周年を当て込んだと思われたくないから八月近辺には絶対出したくないと著者が言い張って、わざわざ刊行を延ばしたらしい。今回もマスコミはすべてシャットアウト、取材は一切受けない。写真一枚出さないでしょ。

豊﨑　すごい。そういえばプロフィールも短いですもんね。生年月日も何もなくて〝主な著書に『接近』『七月七日』がある〟とだけ。

大森　作品を出すたびにどんどん経歴が短くなっていく(笑)。むかしは自分でウェブサイト開設して日記とか書いてたのに。講談社ノベルスから本格ミステリでデビューした人なのに、ミステリ色もどんどん薄くなって。

豊﨑　もう、いまや純粋に戦争小説家ですよね。

大森　戦争を背景に、極限状況の人間を描く作家。最後の文士という雰囲気ですね。

『風に舞いあがるビニールシート』

森絵都(二回目)

大森◎　豊﨑○
大森A　豊﨑B+

豊﨑　最後が森絵都。

大森　これは大本命ですよ。

豊﨑　わかります、うまいですもん。

大森　直木賞対策もばっちり。いちど候補になって落選(133回)、軽いだけじゃ直木賞はとれないという反省を踏まえて、これを書いた。村山由佳が従軍慰安婦問題を絡めた『星々の舟』で受賞した例とかを参考にしたんですかね。しっかり社会問題を扱った短編を書いて——

豊﨑　難民キャンプとかね。

大森　そう、それを短編集の表題作にした。僕はこの表題作が大嫌いなんですけどね（笑）。国連難民高等弁務官事務所に務める専門職のかっこいい男と事務職の女の社会派ラブストーリー。難民を救うために働くことを、風に舞うビニールシートをいっしょうけんめい押さえることに喩えるあたりもベタベタです。でもまあ、それも致し方ない、直木賞をとるための戦略ですから。そういうものとしてはよく出来てるし。

豊﨑　わたしは「守護神」が好きだったなあ。大学生のレポート代筆の話。

大森　僕がすごいなと思ったのは「鐘の音」。

豊﨑　わたしは、純文学を真似して書いてみたら逆に通俗的になっちゃいましたって感じがして、あまり好感を持てなかったんですけど。

大森　だってこれ、本格ミステリじゃん。

豊﨑　そぉ？　そんなたいした謎じゃないじゃん。

大森　いや、こんなネタが仕込んであるとは思わないから意表を突かれた。いわゆる「日常の謎」系列なんだけど、仏像の修復師が主人公というこの設定じゃないと成立しない「仏像の謎」だし、ホワイダニットも非常によくできてる。推理作家協会賞の短編部門候補作に推薦したいくらいですよ。よくこういうの書いたなと思った。本格ミステリのセンスがある。

豊﨑　まあ、森さんのこれまでの作風からするといちばん変わってるとは思いますけど。

技のデパートみたいな短編集

大森　だから、どういう世代のどういうひとがどういうふうに読んでもどれかには引っかかるように対策してあるんですよね。技のデパートみたいな短編集。傾向としては山田詠美の『風味絶佳』系で、いろんな変わった職業のひとが登場する。

豊﨑　がんばるひとにエールをおくる人生応援歌的な作品集だと、わたしは思いました。しかし、森さんという作家は、書けば書くほどうまくなっていきませんか？　犬の里親探しをしてるボランティア女性を語り手にした、一見地味な「犬の散歩」という作品にも感心しました。構成がすごく巧みなんですよ。書きようによっては押しつけがましい人情噺に終わりそうな話を、エピソードの配置の工夫で見事な一編に仕上げている。

大森　会話でいうと、「ジェネレーションX」。

豊﨑　あー、うまいですよねえ。携帯電話の会話を細切れに明かすことで、だんだん話の全体像が見えてくるという構成。消費者のクレーム処理に出掛けるために車に乗り込んでる四十歳間近の男と、二十代の若い男の物語なんですよね。で、運転しないほうの若い男が複数の友だちにつぎつぎと私用電話ばっかりかけてるから、中年男がいらつくと。〝あ、もしもしヒラタか、今イワサキに聞いたけど、なんだよ……腹痛？ 下腹部がきりきり？ いやダメだって、腹痛ごときでドタキャンはねえって……つうか、約束だろ、参加することに意義があんだろ〟って調子だから、読んでるほうも最初は「ほんとにいまどきの若いものは……」とか不快に思うんだけど、携帯電話の内容の意味がわかってくるにつれて、中年男とともにいつのまにか若い男を応援してる自分に気づくんですよね。

大森　最後はどうせこうなるだろうっていう予想に対して、それをもうひとつひねったオチがつく。

豊﨑　そうそう、そのひねりに関してもちゃんと伏線があってね。こういう短編集って、「面白い小説教えて～」って言われた時、ひとに勧めやすいんですよね。絶対、この中の一編くらいは好きになれる小説があるはずだから。まあ、中原昌也とかが好きなひとにはすすめませんけど（笑）。わたしは対抗を付けましたが、今回『風に舞いあがるビニールシート』が受賞しても、なんの違和感もないと思いますよ。

直木賞はたぶん順当に決まる

豊﨑　というわけで、森絵都、古処誠二のダブル受賞がわたしの予想ですね。

大森　それは充分ありえる。ただ、古処誠二はまだ候補二回目なんで。伊坂幸太郎はさすがにそろそろ来てもいいんじゃないかと。だから、森、伊坂のダブル受賞が本命。

豊﨑　どっちにしても、直木賞はたぶん順当にきまるでしょう。問題は芥川賞。作品の傾向には差があるにしても、出来で見ると中原昌也以外はどんぐりの背くらべ。だけど、たぶん中原さんの受賞はないんですよねえ……。

大森　中原昌也は、候補作公式発表前の段階の《ＳＰＡ！》（7／4号）の連載で〝僕は全く予期せず芥川賞の候補になってしまった。どう考えても受賞するわけがない。そんなわけがないのは十分わかっているので、全然気持ちは浮かれない〟とか書いちゃって、一部で大騒ぎになってます。

豊﨑　あーあ、書いちゃったんだ。タブーを犯しちゃったんだ。ダメな子だなあ（笑）、そこが好きなんだけど。じゃ、いよいよZ文学賞あげるから。あ、だめだ、島田雅彦からは受け取らないか！

大森 でも、賞金の一万円はもらってくれるでしょう、金に罪はないとか言って(笑)。

豊﨑 まっ、とにかくシンちゃんがどう反応するのかが楽しみですね。中原昌也のこれまでの言動をシンちゃんが知ってるかどうか、それを選評から読み取るのが今回の芥川賞のハイライトってことですよ。

ROUND 5

決定！第一回「文学賞メッタ斬り！」大賞

ワールドカップ方式で戦う、その名もＭ杯

プ。

大森　じゃーん。とうとうこの日がやってきました。栄えある第一回「文学賞メッタ斬り！」大賞を争う全国大会の開幕です。名づけて第一回メッタ斬り！カップ。

豊﨑　Ｗ杯じゃなくてＭ杯。

大森　〝えむはい〟じゃなくて〝めったかっぷ〟と呼んでください。

豊﨑　しかし、いつの間にそんなことに……。『文学賞メッタ斬り！』のＲＯＵＮＤ13では、文学賞甲子園とか文学賞天皇杯とか、いろんな提案をしてたわたしたちでしたのに。

大森　どうせなら大きく出たほうがいいと思って。けさＷ杯の準決勝を見ながら三十分で考えました。出場資格があるのは、二〇〇四年〜二〇〇六年三月に文学賞を受賞し、単行本が出版されている作品。

豊﨑　要するに、巻末の「'05〜'06年版・文学賞の値うち」に入ってる作品ですね。

大森　ぜんぶで百数十チームがエントリーしてますが、各大陸別に厳しい予選が戦われ、ついに本戦出場32チームが決定しました。

豊﨑　大森さんの頭のフィールドで予選が行われたと。

大森 予選だけで一か月かかりましたね、ぜんぶ読むのに。大陸ごとに出場枠が決まってて、純文学大陸は14枠、ミステリ大陸は7・5枠で、SFにいたっては1・5枠しかない。

豊﨑 (出場チーム表を見ながら)すご～い(笑)。この高瀬ちひろ『踊るナマズ』が入ってるのが、大森望のフィールドで戦ってきたというかんじがしますね。わたしのフィールドでは出てこない作品だもん。

大森 新興国はある程度優遇したんです。というか、新人賞枠が余ってたんで……。

豊﨑 ふ～ん。これ、グループはどうやって決めたんですか？

大森 まず、FIFAランキング――じゃなくて「文学賞の値うち」採点を基準にして、出場32チームを第1ポッド(シード国)から第4ポッドまで、四つに分けました(別表参照)。

豊﨑 ああ、なるほど、第1ポッドには強豪が並んでるわけですね。第4ポッドは新人賞系。

大森 第3、第4ポッドに関しては、ランキングだけではなく、一応、話題性も考慮しました。

豊﨑 だから『介護入門』とか『平成マシンガンズ』が入ってるんだー。

大森 その後、大会事務局において厳正な抽選が行われ、グループAからグループHまで、八つの組が決定しました。

豊﨑　（グループ表を見ながら）なんかバラバラですねえ。

大森　だからこれは抽選の結果なんだって！　四つのポッドから1チームずつ、ランダムに入ってるんですよ。まあ、たまたま因縁対決になってる組もあるけど。

豊﨑　あ、たしかにグループEがすごいことにっ！

大森　本屋大賞受賞作が三つ集中しました。おそろしい偶然です。

豊﨑　ほんとかよー（苦笑）。

大森　ごほん。というわけで、このグループステージでは、各組4チームが総当たりのリーグ戦を戦い、各グループの上位2チームが決勝トーナメントに進出します。

豊﨑　1チームだとシード国が順当にあがっていくだけでつまんないもんね。2チームだと番狂わせもあるかもしれないから。楽しみだなあ。ほんとはグループリーグのほうが面白いんですよね。よく知らない、へんなチームが出てきて、強いところにボコボコにされたり。

大森　あー、ここでたいへん残念なお知らせです。グループリーグの全四十八試合に関しては、紙面の都合で実況中継がありません。

豊﨑　あらら。

第一回 文学賞メッタ斬り！杯出場作品

第1ポッド	大森	豊﨑
『ららら科學の子』矢作俊彦｜文藝春秋｜04三島由紀夫賞	69点	85点
『雪沼とその周辺』堀江敏幸｜新潮社｜04谷崎潤一郎賞	75点	86点
『告白』町田康｜中央公論新社｜05谷崎潤一郎賞	65点	92点
『風味絶佳』山田詠美｜文藝春秋｜05谷崎潤一郎賞	72点	77点
『金毘羅』笙野頼子｜集英社｜05伊藤整文学賞	63点	91点
「枯葉の中の青い炎」辻原登｜新潮社｜05川端康成文学賞	62点	80点
『蝶のゆくえ』橋本治｜集英社｜05柴田錬三郎賞	71点	82点
『博士の愛した数式』小川洋子｜新潮社｜04本屋大賞	73点	77点

第2ポッド	大森	豊﨑
『半島を出よ（上・下）』村上龍｜幻冬舎｜05野間文芸賞	59点	72点
『シンセミア』阿部和重｜朝日新聞社｜04伊藤整文学賞	70点	85点
『ワイルド・ソウル』垣根涼介｜幻冬舎｜04吉川英治文学新人賞｜04日本推理作家協会賞｜03大藪春彦賞	70点	
『夜のピクニック』恩田陸｜新潮社｜05吉川英治文学新人賞｜05本屋大賞	72点	65点
『沖で待つ』絲山秋子｜文藝春秋｜05下芥川龍之介賞	56点	62点
『六〇〇〇度の愛』鹿島田真希｜文藝春秋｜05三島由紀夫賞	33点	69点
『空中ブランコ』奥田英朗｜文藝春秋｜04上直木三十五賞	65点	67点
『対岸の彼女』角田光代｜文藝春秋｜04下直木三十五賞	65点	67点

第3ポッド	大森	豊﨑
『剣と薔薇の夏』戸松淳矩｜東京創元社｜05日本推理作家協会賞	71点	68点
『花まんま』朱川湊人｜文藝春秋｜05上直木三十五賞	59点	58点
『容疑者Xの献身』東野圭吾｜文藝春秋｜05下直木三十五賞	63点	60点
『アヒルと鴨のコインロッカー』伊坂幸太郎｜東京創元社｜04吉川英治文学新人賞	66点	
『葉桜の季節に君を想うということ』歌野晶午｜文藝春秋｜04日本推理作家協会賞	69点	60点
『硝子のハンマー』貴志祐介｜角川書店｜05日本推理作家協会賞	61点	58点
『生首に聞いてみろ』法月綸太郎｜角川書店｜05本格ミステリ大賞	66点	59点
『象られた力』飛浩隆｜ハヤカワ文庫JA｜05日本SF大賞	73点	

第4ポッド	大森	豊﨑
『介護入門』モブ・ノリオ｜文藝春秋｜04上芥川龍之介賞・文學界新人賞	41点	52点
『野ブタ。をプロデュース』白岩玄｜河出書房新社｜04文藝賞	43点	56点
『四十日と四十夜のメルヘン』青木淳悟｜新潮社｜05野間文芸新人賞	62点	
『平成マシンガンズ』三並夏｜河出書房新社｜05文藝賞	45点	60点
『踊るナマズ』高瀬ちひろ｜集英社｜05すばる文学賞	63点	55点
『チーム・バチスタの栄光』海堂尊｜宝島社｜05「このミステリーがすごい！」大賞	67点	62点
『となり町戦争』三崎亜記｜集英社｜04小説すばる新人賞	49点	70点
『東京タワー』リリー・フランキー｜扶桑社｜06本屋大賞	50点	57点

＊本書巻末「'04～'06年版・文学賞の値うち」収録作品から選出

大森　M杯の歴史に残る名勝負が多数あったんですが……。試合の結果のみ、表でごらんください。
豊﨑　え!?　もう大森スタジアムではベスト16が決まっちゃったってこと?
大森　なに言ってるの、ほとんど自分で決めたくせに!
豊﨑　……さすがに強豪が揃いましたね。
大森　芥川賞受賞作は3チームすべてが敗退。直木賞はかろうじて『対岸の彼女』一作だけがトーナメントに進みました。
豊﨑　まあ、そんなもんですよ。
大森　本屋大賞は三作のうち二作が残ってるのに。
豊﨑　分析はいいから早く試合やろうよ。ていうか、前置き長すぎ。
大森　では、いよいよ第一回M杯決勝トーナメント一回戦のスタートです。

ベテランの戦い『ららら科學の子』、強力2トップの『対岸の彼女』

豊﨑　さあ、どんどん行きますよ。まず、矢作俊彦『ららら科學の子』と村上龍『半島を出よ』ね。『ららら』はね、勝つと思うんですよ。だってね、人間力が違うもの。矢作さんの締切守らなさ加減て、伝説化してるくらいじゃないですか。その人から、あんな長い原稿を取った《文學界》の波多野くん*がえらい。波多野くん

*波多野くん

グループ・リーグ試合結果

group A	ららら	六〇〇〇度	葉桜	野ブタ	勝点	順位
矢作俊彦『ららら科學の子』	−	○1−0	△1−1	○3−0	7	1
鹿島田真希『六〇〇〇度の愛』	●0−1	−	△0−0	○5−0	4	3
歌野晶午『葉桜の季節に君を想うということ』	△1−1	△0−0	−	○1−0	5	2
白岩玄『野ブタ。をプロデュース』	●0−3	●0−5	●0−1	−	0	4

group B	雪沼	半島	花まんま	介護入門	勝点	順位
堀江敏幸『雪沼とその周辺』	−	○1−0	○1−0	○2−0	9	1
村上龍『半島を出よ』	●0−1	−	○3−0	○5−0	6	2
朱川湊人『花まんま』	●0−2	●0−3	−	○2−1	3	3
モブ・ノリオ『介護入門』	●0−2	●0−5	●1−2	−	0	4

group C	告白	シンセミア	生首	四十日	勝点	順位
町田康『告白』	−	△3−3	○3−0	○1−0	7	1
阿部和重『シンセミア』	△3−3	−	○1−0	△1−1	5	2
法月綸太郎『生首に聞いてみろ』	●0−3	●0−1	−	●0−1	0	4
青木淳悟『四十日と四十夜のメルヘン』	●0−1	△1−1	○1−0	−	4	3

group D	風味絶佳	沖で待つ	剣と薔薇	平成	勝点	順位
山田詠美『風味絶佳』	−	△1−1	○3−0	○3−0	7	1
絲山秋子『沖で待つ』	△1−1	−	●1−0	○1−0	4	3
戸松淳矩『剣と薔薇の夏』	●0−3	○1−0	−	○2−1	6	2
三並夏『平成マシンガンズ』	●0−3	●0−1	●1−2	−	0	4

group E	博士	夜ピク	容疑者	東京タワー	勝点	順位
小川洋子『博士の愛した数式』	−	△2−2	△1−1	○3−0	5	2
恩田陸『夜のピクニック』	△2−2	−	○1−0	○2−0	7	1
東野圭吾『容疑者Xの献身』	△1−1	●0−1	−	○1−0	4	3
リリー・フランキー『東京タワー』	●0−3	●2−0	●0−1	−	0	4

group F	枯葉	ワイルド	アヒ鴨	バチスタ	勝点	順位
辻原登「枯葉の中の青い炎」	−	○2−0	○3−0	○1−0	9	1
垣根涼介『ワイルド・ソウル』	●0−2	−	○2−1	●0−1	3	3
伊坂幸太郎『アヒルと鴨のコインロッカー』	●0−3	●1−2	−	○1−0	3	4
海堂尊『チーム・バチスタの栄光』	●0−1	○1−0	●0−1	−	3	2

group G	金毘羅	対岸	硝子	ナマズ	勝点	順位
笙野頼子『金毘羅』	−	△2−2	●3−2	○6−0	4	2
角田光代『対岸の彼女』	△2−2	−	○1−0	○1−0	7	1
貴志祐介『硝子のハンマー』	○3−2	●0−1	−	●0−1	3	3
高瀬ちひろ『踊るナマズ』	●6−0	●0−1	○1−0	−	3	4

group H	蝶	空中	象られた	となり町	勝点	順位
橋本治『蝶のゆくえ』	−	○1−0	○2−0	○3−0	9	1
奥田英朗『空中ブランコ』	●0−1	−	△1−1	○1−0	4	3
飛浩隆『象られた力』	●0−2	△1−1	−	○2−0	4	2
三崎亜記『となり町戦争』	●0−3	●0−1	●0−2	−	0	4

に免じて1点をあげたいとこですね。『半島』も点は入れると思うんだけど。

大森　ま、この対戦は攻め合いですね。

豊﨑　これは、言ってみればどこの国とどこの国になるんですかね。

大森　『半島を出よ』は……北朝鮮（笑）。

豊﨑　まんまですか！　となると、根性が違いますからね、1点は取りますよ。
『ららら科學の子』はオランダ？　イエローカード十六枚*も出ちゃうよ。

大森　いや、オランダは子どものチーム*だから。ここはやっぱり、おやじチームのフランスでしょう。

豊﨑　ああ、ジダンなかんじ*ね。

大森　そう。一回戦ぐらいじゃまだあんまり役に立ってない。久しぶりに代表に戻ったからまだボーっとしてる。自慢の攻撃力も発揮できず、さすがに負けはしないものの薄氷の勝利。1－1PK勝ちとか。

豊﨑　はい、じゃPK戦を制して『ららら科學の子』が勝ち上がりと。次、町田康『告白』と、戸松淳矩『剣と薔薇の夏』。これは『告白』が簡単に勝つんじゃないんですか？　主人公の熊太郎には誰も勝てませんよ。で、その熊ちゃんはどういうタイプのフォワードなんでしょうか。……あ、情緒不安定なマラドーナだっ。神の手の得点ですよ。いっぽう『剣と薔薇の夏』は、わりと端正なチームですよね。

大森　アメリカ代表ですね。技術も組織もあるけど、経験とマリーシア*が足りな

オデが《Number》で連載してたB級スポーツ観戦ルポ「それ行けトヨザキ!!」の二代目編集者。〝丁稚〟の愛称でオデに苛められ倒されていました。（豊）

＊イエローカード十六枚
2006ドイツワールドカップ決勝トーナメント一回戦ポルトガル対オランダにてイエローカードが十六枚出る乱戦となった。

＊子どものチーム
オランダが数的有利を自ら台無しにして敗退。ファンバステン監督のコメント「われわれのチームはまだ若いチームだったということだ」とのコメントにより。

＊ジダンなかんじ
頭突きくらわして、さらに矢作色を鮮明にしました。（豊）

＊マリーシア

決勝トーナメント対戦表

A1位 『ららら科學の子』(三島賞)
〈フランス〉

B2位 『半島を出よ』(野間文芸賞)
〈北朝鮮〉

C1位 『告白』(谷崎賞)
〈オランダ〉

D2位 『剣と薔薇の夏』(推理作家協会賞)
〈アメリカ〉

E1位 『夜のピクニック』(吉川英治文学新人賞・本屋大賞)
〈スイス〉

F2位 『チーム・バチスタの栄光』(このミス大賞)
〈コートジボアール〉

G1位 『対岸の彼女』(直木賞)
〈ドイツ〉

H2位 『象られた力』(SF大賞)
〈オーストラリア〉

大賞

A2位 『葉桜の季節に君を想うということ』
(推理作家協会賞)〈ガーナ〉

B1位 『雪沼とその周辺』(谷崎賞)
〈チェコ〉

C2位 『シンセミア』(伊藤整賞)
〈スペイン〉

D1位 『風味絶佳』(谷崎賞)
〈イングランド〉

E2位 『博士の愛した数式』(本屋大賞)
〈イタリア〉

F1位 「枯葉の中の青い炎」(川端賞)
〈ポルトガル〉

G2位 『金毘羅』(伊藤整賞)
〈ブラジル〉

H1位 『蝶のゆくえ』(柴錬賞)
〈アルゼンチン〉

い。なにしろ戸松さんは二十四年ぶりの出場ですから。

豊﨑　『告白』は、じゃあアルゼンチン。

大森　イメージ的には南米よりアフリカだなあ。ガーナとか。

豊﨑　ええー、もうちょっとメジャーな国にしてくださいよ。『ららら』がフランスなんでしょ？　あ、それこそ子どものオランダでいいんじゃないかなあ。とにかく2－0で『告白』の勝ちですね。そして恩田陸『夜のピクニック』と、海堂尊『チーム・バチスタの栄光』か。『夜ピク』みたいなチームはあるんですか、みんな高校生みたいな？

大森　若いチームと言えば、スイス*ですね。

豊﨑　あー、いいですねー、きれいじゃないですか。かたい感じで。

大森　ほんとは純文が欧州でエンタメが南米のつもりだったけど、まあいいか。新興の『バチスタ』はコートジボアール。M杯では意外な爆発力を見せて、一次リーグ最大の番狂わせを演じました。第4ポッドの公募新人賞受賞作の中でトーナメントに残ったのはこれだけ。

豊﨑　どれどれ（予選対戦表を見ながら）、へぇ〜、『ワイルド・ソウル』と『アヒルと鴨のコインロッカー』がいる組で勝ったんだ。新人なのに、すごいねー。でも、ここまででしょう。白鳥*が1点くらいは入れるかもしれないけど。

大森　でもスイスは、点取られると勝てないチームだからなあ。1－0で『夜ピ

ポルトガル語で「狡猾さ、ずる賢さ」という意味でサッカーにおける駆け引きの上手さを指す。

***スイス**
2006ドイツワールドカップでW杯史上初めて無失点のまま大会を去った。決勝トーナメント一回戦ウクライナとのPK戦にて敗退。

***白鳥**
作中に登場する官僚探偵の名前。奥田英朗が創出したトンデモ精神科

ク』ですかね。次は、角田光代『対岸の彼女』と飛浩隆『象られた力』。

豊崎 『対岸の彼女』は……なでしこジャパン？（笑）

大森 いや、この小説は2トップが看板だから、ドイツですね。

豊崎 おおー、強い！ クローゼ*ですね。

大森 若い方がポドルスキーで。

豊崎 『象られた力』は？

大森 SFだからアジア代表。本来なら、グループリーグ通過はありえないんだけど。

豊崎 じゃ、オーストラリアは？ 次回からアジア枠になるし。で、ドイツが勝つわけですか。でも、オーストラリアだって1点くらいは入れると思いますよ。『対岸の彼女』は、そこまで守りが堅い作品じゃないですもん。

大森 まあ、3－1くらいですかね。

短編有利？『雪沼とその周辺』『風味絶佳』得点力高し

豊崎 歌野晶午『葉桜の季節に君を想うということ』と、堀江敏幸『雪沼とその周辺』。なーんかもう、あまりにも作風が違いすぎて、どう対戦させればいいのやら（苦笑）。国でいうと、どこになりますの？

医・伊良部に匹敵するほど面白キャラ。（豊）

***クローゼ**
2006ドイツワールドカップのドイツ代表FW。ポドルスキーとの2トップでドイツ躍進の原動力となり今人会の得点王に輝いた。

大森　『雪沼』はね、寒い国で強豪で……チェコか。

豊﨑　『葉桜』はトリッキーだから……。

大森　アフリカだね。アンゴラ……はかわいそうか。ガーナだ。

豊﨑　『葉桜』は叙述ミステリで驚きがあるから、１点は入れますね。かたや『雪沼』は着実に点数取っていきますよ。何編入ってるんでしたっけ？　そのうちのいくつが出来がいいかで決めましょうよ。これは大変な点数が付くと思われ(本の目次を見ながら)……ああ、５－１になっちゃった。ごめんね、『葉桜』。相手強すぎ。

大森　次は、一回戦屈指の好カード、阿部和重『シンセミア』と山田詠美『風味絶佳』。伊藤整(文学賞)VS谷崎潤一郎(賞)ですね。

豊﨑　『シンセミア』は半分エンタメみたいなもんですから、アルゼンチンあげましょうよ。

大森　アルゼンチン、こんなとこで負けちゃうの？

豊﨑　……んじゃ、『シンセミア』は柄が悪いチームがいいと思います(笑)。スペインだ。『風味絶佳』は？

大森　イングランドをあげましょう。女性人気が高そうだから。

豊﨑　これはきわどいですよ。

大森　ＰＫだね。２－２のまま決着がつかず、ＰＫ戦でイングランド。

豊﨑　『シンセミア』、登場人物多いよ。

大森 じゃあ、『風味絶佳』にいい短編がいくつあるかで決めよう(笑)。

豊﨑 ああいいですよ、それがＰＫの決まった数ってわけですね。ここにきて短編集俄然有利！ でも次『雪沼とその周辺』とあたるんだ。じゃ、いっか(笑)。

大森 (数えて)ＰＫ戦５－４でイングランドの勝ち！ さて、小川洋子『博士の愛した数式』と、辻原登「枯葉の中の青い炎」。

豊﨑 『博士』は阪神(笑)。これは阪神しか考えられないですね。あ、ここ野球対決だ。じゃ、ここだけは阪神タイガース対……

大森 トンボ・ユニオンズ*？ 江夏とスタルヒン*が先発で投げ合うの？ いつの時代の話だよ(笑)。

豊﨑 いいじゃないですか、メッタカップなんだから。

大森 いやいやいや。次の対戦が組めないから。ええと、ベスト16でまだ出てないのは、ウクライナ、エクアドル、イタリア……。

豊﨑 カテナチオ*！ 確実に版を重ねる『博士』はイタリアがいいんじゃないですか？ 「枯葉」は南方だからブラジルで。１－０くらいですかね。

大森 「枯葉」が勝つの？ うーん……。

豊﨑 だって、いい小説でしょ。

大森 でも八割は本当の話だからなあ。この短編集はいいけど、(川端賞を受賞した)表題作だけだとそんなに強くない。

＊トンボ・ユニオンズ
一九五四年に急遽設立されたパシフィック・リーグ所属のプロ野球チーム、高橋ユニオンズは、翌五五年、一年間だけトンボ鉛筆と業務提携して、トンボ・ユニオンズと改称、このときスタルヒンが通算三〇〇勝を達成した。(大)

＊江夏とスタルヒン
江夏豊(えなつ・ゆたか一九四八〜)
〝背景は暗く、観客もスコアボードも闇に沈み、江夏ただ一人が光に浮かび上がっている。今まさに、左手を振り下ろした瞬間だ。右足はしっかりと土をつかみ、ひさしの奥の目は、キャッチャーミットに吸い込まれてゆ

豊﨑　じゃ、カテナチオで0に押さえてブラジル敗退と。
大森　いや、「枯葉」がブラジルでいいのかと……むしろどこか島国でしょう。トリニダード・トバゴか。それはあんまりだな。ポルトガルにしますか、南の方の国ってことで。
豊﨑　よしそれだ。イタリア『博士』がポルトガル「枯葉」を倒してベスト8進出と。一回戦最後の試合は、笙野頼子『金毘羅』と橋本治『蝶のゆくえ』。これはもう、ブラジル対アルゼンチンですね。
大森　『金毘羅』はいかにもブラジルだねえ。ツボにハマるとめちゃめちゃ強いけど、波が激しい。守備も不安。
豊﨑　しかも敵が多い*ですよ、『金毘羅』は。
大森　ゲーム終わる頃には三人退場してるね。
豊﨑　最後は八人対十一人で戦ってる感じね。『蝶のゆくえ』のアルゼンチンは結構優雅に確実に点を取っていくんですよ、大人な態度で。でもスコアは混戦。
大森　4－3で『蝶のゆくえ』勝利。ブラジル、結局こんなところで消えるのか……。

イケメン対決、短編対決…好カード揃いの準々決勝

くボールを見つめている。マウンドに漂う土煙の名残が、ボールの威力を物語っている。生涯で最も速い球を投げていた江夏だ。縦縞のユニフォームの肩越しに背番号が見える。完全数、28。〟（小川洋子『博士の愛した数式』／新潮文庫より）
ヴィクトル・スタルヒン（一九一六〜一九五七）
ボールは消えることなく、彼の目の前をシュルシュルと楽音を奏でながら横切って行った。菅原のバットは金縛りにあったようにぴくりとも動かない。スタルヒンの最後の一球は西倉のミットの中でくるくると青い炎を上げた。（「枯葉の中の青い炎」より）

***カテナチオ**
イタリア語で「鍵を掛ける」という意味で、サッカー大国イタリアの守備の堅さを指す。

***敵が多い**
『徹底抗戦！文士の森』（河出書房新社）、読んでね。（豊）

豊﨑 さあ、ベスト8まで来ました。

大森 強豪が順当に勝ち上がって、ここからが本当のワールドカップ。じゃなくてメッタカップ。どれも、決勝と言ってもおかしくない組み合わせです。準々決勝第一試合は『告白』対『ららら科學の子』。えーと、オランダ対フランスか。

豊﨑 あー、ここは『告白』に勝たしてやりたいな。ここで上がれば、ぜったい決勝まで行けるもん！『ららら』も悪くはないんだけど。

大森 イケメン対決か。顔でも『告白』？

豊﨑 そりゃそうでしょ。ちょいワルおやじはもういいですよ。パンク小僧を選びましょうよここは。あと、わがまま作家対決って要素もありますね。扱いにくい作家対決とか。

大森 態度だったら矢作さんが勝つよ。一対一では負けない(笑)

豊﨑 ジダンは調子が上がってるし、実際のW杯では驚異の底力でフランスが決勝まで上がっていったじゃない。

大森 しかし、ジネディーヌ矢作もいいかげん年だからなあ。だいぶ涙もろくなってるし。

豊﨑 九十分持ちませんよ、きっと。なので、『告白』の勝ち！ 2－1くらいかな。

大森 そんなもんでしょう。次は『夜のピクニック』対『対岸の彼女』か。これもいい試合になりそう。
豊﨑　『対岸の彼女』ね、みんなが好きな小説だけど、わたし、主婦の方のパートがどうしても好きになれない、つまり片方のフォワードがあんまり機能してないと思うんですよ、本当のドイツと違って。ここは『夜ピク』に勝たせませんか。
大森　この秋公開の映画*も出来がいいしね。多部未華子がすばらしくて。でも、スイスが準決勝まで勝ち進むわけが……。
豊﨑　W杯ではダメでもM杯では強かったってことで。スイス国民のみなさんにも喜んでいただけるでしょう(笑)。
大森　わかりました。じゃ、1-0で、伏兵『夜ピク』が準決勝進出と。はい次。
豊﨑　わあ、これもいい対決ですよ、『雪沼とその周辺』対『風味絶佳』。
大森　おお、短編集対決か。
豊﨑　びみょ〜。
大森　とはいえ、やはり『雪沼』でしょう。たがいに一歩も譲らない緊迫した好試合。たがいのGKがファインセーブをくりかえし、百二十分戦ってもたがいに無得点のまま、PK戦に突入。ここでもGKが止めまくるんだけど、2-1で『雪沼』。『風味絶佳』は無敗のままM杯のピッチを去ることに……。
豊﨑　最後は『博士の愛した数式』と『蝶のゆくえ』です。これ、どんなのが入ってたんだっけ。(『蝶のゆくえ』を開き)「ふらんだーすの犬」いいでしょ、「ごはん」「白菜」

＊この秋公開の映画
長沢雅彦監督。貴子役は多部未華子、融役は石田卓也。

もいい。

大森 僕は「ほおずき」が好きだな。

豊﨑 てことは、4点。アルゼンチンが4点取るとしたら、『博士』は何点ですかね。

大森 だってイタリアでしょ。4点取られたら勝てないよ。

豊﨑 そっかー、守りが身上ですしね。あれ、これで『蝶のゆくえ』が勝ち上がると……ぐはっ、オデの思惑通りに物事が進んでる今日この頃。くほほっ*。

大森 また駄々力*かよ！

豊﨑 なんとなく心が浮き浮きしてきましたー。だから、ま、いいですよ、ここは。譲りますよ、どちらでも。

大森 僕もどっちでもいいや。

豊﨑 じゃあPKですかね。1－1PK？

大森 いや、もうちょっと入るんじゃないかな。2－2とか。

豊﨑 勝つのはどっちだ。でも『博士』はいっぱい売れてるんだから、『蝶のゆくえ』にあげましょうよ。

大森 じゃ、『蝶のゆくえ』がPK戦を制して準決勝に駒を進めたと。

*くほほっ
©町田康。（豊）

*駄々力
自慢じゃないけど、ダダ星人なんですの。これまでの人生で駄々をこねて通らなかったことがない迷惑人間なんですの。（豊）

『夜ピク』のいい子たちは、わけわからない熊太郎に勝てない

豊崎 さあ、準決勝だ。申し訳ありません、恩田さん。『告白』とあたったのが運の尽きと思ってください。スイスよくここまでがんばった。だって、あんなにいっぱいあったエンタメのなかで、残ったのは『夜ピク』だけなんですから。

大森 いや、『蝶のゆくえ』は《小説すばる》掲載ですよ。しかも柴錬賞。

豊崎 まあね。でも半分は純文ですからー。『夜ピク』は本屋大賞か。てことは今、谷崎賞と本屋大賞が戦ってるわけですね。本屋大賞は三歳の子どもですから、いま勝ち上がらなくても、ねえ〜。

大森 『夜ピク』は吉川英治文学新人賞もとってるよ。

豊崎 二賞合わせ技かあ。でもここは問題なく『告白』でしょう。なんたってわたし、92点つけてますから。

大森 結局それかよ！ 僕なんか今回、80点以上つけたの一個もないのに。

豊崎 そうですよ。わたしはコメントでは厳しいこと書いてますけど、点数は甘いでしょ。に比べて、フィクサー大森は点が辛い辛い。

大森 前回は『アラビアの夜の種族』に92点つけたけど、今回はどうしても推したいのがなかったからなあ。まあいいですよ、『告白』で。

豊崎 スコアはどうですかね。若い力は無視できないとはいえ、熊太郎は……何人殺したんでしたっけ？

大森 河内十人斬りだから、十人じゃないの？ でも『夜ピク』はすごい人数が歩いてるよ、全校生徒千何百人。

豊崎 でも主要登場人物は十人に満たないと思うんですよ。しかも、『告白』では大変な惨劇が起きる。たぶん『夜ピク』の子どもたちは、熊太郎に全員殺されちゃうね。

大森 なんじゃそりゃあ！

豊崎 あの性格のいい子たちは、熊太郎のわけのわからなさには勝てない。これね、5－1くらいで負けちゃうんじゃないかな。

大森 恩田さん、悲しむだろうなあ。

豊崎 ……5－1はかわいそうか。3－1くらいにしておきますか。

大森 準決勝第二試合は、『雪沼とその周辺』対『蝶のゆくえ』。これもいい勝負ですね。

豊崎 さっき何点取ってきたんだっけ？

大森 『雪沼』が5点、『蝶』が4点。5－4で決まり？ 簡単だなあ。

豊崎 ただ、『蝶』の方は収録作が一編少ないんですよ。だからそこを配慮して、4－4のまま延長戦でも決着がつかなくてPKって展開にしませんか。で、『雪沼』にはね、ボウリング名人「スタンス・ドット」の店主がいるんですよ。たぶんね、この人は確実に決めますね。ＰＫは外さないと見た。あと、「河岸段丘」に出てくるダンボール作ってる田辺さんと、機械いじりの名人・青島さんも、正確無比だから外さないと思うんです。ＰＫとなると、やっぱり断然こっちが強いんじゃないかなあ？『蝶のゆくえ』の登場人物は、ヤンキーとか、いいかげんなタイプが多いんですよ(笑)。たぶん外しまくり。

大森 はいはい。勝手にしてください。しかし、ということは、決勝は『告白』対『雪沼』。谷崎潤一郎賞対決ですね。

豊崎 やっぱりいい文学賞ってことなんでしょう、谷崎賞は。

ゴリ押しの一点と神の手で、初代王者決定！

大森 国でいうと、オランダとチェコの決勝か。すばらしい。ありえる対決ですね。そもそもコレル*の怪我がなくてバロシュ*がＥＵＲＯのときのバロシュならあんなところで負けるはずが(以下略)。

豊崎 でもね、ここまでくるとさすがに『告白』はね、累積警告だらけで、理想のスタメンが組めない状態かと思われ(笑)。熊太郎、人殺しすぎだから。一方、『雪沼とその周辺』はといえば、一人の退場者もいない気がするんですよ。

＊**コレル**
２００６ドイツワールドカップのチェコ代表ＦＷ。二〇二cmという長身を活かしたポストプレーで攻撃の軸として期待されたが初戦で負傷し戦線を離脱。

大森 いないね。イエローカードさえ一枚ももらってない。

豊﨑 堀江さんの端正な文章そのままのきれいな勝負をしてきたわけですよ。この対決はどうなるんですかねー。『告白』にいったい何人の選手が残っているのか。まあ、熊ちゃん一人で十人は殺せるわけですが（笑）。

大森 （なげやりに）じゃ、値段で決めてみるとか。『雪沼とその周辺』千四百円、『告白』千九百円。まあ、『告白』は六百ページもあるから、頁単価で言うとこっちのほうが安いけど。

豊﨑 一文一文のコストパフォーマンスを考えれば、そりゃもう堀江さんでしょうけどね。でも、「スタンス・ドット」のボウリング場の店主みたいに、「本当にこの立ち位置でよいものだろうか」とか悩みすぎて、柳沢のように打つべきところでパスを出してしまうかもしれない*。あと、堀江さん自身が「『メッタ斬り！』大賞なんてとってよいものだろうか」と横パスを出しそうな気配も。

大森 はははは っ。「メッタ斬り！」大賞的にいうと、ふさわしいのは『雪沼』より『告白』だよね。なにしろ十人斬りだから。おまけに豊﨑由美が駄々力で推しそうだし。それでもいいですよ、ゴリ押し勝ちで。

豊﨑 じゃあゴリゴリに無理無理に押し込んだ1点で、1-0『告白』勝利と。

大森 退場に次ぐ退場で八人になりながら必死に守り、延長も後半ロスタイム、残り五秒で——。

***バロシュ** 2006ドイツワールドカップのチェコ代表FWにて、2004ヨーロッパ選手権得点王。今大会では精彩を欠き無得点。

***柳沢～出してしまう** この柳沢って人、シュートチャンスにパスを出した翌日、ドイツの新聞でも「柳沢にフォワードの仕事を教えてあげよう」とかって揶揄されてましたよ。（豊）

豊﨑　くほほ。最後はわたしの神の手が（笑）。で、主審もね、オデがやってたりすんの。

大森　前代未聞の主審ゴールでサヨナラ勝ちと。

豊﨑　というわけで、栄えある第一回メッタカップは、『告白』の優勝に決まりました。町田康さんには「文学賞メッタ斬り！」大賞が授与されます。

大森　いい戦いだったね。で、賞品は？

豊﨑　手書きの賞状でもあげますか。わたし、宮沢りえのテレカセット*とか進呈してもいいですよ。あ、自分の持ってる一番いいものをあげる？「スター・ウォーズ」のペプシ・ボトルキャップ・コレクションのコンプリートを二セット持ってるから、一セットあげてもいいや。*

大森　町田康がもらって喜ぶかどうか……。むしろそれはオレにくれ（笑）。

豊﨑　大森さんにあげるくらいならヤフオクで売りますよ。えっと、Z文学賞はたしか賞金二万三千円だったんでしたっけ。わたしと島田さんが一万円ずつ、大森さんが三千円出して。

大森　うちは扶養家族が多いから。まあ、今回は豊﨑さんが適当に決めてください。

豊﨑　冷たい。

大森　せめて『ベルカ、吠えないのか？』（古川日出男）とか『シャングリ・ラ』（池上永一）

＊宮沢りえのテレカセット
ずーっと昔、《CREA》で連載持ってた時、読者プレゼント用の宮沢りえ描き下ろしイラスト入りテレカ六枚セットもらったんですの。町田さん、いります？（豊）

＊一セットあげてもいいや
町田さん、いります？（豊）

＊第一回くろねこアカデミー賞
ミステリチャンネルの書評番組「Mysteryブックナビ特別編 夏の

とかが出てれば燃えたんだけどなあ。あ、『ベルカ』は第一回くろねこアカデミー賞*受賞作だし、『シャングリ・ラ』って、「メッタ斬り！版」本屋大賞*とってるんじゃん！ しまった、無理やり入れとけばよかったなあ。

豊﨑 そうか、その手がありましたねー。じゃ、次回はセンバツ高校野球の「21世紀枠」みたいに、わたしたちが「賞はなんにもとってないけど傑作」と思う作品を一作ずつ入れてみたらいいんじゃない？

大森 文学賞を受賞していない作品を勝手にエントリーして、受賞作と戦わせると。

豊﨑 それはもう、本気出して勝たせに行くでしょ。

大森 ますます駄々力全開に。ていうか、これ、まだ続くの？

豊﨑 もちろん！ 打倒、芥川賞・直木賞。勝つまでやる*んだすわね。だすわよ。

大森 とほほ。せめて四年に一度にしようよ。

（二〇〇六年六月三〇日／於 都ホテル東京「大和屋三玄」）

イチオシバトル」で選出された二〇〇五年上半期のベストミステリ賞。『シャングリ・ラ』は、作品賞にあたる「くろねこ賞」を受賞した。詳細は http://www.ltokyo.com/ohmori/050516.html 参照。（大）

＊「メッタ斬り！版」本屋大賞
書店員が選ぶ本屋大賞に対抗し、大森望と豊﨑由美が討論によって選出。対象は二〇〇五年に刊行された日本人作家による小説。大賞受賞作は『シャングリ・ラ』で以下、2位『ベルカ、吠えないのか？』古川日出男／3位『告白』町田康／4位『風味絶佳』山田詠美／5位『孤宿の人』宮部みゆき／6位『沼地のある森を抜けて』梨木香歩／7位『柳生薔薇剣』荒山徹／8位『逃亡くそたわけ』絲山秋子／9位『凸凹デイズ』山本幸久／10位『四十日と四十夜のメルヘン』青木淳悟／11位『笑酔亭梅寿謎解噺』田中啓文。http://www.nikkeibp.co.jp/style/life/topic/honya3/060331_5th/index4.html 参照。（大）

＊勝つまでやる
何はざいてんだか、じぶん。（豊）

おわりに

大森望

轟く叫びを耳にして、帰ってきましたメッタ斬り！

え、叫んでない？　もしかしてただの空耳？　──かどうかはともかく、二〇〇四年三月に出た『文学賞メッタ斬り！』が予想外の反響を呼んだのは事実。綿矢りさ・金原ひとみ効果による芥川賞ブームの追い風もあって、増刷に次ぐ増刷。最初にこの企画を考えたアライユキコさんと、単行本化を提案した宮川真紀さんの慧眼が証明されたわけです。まさか、文学賞好きの人が世の中にこんなにたくさんいようとは……。

相方のトヨザキ社長と違って大森はいたって平和的な性格なので、こういう危険な企画は一回こっきりのつもりだったのに、とかく浮き世はままならぬ。その後あちこちからメッタ斬りのお座敷がかかり（そのうち半分ぐらいは本書ROUND４に再録されてます）、ふと気がつくと第二弾へとつづくレールが敷かれていたのである。

だからこの本も、ほんとはもっと簡単にできるはずだったんですよ。前の本は詰め込み過ぎだったから、今回は二百ページぐらいに抑えて、ウェブや雑誌に掲載されたメッタ斬り対談を集めてはいできあがり。こりゃ楽ちんだね、みたいな。ところが蓋を開けてみれば、またしてもなんだか大変なことに。文字量は前作をしのぎ、あいかわらず分厚くてすみません。

そもそも、この二年間に出た主要文学賞受賞作の全採点(巻末付録「文学賞の値うち」)だけでも、前作比五割増しの分量。読んでも読んでも終わらなくて死ぬかと思いました。

さらに今回は、マンネリを打破すべく強力な新戦力を投入。芥川賞落選六回の世界記録を保持する文壇の貴公子、島田雅彦氏をゲストに迎え、「ほんとに怖いものがない人って、こうなんですね!」的な〝忌憚のないご意見〟をずばずば頂きました。そこまで言って大丈夫なのか島田雅彦。豊﨑や大森が好き放題にしゃべりちらすのとは重みが違いますよ! 気分的には、甲子園の外野席に陣どってワンカップ大関かなんか飲みながらグラウンドに向かって汚い野次を飛ばしてた二人組が、いきなりベンチに呼ばれてコーチの苦労話を聞かされるような感じ? いやまあ、実際はこちらから無理やりお呼びしたんですが、おかげで本書も多少は格調高くなったんじゃないかと思います。ありがとうございました。

一方、本造りに関しては、前作に引き続き、メッタ斬り!チームのみなさまにお世話になりました。トークの文章化および脚注作業のほとんどと索引その他をひとりでカバーしたアライユキコさん。ROUND5の対談構成および編集実務を担当した宮川真紀さん。校正の澁谷慎一さん。装幀および本文デザインの鈴木成一さん。〝武闘派〟の看板にふさわしい強烈なカバーイラストを描き下ろしてくれた天明屋尚さん。新戦力として編集チームに加入したPARCO出版の柳原一太さん。こうして本ができたのもみなさんのおかげです。また、いちいちお名前は挙げませんが、初出媒体の関係者各位はもちろん、前作をあちこちでネタにしてくださったみなさんや、貴重な内部情報を提供してくださった匿名のみなさんにもあらためて御礼申し上げます。ありがとう。そして最後に、この場を借り（島田雅彦氏の言葉を借り）、わたしたちのいいかげんな与太話や採点に傷ついた方々には深くお詫び申し上げます。御免。

二〇〇六年七月

作品名索引

作品索引は、本文中の小説、評論、マンガを収録。

(表、扉、見出し語は含まない／単行本、短編等収録作の別は該当ページを参照)

(＊)は、

1／作品の版元を明記したページ。

2／該当作品を中心に語ったページ(ROUND4で連続して複数ページに項の中心となる作品名が出てくる場合は、初出のページのみを表記)。

あ

アーリオ オーリオ 205 212
愛の流刑地 *80
青い夜、緑のフェンス *126
秋の大三角 20 *22
アクロバット前夜 183
アシタ 20 22
明日の記憶 *67 83 269 270
阿修羅ガール 182 277
アッシュベイビー *38 *118 120
あっぷあっぷ 183
あなたへ *24 36 134
姉飼 267
あの日にドライブ 267 *269
アヒルと鴨のコインロッカー 312
AMEBIC *38 118 *120 152
アラビアの夜の種族 320
あらゆる場所に花束が…… 276
アルカロイド・ラヴァーズ 169 185 204
安徳天皇漂海記 288 *293

い

いい子は家で 283
イエロー 167
生きてるだけで、愛。 *280
無花果カレーライス 91 *226 231 250
いつかパラソルの下で *68 *241 243
一千一秒の日々 *126
イッツ・オンリー・トーク 160 162 257
犬の散歩 299
いま、会いにゆきます *48
陰翳礼讃 259
イン・ザ・プール 193
インストール *118 134 151

う

vanity *259
ウエンカムイの爪 196
失われた時を求めて *46
生まれる森 *121 122 126 283
海の仙人 258

え

永遠の仔 240
永遠の出口 243 244
栄光なき凱旋 291
エナメルを塗った魂の比重 *128
NHKにようこそ! *148 151
エロチック街道 175

お

黄金旅風 218
オイディプス王 172
大きな熊が来る前に、おやすみ。 124 *282
O嬢の物語 280
オーデュボンの祈り 199
お金をあげるからもう書かないで、と言われればよろこんで 275
沖で待つ *92 93 *257
オテル モル 184 229 230
大人のための残酷童話 241
踊るナマズ *104 305
Op.ローズダスト 291
お縫い子テルミー 229

か

邂逅の森 193 194 *195 293
介護入門 *87 165 *182 192 305
鏡家サーガ 128 130
河岸段丘 322
風に舞いあがるビニールシート *298
風の古道 266
片想い 261
象られた力 313
語り女たち *196
課長 島雅彦 *58 60
火天の城 *217
鐘の音 299
カフーを待ちわびて *41
神のふたつの貌 290
仮面の告白 209
鴨川ホルモー *148
ガラスの仮面 291
枯葉の中の青い炎 *95 315 316
漢方小説 *105 *212 231

き

キぐるみ 209
狐寝入夢虜 *91
君たちに明日はない *83
Q&A 221 237
極東アングラ正伝 164
キヨコの成分 20 22
銀色の翼 *258
銀齢の果て *139
勤労感謝の日 *160 165 173 174 258

く

空中庭園 215 216
空中ブランコ *192 200
愚行録 *288 293
グラスホッパー *66 199 *218 295
グランド・フィナーレ *89 *204 258
クリスマス・テロル *128
クレーターのほとりで 107 *133 205 213 214
グロテスク *65
クワイエットルームにようこそ *97 98 *255 280

け

KKKベストセラー *58
けがれなき酒のへど 253
蹴りたい背中 *85 86 118 151 209 210 216
ケルベロス第五の首 233
剣と薔薇の夏 310
幻夜 193 *194 261

こ
恋蜘蛛 *234
号泣する準備はできていた 288
更新期の文学 171
声に出して読みたい日本語 275
GO 242
凍りのくじら *153
告白 *107 108 310 312 317 320 322 323
国家の品格 275
コップとコッペパンとペン *174 182 184
子供たち怒る怒る怒る *129 130
子どもたちは夜と遊ぶ *153
小鳥の母 *226
この人と結婚するかも *230
ごはん 318
このミステリーがすごい! 159
この恋愛小説がすごい!
2006年度版 122
コンセント 198
金毘羅 316

さ
最終兵器彼女 177
殺人ピエロの孤島同窓会 *33 112 *137
砂糖菓子の弾丸は撃ちぬけない 214
砂漠 267 *295
サハリンの鯱 115
さまよう刃 262
さようなら、ギャングたち 211
さよならアメリカ 226 *232
残虐記 *65
三丁目の夕日 238

し
ジェネレーションX *299
自虐の詩 255
七月七日 *71 72 *219 297 298
6ステイン *219
失踪日記 97 255
失楽園 *80 164
死神対老女 268
死神の精度 266 *267 270 295
遮断 *296
ジャミラ 198
ジャムの空瓶 165
シャングリ・ラ 324
銃 232
終戦のローレライ 220
終末のフール *77
十楽の夢 *217
重力ピエロ 192 295
樹海 198
守護神 299
城 231
白い蛇 113
白い部屋で月の歌を 266
白の咆哮 *105 205 212 214
白バラ四姉妹殺人事件 *169
新化 207
真情あふるる軽薄さ 213
シンセミア 203 205 206 314
神町サーガ 205

す
好き好き大好き超愛してる。 *89 92 *177 191
スクールアタック・シンドローム 178
スタンス・ドット 321 323

せ
生活の設計 164 165
世界の中心で、愛をさけぶ
(セカチュー) *18 48 111 180 258
接近 219 298
千一夜物語 197
1980アイコ十六歳 134
戦闘妖精・雪風 178
聖ミカエラ学園漂流記 173

そ
蒼穹の昴 239
ソラリス 178
そんなに読んで、どうするの? 267

た
ターン 197
対岸の彼女 *80 203 *215 308 313 317
DIVE!! 244
待望の短篇集は忘却の彼方 275
太陽の塔 *145 146 147 151
高丘親王航海記 293
勃ちっぱなし 193
探偵ガリレオ 262
蒲公英草紙 *82 *265

ち
ちーちゃんは悠久の向こう *142 144
チーム・バチスタの栄光 *112 312
父の肖像 *96
縮んだ愛 163 165
超人計画 *150
蝶のゆくえ 316 318 319 320 321
チョコレートコスモス 291
チルドレン *64 164 191 192 *199 218 295 296
チルドレンII 199
血を吸う巨大ロボット 276

つ
土の中の子供 226 *231
冷たい校舎の時は止まる *153

て
Deep Love *24 180
凸凹デイズ 270
電車男 *81
天の伽藍 297
点滅…… 273 *274 282
電話男 233

と
東京タワー オカンとボクと、
時々オトン *17 38
慟哭 289
燈台 172
どうで死ぬ身の一踊り *39 249 *252
逃亡くそたわけ 226 231 *235 244 245 257 280
トカピの夜 239
ドキュメント 授乳 276
Dr.コトー診療所 *42
都市伝説セピア 239
となり町戦争 *67 68 76 *242 244
弔いのあと *163 174 259

な
泣き虫弱虫諸葛孔明 218
名もなき孤児たちの墓 276
ナラタージュ *122 123 124 125 127
名をこそ惜しめ 硫黄島 魂の記録 *71 297

なんとなく、クリスタル *109 121 260
ナンバーワン・コンストラクション *278

に
肉体の悪魔 88
日曜農園 *166 174 235
日蝕 225
ニッポニアニッポン 206
二匹 171 172
日本古典文学大系29 294
人間失格 209
人間の土地 296

ぬ
沼袋ジュラシックパーク 60

ね
ネガティブハッピー・チェーンソーエッヂ *150

の
後巷説百物語 195 288
野ブタ。をプロデュース *45 94 152 *207
信長
あるいは戴冠せるアンドロギュヌス 293
信長の棺 *30
ノモンハン 297
典子は、昔 276

は
パウロの後継 85
博士の愛した数式 315 316 318 319
白菜 318
歯車 259
箱男 232 233 234
葉桜の季節に君を想うということ 313
パスカルの恋 *114
八月の砲声 ノモンハンと辻政信 297
八月の路上に捨てる 274 282 *285
ハチミツとクローバー *147
パッキャラ魔道 178
果てしなき渇き *84
バトル・ロワイアル *34 139
花まんま 225 236 *238 244 266
「ハリー・ポッター」シリーズ *141
ハリガネムシ 227 228
ハルカ・エイティ 261 *263 270
半落ち 249 262 263
半島を出よ 308 310
パンドラ・アイランド *66

ひ
ひかりの子 198
光の帝国 265
陽だまりのブラジリアン *115
人喰い病 206
人のセックスを笑うな *88 92 *207
ひとめあなたに… *77
一人の哀しみは世界の終わりに匹敵する 172
火の島 275
秘密 261
白夜行 194 261 262 290
ヒヤシンス 101
漂泊の牙 196

ふ
フィネガンズ・ウェイク 178
風味絶佳 *107 299 314 318
袋小路の男 *95 162 205
不在の姉 90 *212
藤澤清造貧困小説集 253
富士山 *197
ふらんだーすの犬 318
プリズム 289
フリッカー式 鏡公彦にうってつけの殺人 *127 128 130
文学賞メッタ斬り! 64 85 114 115 161 193 194

へ
平家物語 293 294
ベイスボイル・ブック 212 213
平成マシンガンズ *36 134 *135 305
蛇にピアス *38 85 118 243
ベルカ、吠えないのか? *68 225 236 *239 243 244 267 324
変身 *70

ほ
亡国のイージス 220
ほおずき 319
ボギー、愛しているか *250
ぼくのメジャースプーン 153
星々の舟 298
鉄道員 239
ホテル・ニューハンプシャー 179

ま
魔王 267
摩訶不思議 239
負け犬の遠吠え 161
マドンナ 193
真夏の車輪 114
まほろ駅前多田便利軒 273 *291
まほろ市の殺人 292
真夜中の五分前side-A・sideB *67 *220
マルコの夢 *229 236

み
見えない都市 197
みんな元気。 205

む
むかしのはなし *76 *241 292
無限カノン三部作 186

め
夫婦善哉 253
メロウ1983 *210 214
目をとじるまでの短かい間 90 *206 228

も
MOMENT 221

や
山ん中の獅見朋成雄 182

ゆ
You can keep it. 152
ユージニア *68 *237 240 265 290
雪沼とその周辺 313 314 315 318 321 322 323
夢の木坂分岐点 175

よ
夜市 *74 *266
容疑者Xの献身 *74 78 81 249 *261 265 267 270 289
陽気なギャングが地球を回す 296
四畳半神話大系 *148
予知夢 262
夜のピクニック 221 238 265 312 317 318

320 321
四十日と四十夜のメルヘン *38 *131 132 133

ら
LOVE 267
ららら科學の子 *105 169 308 310 317

り
離島の繭 104
りはめより100倍恐ろしい *44 61

れ
レギオンの花嫁 172

ろ
老人と海 196
六〇〇〇度の愛 *106 132 226
ロックンロール七部作 267

わ
ワイルド・ソウル 312
私の大阪八景 265
私の優しくない先輩 *143 144
笑う大学教授 113

作家名索引

作家索引は、本文中の小説家、評論家、マンガ家、装幀家を収録。

（表、扉、見出し語は含まない）

（*）は、

1／作家のプロフィール註があるページ。

2／該当作家を中心に語ったページ。

（ROUND3、4で連続して複数ページに項の中心となる作品名が出てくる場合は、初出のページのみを表記）

あ
アーヴィング、ジョン 179
青木淳悟 37 39 107 *131 213 228 283
青山真治 *60 186
赤坂真理 259
秋山駿 95 96 98
日日日 138 *141
芥川龍之介 259
朝倉祐弥 105 205
浅田彰 101 103 210
浅田次郎 83 84 239
安達千夏 170
吾妻ひでお 97 255
阿刀田高 66 67 68 69 97 195 263
我孫子武丸 292
阿部和重 *58 60 89 116 119 203 *204 258 314
安部公房 232
新井素子 77
有栖川有栖 289 292

い
飯嶋和一 218
池上永一 324
池上冬樹 *135
池澤夏樹 89 93 206 234 255 277 282 287
伊坂幸太郎 64 66 77 164 191 192 *199
石黒達昌 215 *218 220 *267 273 288 *295 300
石田衣良 90 205 *206 213 228
石原慎太郎（シンちゃん、都知事） *22 60 101 102 112 200
*54 86 87 89 92 94 100 182 186 191
市川真人 206 209 211 213 214 234 261 275 276 277
五木寛之 278 282 287 301
伊藤たかみ 159
絲山秋子 69 215 242
*226 *250 252 258 274 275
井上ひさし 278 282 *285
井村恭一 92 95 *160 176 182 205
岩井志麻子 212 226 230 231 *235 249 252 *257 280
岩井三四二 77 214 242
90 205 *212
112 113
*217

う
歌野晶午 313
内舘牧子 163
宇月原晴明 *293
ウルフ、ジーン 233
ウルフ、ヴァージニア 251

え
江國香織 20 *48 122 161 166 172 288

お
大岡昇平 *62
大沢在昌 66
オースティン、ジェーン 251
大塚英志 171
小川未玲 *125
小川洋子 116 161 172 315
荻原浩 83 *269
奥泉光 99 100 101 103 116 181
奥田英朗 *192
オレイシャ、ユーリ 176
織田作之助 253
恩田陸 68 82 141 221 236 *237 *265 290 312

か
海堂尊 112 312
垣根涼介 83
角田光代 20 80 203 *215 227 231 236 312
葛西善蔵 254
鹿島田真希 *37 106 *169 172 184 226
228 273 *278 279 280 287
片山恭一 183 258
加藤廣 30
金井美恵子 58 *120 154
金城一紀 242
金原ひとみ 37 85 *118 152 154 225 259 283
カフカ 231
嘉村礒多 254
唐十郎 213

カルヴィーノ、イタロ 197
河井大輔 115
川上弘美 *17 103 104 161 166
河崎愛美 *24 134
川村毅 186
神林長平 178

き

菊池寛 *95
菊池信義 183
北方謙三 195 220 238 263
北上次郎 *122 123
北村薫 *196 293
京極夏彦 *39 195 288
桐野夏生 *32 65 108 119

く

楠見朋彦 *226 231
熊谷達也 *195 293
倉知淳 292
倉橋由美子 241
栗田有起 184 *229
車谷長吉 253
黒井千次 92 93

け

玄月 124

こ

小池真理子 84
業田良家 255
河野多恵子 259
小島吉雄 294
木堂椎 *45
後藤明生 164
古処誠二 71 72 203 *219 240 273 288 *296 300
小林恭二 233
駒井れん 114
小松左京 *30
米谷ふみ子 169

さ

齋藤孝 275
斎藤美奈子 109 116 208
柴門ふみ *23
佐川光晴 *163 166 *258 259
桜井亜美 *23
桜庭一樹 214
酒見賢一 218
佐藤哲也 213
佐藤友哉 119 *127 149
サン=テグジュペリ 296

し

重松清 20 116
柴田元幸 *17
澁澤龍彦 293 295
島田雅彦 *12 59 87 90 99 100 101 102 110 261 277 300
島本理生 *121 *282 287
清水博子 *259
下村富美 291
十文字実香 91
朱川湊人 236 *238 243 266
ジョイス、ジェイムズ *46 178
笙野頼子 104 170 316
白岩玄 94 *151 206 *207
真保裕一 291

す

スタイン、ガートルード 211
鈴木いづみ 24

そ

そらときょう 20 22

た

平安寿子 244
高樹のぶ子 86 93 106 116 170 255 259
高瀬ちひろ 103 305
高取英 173
高橋源一郎(ゲンちゃん) *24 37 61 90 109 110 116 187 211 282
高橋しん 177
滝本竜彦 138 *149
田口賢司 *210
田口ランディ *197 210
太宰治 209 254
田中和生 124
田中康夫 109 *121 260
田辺聖子 72 160 216 220 265
谷崎潤一郎 *50 259

ち

茶木則雄 111 *140

つ

つげ義春 253
辻井喬 96
辻仁成 *47 105 167 259
辻原登 95 315
辻政信 297
辻村深月 153
筒井康隆 107 108 *139 171 175 214 277
恒川光太郎 74 *266 269
津本陽(ツモ爺) 64 65 66 68 71 72 77 82 185 192 194 217 238 239 273 297

て

D[di:] 209
手塚治虫 *141
寺坂小迪 101

と

藤堂絆 20 22
戸梶圭太 112 251
豊島ミホ *153
ドストエフスキー 279
飛浩隆 312
戸松淳矩 310
トルストイ 279

な

永井荷風 *86
長岡弘樹 114
中上健次 *61 186
中島たい子 105 206 *212 227 229 230 235
長嶋有 176
中原昌也 *22 37 58 59 60 101 102 186
中村文則 226 *231 273 *274 280 282 287 300 301

に

西尾維新 *131 180
西村賢太 *39 99 249 *252 255
蜷川幸雄 213

ぬ

貫井徳郎 *288
沼田まほかる *30

の

法月綸太郎 200

は
バーセルミ 210
橋本治 316
埴谷雄高 *62
林真理子 78 81 *121 216
ひ
東野圭吾（ケーゴくん） 74 78 *194 249 250 *261 263 265 267 289 290 291 295
樋口直哉 226 *232
姫野カオルコ *263 268
平岩弓枝 76 185 194 216 238
平野啓一郎 225
ピンチョン 133 *134
ふ
深堀骨 213 214
深町秋生 84
福井健太 210
福井晴敏 203 *219 291
福田和也 *17 34 106 186
福永信 *174 180 181 183 184 185
藤澤清造 253
藤田香織 *153
藤原正彦 275
古井由吉 *52 86 87
プルースト *46
古川薫 261 295
古川日出男 68 236 *239 243 267 268 324
ブローティガン 210
へ
ベケット *46 178
ほ
保坂和志 *133
星野智幸 169 185 204
堀田あけみ *134
穂村弘 *151
堀江敏幸 313
本多孝好 67 203 *220
ま
舞城王太郎 88 *129 130 131 175 *177 182 184 191 200 205 277
万城目学 *148
町田康 107 310 324
松井雪子 *166 *234
松浦寿輝 91 287
松尾スズキ 97 *255 257 259 280 281 282
麻耶雄嵩 292
丸谷才一 108
マンディアルグ *75 295
み
三浦しをん 76 236 *241 273 274 *291
三崎亜記 67 69 236 241 *242
三島由紀夫 172 209
水田美意子 33 112 *137 154
南方熊楠 *82
三並夏 108 109 *134 137 154
宮城谷昌光 73 74 75 83 192 193 238 294 295
宮沢章夫 186
宮部みゆき 295
宮本輝（テルちゃん） 85 87 92 98 99 106 *132 170 181 191 206 211 213 214 229 234 256 259 276 277 278 282 287
む
武者小路実篤 *97
村上春樹 *42 90 184 220 229
村上龍 221 308
村瀬恭子 183
村山由佳 298
も
本谷有希子 *280 282 287
モブ・ノリオ 86 87 99 165 182 184 191 192
森絵都 68 236 *243 273 288 296 *298 300
森見登美彦 *145
諸星大二郎 293
や
矢作俊彦 106 308 317
山崎ナオコーラ 88 92 206 *207 287
山田詠美（エイミー） *61 89 90 91 97 99 100 101 107 169 206 207 209 255 277 284 287 299 314
山村美紗 *154
山本兼一 *217
山本幸久 270
ゆ
ユイスマンス 75 295
柳美里 186 256
よ
横山秀夫 262
Yoshi 180
吉川トリコ *153
吉田修一 176
吉野仁 112
吉野万里子 20
吉村萬壱 227
ら
楽月慎 115
ラディゲ 88
り
リリー・フランキー *17 48
リンク、ケリー 176
れ
レム 178
わ
渡辺淳一（ジュンちゃん） *16 78 79 80 81 193 194 196 218 249 262 263 289
渡部直己 278
綿矢りさ 38 85 118 134 *151 153 154 209 225 259 283

文学賞メッタ斬り！リターンズ

発行日――二〇〇六年八月二十二日　第一刷

著――大森望
豊﨑由美

ブックデザイン――鈴木成一デザイン室

装画――天明屋尚

企画編集――アライユキコ（カエルブンゲイ）、宮川真紀

協力――エキサイトブックス　http://www.excite.co.jp/book
nikkeibp.jp　http://www.nikkeibp.co.jp/

編集担当――柳原一太

発行人――伊東勇

発行所――株式会社パルコ
エンタテインメント事業局　出版担当
東京都渋谷区宇田川町十五-一
tel03-3477-5755　http://www.parco-publishing.jp

印刷・製本――文唱堂印刷株式会社

 ISBN4-89194-741-1 C0095

大森 タイトルは、「"いじり"は"いじめ"より100倍恐ろしい」の意。暴力教室でも少年院でもない、ごく普通の高校が舞台なのに、毎日（主人公の主観では）生死を賭けたギリギリの闘いが繰り広げられる。一種の学園ノワールというか、小悪党サバイバル小説としても読める。早い話、ダークサイド版『野ブタ。をプロデュース』だが、さすがにこっちは現役だけに、小説がはらむ緊迫感と切実な恐怖感は『野ブタ。』をしのぐ。

55点

豊﨑 タイトルにセンスを感じるのは素直に認めましょう。いじめに替えて「いじり」という現象を高校生活を描く軸にすえた工夫も認めましょう。今の男子高校生の心情をリアルに描いているって説にうなずいたっていいですよ。だけど、「厳しい練習に果てたので脱水症状で倒れそうになったので着替える前に踊り場の自販機でジュースを買ってイッキ飲みしてきたので更衣室にはまばらにしか人がいなかった」、こういう「ので」を幾つも重ねる文章を、わざとそうすることでスピード感を出してるなんて褒め殺したりはいたしません。こんな程度の小説を「強烈な口語体を飽くことなく連射する衝撃の新世代作家の登場」とは、よくもあおったもんだね＞野性時代。次は端正な日本語を使ってみなよ、使えるものならば＞坊や。

46点

YAHOO! JAPAN文学賞

主催　YAHOO! JAPAN
選考委員　一般読者による投票　選考委員特別賞＝石田衣良
賞金　20万円

「アシタ」 藤堂絆｜2006（1回）

大森 **21点**
高校の文芸部の会誌によく載ってたような短編。「投票総数8302票中、2124票を獲得し、見事1位に」輝いたそうですが、どこがいいのやら私にはさっぱりわかりません。森山直太朗ファンが投票したのか？

豊﨑 **36点**
夏休みに32歳の独身男性と偽ってブログを書いている女子中学生シイナ、好きな女の子を亡くした小学6年生のタカナオ、戦争で死んだ恋人が忘れられない認知症のおばあさんアキの心象風景をゆるやかにつないだ物語。こんなに少ない規定枚数の中でよく3人を結びつけたものだ、と思えば拍手を送るのもやぶさかではありません。センスは悪くなさそうなので、本当の力試しをするためにも文芸誌のちゃんとした新人賞に応募なさってはいかがでしょう。

「キヨコの成分」（選考委員特別賞） そらときょう｜2006（1回）

大森 **36点**
90歳で大往生を遂げた祖母の思い出を語る短編。小品ながら、石田衣良が選んだだけあって、こっちはまだしも小説になってます。そのへんの商業誌に載っててもそう違和感はないレベル。

豊﨑 **29点**
「異様に存在のでかい、祖母だったね」キヨコが死んだ日、妹が、そう言った——という出だしは悪くない。が、あくの強い祖母のありし日の姿を描くという設定のこの物語と、新聞の読者欄に掲載されるよく出来た家族ネタの投稿との差はどこにあるのか。小説である存在理由に欠けた、ただの優秀作文です。

青春文学大賞

主催　角川書店
選考委員　編集部、書店代表、読者代表で構成される選考会
賞金　300万円

『りはめより100倍恐ろしい』 木堂椎｜角川書店｜2006（1回）

新潮エンターテインメント新人賞

主催　新潮社
選考委員　石田衣良
賞金　100万円

『秋の大三角』吉野万里子｜新潮社｜2005(1回)

大森　集英社コバルト文庫か講談社X文庫ホワイトハートで出てもおかしくない、『マリみて』風学園小説＋ファンタジー風味少々。夏の大三角(アルタイルとベガとデネブ)をずらしたタイトルと、星のイメージ(並んで見えるのに実際の距離はものすごく遠い)の使い方は抜群にうまい。

41点

豊﨑　女子校を舞台に宝塚歌劇的世界が展開するのかと思いきや、実は幽霊譚。しかも、ジェントル・ゴースト・ストーリーではなく、けっこう悪意のこもった地縛霊系。人に読ませるだけのエンタメにはなっているとは思います。でも、ここに描かれている、霊をあの世に返すメカニズムがわたしにはどうしても解せない。なんで生きてる人間まで消失しちゃうの？　説明プリーズ。あと、思わせぶりで乙女チックな序章と終章はいらないのではありますまいか。

44点

日本ラブストーリー大賞

主催　宝島社・エイベックス・エンターテインメント・宝島ワンダーネット
選考委員　柴門ふみ・桜井亜美・松橋真三・朝倉卓弥　特別選考委員＝大塚愛・成宮寛貴
賞金　大賞500万円

『カフーを待ちわびて』原田マハ｜宝島社｜2006(1回)

大森　舞台は沖縄諸島に属する架空の離島、与那喜島。祖母から受け継いだ雑貨屋を細々と経営する35歳の男のもとに、ある日「幸」と名乗る女性から手紙が届く。旅先で神社の絵馬に冗談で書いた「嫁に来ないか」を見て、結婚したいというのだ……。ふらっと現れた押しかけ女房が気弱な主人公の家に居着いてしまう、あまりに古典的なオチモノ小説だが、キャラと舞台の魅力でカバー。思いきりベタなラブストーリーを嫌味なく語ることに成功している。とはいえさすがにラストはやりすぎでは。

44点

豊﨑　沖縄の小さな島に生まれ育った30代の独身男のもとに、男がかつて旅先で書いた絵馬の願い事を読んだという、美しい女性が訪れて居候となり——。大変ご都合主義的に事が展開していく、それはまあ"よく出来た"お話なんですの。セカチューとかイマアイに共感できた方には直球ど真ん中のラブストーリーでございましょう。こうやって、沖縄は安っぽく消費されていってしまうのね。

42点

［その他新興文学賞］

本屋大賞

主催　本屋大賞実行委員会
選考委員　全国書店員による投票
副賞　図書カード10万円分

『博士の愛した数式』 小川洋子｜新潮社｜2004（1回）

大森　素数ネタ、数学ネタの小説はSFの世界でもけっこうあるが、これは「数式や数字の美しさを使って一般読者に文学的感動を与える」という難題を地上でもっともうまくクリアした小説。江夏の使い方など鳥肌が立つほど。よく考えるとあざとい小説なのにそう見せない技術に感服。変人をフィーチャーして、恋愛小説になりそうでならないぎりぎりの線を綱渡りする感覚は『蹴りたい背中』にも通じる。

73点

豊﨑　80分間しか記憶が持続できないため、背広のあちこちに備忘メモを留めている博士。博士を全身全霊で守りたいと願う家政婦の「私」とその息子ルート。聖三位一体とでも呼びたくなるような3人の心の交流を、押さえた筆致で描く。その禁欲的な文体ゆえに、逆に淡泊な交歓の情景の底に流れる深い絆と愛情の気配がくっきりと浮かび上がってくるという語り口が素晴らしい。心のこもった技あり1本の作品です。

77点

『夜のピクニック』 恩田陸｜新潮社｜2005（2回）　＊吉川英治文学新人賞の項参照

『東京タワー　オカンとボクと、時々、オトン』 リリー・フランキー｜扶桑社｜2006（3回）

大森　評価はROUND1を参照してください。

50点

豊﨑　いただけないのは、「栄枯盛衰の無情、家族繁栄の刹那。人々が当たり前のように求める、その輝きと温かさを玉虫色のものだと不信な眼でしか見ることができなかった」といったアフォリズムめいた言説の数々。その一方で、ゲイバーでオカマのママにあそこを見せられるシーンなど、リリー・フランキー調の文章は抜群に面白い。オカンを恋うるナイーブな心性を綴る際の本名“中川雅也”としての稚拙な文章と、人気コラムニスト“リリー・フランキー”としての作りこんだプロの文章がせめぎあう。そのぎくしゃくした語りを、「等身大で、胸に訴えかける」と賞賛するか、「小説の体をなしていない」と否定するかで、評価が二分される作品でありましょう。

57点

大森 「IWGPを戦前の浅草に持っていったらこうなる」という感じの短編。しかも本格ミステリ。売れない漫画家の“私”が取材で戦前の浅草のことを調べるうちに、かつて浅草黄色団を率いていたという老人を紹介され、昔の話を聞くというのが外枠になる。赤と黒と黄色の少年ストリートギャング団という設定があまり生きていないうらみはあるが、試みは面白い。

47点

豊﨑 戦後版“池袋ウエストゲートパーク”。密室で死体の数が増えるというよくあるタイプの謎それ自体の回答はつまらないものの、最後に人情噺的などんでん返しを加えることで、戦後の浅草を舞台にしている意味が活きている。

40点

大森 主人公は中堅生命保険会社の在米子会社の社長。会社を潰すことが決まり、“死神”の異名をとる本社常務が整理のため乗り込んでくる——という設定なのに、そこで語られるのは意外にも心温まる“ちょっといい話”。関西弁を操る常務のキャラが抜群にいい。

56点

豊﨑 ジョニー・デップ主演で映画化もされた首なし騎士で有名な、ニューヨーク郊外の地スリーピーホロウと、座敷童子がいる岩手のお屋敷の話をドッキング。話自体はまずまず読ませるものの、三人称視点のはずなのに、語りに時々神の視点が(おそらくは無自覚に)混じってしまうせいで、読んでいて何だか気持ち悪いんですの。

36点

オール讀物新人賞

主催 文藝春秋
選考委員 伊集院静・桐野夏生・小池真理子・佐藤雅美・重松清
賞金 50万円

「黄砂吹く」 野田栄二 | 2005(85回)

大森 日本一短いミニ私鉄として知られる和歌山県御坊市の紀州鉄道(入場券がお守りとして人気を集める学門駅で有名。作中では紀伊鉄道)を舞台にした心温まる人情小説。主役はちょっと頭の弱い青年の武やんと、兄の修一。この路線を愛するあまり、武やんは「自主鉄道員」として毎日、近くの駅に"出勤"してゆく……。「のだ」が連発される文章はうまいとは言えないが素朴な味わいがある。

42点

豊﨑 小さな頃に野良犬に睾丸片方食われて以来、体のバランスが取りにくいために足をひきずるようになり、おまけに村のバカと化してしまった鉄道おたくの弟を持つ、農業従事者の兄の哀しみと歓びをのどかな筆致で描いた、思わず「今、何時代?」と確認したくなるようなお話。平成の農民文学にテッちゃん小説の味わいを加味した、何とも評価に困る小説なんではあります。いずれにしても、まるで小説の雰囲気を反映していないタイトルは×。

35点

オール讀物推理小説新人賞

主催 文藝春秋
選考委員 高橋克彦・藤田宜永・藤原伊織・宮部みゆき
賞金 50万円

「浅草色つき不良少年団」 祐光正 | 2005(44回)

在する聖戦など、もうどこにもないのだということを、じわじわ伝えて薄気味の悪い作品。人畜無害な表情の裏に不穏な企みを隠して、やばい。これがデビュー作なんて、やばすぎ。

70点

『はるがいったら』 飛鳥井千秋｜集英社｜2005(18回)

大森　老犬版「介護入門」みたいな材料を核に、主人公の姉弟とその周囲の人々のドラマが描かれる。デパートで受付嬢をしている姉は、毎朝ばっちり化粧と服装を整えて出かける努力家の完璧主義者。口には出さないがつい他人の粗探し(ファッション・チェック)をしてしまう因果な性格で、そのせいか友だちが少なく、もうすぐ結婚する幼なじみのハンサム男と寝ている。高校生の弟は体が弱くてしじゅう入院しているが、わりにのほほんとした性格。それぞれの視点を交互に行き来しながら話が進む。地味な話だが、キャラの描き分けがうまく、ちょっとしたエピソードにも実感がこもる。

61点

小説現代新人賞

主催　講談社
選考委員　逢坂剛・北方謙三・椎名誠・藤堂志津子・山田詠美
賞金　50万円

「肝、焼ける」 朝倉かすみ｜同名書(講談社)収録｜2004(72回)

大森　ヒロインは、遠距離恋愛中の年下の彼氏の真意を知るため、えいやっと稚内まで来てしまった31歳の独身女性。地元のおばちゃんたちに囲まれて銭湯に入るシーンは面白い。「袋小路の男」が好きな人なら好きかも。山田詠美いわく、「文句なし。この作者は、ある種の男性から敬遠され、ある種の女性から熱烈に愛される小説を書いて行く人だと思う」。

51点

豊﨑　31歳の「わたし」が24歳の恋人の煮え切らない態度にキレて、赴任先の稚内に押しかけるというだけの話。でも――。恋愛における"肝、焼ける"ようなじれったい状況に宙ぶらりんになった婦女子の気持ちを的確に、ユーモラスに、そして切なく描いて、新人とは思えないような手練れぶりを披露しているんですの。ただし、この路線は絲山秋子を筆頭に才能溢れる書き手が目白押しなので、一頭地抜けるためのプラスアルファを今からお考えになったほうがよろしいかと存じます。

57点

「スリーピーホロウの座敷ワラシ」 狩野昌人｜2005(73回)

小松左京賞

主催　角川春樹事務所
選考委員　小松左京
賞金（副賞）　100万円

『暗黒の城《ダーク・キャッスル》』有村とおる｜角川春樹事務所｜2004（5回）

大森 **46点**　ホラーVRゲームを題材に、SFの立場から“恐怖”という素材に迫る。前半はリアリティ抜群だし、サスペンスかと思うとSFネタも一応ちゃんと用意してあって好感が持てる。著者は1945年生まれだが、文体は年齢を感じさせず、リーダビリティが高い。

『神の血脈』伊藤致雄｜角川春樹事務所｜2005（6回）

大森 **43点**　5000年前地球にやってきた異星人と協定を結んで、歴史を背後から動かしてきた一族を描くシリーズの一編に属し、これはその幕末編という位置づけらしい。『妖星伝』を明るく読みやすくしたジュブナイル版というか、明朗SF時代劇風の前半はなかなか楽しく読めるが、後半のペリー来航秘話はさすがにちょっと無理がある。ちなみに著者は1942年生まれで、有村とおるの最年長受賞記録をたちまち更新した。選考委員の高齢化にともない受賞者も順調に高齢化。若い新人の斬新なSFは受賞がむずかしそうだ。

小説すばる新人賞

主催　集英社
選考委員　阿刀田高・五木寛之・井上ひさし・北方謙三・宮部みゆき
賞金（副賞）　100万円

『となり町戦争』三崎亜記｜集英社｜2004（17回）

大森 **49点**　中年SF読者としては、つい昔の筒井康隆（『三丁目が戦争です』とか「台所にいたスパイ」とか）を思い出して、「日常に戦争が同居する話としてはひねりが足りないし説得力もないね」とか思っちゃうけど、そういう読み方はたぶんまちがい。いまの若い人の戦争に対する醒めた気分がうまく小説化されている点を評価すべきだろう。しかし映画版、原田知世はまだいいとして、江口洋介はどうよ。

豊﨑　地域活性化を狙っての役所主導による、となり町との戦争を描く中、自分たちが「教わるままに戦争＝絶対悪として、思考停止に陥りがち」だということや、絶対悪の存

「竜巻ガール」垣谷美雨｜2005（27回）

大森 全然ミステリじゃないことにまずびっくり。推理小説新人賞じゃなくて小説推理新人賞だからいいのか。東京からやってきたガングロ女（じつは美少女）が義理の妹になるという願望充足ファンタジー（というかポルノ小説）的なシチュエーションでどんどん読ませる前半はそれなりに快調だが、後半のひねりがひねりになってないのはどうか。

43点

豊﨑 化粧という武装を解除すれば実は可愛いガングロの義妹と出来てしまう「僕」の、わりと生々しい恋模様を、家族小説というフレームの中で描いて、読めなくもない作品だけれど「見渡す限りの山と畑。川が流れる澄んだ音」みたいな頭の悪い文章に辟易。

37点

日本SF新人賞

主催 日本SF作家クラブ
選考委員 （5回）豊田有恒（委員長）・新井素子・井上雅彦・久美沙織・谷甲州・野阿梓
（6回）夢枕獏（委員長）・北野勇作・菅浩江・ひかわ玲子・牧野修・森岡浩之
賞金（副賞） 100万円

『夢見る猫は、宇宙に眠る』三島浩司｜徳間書店｜2003（5回）

大森 未来の火星を舞台にした恋愛SF。一言でいうと「機動戦艦ナデシコ劇場版」みたいな話ですね。思いきり古めかしい未来SFスタイルの導入から、話は火星に飛び、テラフォーミングの途上でとつぜん緑化した謎に迫る。うまく書けているとはいいがたいが、妙に好感の持てる作風で、大ネタに挑戦する気概も評価したい。これでもうちょっと説得力があれば……。

42点

『ゴーディーサンディー』照下土竜｜徳間書店｜2004（6回）

大森 ほぼ完璧な監視システムの導入により犯罪が激減した未来の日本。監視網を逃れる唯一の手段として、内臓に擬態した爆弾による自爆テロが急増している——という奇天烈な発想がおかしい。なにしろ主人公は、外科手術で擬態内臓を摘出する対テロ専門家なのである。文章やプロットもおそろしく個性的で読みづらいが、22歳の新人にふさわしいインパクトはある。

45点

小学館文庫小説賞

主催　小学館
選考委員　小学館文庫編集部
賞金　100万円

『あなたへ』 河崎愛美｜小学館｜2005（6回）

大森　ポ、ポエム？ 井上陽水の「心もよう」とグレープ「精霊流し」を合わせて二人称書簡体小説もどきに仕立てた感じ。死んだボーイフレンドに宛てて、「～しましたね」「～でしたね」を連発する文章を読んでいると頭痛がしてくる。彼の死を知ったあとふらふら歩いてたら酔っ払い運転の車に轢かれて自分も意識不明に――って……。これに授賞するとはさすが小学館文庫編集部だと思いました。

15点

豊﨑　いや、最初はですね、恋愛妄想を抱くホルモンバランスの崩れた女子高生による、書簡体スタイルの電波小説だと思って、ケタケタ笑いながら読んでたんですの。そしたら――。「あなた」の死後、体が宙を舞うほどの勢いで車に轢かれた〈私〉がほぼ無傷といった、あり得ない展開が散見される、この頭の悪い小説の帯に「一体ここまでストイックに小説を書く作家がいるだろうか」と大絶讃の推薦文を寄せた某文芸評論家に仰天。脇の甘い比喩を得意になって使いまくる、ちょっと作文が上手い程度の15歳を、いい年こいた大人がちやほやしてどうするよっ、てか、どうしたいんスかっ!?

16点

小説推理新人賞

主催　双葉社
選考委員　（26回）乃南アサ・花村萬月・森村誠一
（27回）石田衣良・岩井志麻子・戸梶圭太
賞金（副賞）　100万円

「キリング・タイム」 蒼井上鷹｜『九杯目には早すぎる』（双葉社）収録｜2004（26回）

大森　ブラックなユーモアを交えた、日本にはわりと珍しいタイプのエスカレーション型サスペンス短編。まだ著書も出ていない段階で「大松鮨の奇妙な客」が日本推理作家協会賞短編部門の候補になった事実が示すとおり、ミステリ短編の書き手としては有望な新人。同作はその後、「キリング・タイム」ともども第一短編集『九杯目には早すぎる』（双葉ノベルズ）に収められている。

53点

大森 「CUBE」本格ミステリ版みたいなゲーム小説。歴代メフィスト賞受賞作でも文章は最低レベル。ネタ勝負のバカミスとしては、山田悠介『リアル鬼ごっこ』〜上甲宣之『そのケータイはXXで』みたいなラインか。マンガの原作には最高だと思いますが。ドラマ版は未見。

28点

『冷たい校舎の時は止まる』(上・中・下) 辻村深月｜講談社｜2004(31回)

大森 「ある雪の日、学校に閉じ込められた男女8人の高校生。どうしても開かない玄関の扉、そして他には誰も登校してこない、時が止まった校舎。不可解な現象の謎を追ううちに彼らは2ヵ月前に起きた学園祭での自殺事件を思い出す。しかし8人は死んだ級友の名前が思い出せない。死んだのは誰!?」——というファンタジー設定の青春ミステリ。著者は1980年生まれの女性作家。デビュー作にあたる本書は上中下巻が3カ月連続刊行された。変化に乏しい閉鎖環境の話なので、いくらなんでもこの長さはつらい。ただし、第3作『凍りのクジラ』と第4作『ぼくのメジャースプーン』はなかなかの秀作。

40点

『孤虫症』 真梨幸子｜講談社｜2005(32回)

大森 つぶつぶが浮き出た肌触りのいいカバーが特徴。気色悪さをウリにする作戦はかなりの程度まで成功している。発端は、紫色の瘤ができる奇病の流行。ただし、牧野修的な方向にエスカレートするわけではなく、基本的にはさらっと読めるB級エンターテインメント。悪くはないが、平凡。

45点

豊﨑 主婦ホラーにして、相当えぐい寄生虫ホラーになってるんであります。ときどき肛門からはみ出すサナダ虫に名前をつけて可愛がる少女とか、引用がはばかられるようなエピソードが満載。ミステリーの部分はバカミスそのもので失笑するしかないけど、なんだかものすごくヘンテコな資質を持ってそうで、正視に堪えないものの無視もできないたぐいの作品ですの。

53点

『黙過の代償』 森山赳志｜講談社｜2005(33回)

大森 若き韓国大統領をめぐる陰謀に巻き込まれた福岡の大学生が主人公の国際謀略小説。ウリは「日・韓同時刊行」。もし韓国大統領が××だったら——というセンセーショナルなモチーフを扱っているが、ほとんど話題にならなかった時点で負け。メフィスト賞じゃなくて乱歩賞だったらもうちょっとネタにしたもらえたかも。展開はかなり強引で、小説としては粗が目立つが、不思議とどんどん読める。

43点

『チーム・バチスタの栄光』 海堂尊｜宝島社｜2005(4回)

大森 TVドラマ化されたマンガ『医龍』でもおなじみのバチスタ手術を背景にしたユニークな医学ミステリ。大学病院の人間関係や手術場面のリアリティは「ER」級。徹底してリアルなその世界に思いきりマンガ的なキャラを放り込んで、みじんも違和感を与えない書きっぷりがすばらしい。視点人物の田口はもちろん、天才心臓外科医をはじめとするチーム・バチスタの面々から脇役の病院長に至るまで、それぞれ抜群にキャラが立ち、地味なプロットがまったく地味に見えない。期待に応えてシリーズ化されるそうなので、はやく続編が読みたい。

67点

豊﨑 かなーり面白いっ! 前半と後半に分けると、官僚探偵・白鳥圭輔が登場する後半がさらに面白くなっていくってのが、この小説のすごいとこなんですの。奥田英朗が創出したトンデモ精神科医・伊良部に匹敵するほどの素敵キャラ・白鳥を主役に据えたシリーズが読みたい。そう読者に思わせるだけの訴求力溢れる秀作です。すでにデビューして久しいエンタメ系作家の中でも、この新人に匹敵するほどの力量の持ち主は半分程度なんでは? なんだわ。

62点

日本ミステリー文学大賞新人賞

主催 光文シエラザード文化財団
選考委員 赤川次郎・大沢在昌・北村薫・高橋克彦
賞金(副賞) 500万円

『ユグノーの呪い』 新井政彦｜光文社｜2004(8回)

大森 リーダビリティの高いエンターテインメントSF。一種の仮想現実ものだが、対象の脳そのものではなく、その電子的シミュレーションに潜る必然性が(ネタにはからんでくるものの)希薄なため、事実上サイコダイバーものに見えるのが惜しい。歴史ミステリ的なネタの投入など非常に意欲的な反面、オカズが多すぎてまとめきれず、後半は説得力不足に陥っている。

45点

メフィスト賞

主催 講談社
選考委員 講談社文芸図書第三編集部

『極限推理コロシアム』 矢野龍王｜講談社｜2004(30回)

大森　文春のサイトを見たら、内容紹介に「信長の野望は天下一の棟梁に託された。前代未聞の建築物、安土城を作った男達の葛藤と築城プロセスを描いた戦国版プロジェクトX」と書いてあったけど、まあそのとおりの話。築城の細部はそれなりに面白いけど、たくさんある築城ものの中でピカイチというわけじゃない。文春の本だという点を勘案しても、なぜ直木賞候補になったのか謎。

44点

『一枚摺屋』 城野隆｜文藝春秋｜2005（12回）

大森　官憲に逮捕され拷問で獄死した父の遺志を継いだ主人公は、体制を批判するアングラ新聞を仲間と一緒につくりながら、父の死の真相を探る——という話を、幕末の上方に持っていったのがミソ。新聞記者だから時代が動く現場に立ち会っていても不思議はないが、それにしても後半の展開はめまぐるしすぎ、ご都合主義が目立つ。

40点

「このミステリーがすごい!」大賞

主催　宝島社・日本電気・メモリーテック
選考委員　大森望・香山二三郎・茶木則雄・吉野仁
賞金　大賞1200万円

『サウスポー・キラー』 水原秀策｜宝島社｜2004（3回）

大森　ほとんど時代錯誤的にオーソドックスなハードボイルド。ひねりのない直球のプロ野球ミステリで、笑っちゃうほどそのまんまな臆面のなさが今は逆に新鮮だとも言える。こんなの昔いっぱいあったじゃん！ と思うけど、よく考えると最近のミステリでは意外と穴場なんですね。ぬけぬけとした書きっぷりが嫌味になってないのは人徳か。真犯人の犯行動機とか、「いくらなんでもちょっとそれは……」と思う部分もあるが、致命傷は免れている。（大森の同賞選評より）

44点

『果てしなき渇き』 深町秋生｜宝島社｜2004（3回）

大森　話の発端は、これまでに百回読んだような古典的ハードボイルドのパターンだが（元刑事の主人公が失踪した娘の行方を追う）、そこから破滅型ノワールへと転調し、やがて不在の娘・加奈子の影がしだいに大きくクローズアップされてくる。既成のフレームを使いながら微妙にずらしてゆく語り口は堂に入ったもの。随所に見られる破壊的なエネルギーの過剰な迸りも好ましく、個人的に好きなタイプの作品ではないにもかかわらず（こんな小説読みたくないと何度思ったことか）これに最高点をつけた。（大森の同賞選評より）

46点

『キタイ』 吉来駿作｜幻冬舎｜2005(6回)

大森 よくある死者復活ものかと思ってると、いきなり舞台が香港に飛んで驚く。かと思えば『ファイナル・デスティネーション』みたいなネタや『ラスト・サマー』みたいなモチーフも入ってきて、とにかくオカズが盛りだくさんの超自然ホラー。思いがけない方向に話が転がるのが特徴で、ところどころびっくりさせてくれる。

43点

鮎川哲也賞

主催 東京創元社
選考委員 笠井潔・島田荘司・山田正紀

『鬼に捧げる夜想曲』 神津慶次朗｜東京創元社｜2004(14回)

大森 19歳で書いたデビュー作とはいえ、商品としてはちょっとあり得ないほどのガチャ文。「時として人を射竦めそうな、猛禽類を思わせる切れ長の双眸の持ち主だった」とか、「ああ、この闇が怨めしい。早く朝が訪れて闇が払拭されればいいが」とか。狙ってやってるならすごいギャグセンスかも。話はまんま『獄門島』。読んで腹は立たないんですが、どう見てもミステリ研の学生の習作レベル。ただし、捨てネタはわりと面白いし、妙なリーダビリティはある。

32点

『密室の鎮魂歌《レクイエム》』 岸田るり子｜東京創元社｜2004(14回)

大森 こっちは一応、小説の文章になっているし、プロットもよく出来ているが、本格ミステリとしてはけれんに乏しい。「死体のない密室」の発想は面白いのに、だんだんどこかで見たような展開に。タイトルは応募原稿段階の「屍の足りない密室」のほうがよかったんじゃないですか。

45点

松本清張賞

主催 日本文学振興会
選考委員 (11回)長部日出雄・佐野洋・白石一郎・高橋克彦・夏樹静子
(12回)浅田次郎・伊集院静・大沢在昌・宮部みゆき・夢枕獏
賞金(副賞) 500万円

『火天の城』 山本兼一｜文藝春秋｜2004(11回)

『いつか、虹の向こうへ』伊岡瞬｜角川書店｜2005(25回)

大森 **44点** 尾木遼平、46歳、元刑事。職も家族も失った彼に残されたのは、3人の居候たちとの奇妙な同居生活だけだった。というわけで、他人同士の共同生活もの。こういうパターンの話はけっこう好きなので楽しく読めた。ストーリーテリングはわりと優秀。テレビ東京賞も同時受賞し、ドラマ化された。

日本ホラー小説大賞

主催 角川書店・フジテレビ
選考委員 荒俣宏・高橋克彦・林真理子
賞金 500万円

「夜市」恒川光太郎｜同名書(角川書店)収録｜2005(12回)

大森 **53点** よくできた異界ホラー短編。ただし文章はとりたてて個性的というわけでもなく、選評は誉め過ぎじゃないかと思う。直木賞ノミネートも疑問だが、単行本に併録の書き下ろし「風の古道」を読む限り、将来性には期待できそう。

豊﨑 **59点** 摩訶不思議な夜市で、野球の才能と引き換えに弟を売ってしまった主人公の昏い罪悪感を描いた前半部だけの才能なら驚かないが、後半の意想外な展開を読むに至って感服つかまつり候。単行本に同時収録されている「風の古道」はさらに秀逸。民俗学的な異世界ファンタジーとして読ませる、読ませる。

ホラーサスペンス大賞

主催 新潮社・幻冬舎・テレビ朝日
選考委員 綾辻行人(5回)・大沢在昌(6回)・桐野夏生・唯川恵 ＊第6回で終了
賞金 1000万円

『九月が永遠に続けば』沼田まほかる｜新潮社｜2004(5回)

大森 **47点** 失踪した息子を捜す母親が探偵役をつとめるドメスティック・ハードボイルド。新人離れしたしっかりした文章、リアルなキャラクター描写、自然な導入と、前半は傑作の予感を漂わせる。しかしだんだん明らかになってくる真相はあまりにも複雑怪奇。こんなにめんどくさい計画を立てるやつがいるのか。

[エンターテインメントの公募新人賞]

江戸川乱歩賞

主催　日本推理作家協会
選考委員　(50回)井上夢人・逢坂剛・北方謙三・北村薫・乃南アサ
(51回)綾辻行人・井上夢人・逢坂剛・真保裕一・乃南アサ
賞金　1000万円

『カタコンベ』 神山裕右｜講談社｜2004(50回)

大森　乱歩賞最年少受賞記録を打ち立てた24歳のデビュー作。洞窟探検もの。出だしは悪くないが、後半のあまりに無理やりな展開には思わず目が点。人物描写やストーリーテリングがここまでヘタなミステリもいまどき珍しいんじゃないですか。

34点

『天使のナイフ』 薬丸岳｜講談社｜2005(51回)

大森　『13階段』に続いて、「評判はいいのに自分ではまったく面白いと思えない乱歩賞受賞作」シリーズ第2弾。「更生とは何か。本当の贖罪とは何なのか。少年法をめぐる論争の死角に迫るとともに、"読み出したら止まらない"ミステリーの醍醐味を両立させた」(講談社サイトより)そうですが、社会派部分も娯楽小説部分も全然ぴんと来なかった。ううむ。

38点

横溝正史ミステリ大賞

主催　角川書店
選考委員　綾辻行人・内田康夫(〜24回)・大沢在昌(25回〜)・北村薫・坂東眞砂子
賞金　400万円

『風の歌、星の口笛』 村崎友｜角川書店｜2004(24回)

大森　横溝賞はじまって以来の宇宙SF。驚天動地の(バカミス的)大トリックは、SF読者には一瞬でネタバレだし、バサード・ラムジェットで25光年先の人工惑星(!)に赴く宇宙SFパートは突っ込みどころ満載。未来社会が全然未来に見えないとか、そんな簡単に記憶が改変できていいのかとか、問題点は無数にあるが、不思議と腹は立たない。天然ボケ版『ほしのこえ』というか、読者の不意をついて、けっこう感動的な地点に着地する。梶尾真治系の泣けるSFロマンス(遠距離恋愛もの)として読みたい。

45点

『第六大陸』全2巻(日本長編部門) 小川一水｜ハヤカワ文庫JA｜2004(43回)

大森　日本の民間企業が月面に有人商業施設を建設するという技術系宇宙開発SF。大阪万博を最後に薔薇色から灰色に転じた未来像に敢然と刃向かい、ほとんどガーンズバック的な希望に満ちた未来を正面から語り直す。1巻目はとんとん拍子すぎて疲れる部分もあるが、トラブル続発の2巻目はスリリング。技術的・工学的アイデアの冴えに比べて人間ドラマの処理がいまいちだとか、組織のリアリティが書けてないとかの小説的短所は半ば確信犯か。有人宇宙開発はある意味で宗教だから(人間が宇宙に行くべき理由を合理的に説明することがむずかしい)、組織より個人に帰着するのは当然かも。

60点

「黄泉びと知らず」(日本短編部門) 梶尾真治｜同名書(新潮文庫)収録｜2004(43回)

大森　映画「黄泉がえり」原作と同じ設定で、文庫オリジナル短編集の表題作用に書き下ろされた短編。先のSF大会で著者がそれを朗読する企画があり、一部聴衆の涙を絞った——という話は聞いてたんですが、読んで納得。あざといまでに巧妙な泣かせ技が光る、親子ものの秀作だ。ただし短編集全体としては寄せ集め感が強い。

50点

『ARIEL』全20巻(日本長編部門) 笹本祐一｜朝日ソノラマ｜2005(44回)

大森　ARIELとは、今世紀最高のマッド・サイエンティストたる岸田博士が開発した究極の要撃/支援兵器(ただし見た目はなぜか女性型の巨大ロボット)。その乗員に選ばれたのは、博士の孫にあたる岸田家の三姉妹だった——というわけで、これは"読むTVアニメ"を意図した書かれたスーパーロボットSF。第1巻が出たのは1987年で、完結までに17年の歳月を要したが、読もうと思えば3日で読めます。なのに途中までしか読んでなくてすみません。

「象られた力」(日本短編部門) 飛浩隆｜同名書(ハヤカワ文庫JA)収録｜2005(44回)

大森　1988年発表の同名中編を徹底改稿した新バージョン。惑星「百合洋」が謎の消失を遂げた1年後、イコノグラファーのクドウ圓《ひとみ》は、百合洋の言語体系に秘められた"見えない図形"の解明を依頼される。それは、世界認識を介した恐るべき災厄の先触れだった……。人間の感情に直接作用する"図形言語"というアイデアを正面から描いた中編。サミュエル・R・ディレイニー『バベル17』とテッド・チャン「あなたの人生の物語」の中間あたりに位置する。ベストSF2004国内編第1位。SFマガジン600号のオールタイムベストSF投票・国内短編部門でも、星新一「おーいでてこーい」に次ぐ第2位に入った。

71点

『犯人に告ぐ』 雫井脩介 | 双葉社 | 2004(7回)

大森 "劇場型捜査"をフィーチャーした、けれん味たっぷりの警察ミステリ。組織のリアリティをある程度まで保持しながら、このままTVドラマになってもおかしくないぐらいの派手なエンターテインメント性を獲得している。考え抜いたアイデアをうまく仕掛ければ、まだまだネタだけでベストセラーをつくれることを証明した作品。

55点

『遠くて浅い海』 ヒキタクニオ | 文藝春秋 | 2005(8回)

大森 『凶気の桜』からスピンオフした『消し屋A』の続編。天才的な消し屋・将司は、旅先の沖縄で新たな仕事を依頼される。若くして新薬を開発し巨万の富を築いた天才科学者・天願圭一郎を自殺させてほしいというものだった……。天才vs天才の対決ものというアングルだが、殺し屋ものとしては最初から壊れている。ありえない設定、ありえない人物、ありえないプロット。通常の意味でのリアリティは皆無に近い。部分的に異様な迫力はあるにしても、常識的には失敗作だろう。

38点

日本SF大賞

主催 日本SF作家クラブ
選考委員 川又千秋・神林長平・高千穂遙・巽孝之・難波弘之
賞金 200万円

『象られた力』 飛浩隆 | ハヤカワ文庫JA | 2005(26回)

大森 『グラン・ヴァカンス』で10年ぶりに大復活を遂げた著者の初期中編集。1992年以前にSFマガジンに発表した10作から評価の高い4作を選りすぐり、徹底改稿して収録。表題作は星雲賞を受賞、さらにSFマガジン600号のオールタイムベストSF投票で国内短編部門2位に輝いた(ほかに「デュオ」「夜と泥の」も50位内にランクイン)。SFの規範に忠実すぎる気もするが、それも含めて国産文系本格SF短編の最高峰に位置していることはまちがいない。

73点

星雲賞

主催 日本SFファングループ連合会議
選考委員 日本SF大会参加者による投票

「死神の精度」(短編部門) 伊坂幸太郎｜同名書(文藝春秋)収録｜2005(57回)

大森　短編集ではなく、表題作単独での受賞。単行本化される前、日本推理作家協会編の年刊傑作選『ザ・ベストミステリーズ2004』に収録されたものを読んだら、期待に反してふつうによくできた話だった。伊坂幸太郎の短編としては水準作じゃないですか。短編連作シリーズの1編だけをとりだし、独立した作品として短編賞を与えるのは、最近の出版状況から考えて無理もないことではあるにしても、やっぱり違和感が残る。単行本版が長編及び連作短編集部門で受賞するならまだ納得できたかも……。

58点

本格ミステリ大賞

主催　本格ミステリ作家クラブ
選考委員　全候補作を読んだクラブ会員による投票

『葉桜の季節に君を想うということ』 歌野晶午｜文藝春秋｜2004(4回)

＊日本推理作家協会賞の項参照

『生首に聞いてみろ』 法月綸太郎｜角川書店｜2005(5回)

大森　石膏像の首の切断から幕を開ける首切りパズラー。芸術的な必然性と、ミステリ的な要請と、家庭の悲劇――3つに分かれたプロットの流れが、「なぜ彫刻の首を切らなければならなかったのか」という一点に集約される解決はさすがの切れ味。ただし、そろそろ中年が近づいてきた探偵・法月綸太郎は、なんだかずいぶん茫然と立ちすくんでいるようで、今後がちょっと心配。

66点

豊﨑　「このミステリーがすごい!」でも1位になったこの作品に出てくるほとんどの人物に、わたしは紙製の着せ替え人形程度のリアリティしか感じられませんでした。特に女子がひどいっ。全体的に女子を駒みたいに動かしすぎ。都合よく殺したり自殺させたりしすぎ。女子をバカに描きすぎ。ごめんなさいね、本格ごころに欠けてる読み手で。

59点

大藪春彦賞

主催　大藪春彦賞選考委員会
選考委員　(〜7回)大沢在昌・北方謙三・西木正明・夢枕獏
(8回〜)逢坂剛・志水辰夫・西木正明・夢枕獏
賞金(副賞)　500万円

『ワイルド・ソウル』 垣根涼介｜幻冬舎｜2003(5回)　＊吉川英治文学新人賞の項参照

『ワイルド・ソウル』（長編及び連作短編集部門） 垣根涼介｜幻冬舎｜2004（57回）

＊吉川英治文学新人賞の項参照

『硝子のハンマー』（長編及び連作短編集部門） 貴志祐介｜角川書店｜2005（58回）

大森 リアリズムを放棄しない現代ミステリの枠組で（要するに孤島や館などの人工的な舞台を使わずに）本格ミステリの論理パズル性を可能な限り追求した意欲作。高層ビルの12階、セキュリティ厳重な一室で起きた密室殺人の謎に防犯の専門家が挑む。情報小説的な要素も盛り込みつつ、冴えた仮説が提示されてはあっさり捨てられるパズラー的に贅沢な趣向を採用。ずいぶん時間と労力がかかっている。ただし、あえて犯人側の事情を書く必要はなかったんじゃないですか。

61点

豊﨑 前半は密室への侵入経路に関する検証が、その道のプロが探偵役になって緻密に行われ、後半は犯人による告白になっているんですが、この倒叙法の採用には若干不満。このことによって、犯人の内面描写は深まるかもしれないけど、前半に活躍した探偵役のピッキングのプロと、彼に検証を依頼した助手役の女性弁護士の影が薄くなってしまう恨みが残るので。

58点

『剣と薔薇の夏』（長編及び連作短編集部門） 戸松淳矩｜東京創元社｜2005（58回）

大森 小説を読む歓びに満ちた歴史ミステリ。時は1860年（万延元年）、日本使節団の歓迎ムード一色に染まったニューヨークで、旧約聖書の見立て殺人とおぼしき奇怪な連続殺人事件が発生する……。リアルで綿密なディテール描写が時代の空気をありありと再現し、読み出したら止まらない。歴史小説と本格ミステリの完全な結婚がここにある。

71点

豊﨑 舞台は万延元年（1860年）の、日本からの使節団歓迎に沸き立つニューヨーク。奴隷解放運動が進んでいた南北戦争前夜のニューヨークの雰囲気がいきいきと伝わってくる良質な歴史小説になっています。群像劇としても魅力的。探偵役を担う新聞記者のダロウと挿絵画家のフレーリをはじめ、十蔵というアメリカに渡って成功を収めつつある日本人や、働く女性代表のマーガレット、逃亡奴隷のナナなど、出てくる大勢の人物それぞれのキャラクターの陰影が豊かで、ミステリーの妙味には少々欠けても、わたしは十分愉しめました。

68点

『蝶のゆくえ』橋本治｜集英社｜2005（18回）

大森　橋本治が天才であることは言を俟たないが、それにしてもこんなに小説がうまかったっけ？　と驚いた。あざとさとスレスレの児童虐待話「ふらんだーすの犬」に始まり、「さりともと思ふ心に謀られて〜」の歌を絶妙のどんでん返しに使った「浅茅が宿」、母娘の仲をコミカルに描く「ほおずき」、26歳OLのよくある失恋話「ごはん」など、ありふれた素材を使いながら、つくづくうまいねえとためいきをつくしかない短編が並ぶ。でもいまさら直木賞でもないしねえと思っていたら、そうか、柴錬賞があったか。自社本とはいえ、意表を突く的確な授賞でした。

71点

豊﨑　ここには6つのパターンの女性の意識を描いた短編が収められているのだけれど、白眉は冒頭に置かれた「ふらんだーすの犬」でありましょう。テーマは幼児虐待。ですが、はっきりいってされる幼児側の描写なんかどうでもよろしい。この小説の凄みは、男でインテリの橋本治がヤンキー女の思考のありようをリアルに再現している点にあるのです。小説家としての橋本治の筆力と想像力と類推力と憑依力に驚嘆。凄い小説ですよ、これは。なんで柴錬賞なのか、意味わかんないけど。

82点

日本推理作家協会賞長編及び連作短編集部門

主催　日本推理作家協会
選考委員　（57回）黒川博行・直井明・法月綸太郎・藤田宜永・宮部みゆき・井上ひさし・笠井潔・京極夏彦・桐野夏生・東野圭吾
（58回）有栖川有栖・北森鴻・黒川博行・直井明・法月綸太郎・井上ひさし・京極夏彦・桐野夏生・藤田宜永・宮部みゆき
賞金（副賞）　50万円

『葉桜の季節に君を想うということ』（長編及び連作短編集部門）
歌野晶午｜文藝春秋｜2004（57回）

大森　軽快なタッチで進む物語は、仕掛け部分を抜きにしても充分に楽しくスリリングだし、キャラクター造型も素晴らしい。だからこそ、大ネタが明される場面であっけにとられる。部分的にはかなりあざとい（反則すれすれの）騙し技も使われているが、著者が最大限に利用するのは読者の勝手な思い込み。相手の勢いと体重を利用してみごとな投げ技を決めてみせるわけで、この爽快感は“巴投げトリック”と名づけたい。

69点

豊﨑　軽妙なハードボイルドタッチの物語がどこに着地するのかと思えば、まさかこんなオチを用意していたとは——。この大仕掛けのために、作者がどれほど細心の注意を払って伏線を張り巡らせていたかということに思いを致せば素直に脱帽もできるけれど、叙述ミステリーだから仕方ないとはいえ、その大仕掛けがわかるまでは大勢の登場人物の語りの調子に差異がなさすぎることにイラッとしたのも正直な読み心地だったんであります。

60点

うな予定調和のオチを拒否し、ぶっきらぼうに終わるのが妙に生々しい。しかしこの巻だけが突出してどうこうというものでなく、このシリーズ全体に対しての吉川英治賞授賞だろう。

51点

2006(40回)該当作なし

柴田錬三郎賞

主催　集英社
選考委員　長部日出雄・田辺聖子・津本陽・渡辺淳一
賞金(副賞)　300万円

『パンドラ・アイランド』 大沢在昌｜徳間書店｜2004(17回)

豊﨑　東京から南へ700km。小笠原の先にある一見のどかな島で起こる犯罪の謎に、警察官としての権限は持たない保安官の立場にある主人公が迫るというハードボイルドタッチのミステリーになってるわけですが、すみません、わたしにはどうしてもこの作品のどこが賞に値するのか、もっ、ぜっんぜんわかりませんでしたの。ヒロインの造型に不自然でアンフェアなブレがありすぎる些事から、島の行政全体が仕組む犯罪の突拍子もなさという作品の屋台骨に至るまで、まったく納得がいきませんでしたの。

47点

『残虐記』 桐野夏生｜新潮社｜2004(17回)

大森　桐野夏生の最近作につきまとう居心地の悪さは、小説に描かれる対象が小説を突き抜けてしまうせいか。こういう題材でこういう主人公ならこういう小説になるという常識を破壊して、その奥底にあるグロテスクな何かがむきだしになっていく感じ。ただし、『残虐記』に関してはそれが徹底されず、微妙に中途半端な部分(従来の意味でモデル小説的な部分)が残っているように見える。

56点

豊﨑　25年前に誘拐・監禁された過去を持つ作家の鳴海と、出所後、鳴海に手紙を出す犯人の健治。いじめの被害に遭っていた鳴海の少女時代。健治と出会い、拉致された経緯。凄まじい騒音を出す工場の2階での監禁生活。救出されて以後鳴海が紡ぐ悪夢と、健治という人間の真実に肉薄する想像。数々の「?」と「!」を経て、読者は思ってもみなかった真相にたどりつくことになります。サブテーマは“想像力”に長けた人間が背負う十字架の重さと栄光。事実を真実に昇華させるのが想像であることを描いて重い小説です。

60点

る」と気づくお粗末。とほほ。

豊﨑 「父さんは今日で父さんを辞めようと思う」という言葉から始まるこの小説を読みながら思い出したのは、糸井重里の傑作小説『家族解散』でありました。しかし、数年前に起きた夫の自殺未遂から立ち直れず、家を出てしまった母親と、父さんを辞めると宣言したばかりか教師の仕事まで辞めてしまう父親、なんて人物設定をしておきながら、家庭崩壊の暗い話にもならず、糸井作品のような問題提議型実験小説にもならないところが、瀬尾まいこらしいなあと感じ入ることしきりです。長所と欠点は背中合わせなんだすわね。だすわよ。

55点

『隠蔽捜査』 今野敏｜新潮社｜2006（27回）

大森 警察小説というより企業コンプライアンス小説。組織の中で、ひとりだけ独特の思考方法を持つ主人公を硬直した組織に放り込み、どんな化学反応が起きるのかを観察するという意味では、今野敏お得意のひねくれたヒーロー小説としても読める。警察キャリアをこんな角度から描いた小説は前代未聞だろう。

62点

吉川英治文学賞

主催 吉川英治国民文化振興会
選考委員 （〜39回）五木寛之・伊藤桂一・井上ひさし・杉本苑子・平岩弓枝・渡辺淳一
（40回〜）五木寛之・井上ひさし・北方謙三・林真理子・平岩弓枝・宮城谷昌光・渡辺淳一
賞金（副賞） 300万円

『楊家将』（上・下） 北方謙三｜PHP研究所｜2004（38回）

大森 原典は、京劇や講談の演目として有名な中国の古典。主役は宋の楊業と遼の「白き狼」こと耶律休哥。北方『楊家将』は、両将軍の闘いに焦点を絞った戦争小説だが、干戈を交えない間も、情報戦や駆け引きや自軍内での多数派工作などさまざまな作戦が展開され、人間関係力学の比重が高い。その意味では組織を描く今日的な小説としても読め、中国ものが苦手な読者でも大丈夫。北方三国志や北方水滸伝をいきなり読むのはちょっと……という人にもおすすめしたい。

67点

『夜の明けるまで 深川澪通り木戸番小屋』 北原亞以子｜講談社｜2005（39回）

大森 〈深川澪通り木戸番小屋〉シリーズの4冊目にあたる連作短編集。全8話。分類すれば江戸の下町人情噺だろうが、どの短編もおさまるところにおさまりましたというよ

『アヒルと鴨のコインロッカー』伊坂幸太郎｜東京創元社｜2004（25回）

大森　パン屋再襲撃ならぬ本屋再襲撃（目的は『広辞苑』強奪）から幕を開け、「現在」と「二年前」が交互に語られる。ミステリ的な仕掛けと展開の意外性でひっぱる伊坂幸太郎らしい作品。読みながら、ものすごく鬼畜な真相を妄想したのだが、さすがにそんなことはなかった。ちょっと残念。

66点

『ワイルド・ソウル』垣根涼介｜幻冬舎｜2004（25回）

大森　日本推理作家協会賞、大藪春彦賞もあわせて三冠に輝く傑作。日本政府の南米棄民を糾弾する硬派の復讐譚かと思えばさにあらず、暴力も殺人も関係しない犯罪計画をメインディッシュに、とことん陽気なラテンのノリでエンターテインメント街道を突っ走る。主役たちはもちろん、事件に巻き込まれる女性キャスターのキャラがまたいい。剃毛ネタに爆笑。下品な話を平気で投入できる懐の深さがこの小説の希少価値ですね。

70点

『夜のピクニック』恩田陸｜新潮社｜2005（26回）

大森　7、8年前のSFセミナーで、「全校生徒がひと晩かけて何十キロもひたすら歩く青春小説」という構想だけ聞いたときは、そんな話が長編になるのかと思ったけど、そこは恩田マジック。ゴールが少しずつ近づいてくる緊張感と青春小説的なリリシズムとが絶妙にマッチして、非常に読み心地のいい作品に仕上がっている。構成に凝った作品より、こういうシンプルな話のほうが恩田陸の小説技術がうまく発揮できるのかもしれない。多部未華子主演で'06年秋公開の映画も上々の出来。

72点

豊﨑　夜ピクなんて愛称で呼ばれるにふさわしい、優しい優しい、愛らしい愛らしい、それはもう婦女子心をそそる小説になっております。ただ一昼夜歩くという学校行事を描いて、これほど読ませる物語を作れるというのが、恩田陸のストーリーテラーとしての職人技。本屋大賞とW受賞も納得の作品でございます。

65点

『幸福な食卓』瀬尾まいこ｜講談社｜2005（26回）

大森　「父さんは今日で父さんを辞めようと思う」のセリフではじまる冒頭を見た瞬間、糸井重里『家族解散』そのまんまじゃん！ と思ってしまい、その先もずっと『家族解散』と比較しながら読んだせいか、どうも印象がよくない。というか、読んだことさえ記憶から抹消していたらしく、一回処分した本をまた買って読みはじめ、ようやく「あ、これ読んで

41点

かも。なんだかな、という話なんではあります。

山本周五郎賞

主催　新潮文芸振興会
選考委員　浅田次郎・北村薫・小池真理子・重松清・篠田節子
賞金(副賞)　100万円

『邂逅の森』熊谷達也｜文藝春秋｜2004(17回)

＊直木賞の項参照

『明日の記憶』荻原浩｜光文社｜2005(18回)

大森 **55点** うまいんだけど、題材が題材なので、こんなにうまく書いちゃいけないんじゃないか。すらすら読めて、結末もきれいに決まり、ちょっとしんみり。なんだか小説が思いどおりにコントロールされすぎているようで、生々しさが足りない。

豊﨑 **57点** エンターテインメント作品だから仕方ないのかもしれないけれど、若年性アルツハイマーという深刻な病を描きながら、美談に終始してしまっているところが不満なんですの。まあ、だからこその山本賞、だからこその映画化なんではありましょうが。

『君たちに明日はない』垣根涼介｜新潮社｜2005(18回)

大森 **47点** 「リストラを専門に請け負う会社に勤めている真介の仕事は、クビ切りの面接官。昨日はメーカー、今日は銀行、女の子に泣かれ、中年男には殴られる」という不幸な主人公のリストラ成長コメディ。人生応援歌タイプなので仕方ないが、各エピソードがありきたりで、著者らしい個性がもうひとつ。『ワイルド・ソウル』三冠制覇の余勢をかっての山本賞か。

吉川英治文学新人賞

主催　吉川英治国民文化振興会
選考委員　(〜26回)浅田次郎・阿刀田高・伊集院静・北方謙三・高橋克彦・林真理子
(27回〜)浅田次郎・伊集院静・大沢在昌・高橋克彦・宮部みゆき
賞金(副賞)　100万円

ける青春小説パートは上出来。

豊﨑　主人公の主婦側の話はまるで面白くないものの、彼女との対照で置かれた働く独身女性・葵の高校生時代のパートは断然読ませます。特に親友のナナコと夏休み、民宿でバイトするエピソードが素晴らしい。バイトが終わっても家に帰らず放浪してる2人が、「ずっと移動してるのに、どこにもいけないような気がするね」「もっとずっと遠くにいきたいね」と話すシーンに胸がジーン。バディものとして、この2人だけの物語に絞って書いてみてほしかったと思ってしまいます。

64点

『花まんま』 朱川湊人｜文藝春秋｜2005上半期(133回)

大森　昭和40年代の大阪の路地裏を舞台に描くノスタルジックな日常ファンタジー6編(「トカビの夜」「妖精生物」「摩訶不思議」「花まんま」「送りん婆」「凍蝶」)を収める。どれも昔どこかで読んだような話だが、それに若干のひねりを加えて短編小説として語る技術はさすが。とくに「摩訶不思議」に見られるようなユーモアが貴重。朱川湊人は、1970年代日本SF(とくに、中間小説誌に掲載されていた短編群)の後継者かもしれない。

59点

豊﨑　同時候補に挙がっていた古川日出男の『ベルカ、吠えないのか?』(90点)がどうして獲れなかったのかと思うと今も悔しくて、虚心坦懐に読むことができない受賞作品なんであります。朱川さんには何の罪もないのに、ごめんなさい。『三丁目の夕日』みたいな懐かしレトロ調の作品集になってて、これはこれで愉しめるんですけども……。コミックノベル調の「摩訶不思議」クラスの短篇ばかり並んでたら、受賞も納得できたんだけどなあ。いや、やっぱりできないわ。

58点

『容疑者Xの献身』 東野圭吾｜文藝春秋｜2005下半期(134回)

大森　主役は、日常的な論理を超越した数学的天才の異質な論理。そのロジックの異質な美しさを、リアルな警察捜査小説の枠組の中で異物として描くのがこの小説の眼目。このパターンなら、閉鎖的な共同体内部の話として書くのが新本格以降の本格ミステリの常道だが(京極夏彦『鉄鼠の檻』、麻耶雄嵩『木製の王子』など)、東野圭吾は、三面記事にありそうな事件を使って鮮やかに成立させる。これで石神の天才性にもっと説得力があれば傑作になったかもしれない。

63点

豊﨑　この作品が本格か否かで、新本格陣営では論争が巻き起こっておりますが、でも第6回本格ミステリ大賞も授賞しちゃったんだから、認めざるを得ないじゃんねえ。そんなことよりも、個人的にはラストのぐずぐずかつ大仰な愁嘆場に「?」を覚えるんですが、このくらいわかりやすい結末にしないとポピュラリティも直木賞も獲得できないの

60点

[エンターテインメントの文学賞]

直木三十五賞

主催　日本文学振興会
選考委員　阿刀田高・五木寛之・井上ひさし・北方謙三・田辺聖子（〜132回）
津本陽・林真理子・平岩弓枝・宮城谷昌光・渡辺淳一
賞金（副賞）　100万円

『空中ブランコ』 奥田英朗｜文藝春秋｜2004上半期（131回）

大森 65点
やや窮屈な印象があった『イン・ザ・プール』と比べると、設定がこなれてきた感じで、前作以上に楽しめた（たんに、こっちが伊良部のキャラに慣れただけかもしれませんが）。表題作で空中ブランコの稽古に励む伊良部のかわいさは抜群。

豊﨑 67点
100キロを超える体重、ドラえもんのような指、ほとんどないに等しいアゴ、5歳児の感受性。そんな肉体と精神を白衣に包んだ精神科医・伊良部一郎が登場する短編集。とにかく伊良部の言動が可笑しい。こういうコミックノベルに直木賞が授与されたのが、今さらながらに嬉しい慶事でございますの。

『邂逅の森』 熊谷達也｜文藝春秋｜2004上半期（131回）

大森 52点
東北の寒村に生まれたマタギの青年が故郷を追われて苦労する話。文句のつけにくい小説だが、東北の自然にもマタギ文化にも関心がない人間にとっては、妙に力こぶの入った演説を聞かされているような感じで、もうひとつドラマに入り込めない。モチーフの荒々しさに比べて、小説が意外と堅実にまとまっているせいかも。

豊﨑 59点
大正年間、身分違いの恋から故郷を追われたマタギの青年の波乱の人生を描いた、自然に対する畏敬の念あふれる雄大な物語になっております。巨大熊と対決する最後は「老人と海」ならぬ「老人と山」。テーマや手法や文体に新しさのかけらもございませんが。

『対岸の彼女』 角田光代｜文藝春秋｜2004下半期（132回）

大森 65点
ともに30代で、既婚・子持ちの主婦・小夜子と、独身・子なしの女社長・葵。この2人の関係を軸に、葵の高校時代の事件（転校生の少女ナナコにつきあって家出する）がカットバックで描かれる。葵のキャラはすばらしいし、べたつかない友情物語としても秀逸だが、葵にくらべると小夜子の日常描写がやや類型的で、リアリティに欠かれる。迫力はあるが、いじめる側や母親に視点が移動しても文体が変わらないので、単にこういう書き方しかできないんじゃ……という疑惑も。

豊﨑　テーマはいじめ。生きるの死ぬのと言ってるけれど、所詮中三男子の頭の中は女の裸のことだけなのだということがよくわかる、いじめられっ子視点の前半部が、狙わずして笑いをかもす。後半もだいぶ進んでから、いじめる側の視点に急に変わるのは、加害者サイドのひりひりするような加虐の欲望を描くためだろうとはいえ、語りの分量のバランスがあまりにも悪すぎます。もっと、小説の結構というものを考えましょう。

42点

『金春屋ゴメス』 西條奈加｜新潮社｜2005(17回)

大森 日光江戸村が巨大化して独立を宣言しました――みたいな「江戸国」が舞台の近未来SF時代ミステリ。アイデア自体はさほど珍しくないが(小説新潮新人賞を受賞した結城恭介のデビュー作『美琴姫様騒動始末』とか)、キャラクター描写が秀逸。とくに、「まさに怪獣……」と形容されるタイトルロールの長崎奉行馬込播磨守がすさまじい。ゴメスが来ると聞いただけで悪人どもは腰を抜かし、失禁する。さしずめ、「鬼平犯科帳」の長谷川平蔵を百倍凶悪にしたような感じですか。クライマックスでは、明朗チャンバラ時代劇の爽快感がみごとに再現される。

51点

新潮新人賞小説部門

主催 新潮社
選考委員 川上弘美・沼野充義・福田和也・保坂和志・町田康
賞金(副賞) 50万円

「真空が流れる」 佐藤弘｜2004(36回)

大森 親友がピストル自殺したあと、その模様を撮影したビデオを自宅で編集しつづける高校生が主人公。広末涼子が主演した原将人監督の映画「20世紀ノスタルジア」の男の子版みたいな話ですね。編集作業のディテールをもっと書き込んでほしかったけど、たんたんと流れる空気がいい。でもこのタイトルはちょっと……。(注・応募時タイトル「すべてはやさしさの中へ消えていく」)

55点

豊﨑 親友が拳銃自殺をするまでの一部始終をビデオで撮っていた高校生男子が、そのテープの編集を終えるまでのねっとりだるい日々を描いて、なかなかに読み応えある小説になっています。高校生がどうして拳銃を入手できたのかとか、細かい違和感はあるものの、デビュー作としてはここまで書けていれば上々でありましょう。ただ、ラストの落とし方があまりにも陳腐。ここに落としてしまったら、それまでの微妙にたるんでいるがゆえの独特な緊張感が台無しです。単行本化される際には一考を!

57点

「冷たい水の羊」 田中慎弥｜2005(37回)

大森 「自分がいじめられていると思わなければいじめは成立しないという論理を拠り所とする男子中学生のいじめられっ子が、いじめを教師に告げ口することでその論理を脅かす女子中学生を強姦・殺害しようと思い詰め、しかし結局はそれを実行できないまま元の場所に戻ってくる」話(浅田彰の選評より)。執拗ないじめのディテールが被害者の視点からねちっこく(しかし理論武装しているので他人事のように冷静に)描

41点

朝日新人文学賞

主催　朝日新聞社
選考委員　（15回）奥泉光・髙樹のぶ子・高橋源一郎・三浦雅士・山田太一
（16回）阿部和重・小川洋子・斎藤美奈子・重松清・高橋源一郎
賞金（副賞）　100万円

「サハリンの鯱」 河井大輔 ｜ 2004（15回）

大森 **31点**
題材は面白いが、ほとんどそれだけ。ネイチャーライティング系のノンフィクションみたい。文体かドラマか、せめてどちらかがないと、小説を読んでる気がしません。

『陽だまりのブラジリアン』 楽月慎 ｜ 朝日新聞社 ｜ 2005（16回）

大森 **45点**
女装癖のある中年サラリーマンを主人公にしたコミカルな話。うまいヘタとは別種の愛敬があって、不思議と嫌いになれない小説。高橋源一郎は選評で「小説柄がいい」と書いてますが、言い得て妙。読み終えたあと、そこはかとなくいい気持ちになれます。

豊﨑 **49点**
タイトルを見て、てっきりブラジル移民かなんかの話かと思っていたら、自分の中の「娘」に目覚めた中年男が、後も前もV字形になっているTバックほどは過激じゃないハイカットなラインの女性用パンティを身につけ、陽だまりのベンチに坐っているというシーンに行き当たり、大爆笑！ こういうタイプの小説を純文学の文芸誌に送る作者も相当面白ければ、それを受賞作にする《小説トリッパー》も相当いかれてます。笑える〜。

日本ファンタジーノベル大賞

主催　読売新聞東京本社・清水建設
選考委員　荒俣宏・井上ひさし・小谷真理・椎名誠・鈴木光司
賞金（副賞）　500万円

『ラス・マンチャス通信』 平山瑞穂 ｜ 新潮社 ｜ 2004（16回）

大森 **56点**
スリップストリーム系の現代小説に土俗的な幻想性を加味し、冒頭から強烈な個性が迸る。雰囲気としては、「姉飼」（遠藤徹）の世界観をアップデートしたような感じ。ただし、短編連作風の構成を採用したことで、小説の野蛮な力がやや減殺されている。

り物めいたものになっていない点、好感度高しです。

『野ブタ。をプロデュース』 白岩玄｜河出書房新社｜2004(41回)

大森 43点
「冴えない同級生をプロデュースする」という発想の勝利。このネタならもっと面白くなりそうなのに——という気がしてくるのが弱点だが、嫌味のない語り口には好感が持てるし、ギャグセンスも悪くない。ラストにもうひと工夫あれば……。

豊﨑 56点
非常に楽しく読める。誰でも楽しく読める。書かれてることが、描かれてるすべてだから、文字さえ読めれば理解完了みたいな作品ですの。けど、こういう自意識過剰を漫画みたいに描いた小説なら、D[di:]の「キぐるみ」とかのほうが出来がいいのではござりますまいか。この作家はやはりエンタメ向きでありましょう。このまま純文芸誌で作品を発表していくと居場所を失っていきそうな気がいたしますが、大きなお世話ですか、そうですか。

『窓の灯』 青山七恵｜河出書房新社｜2005(42回)

大森 33点
女の子だって覗いてみたい。というわけで、見る／見られるの男女関係を逆転させ、「女の子のピーピング・トム」(斎藤美奈子)をヒロインに起用した小説。といっても、ドラマらしいドラマがあるわけではなく、話はたんたんと進んでたんたんと終わる。覗きの醍醐味を堪能するには至らない。

『平成マシンガンズ』 三並夏｜河出書房新社｜2005(42回)

大森 45点
「喧嘩と仲直りの規則的な羅列が句点も読点もなくノンストップでただつらつらと続いていくような、そういうお付き合いだった」という冒頭から、リズミカルな文体に引き込まれる。文章のセンスは抜群にいい。会話はふつう。ただし、ストーリーやテーマが借り物っぽく見えて、板につかない。

豊﨑 60点
語り手は中学生。母親と父親は別居中で、家には父の愛人が我がもの顔でのさばっていて、胃液がこみあげてくるほどの不快感と日々闘っている「あたし」がよく見るのが死神の夢。で、「そいつはいつも大きくて黒いマシンガンに弾を込めてい」て、「あたし」に「誰でもいいから撃ってみろ」と教唆する、と。……驚き満点。特に文体意識の高さには驚嘆! 詳細に触れられるほどの紙幅はありませんが、簡単にいえば『あなたへ』を書く15歳もいれば、『平成マシンガンズ』を書く15歳もいる、まあ、そういうことなんですの。

豊﨑 昭和50年代版“お縫い子テルミー”はずいぶんわびしくて地味だったんですねえ。今でいうところの負け犬予備軍の働く女性・初子さんのうすら明るい虚無を描いて中途半端に上手い印象を与える佳作です。

48点

2005上半期(100回)受賞作なし

「さりぎわの歩き方」 中山智幸 | 2005下半期(101回)

大森 いまどき、まっとうな——と来たら、「料理店」と続くのが常識じゃないかと思うのに作中で誰も突っ込まないのでたいへん居心地が悪い。その居心地の悪さを抱えたまま小説は進む。合間合間に挿入される2、3行の短文(アフォリズムもどき)も微妙にすわりが悪く、少しずつ脱力感が積み重なってゆく。しかし考えてみると、それは、現実の団塊ジュニア世代としゃべっているときに感じることのある脱力感とよく似ていて、なるほどリアルと言えばリアルかもしれないと妙に感心。

40点

豊﨑 ネットを使って世界各国のニュースサイトを中心に情報収集を行うという、いまどきの仕事をしている男性ライターを主人公に、責任を回避し、ぬるい日常を生きるという青春からの“さりぎわの歩き方”を描いて、案外読ませる。作中、主人公は「いまどき、まっとうな青春小説」という惹句で売り出された新人の小説がベストセラーになっていくのを横目で見つつ、「著者、猿」とか毒づいてるけど、これもけっこう“まっとうな青春小説”ですよ。いや、皮肉じゃなくて褒め言葉としてね。

50点

文藝賞

主催 河出書房新社
選考委員 角田光代・斎藤美奈子・高橋源一郎・田中康夫
賞金(副賞) 50万円

『人のセックスを笑うな』 山崎ナオコーラ | 河出書房新社 | 2004(21回)

大森 タイトルとペンネームは一等賞。それに比べて中身がふつうすぎる。

37点

豊﨑 筆名からもっと意地悪な作品を予想していたら、意外と爽やかにしてまっとうな内容で拍子抜け。19歳の男子が語り手な上に、その恋人が39歳、恋人の旦那が52歳と、自分とはまったく違う人物像を描くという困難に挑戦しながら、キャラクターが作

56点

『白の咆哮』 朝倉祐弥｜集英社｜2004(28回)

大森 〈土踊り〉と呼ばれる奇妙な熱狂に支配された近未来日本を描く、「東海道戦争」『吉里吉里人』系の疑似イベントSF。出だしは「おお」と思わせるが、意余って力足らず。中盤はディテールの書き込みがないためリアリティが出ず、単調な印象を与える。ただし、妙な迫力はある。

42点

『踊るナマズ』 高瀬ちひろ｜集英社｜2005(29回)

大森 着眼がすばらしい。なにせこれは、「ナマズについての、話をしたい」で始まり、ナマズがシンボルマークの町を舞台に、ナマズ薀蓄とナマズ伝説を語りつくす恋愛小説(?)なのである。"ナマズ雨"という言葉をこの小説で初めて知ったが、もう一生忘れません。奇天烈なユーモア感覚と余裕たっぷりの語り口、メタファーを微妙にずらしてゆくテクニックは天性のものか。今期の新人賞受賞作ではこれがイチ押し。

63点

豊﨑 自分のお腹の中にいる胎児に、生まれ育った町に伝わるナマズ伝説と亭主(胎児の父親)とのなれそめを語りかけるスタイルが、ある意味斬新だし、少しだけ悪趣味で面白い。膣口に歯のある娘に性交を挑むナマズという伝説の中味も愉快。面白いと愉快を突き抜けて、気色悪いまでいってくれたら高得点だったのですが。

55点

文學界新人賞

主催 文藝春秋
選考委員 浅田彰・奥泉光(〜99回)・川上弘美(100回〜)・島田雅彦・辻原登・松浦寿輝(100回〜)
賞金(副賞) 50万円

『介護入門』 モブ・ノリオ｜文藝春秋｜2004上半期(98回)

＊芥川賞の項参照

「初子さん」 赤染晶子｜2004下半期(99回)

大森 選評にしつこく醤油の値段の話が出てくるのが謎だったが、読んで納得。あの醤油はなにかべつのもののメタファーなんでしょうか。舞台は昭和50年代の京都。京都育ちの浅田彰は時代背景がリアルに書かれているとコメントしているが、リアリズム小説というより、むしろ一種のファンタジーに見える。文章は味があります。

45点

[純文学の公募新人賞]

群像新人文学賞

主催　講談社
選考委員　加藤典洋・多和田葉子・藤野千夜・堀江敏幸・松浦寿輝
賞金(副賞)　50万円

『さよならアメリカ』 樋口直哉｜講談社｜2005(48回)

大森 **53点**
箱男でもフクロウ男でもない袋男の手記。叙述トリック系のミステリとしても読めるし、ちょっと乱歩的(人間椅子)なところもある。アイデアは悪くないが、思ったほど面白くならない。袋族がもっと増殖していくとか、やりかたは他にいろいろあったのでは。

豊崎 **58点**
安部公房の『箱男』が元ネタなのは明らかなんだから、『袋男』でよかったのに。「底なし沼のように深い空腹」だの「パンはジグソーパズルのピースをはめるように胃に納まった」だの、また現れたか村上春樹チルドレンがっと嘆きたくなるような脇の甘い比喩の連発に最初辟易させられたものの、これは実は手記で信用できない語り手によるものなんだということに気づいてからは、わざとそうしてるのかと腑に落ちました。二次元萌えの妄想話として読むと楽しいかもしれません。

すばる文学賞

主催　集英社
選考委員　川上弘美・筌野頼子・辻仁成・藤沢周・又吉栄喜
賞金(副賞)　100万円

『漢方小説』 中島たい子｜集英社｜2004(28回)

大森 **46点**
30代独身女性にピンポイントでアピールしそうな健康小説。一回ぐらい漢方医にかかってみようかなという気にさせる力はある。ヘタに書くと押しつけがましくなったりトンデモに傾斜したりしがちな素材なので、その意味でもうまく料理されている。《すばる》というより《小説すばる》系。

豊崎 **54点**
この手の女性小説の書き手がとても多いので、正直読みながら既視感に襲われることがしばしばでありました。新人の第1作としてはうまく書けていますし、それこそ東芝日曜劇場あたりでドラマ化されてもおかしくない題材かとも思いますが、わたしにはまったく必要のない小説なんであります。

「枯葉の中の青い炎」 辻原登｜同名書（新潮社）収録｜2005（31回）

大森　スタルヒンが300勝目を飾れたのは南の島の呪いのおかげでした。というマジックリアリズム野球小説。当時、トンボ・ユニオンズに在籍していた相沢進（その後、生まれ故郷のトラック諸島に戻って酋長になる）がベンチで禁断の呪術を行い、その瞬間、スタルヒンの球は旋回しながら青い炎をあげてキャッチャーミットにおさまった……。プロ野球史に疎い人は全部ウソだと思いかねないが、8割ぐらいはホントの話なのでややこしい。

62点

豊﨑　300勝という偉業達成を目前に苦闘する老いた名投手スタルヒンを助けるために、南洋に伝わる呪術を使う男を主人公にしたこの作品は、優れた国産SF作品に与えられる星雲賞の短編部門に輝いてもおかしくないほどの絶品ファンタジーになっている。試合の光景が目に浮かぶような野球小説としても秀逸。戦時中、パラオで南洋庁編修書記として現地住民向け国語教科書を編纂する任務についていた中島敦の登場のさせ方もセンス抜群。辻原登を見る目を変えてくれた傑作短編なんであります。

80点

野間文芸賞

主催　野間文化財団
選考委員　秋山駿・川村二郎・河野多惠子・坂上弘・津島佑子・三浦哲郎
賞金(副賞)　300万円

『半島を出よ』(上・下)　村上龍｜幻冬舎｜2005(58回)

大森　『昭和歌謡大全集』の続編だったはずなのに、作者が北朝鮮に入れ込みすぎて(脱北者の取材をやり過ぎて)なんだか大変なことになっちゃった小説。プロットのバランスを破壊して暴走するコマンドー描写が面白い。軽い話が重たくなっても、全体としては堂々の一気通読エンターテインメントたりえているところはさすが村上龍。しかしこれが野間文芸賞って……。

59点

豊崎　読者の一歩先まで想像力を飛ばす作家が描く「北朝鮮の選りすぐりの兵士によって日本のどこかが制圧されたら」というifの世界を描いたこの小説の行間からは、「もっと想像力を！」という声が聞こえてきます。自分ではない誰か、自分とは違う立場、自分の知らない世界、まだ見ぬ明日、マイノリティの境遇、想像するだけで気持ちが萎えたりイヤな気分になったりするようなこと。そういったものに思いを飛ばす力こそが、今の日本人にもっとも欠けているのではないか。そんなことを深く考えさせられる小説なのです。

72点

川端康成文学賞

主催　川端康成記念会
選考委員　秋山駿・井上ひさし・小川国夫・津島佑子・村田喜代子
賞金(副賞)　100万円

『袋小路の男』　絲山秋子｜講談社｜2004(30回)

大森　"袋小路の男"は一応(作中に)実在するが、ある意味これはストーカー女の妄想恋愛小説。「指一本触れないまま12年間思い続ける」という時点でかなり危ないが、それに動じない男を相手役に持ってくるところがうまい。ただし、続編の「小田切孝の言い分」は書かないほうがよかったと思った。

55点

豊崎　どこにも行けず、なんの変化も果たせないまま、気づけば袋小路に突き当たって途方に暮れている人間の、焦りや諦念やずるさや可愛げやトホホ感や徒労感や幸不幸が、50ページにも満たない物語の中で、どちらかといえば寡黙な文章によって十全に描かれている。しかも、いるいる人間のあるある人生を描きながら、帯の惹句にあるようなありきたりな“現代の純愛小説”なんかになっていないのがいいっ！　絲山秋子の嫌みなまでの巧さが光る中編です。

70点

野間文芸新人賞

主催　野間文化財団
選考委員　(26回) 奥泉光・川村湊・佐伯一麦・笙野頼子・久間十義・山田詠美
(27回) 阿部和重・江國香織・角田光代・川上弘美・町田康
賞金（副賞）　100万円

『ぐるぐるまわるすべり台』 中村航｜文藝春秋｜2004(26回)

大森　表題作は、大学を辞めた主人公が塾講師のかたわらバンド（仮称・狛犬）のメンバーを集め、第1回のスタジオ練習に向けてメールで打ち合わせを続ける話。併録の「月に吠える」は、狛犬に参加したドラマーの前日譚。派遣社員としてメーカーの組み立てラインで働き、QC活動に励む。ともに、ちょっと特殊な業界のジャーゴンを非常にうまく使い、独特の面白さを出すことに成功している。とりわけ文章のリズムと呼吸がすばらしい。

68点

『遮光』 中村文則｜新潮社｜2004(26回)

豊﨑　死んだ恋人の小指をホルマリン漬けにして持ち歩いている、精神失調気味の青年が物語る心神喪失の話。……すみません。わたし、この作家とはとことん相性が悪いようです。

50点

『四十日と四十夜のメルヘン』 青木淳悟｜新潮社｜2005 (27回)

大森　表題作よりも、併録の「クレーターのほとりで」を推す。人類進化をテーマにした本格SFであり、明らかに『2001年宇宙の旅』が下敷きだが、しかし——それがなぜこんな話になるのか。ネアンデルタールの扱いはほとんどR・A・ラファティのよう。脱力のオチは、たまの「さよなら人類」。あまりにも独創的。SFファンは必読。

62点

『二人乗り』 平田俊子｜講談社｜2005(27回)

豊﨑　ダメ男を好きになって、平穏だった結婚生活を解消してしまった嵐子の物語。その妹で、実家の仕事を手伝いながら主婦をしている不治子がひょんなことから町にやってきた女優を居候させる物語。入り婿という立場に嫌気がさして愛人宅に逃げ込んだ、不治子の亭主・栄二の物語。これは、3つのエピソードを輪舞形式で描いた連作中編集です。読ませるのは何といっても真ん中に置かれた表題作。不治子と女優の交流を描いたバディものとして上手くできておりましょう。

60点

伊藤整文学賞

主催　伊藤整文学賞の会
選考委員　川村二郎・菅野昭正・黒井千次・津島佑子・松山巖
賞金（副賞）　100万円

『シンセミア』（上・下）阿部和重｜朝日新聞社｜2004（15回）

大森　途中、ものすごい傑作になりそうな予感を漂わせるが、結末は肩すかし。大江健三郎を超えるかと思ったのに……。むしろ、スティーヴン・キングから小野不由美『屍鬼』に至るホラー系の地方都市小説群に近い、予定調和的なまとまりのよさを感じた。そこが不満というのはないものねだりか。

70点

豊﨑　山形県の田舎町を舞台に、産業廃棄物処分場の建設をめぐる対立や、盗撮サークルの暗躍、様々な不倫関係、ロリコン警察官の欲望、UFO騒動、町を牛耳る重鎮メンバーの仲間割れなどたくさんのエピソードが錯綜。50余年に及ぶ町の歴史と人間関係を、膨大な登場人物の行動や心理を丹念に追いながら明らかにし、その過程で破廉恥極まりない人間の本性や、無惨な死体を積み上げていきます。山形弁がもたらす哄笑と、そののんびりした語り口に反しての狂気の噴出が素晴らしい。

85点

『金毘羅』笙野頼子｜集英社｜2005（16回）

大森　死んだ赤ん坊の体に宿り、人間として暮らしてきた“金毘羅”が、その47年間をふりかえって語る一代記。貴種流離幻想を借りて語る自伝的な小説は（ティプトリーとか鈴木いづみとか、とくに女性作家には）珍しくないが、その“貴種”がなぜか“金毘羅”になってしまうところが笙野頼子。奇想爆発のエピソード群も面白い。ただし語り口が一本調子なので、妄想の垂れ流しに見えてしまうと、途中ちょっと飽きる。金毘羅の母の話をもっとふくらませるとか、伊勢との戦いを神話的なスケールに広げるとか、もうすこし物語性をサービスしてもよかったのでは。

63点

豊﨑　“ブス”に対する世間や男社会の所行の数々を告発することで、世にはびこる様々な理不尽と闘ってきた作者が、その視野をもっと大きく広げ、近代社会や国家から切り捨てられてしまった衆生の内面を共感とともに描くことで、宗教なき時代の日本人の病を露わにせんとした痛快至極な神話と宗教史の書き換え小説。主流文学の中に、SFやファンタジーといったジャンル小説の特性をうまく取り込んだスリップストリーム系の傑作です。

91点

『風味絶佳』山田詠美｜文藝春秋｜2005(44回)

大森 キャラメルの味というより、むしろ「上善如水(じょうぜんみずのごとし)」の味わい。あっさりしすぎているせいか、読み終わったときには内容をすっかり忘れているが、いいものを読んだなあというしあわせな気分だけがふんわりと残る。どこが傑作なのか指さしにくいのが難点。

72点

豊﨑 肉体のスキルを生業とする6人の男に光をあて、そのたたずまいの風味を描いてみせる本書は、短篇の名手・山田詠美の技量と魅力が満喫できる1冊になっています。それぞれ読み心地が異なる6篇に共通するのは、誰もが誰かとつながりあおうとする、その行為や心境を、写真を撮るように輪郭鮮やかに活写しているということ。そこここにちりばめられた作者十八番のアフォリズムめいた決め文句に、「そうそう!」と共感しきり。美味しい上に飽きがこない、つまり風味絶佳な逸品ということです。

77点

泉鏡花文学賞

主催 金沢市
選考委員 五木寛之・泉名月・金井美恵子・村田喜代子・村松友視
賞金(副賞) 100万円

『ブラフマンの埋葬』小川洋子｜講談社｜2004(32回)

豊﨑 ダン・ローズのウルトラ傑作『ティモレオン』のオチほどじゃないけれど、この小説の結末もケモノバカ一代にとっては相当キツイ。タイトルで予告済みとはいえ、やだやだやだやだやだ、ブラフマンが死んじゃうなんて絶対ヤッ! そう興奮させるほどブラフマンという名のカワウソかビーバーに似た生き物が愛おしく描かれているということなんですけど……、でも、やっぱりヤなものはヤッ!

63点

『楽園の鳥 カルカッタ幻想曲』寮美千子｜講談社｜2005(33回)

豊﨑 泉鏡花賞受賞作というから、どんな幻想が——と期待して読んでみたら、あなた、これがもう真正だめんず小説だったんですの。金にだらしない夢みる夢男くんから、かっとなっちゃ暴力をふるう野獣男へと、ダメ外国人に情をうつしていくヒロインの壊れかけの心象風景を、これでもかと描き尽くして呆然。カルカッタには死んでも行きたくないと思いました。

57点

谷崎潤一郎賞

主催　中央公論新社
選考委員　池澤夏樹・井上ひさし・河野多恵子・筒井康隆・丸谷才一
賞金(副賞)　100万円

『雪沼とその周辺』 堀江敏幸｜新潮社｜2004(40回)

大森　おそろしくレベルの高い全7編の連作短編集。川端康成賞受賞作「スタンス・ドット」さえ、収録作の中では水準クラスでしょう。「レンガを積む」のほのぼのとした味わいとか、ひそかに超絶技巧が凝らされたアンビエント・ミュージックのアルバムを聴いているような感じ。

75点

豊崎　収められている7編はどれも派手な事件が起きるわけではない地味な小説ばかりです。でも、忘れがたい。なぜなら物語る声が、まるで「スタンス・ドット」の店主が尊敬する元プロボウラー、ハイオクさんが投げる球が作り出す音のようだから。つまり、ピンが飛んだ一拍あと「レーンの奥から迫り出してくる音が拡散しないで、おおきな空気の塊になってこちら側へ匍匐してくる。ほんわりして、甘くて、攻撃的な匂いがまったくない、胎児の耳に響いている母親の心音のような音」。堀江敏幸は平成の名文家です。

86点

『告白』 町田康｜中央公論新社｜2005(41回)

大森　たいそう面白い小説だが、途中、読者がいつまでも読んでいたいと思う以上に作者がいつまでも書いていたいと思いはじめた節があり(主観)、ちょっと引いた。結末がわかっている小説としては長すぎるんじゃないですか。というか、これだけ書くならもっと大きく脱線させてほしかったな。ほんとのことなんかどうでもいいから。

65点

豊崎　「河内十人斬り」として河内音頭のスタンダードナンバーにも残っている大量殺人事件を題材に、ディスコミュニケーションが生む喜劇性と悲劇性を露わにすることで、同時多発テロ以降の世界をも現出させる大変な傑作。主人公の思考の流れを心理小説さながらにつぶさに追う、独特のリズムに乗せた諧謔味豊かな文体が素晴らしいっ！ 翻訳不能。でも、翻訳して“アホでマヌケなアメリカ白人”に読ませとうございます。

92点

讀賣文学賞小説賞

主催 読売新聞社
選考委員 井上ひさし・大岡信・岡野弘彦・川村二郎・川本三郎・菅野昭正・河野多惠子・津島佑子・富岡多惠子・丸谷才一・山崎正和
賞金(副賞) 200万円

『半島』 松浦寿輝 | 新潮社 | 2004(56回)

豊﨑 大学の教師を辞し、半島の先端にある一見のどかな町に仮の宿を求めた男の物語。簡単にいってしまえば中年の危機小説なのだけれど、いかにも地味な物語でありながら、ぐいぐい作品世界に引き込まれていってしまうのは、練りに練られた端正な文章と、企みを内包しながらも読者を置き去りにしない小説の技巧の卓抜さゆえ。登場人物すべてに陰影が施されていて、市井小説としての味わいも深い。大人のための小説です。

82点

『河岸忘日抄』 堀江敏幸 | 新潮社 | 2005(57回)

豊﨑 セーヌ河岸に繋留されている船で暮らすことになった「彼」。その日々の出来事と思考の航跡をたどった小説。携帯電話を持たず、メールを使わないこの小説の担い手は、流行に棹さすことなく、時の河岸に佇み、自分の内面と世界で起きていることについて静かに多面的に考えを深めていく人物です。でも、これは隠遁者による随想小説の類ではありません。そうした思索の跡を、良質なミステリーといってもいいほど興味深い物語の中に織り込む。それが堀江作品の素晴らしさなのです。

78点

『焼身』 宮内勝典 | 集英社 | 2005(57回)

豊﨑 ベトナム戦争中、仏教を弾圧する政府に抗議して焼身自殺を遂げた僧侶。その写真を若き日に見て衝撃を受けた作家は、40年を経た今、僧侶の内面に肉迫するためにベトナムへ飛ぶ——。9・11以降の世界に強い違和感と根深い懐疑を抱く著者による、僧侶の献身の足跡を追うことで自分を世界につなぎとめておきたいと祈念するかのごとき、ただひたすら真摯かつ執拗な取材行には圧倒されるばかり。この真面目さと愚直さが、しかし、個人的には苦手なんであります。もう少し小説としての企みが欲しい。

59点

三島由紀夫賞

主催　新潮文芸振興会
選考委員　筒井康隆・宮本輝・髙樹のぶ子・福田和也・島田雅彦
賞金(副賞)　100万円

『ららら科學の子』 矢作俊彦｜文藝春秋｜2004(17回)

大森　いわばこれは30年未来へタイムスリップした男(あるいは30年の冷凍睡眠から目覚めた男)の浦島寓話だが、矢作読者にとってはもうひとりの“スズキさん”の物語でもある。1968年の東京と現在の東京がシームレスに接続され、神宮球場のスワローズ×ベイスターズ戦に、川上哲治が長嶋茂雄に送りバントを命じた日の記憶が重なる。失われた歳月を解きほぐす手がかりは『猫のゆりかご』、『東京流れ者』、それにもちろん『鉄腕アトム』……。でもいちばん驚いたのは、『点子ちゃんとアントン』を軸に、ほとんどセンチメンタルなほどウェットな情感が醸し出されていること。矢作俊彦も歳をとるんだなあ。

69点

豊﨑　バブル景気という誇りなき、見せかけの勝利に酔った挙げ句の行き当たりばったりの90年代。そして、未来に展望が持ちにくい現在。この小説は「もう終わったんじゃないの、日本は」という厳しい最後通牒を日本に突きつけているように読めます。他の矢作作品がそうであるように、ここにも先行作品からのたくさんの引用があります。驚かされるのは、その筆致がこれまでとは違って湿りがちなこと。ハードボイルドな男・矢作俊彦にこんな感傷的な作品を書かせるほど、日本人は矜持を失ったのか。もしくは矢作さんが年をとって涙もろくなったのか。どっち?

85点

『六〇〇〇度の愛』 鹿島田真希｜文藝春秋｜2005(18回)

大森　アラン・レネ「二十四時間の情事」をなんとなく思い出した。広島が長崎になって、フランスがロシアになったと思えば、当たらずともいえども遠からずか。あれもなんだかよくわからない映画だったが、この小説もなにが面白いのかよくわからない。下敷きにしているらしいデュラスも僕にはぜんぜんぴんと来ない作家なので当然かも。ま、相性が悪かったということで。

33点

豊﨑　幼い我が子を隣人に預けたまま、一人長崎に飛んだ女性の数日間の行動と意識を、「女」という三人称と「私」という一人称による、デュラスの『愛人』を念頭においたかのような文体をもって描いています。過去も現在も、歴史上の大きな時間も個人の平凡な時間も、賢者も愚者も、愛も憎しみも、「世界という海」へと流れこむ「言葉の河」によってただ一様に流されてゆく。一個人の精神では捉えきれようもない広漠とした時間と、それゆえに生まれる虚無を、緊迫感を保ち続ける文体で語り尽くさんとした、これは誠実な実験小説といえましょう。

69点

話とまとめるのは、いかがなものか。この小説は最後、主人公が指導した女子児童2人による学芸会の芝居の幕があける寸前、主人公が肌身離さず持ち歩いてる音声学習機能つきぬいぐるみのジンジャーマンが「おはよう」というシーンで終わってるんですよ。芝居が終わった後、どんな“グランド・フィナーレ”が起きるのか――。わたしは不吉な気配を読み取ってしまうんですが、はて？

『土の中の子供』 中村文則｜新潮社｜2005上半期（133回）

大森 **39点**
著者の年齢（発表当時27歳）のわりに（古い意味で）いかにも純文学的なタッチの中編。虐待された過去を持つ主人公の暴力に対する恐怖や閉塞感を濃密な文章で描く。最近の軽いノリの純文学とは対極に位置する作風に見えるが、これは芥川賞の保守回帰？

豊﨑 **54点**
この作家はある意味、大変素直に教養としての文学を信仰しているのでございましょう。サルトルだのカフカだの、ちょっと気恥ずかしくなるほど有名な作家の名前を、大変無邪気に作中に挿入したりするところなど、いかにも文学青年らしくて微笑ましゅうございます。ただ、いかんせん、センスが……。幼児虐待という今どきのネタをこうもベタに使ってしまっては、脇が甘いと思われても仕方ありますまい。

『沖で待つ』 絲山秋子｜文藝春秋｜2005下半期（134回）

大森 **56点**
同期入社の男女の奇妙な友情を軸にした日常ファンタジー。小品ながらさすがにうまい。ただしこれは、むしろ直木賞的なうまさじゃないですか。「どっちかが先に死んだら、残された方が相手のパソコンのハードディスクを壊す」という約束にいまいち実感が伴わないのが惜しい。

豊﨑 **62点**
男女雇用機会均等法の施行以来、めいっぱい働かされて、なのに上と下の世代からは「いいよねえ、バブル入社組は」なんて嫌みを言われ、そんな嫌みにも我慢できるほどバブルの恩恵には与っておらず、気がついたら30歳をこえていて「負け犬」と言われるようになっており――。思わず小さくため息をついてしまう、そんなやれやれトホホ感に、絶妙の相づちを打ってくれる小説です。絲山作品の中ではミドルクラスの出来映えですけど、共感で読者を作品世界に引き込む力はさすがだと感じ入った次第であります。

[純文学その他の文学賞]

芥川龍之介賞

主催　日本文学振興会
選考委員　池澤夏樹・石原慎太郎・黒井千次・河野多惠子・髙樹のぶ子・古井由吉(～132回)・三浦哲郎・宮本輝・村上龍・山田詠美
賞金(副賞)　100万円

『介護入門』 モブ・ノリオ | 文藝春秋 | 2004上半期(131回)

大森 **41点**
時間が経って振り返ると、ますます「何だったんだろうな、コレ」という気になってきたり。究極の一発ネタ? いや、究極の難病もの/究極の"歳の差ラブストーリー"として読めばそれなりにインパクトが大きい話なんだけど、わりと一本調子なので、ずっと読んでるとだんだん疲れてくるのが難。

豊﨑 **52点**
親戚連中からは大麻を吸う「金髪の穀潰し」としか認識されていない語り手が、寝たきりの祖母を真心こめて介護するハードな日々を描くこの小説は、人間同士のつながりが分断され、ごく基本的な愛情すら見失いがちな現代ニッポン社会に、「?」を突きつける佳作なんではある。ただ——。やたら入る「YO、朋輩(ニガー)」「FUCKIN」「ha、ha」といった合いの手は、いかがなものか。この合いの手は、書き手本人が期待するほど何らかの効果を生んでいるのだろうか。文体には人それぞれの好みというものがあるから、わたしにはこの"声"を否定できない。ただ、実は根真面目なくせにおちゃらけたがる関西人が陥りがちなサブさをまとっていると指摘するに止めたいと思う。

「グランド・フィナーレ」 阿部和重 | 同名書(講談社)収録 | 2004下半期(132回)

大森 **62点**
ロリコンのダメ男が故郷に帰ってくる話。前半はその情けなさがいい味を出してますが、後半は(みずから望んでいないにもかかわらず)「それなんてエロゲ?」的なシチュエーションにハマってゆく。緩急のつけかたや語り口は抜群にうまく、エンターテインメントとしても一級品。『ニッポニアニッポン』の主人公の妹が出てきたり、神町サーガの読者にはうれしいサービスがちょこちょこあるが、この短編単独ではやや評価しづらいところも。

豊﨑 **70点**
受賞発表直後のNHKニュース7における畠山智之アナいわく、「特殊な性的趣味を妻に知られて離婚され、失意のうちに田舎に戻った男性が、ひょんなことから頼まれた女子児童への演技指導を通じて、現実とのつながりを取り戻していく様子を描いた作品」。ロリコンと言えない苦しさは理解できますが、「現実とのつながりを取り戻していく」

＊2004年4月〜2006年3月までに決まった日本の主要な文学賞受賞作品について、
本書の著者、大森望、豊崎由美が読了したものにつき採点、寸評を加えました。

（両者がそれぞれ単独で執筆したデータを合体させたもので、評価のすりあわせはしていません。

採点・寸評の一致は偶然によるものです）
＊採点は、福田和也さんの許可を得て、『作家の値うち』（飛鳥新社）の採点基準に準拠しました。
＊各賞の選考委員名は、ここに取り上げた各賞授賞時の委員です。
＊受賞作タイトルは応募時ではなく、刊行時のものを採用しています。

「文学賞の値うち」採点基準

90点以上 世界文学の水準で読み得る作品。
80点以上 近代日本文学の歴史に銘記されるべき作品。
70点以上 現在の文学として優れた作品。
60点以上 再読に値する作品。
50点以上 読む価値がある作品。
40点以上 何とか小説になっている作品。
39点以上 人に読ませる水準に達していない作品。
29点以上 人前で読むと恥しい作品。もしも読んでいたら秘密にした方がいい。
——『作家の値うち』（福田和也／飛鳥新社 2000年4月刊）より

巻　末　特　別　付　録

'04〜'06年版・文学賞の値うち 文学賞受賞作品を、点数で斬る!